GOLDMAN

Buch

Walter Mosca ist in einem menschlichen Dschungel aufgewachsen, in dem nur Kraft und Stärke zählen. Er hat die Spielregeln von Verrat und Loyalität, von Gewalt und List gründlich gelernt. Als Offizier der US Army aus dem Zweiten Weltkrieg nach Amerika zurückgekehrt, muß Walter Mosca einsehen, daß er seiner alten Heimat längst entfremdet ist. Enttäuscht meldet er sich zu den Besatzungstruppen nach Deutschland zurück, wo seine Geliebte Hella auf ihn wartet, eine schmale blonde Deutsche, zu der sich der amerikanische Offizier im ehemaligen Feindesland noch immer hingezogen fühlt.

Nachkriegsdeutschland: eine Welt rücksichtsloser Männer und Frauen, eine Welt nackter Gewalt, außerhalb von Recht und Gesetz. Überall Zerstörung, Korruption, Schwarzmarkt und Schmuggel. Auch Mosca gerät in das Dickicht dunkler Geschäfte. Bis eines Tages Hella, die ein Kind von ihm erwartet und nur noch durch Penicillin gerettet werden kann, skrupellosen Schmugglern zum Opfer fällt. Als sie stirbt, kennt er nur noch einen Gedanken: Rache. Gott helfe allen, die sich Walter Mosca in den Weg stellen...

Autor

Mario Puzo, geboren 1920 in New York, ist italienischer Abstammung und lebt als Journalist und freier Schriftsteller mit seiner Frau und fünf Kindern in New York. Mit seinen beiden Romanen »Der Pate« und »Mamma Lucia« wurde er weltberühmt.

Von Mario Puzo ist bereits
als Goldmann Taschenbuch erschienen:

Las Vegas · 6862

MARIO PUZO

DIE DUNKLE ARENA

ROMAN

GOLDMANN VERLAG

Aus dem Amerikanischen übertragen von Hans E. Hausner
Titel der amerikanischen Originalausgabe: The Dark Arena

Made in Germany · 7/87 · 3. Auflage
Genehmigte Taschenbuchausgabe

Deutsche Erstausgabe 1976

Umschlagentwurf: Design Team München
Umschlagfoto: Guido Pretzl, München
Druck: Elsnerdruck, Berlin
Verlagsnummer: 8593
ST / Herstellung: Sebastian Strohmaier/Voi
ISBN 3-442-08593-4

›Väter und Lehrer, ich frage mich: ›Was ist die Hölle?‹ Es ist, so behaupte ich, das Leiden jener, die außerstande sind zu lieben.‹

›Oh, es gibt solche, die trotz ihres Wissens um die absolute Wahrheit und trotz der Betrachtung, die sie darüber angestellt haben, auch noch in der Hölle von Leidenschaft und Stolz erfüllt sind; es gibt einige Furchtsame, die sich Satan und seinem stolzen Geist gänzlich hingegeben haben. Für sie ist die Hölle freiwillig und auf ewige Zeiten verzehrend; ihre eigene Wahl peinigt sie. Denn sie haben sich verflucht, haben Gott und das Leben verflucht. Sie leben von ihrem rachsüchtigen Stolz wie ein Verdurstender in der Wüste davon lebt, daß er sein eigenes Blut aus dem Körper saugt. Aber sie sind nie zufrieden, lehnen Verzeihung ab und verfluchen Gott, der sie ruft. Den lebendigen Gott ohne Haß anzusehen ist ihnen unmöglich, und sie verlangen, der Gott des Lebens müsse vernichtet werden, Gott müsse sich und seine Schöpfung zerstören. Für alle Zeiten werden sie im Feuer ihres eigenen Zornes brennen und Tod und Vernichtung herbeisehnen. Den Tod aber werden sie nicht erlangen . . .‹

Die Brüder Karamasow
FJODOR DOSTOJEWSKI

1

Walter Mosca fühlte die Erregung und die letzte, überwältigende Einsamkeit vor seiner Heimkehr. Er dachte zurück an die wenigen Ruinen in den Pariser Vorstädten und an vertraute Wahrzeichen. Jetzt, am Ende seiner Reise, konnte er es kaum erwarten, ans Ziel zu kommen, die zerstörte Stadt zu erreichen, von der er geglaubt hatte, daß er sie nie wiedersehen würde. Die Wahrzeichen, die den Weg nach Deutschland wiesen, waren ihm vertrauter als die seines eigenen Landes, seiner eigenen Heimatstadt.

Der Zug brauste dahin. Es war ein Truppentransport mit Verstärkungen für die Frankfurter Garnison, aber der halbe Waggon war von Zivilbeamten besetzt, die man in den Staaten angeworben hatte. Mosca faßte an seine seidene Krawatte und lächelte. Sie war ihm ungewohnt. Bei den GIs am anderen Ende würde er sich wohler fühlen, und so, dachte er, empfanden zweifellos auch die meisten der etwa zwanzig Zivilisten, die mit ihm unterwegs waren.

An beiden Enden des Waggons brannte ein mattes Licht. Die Fenster waren mit Brettern verschlagen, so als sollten die Fahrgäste nichts von den riesigen Ruinenfeldern sehen, die sich zu beiden Seiten der Strecke ausbreiteten. Die Sitze waren lange Holzbänke, die nur einen schmalen Durchgang freiließen.

Mosca streckte sich auf einer Bank aus und legte sich die kleine, blaue Reisetasche als Kissen unter den Kopf. Im matten Licht konnte er die anderen Zivilisten kaum erkennen.

Sie waren alle mit demselben Truppentransportschiff gereist. So wie er schienen es alle anderen kaum erwarten zu können, nach Frankfurt zu kommen. Sie redeten laut, um sich im Dröhnen des Zuges verständlich zu machen, und Mosca hörte, wie Mr. Geralds Stimme die anderen noch übertönte. Mr. Gerald war der ranghöchste Zivilbeamte. In seinem Gepäck führte er einen Satz Golfschläger mit sich, und auf dem Schiff hatte er alle Welt wissen lassen, daß sein Dienstgrad als Zivilbeamter dem Rang eines Obersten entsprach. Mr. Gerald war fröhlich und vergnügt, und Mosca sah ihn vor sich, wie er auf den Ruinen einer Stadt Golf spielte, wobei er die plattgedrückten, dem Erdboden gleichgemachten Straßen als Spielbahn und runde Schutthügel als Grün benützte und mit dem Putter den Ball sorgfältig in einen verwesenden Schädel trieb.

Der Zug passierte einen kleinen Bahnhof, wobei er seine Geschwindigkeit verringerte. Es war Nacht und sehr dunkel im Waggon. Mosca döste vor sich hin, und die Stimmen der anderen drangen nur undeutlich an sein Ohr. Doch als der Zug wieder schneller wurde, war Mosca plötzlich hellwach.

Die Zivilisten unterhielten sich jetzt ein wenig ruhiger, und Mosca setzte sich auf und richtete seine Blicke auf die Soldaten am anderen Ende des Waggons. Manche schliefen auf den langen Bänken, aber er sah auch um drei Gruppen von Kartenspielern drei Lichtkreise, die diesen Teil des Waggons in einen freundlichen Schimmer tauchten. Er empfand eine leise Sehnsucht nach dem Leben, das er so lang geführt und nun vor einigen Monaten aufgegeben hatte. Beim Schein der Kerzen konnte er sehen, wie sie aus ihren Feldflaschen tranken - gewiß kein Wasser, das war ihm klar -, ihre Verpflegungspackungen aufrissen und Schokolade knabberten. Ein GI war immer auf alles vorbereitet, dachte Mosca und grinste. Decken auf dem Rücken, Kerzen in seinem Tornister, Wasser oder etwas Besseres in seiner Feldflasche, und immer einen Überzieher in der Brieftasche. Immer vorbereitet für Glücksfälle und andere.

Abermals streckte Mosca sich auf der Bank aus und versuchte zu schlafen. Aber sein Körper war ebenso steif und unnachgiebig wie das harte Holz unter ihm. Der Zug fuhr jetzt sehr schnell. Er sah auf die Uhr. Es war fast Mitternacht und noch gute acht Stunden bis Frankfurt. Er setzte sich auf, nahm eine Flasche aus der kleinen, blauen Tasche, stützte den Kopf gegen das verschalte Fenster und trank, bis sein Körper sich ein wenig entspannte. Er mußte eingeschlafen sein, denn als er wieder zum anderen Ende des Wagens hinuntersah, entdeckte er nur noch einen Lichtkreis;

aber in der Dunkelheit hinter ihm konnte er immer noch die Stimmen Mr. Geralds und einiger anderer Zivilisten hören. Sie mußten wohl getrunken haben, denn Mr. Geralds Stimme klang gönnerhaft und herablassend; er sprach prahlerisch von der ihm zufallenden Machtfülle und wie er ein gut funktionierendes Papierimperium errichten würde.

Zwei Kerzen lösten sich aus dem Lichtkreis am anderen Ende des Wagens, und ihr flackerndes Licht kam unruhig schwankend den Gang entlang. Mosca fuhr jäh auf. Der Gesichtsausdruck des GI mit den Kerzen war von bösartigem und stumpfsinnigem Haß geprägt. Der helle, gelbe Schein der Kerzen färbte das schon vom Trunk gerötete Gesicht noch dunkler und verlieh den finster blikkenden Augen einen gefährlichen, gefühllosen Ausdruck.

»He, Schütze«, hörte er Mr. Geralds Stimme, »könnten Sie uns nicht eine Kerze überlassen?«

Gehorsam stellte der Mann die Kerze in der Nähe von Mr. Gerald und der Gruppe von Zivilbeamten nieder, und sogleich hoben sich die Stimmen, so als ob ihnen das flackernde Licht Mut gemacht hätte. Sie versuchten den GI in ihr Gespräch miteinzubeziehen, aber er, die Kerzen auf der Bank, sein eigenes Gesicht im Dunkel, antwortete nicht auf ihre Fragen. Sie vergaßen ihn wieder und sprachen über andere Dinge; nur einmal lehnte Mr. Gerald sich ins Licht vor, so als ob er zeigen wollte, daß man ihm vertrauen könne, und sagte etwas herablassend, wenn auch freundlich zu dem GI: »Wir waren ja alle in der Armee, wissen Sie?« Und dann mit einem Lachen zu den anderen: »Das haben wir ja nun Gott sei Dank hinter uns.«

»Seien Sie nicht so sicher«, meinte einer der Zivilisten, »die Russen sind auch noch da.«

Wieder vergaßen sie den GI, als dieser plötzlich, ihrer aller Stimmen und auch das Dröhnen des Zuges übertönend, der so sinnlos durch die Nacht brauste, mit der Anmaßung des Betrunkenen, laut, wie in Panik, schrie: »Haltet eure Fressen, haltet eure Fressen, quatscht nicht so viel, haltet eure verdammten Fressen!«

Es folgte ein Augenblick überraschter, verlegener Stille, und dann beugte Mr. Gerald sich abermals vor und sagte ruhig zu dem GI: »Gehen Sie doch wieder zu Ihren Freunden zurück, Mann.« Der GI antwortete nicht, und Mr. Gerald setzte sein Gespräch an dem Punkt fort, wo er unterbrochen worden war.

Plötzlich verstummte er und erhob sich. Im flackernden Licht der Kerzen stand er da und sagte ruhig, gar nicht aufgeregt, aber auf erschreckende Weise ungläubig: »Mein Gott, ich bin verletzt. Der Schütze hat mich verwundet.«

Mosca setzte sich auf, und andere dunkle Gestalten erhoben sich von den Bänken. Einer streifte an eine Kerze an, und sie fiel zu Boden. Mr. Gerald, immer noch aufrecht, aber nicht mehr so deutlich, sagte mit entsetzter Stimme: »Der Schütze hat mich gestochen.« Dann fiel er aus dem Licht in die Dunkelheit seiner Bank zurück.

Zwei Männer vom anderen Ende des Wagens kamen den Gang heruntergeeilt. Beim Schein der Kerzen, die sie trugen, sah Mosca das Glitzern ihrer Offiziersrangabzeichen.

»Der Schütze hat mich gestochen, der Schütze hat mich gestochen«, wiederholte Mr. Gerald immer wieder. Er hatte seinen Schrecken überwunden; es klang erstaunt, überrascht. Mosca konnte ihn aufrecht auf seiner Bank sitzen sehen und sah dann auch, im vollen Licht der drei Kerzen, den Riß im Hosenbein hoch oben am Schenkel und das Blut, das daraus hervorquoll. Seine Kerze ganz nahe daranhaltend, beugte sich der Leutnant über ihn und erteilte dem Soldaten, der ihn begleitete, einen Befehl. Der Soldat lief ans andere Ende des Wagens hinunter und kam mit Decken und einem Verbandpäckchen zurück. Sie breiteten die Decken auf dem Boden aus und forderten Mr. Gerald auf, sich niederzulegen. Der Soldat wollte das Hosenbein aufschneiden, aber Mr. Gerald sagte: »Nein, rollen Sie es auf; ich kann es flicken lassen.« Der Leutnant besah sich die Wunde.

»Keine ernste Sache«, erklärte der Leutnant. »Decken Sie ihn zu.« Weder sein junges, ausdrucksloses Gesicht noch seine Stimme verrieten Mitgefühl; nur unpersönliche Freundlichkeit. »Am Bahnhof in Frankfurt wird ein Krankenwagen bereitstehen. Für alle Fälle. In der nächsten Station telegrafiere ich.« Dann wandte er sich an die anderen und fragte: »Wo ist er?«

Der betrunkene GI war verschwunden; in die Finsternis spähend sah Mosca eine Gestalt, die in einer Ecke der Bank vor ihm kauerte. Er sagte nichts.

Der Leutnant ging ans andere Wagenende und kam mit seinem Pistolengürtel zurück. Er ließ den Strahl seiner Taschenlampe im Wagen herumtanzen, bis er die Gestalt sah. Er stieß den Mann mit der Taschenlampe an – gleichzeitig zog er seine Pistole und hielt sie hinter dem Rücken versteckt. Der GI rührte sich nicht.

Der Leutnant gab ihm einen derben Stoß. »Stehen Sie auf, Mulrooney!« Der GI öffnete die Augen, und als Mosca das ausdruckslose, störrische, tierische Glotzen sah, empfand er Mitleid.

Der Leutnant beließ den Strahl seiner Taschenlampe in den Augen des Mannes; er blendete ihn. Er befahl Mulrooney aufzustehen. Als er sah, daß seine Hände leer waren, steckte er seine Pistole wieder in den Halfter. Mit einem derben Schubs drehte er den GI herum und durchsuchte ihn. Als er nichts fand, ließ er das Licht der Lampe auf die Bank fallen. Mosca sah das blutige Messer. Der Leutnant hob es auf und schob den GI vor sich hin ans andere Ende des Wagens.

Der Zug verringerte seine Geschwindigkeit und kam allmählich zum Stehen. Mosca ging ans Ende des Wagens, öffnete die Tür und blickte hinaus. Er sah den Leutnant zum Bahnhof gehen, um zu telegrafieren; sonst stieg niemand aus.

Mosca ging zu seiner Bank zurück. Mr. Geralds Freunde beugten sich über ihn und beruhigten ihn, und Mr. Gerald sagte ungeduldig: »Ich weiß, es ist nur ein Kratzer, aber warum hat er das gemacht? Warum macht er so etwas Verrücktes?« Und als der Leutnant in den Wagen zurückkam und ihnen mitteilte, daß in Frankfurt ein Krankenwagen warten würde, versicherte Mr. Gerald ihm: »Glauben Sie mir, Leutnant, ich habe nichts getan, um ihn zu provozieren. Sie können meine Freunde fragen. Ich habe nichts getan, überhaupt nichts, was ihn dazu hätte veranlassen können.«

»Der Mann ist verrückt, das ist alles«, erwiderte der Leutnant. Und fügte hinzu: »Sie haben Glück gehabt, Sir; wie ich Mulrooney kenne, hatte er es auf Ihre Eier abgesehen.«

Dies schien alle Welt aufzumuntern und anzuregen, so als ob die Ernsthaftigkeit des Vorhabens dem Geschehen selbst größere Bedeutung verleihen würde, als ob der Stich in Mr. Geralds Schenkel nun zu einer schwereren Verwundung geworden wäre. Der Leutnant brachte sein zusammengerolltes Bettzeug und schob es Mr. Gerald als Kissen unter. »Sie haben mir, ohne es zu wollen, einen Gefallen getan, Sir. Seit Mulrooney in meinen Zug gekommen ist, habe ich versucht, ihn loszuwerden. Für ein paar Jahre sind wir jetzt vor ihm sicher.«

Mosca konnte nicht schlafen. Der Zug hatte zu fahren begonnen, und Mosca ging abermals zur Tür, lehnte sich dagegen und blickte auf die dunkle, schattenhafte Landschaft hinaus. Er erinnerte sich an die gleiche oder fast gleiche Gegend, die nur so langsam vorbeizog, wenn man auf einem Lastwagen oder einem Panzer saß, marschierte oder über den Boden kroch. Er hätte nie geglaubt, daß er dieses Land je wiedersehen würde, und er fragte sich jetzt, warum alles so danebengegangen war. Er hatte so lange davon geträumt, in die Heimat zurückzukehren, und nun war er wieder weit fort. Hier im dunklen Zug dachte er zurück an die erste Nacht seiner Heimkehr.

Auf dem großen, breiten Klebestreifen an der Tür stand *Willkommen daheim, Walter,* und Mosca bemerkte, daß ähnliche Streifen mit anderen Namen auch an zwei anderen Wohnungstüren klebten. Das erste, was er sah, als er in die Wohnung kam, war das Bild von ihm selbst, aufgenommen kurz bevor er eingeschifft worden war. Dann drängten sich Mutter und Gloria um ihn, und Alf schüttelte ihm die Hand.

Sie standen alle um ihn herum, und dann folgte ein Augenblick verlegenes Schweigen.

»Du bist älter geworden«, bemerkte seine Mutter, und alle lachten. »Nein, ich meine, mehr als drei Jahre älter.«

»Er hat sich nicht verändert«, meinte Gloria. »Er hat sich überhaupt nicht verändert.«

»Der Held kehrt in die Heimat zurück«, sagte Alf. »Seht euch die vielen Ordensbänder an. Warst du so besonders tapfer?«

»Das übliche«, antwortete Mosca. »Die meisten Armeehelferinnen haben die gleichen Bänder.« Er zog seine Jacke aus, und seine Mutter nahm sie ihm ab. Alf ging in die Küche und kam mit einem Tablett voll Drinks zurück.

»Mensch«, sagte Mosca überrascht, »ich dachte, du hättest ein Bein verloren.« Mutter hatte ihm über Alf geschrieben; er hatte es ganz vergessen. Aber sein Bruder hatte offenbar auf diesen Augenblick gewartet. Er zog sein Hosenbein hoch.

»Sehr hübsch«, sagte Mosca. »Pech gehabt, Alf.«

»Ach was«, gab Alf zurück, »ich wollte, ich hätte zwei davon. Kein Fußpilz, keine eingewachsenen Nägel – du verstehst.«

»Na klar«, sagte Mosca. Er gab seinem Bruder einen Klaps auf die Schulter und lächelte.

»Er hat es speziell für dich angeschnallt, Walter«, fügte seine Mutter erklärend hinzu. »Sonst trägt er es nicht in der Wohnung, obwohl er weiß, daß ich es nicht mag, wenn er ohne herumläuft.«

Alf hob sein Glas. »Auf den siegreichen Helden«, sagte er, und dann, lächelnd, zu Gloria: »Auf das Mädel, das auf ihn gewartet hat.«

»Auf uns alle«, sagte Gloria.

»Auf meine Kinder«, sagte seine Mutter liebevoll. Ihr Blick umfaßte Gloria. Alle sahen Mosca erwartungsvoll an.

»Laßt mich das mal trinken; dann wird mir vielleicht auch was einfallen.« Alle lachten und tranken.

»Und jetzt das Abendessen«, schlug seine Mutter vor. »Hilf mir den Tisch decken, Alf.« Sie gingen in die Küche.

Mosca ließ sich in einem der Lehnsessel nieder. »Es war eine lange, lange Fahrt«, sagte er.

Gloria ging zum Kaminsims und griff nach Moscas eingerahmtem Foto. Mit dem Rücken zu ihm sagte sie: »Jede Woche bin ich hergekommen und hab' mir das Bild angeschaut. Ich habe deiner Mutter geholfen, das Abendessen herzurichten, wir haben zusammen gegessen, und dann sind wir hier in diesem Zimmer gesessen, haben uns das Bild angeschaut und über dich gesprochen. Jede Woche, drei Jahre lang, wie Leute, die auf einen Friedhof gehen, und jetzt, wo du da bist, sieht es dir nicht mehr ähnlich.«

Mosca stand auf und ging zu Gloria hinüber. Er legte seinen Arm um ihre Schulter und betrachtete das Bild. Er hätte nicht sagen können, was ihn daran störte.

Der Kopf war lachend zurückgeworfen, er hatte sich offenbar so hingestellt, daß man die schwarzen und weißen diagonalen Streifen seiner Division deutlich sehen konnte. Arglose Gutmütigkeit lag auf dem jugendlichen Gesicht. Die Uniform paßte ihm ausgezeichnet. Wie er da in der Hitze der südlichen Sonne stand, war er der typische GI gewesen, der sich für eine liebende Familie fotografieren läßt.

»So was von blödem Gegrinse«, meinte Mosca.

»Mach dich nicht lustig darüber. Das war lange Zeit alles, was wir von dir hatten.« Sie schwieg eine kleine Weile. »Ach, Walter«, sagte sie dann, »wie wir manchmal geweint haben, wenn du nicht geschrieben hast, wenn wir Gerüchte hörten, daß ein Truppentransportschiff versenkt worden oder eine große Schlacht im Gange war. Am Tag der Landung in der Normandie sind wir nicht in die Kirche gegangen. Deine Mutter saß auf dem Sofa und ich hier beim Radio. Den ganzen Tag sind wir so gesessen. Ich bin nicht zur Arbeit gegangen. Ich stellte das Radio immerfort auf andere Stationen ein; so wie eine Nachrichtensendung zu Ende war, versuchte ich gleich einen anderen Sender zu bekommen, obwohl wir nun immer wieder das gleiche hörten. Deine Mutter hatte ein Taschentuch in der Hand, aber sie weinte nicht. In dieser Nacht schlief ich hier, in deinem Zimmer, in deinem Bett, mit dem Bild. Ich stellte es auf das Nachtkästchen und sagte ihm gute Nacht, und dann träumte ich, daß ich dich nie wiedersehen würde. Und jetzt bist du da, gesund und munter, und siehst überhaupt nicht aus wie das Bild.« Sie versuchte zu lachen, aber sie weinte.

Mosca war verlegen. Er küßte sie sanft. »Drei Jahre sind eine lange Zeit«, sagte er und dachte dabei: *Am Tag der Landung war ich in einer englischen Stadt und ließ mich vollaufen. Die kleine Blonde bekam von mir ihren ersten Whisky und, wie sie behauptete, ihren Jungfernstich. Ich feierte den Tag der Landung, aber noch mehr feierte ich, daß ich nicht dabei war.* Er hatte große Lust, Gloria die Wahrheit zu sagen, daß er nämlich an diesem Tag überhaupt nicht an sie gedacht, daß er an nichts gedacht hatte, woran sie gedacht hatte, aber er meinte nur: »Ich mag das Bild nicht, und außerdem – wie ich hereingekommen bin, hast du doch gesagt, ich hätte mich nicht verändert.«

»Ist das nicht komisch?« erwiderte Gloria. »Wie du durch die Tür gekommen bist, hast du genauso ausgesehen wie das Bild. Aber je länger ich dich anschaue, desto mehr scheint es mir, als ob dein ganzes Gesicht sich verändert hätte.«

»Das Essen ist fertig«, rief seine Mutter aus der Küche, und sie gingen alle ins Speisezimmer.

Alle seine Lieblingsspeisen standen auf dem Tisch – das halbrohe Roastbeef mit den kleinen Bratkartoffeln, der grüne Salat und eine dicke Scheibe Käse. Das Tischtuch war schneeweiß, und als Mosca fertig war, bemerkte er, daß die Serviette unberührt neben seinem Teller lag. Das Essen war gut gewesen, aber nicht so gut, wie er es sich in seinen Träumen vorgestellt hatte.

»Das ist schon was anderes als der GI-Fraß, was, Walter?« lachte Alf.

»Ja«, sagte Mosca. Er nahm eine kurze, dicke, dunkle Zigarre aus der Hemdtasche und wollte sie gerade anzünden, als er merkte, daß sie ihn alle belustigt anstarrten, Alf, Gloria und Mutter.

Er grinste. »Ich bin jetzt ein großer Junge«, sagte er. Übertriebenes Wohlbehagen demonstrierend, zündete er sich die Zigarre an. Alle vier fingen an zu lachen. Die letzte Verlegenheit schien überwunden. Durch ihre Überraschung und die darauf folgende Heiterkeit, als er sich die Zigarre angesteckt hatte, war alles, was sie trennte, bedeutungslos geworden. Sie gingen ins Wohnzimmer; die zwei Frauen hatten ihre Arme um Moscas Hüfte gelegt, und Alf trug das Tablett mit dem Whisky und dem Ginger Ale.

Die Frauen setzten sich neben Mosca aufs Sofa. Alf gab ihnen ihre Gläser und ließ sich dann gegenüber in einem der bequemen Lehnsessel nieder. Die Stehlampe hüllte das Zimmer in einen warmen gelben Schein, und in dem gleichen wohlwollenden, ein wenig scherzhaften Ton, den er schon den ganzen Abend über anschlug, verkündete Alf jetzt: »Sie hören jetzt die Geschichte des Walter Mosca.«

Mosca trank. »Zuerst die Geschenke«, sagte er. Er ging zu seiner kleinen, blauen Reisetasche, die noch bei der Tür stand, und entnahm ihr drei kleine, in braunes Papier gewickelte Schachteln. Jeder bekam eine, und während sie noch die Päckchen öffneten, nahm er wieder einen Schluck.

»Mann«, rief Alf, »was ist denn das?« Er hielt vier lange Silberzylinder hoch.

Mosca lachte. »Vier der besten Zigarren, die es in der Welt gibt. Sonderanfertigung für Hermann Göring.«

Gloria öffnete ihr Päckchen und hielt den Atem an. In einem schwarzen Samtetui lag ein Ring. Kleine Brillanten umgaben einen viereckigen, dunkelgrünen Smaragd. Sie sprang auf, schlang ihre Arme um Mosca und zeigte den Ring dann seiner Mutter.

Seine Mutter aber war von den ellenlangen Rollen weinroter Seide fasziniert, die in breiten Falten zur Erde fielen. Sie hielt sie hoch.

Es war eine riesige, viereckige Fahne, und in der Mitte, auf weißem, kreisförmigen Untergrund, schimmerte pechschwarz das Hakenkreuz. Alle verstummten. Zum erstenmal in der Stille dieses Raumes sahen sie das Symbol des Feindes.

»Es sollte ja nur ein Spaß sein«, brach Mosca das Schweigen. »Das ist dein Geschenk.« Er hob eine kleine Schachtel auf, die auf dem Boden lag. Seine Mutter öffnete sie, und als ihr Blick auf die blau-weißen Brillanten fiel, sah sie ihn an und dankte ihm. Sie faltete die große Fahne wieder ganz klein zusammen, stand auf und griff nach Moscas Tasche. »Ich werde auspacken«, sagte sie.

»Das sind wunderschöne Geschenke«, bemerkte Gloria. »Wo hast du sie her?«

Mosca grinste. »Kriegsbeute«, antwortete er und betonte das Wort auf eine Weise, daß alle lachen mußten.

Seine Mutter kam mit einem großen Paket Fotografien wieder ins Zimmer.

»Die waren in deiner Tasche, Walter. Warum hast du sie uns nicht gezeigt?« Sie setzte sich auf das Sofa und fing an, die Bilder eines nach dem anderen anzusehen. Sie gab sie an Gloria und Alf weiter. Während sie verschiedene Fotografien betrachteten und fragten, wo sie aufgenommen worden waren, schenkte er sich einen frischen Drink ein. Dann sah er, wie seine Mutter ein Bild anstarrte und ganz blaß dabei wurde. Ein Schrecken durchzuckte Mosca, und er dachte angestrengt nach, ob etwa noch eines von den wirklich schmutzigen Bildern dabei war, die er unterwegs aufgelesen hatte. Aber er war ganz sicher, daß er sie auf dem Schiff alle verkauft hatte. Er sah, wie seine Mutter die Bilder alle an Alf weitergab, und ärgerte sich über sich selbst, daß er so erschrocken war.

»Und das da«, fragte Alf, »was ist das?« Gloria ging zu ihm hinüber, um das Bild zu betrachten. Drei Augenpaare waren erwartungsvoll auf ihn gerichtet.

Mosca lehnte sich zu Alf hinüber, und als er sah, was es war, fühlte er sich erleichtert. Jetzt erinnerte er sich. Er war auf einem Panzer gefahren, als es passierte.

Auf dem Foto war die zusammengesunkene Gestalt eines deutschen Soldaten mit seiner »Panzerfaust« zu sehen, der im Schnee lag; eine dunkle Linie zog sich von seinem Körper bis an den Rand des Bildes. Mosca selbst, seine M1 über die Schulter geschlungen, stand über dem Toten und starrte in die Kamera. In seiner Winteruniform sah er sonderbar unförmig aus. Die Decke, in die er Löcher für Kopf und Arme geschnitten hatte, hing wie ein Hemd unter seiner Uniformjacke. Er schien wie ein erfolgreicher Jäger dazustehen, der sich anschickte, das erlegte Wild nach Hause zu tragen.

Nicht auf dem Bild waren die brennenden Panzer auf der schneebedeckten Ebene. Nicht auf dem Bild waren die verkohlten Leichen, die wie Abfall über das weiße Feld gestreut lagen. Der Deutsche war ein guter Soldat gewesen.

»Mein Kumpel hat das Bild mit der Leica von dem Deutschen geknipst.« Mosca wandte sich wieder seinem Glas zu, als er sah, daß die anderen noch warteten.

»Mein erstes Opfer«, sagte er. Es sollte wie ein Scherz klingen. Aber doch war es, als ob er vom Eiffelturm oder den Pyramiden gesprochen hätte, um die Kulisse zu bezeichnen, vor der er gestanden war.

Seine Mutter betrachtete die anderen Fotos. »Wo wurde das aufgenommen?« fragte sie. Mosca setzte sich neben sie. »Das war in Paris, bei meinem ersten Urlaub«, antwortete er und legte seinen Arm um die Hüfte seiner Mutter.

»Und das?« fragte seine Mutter.

»Das war in Vitry.«

»Und das?«

»Das war in Aachen.«

Und das? Und das? Und das? Er nannte die Städte und erzählte lustige kleine Geschichten. Die Drinks hatten ihn in gute Laune versetzt, aber er dachte dabei: *Das war in Nancy, wo ich zwei Stunden warten mußte, bevor ich zum Bumsen drankam, das war in Dombasle, wo ich den toten, nackten Deutschen fand. Seine Eier waren groß wie Melonen. »Toter Deutscher im Haus«, hatte auf dem Plakat an der Tür gestanden.* Und das war nicht gelogen gewesen. Er konnte heute noch nicht verstehen, wie sich einer die Mühe hatte nehmen können, das hinzuschreiben, selbst als Witz. Und das war in Hamm, wo er nach drei Monaten zu seiner ersten Mieze und seinem ersten Tripper gekommen war. Und das und das und das, das waren die zahllosen Städte, wo die Deutschen, Männer, Frauen und Kinder, in ihren Gräbern aus Schutt und Geröll lagen und einen unerträglichen Gestank verbreiteten.

Immer wieder stand er da, wie ein Mann, der sich in der Wüste fotografieren läßt. Er, der siegreiche Held, stand auf den niedergewalzten, zu Staub zermahlenen Resten von Fabriken, Wohnhäusern, menschlichen Knochen – wie wogende Sanddünen verloren sie sich in der Ferne.

Mosca setzte sich auf das Sofa zurück. Er paffte seine Zigarre. »Wie wär's mit Kaffee?« fragte er. »Ich mach einen.« Er ging in die Küche hinaus, und Gloria folgte ihm. Gemeinsam richteten sie die Tassen her, schnitten die mit Schlagsahne gekrönte Torte auf, die sie aus dem Kühlschrank geholt hatte. Und während der Kaffee auf dem Herd siedete, schmiegte sie sich an ihn an und flüsterte: »Ich liebe dich, Walter, ich liebe dich.«

Sie brachten den Kaffee ins Wohnzimmer, und nun war die Reihe an ihnen, Mosca Geschichten zu erzählen. Wie Gloria in drei Jahren nie mit jemandem ausgegangen war, wie Alf bei einem Autounfall in einem Armeelager im Süden sein Bein verloren hatte, und wie seine Mutter als Angestellte in einem großen Kaufhaus wieder arbeiten gegangen war. Sie hatten alle ihre Erlebnisse gehabt, aber nun war der Krieg Gott sei Dank vorüber, und die Moscas waren wohlbehalten durchgekommen. Ein Bein war verloren, doch wie Alf sagte, gab es ja genügend moderne Transportmittel, und wozu brauchte man da noch Beine, und jetzt saßen sie alle zufrieden, gesund und munter in dem kleinen Zimmer beisammen.

Vor dem Feind, der so weit fort und so völlig vernichtet war, brauchten sie keine Angst mehr zu haben. Der Feind war umzingelt, besetzt, Hunger und Krankheiten gaben ihm den Rest. Nie wieder würde er die körperliche und auch nicht die seelische Kraft haben, sie zu bedrohen. Und als Mosca in seinem Sessel einnickte, betrachteten sie ihn minutenlang mit stiller, den Tränen naher Freude. Sie, die ihn liebten, konnten es fast nicht fassen, daß er so weit durch Zeit und Raum gereist war und wie durch ein Wunder unverletzt den Weg zurückgefunden hatte.

Es gelang Mosca erst am dritten Abend, mit Gloria allein zu sein. Am zweiten Abend waren sie bei ihr zu Hause gewesen, wo sich seine Mutter und Alf zusammen mit Glorias Schwester und Vater über alle Einzelheiten in bezug auf die Hochzeit absprachen – aus reiner Freude und Begeisterung, daß alles so gutgegangen war, und nicht, weil sie sich einmischen wollten. Sie waren übereingekommen, daß so bald wie möglich Hochzeit gefeiert werden sollte, aber erst wenn Walter eine feste Stellung hatte. Mosca war mehr als einverstanden gewesen. Und Alf hatte ihn überrascht. Der schüchterne Alf war zu einem selbstbewußten, verständigen Mann herangewachsen, und die Rolle des Familienoberhauptes lag ihm ganz vortrefflich.

An diesem dritten Abend waren seine Mutter und Alf ausgegangen.

»Vergiß nicht, auf die Uhr zu schauen«, hatte Alf gesagt und gelacht, »um elf sind wir wieder da.« Seine Mutter hatte Alf aus der Tür geschoben und gemeint: »Wenn du mit Gloria ausgehen solltest, vergiß nicht die Tür abzuschließen.«

Der zweifelnde Ton in ihrer Stimme hatte Mosca amüsiert. Es klang, als ginge es gegen ihre innere Überzeugung, ihn mit Gloria allein in der Wohnung zu lassen. Du meine Güte, dachte er und streckte sich auf dem Sofa aus.

Er versuchte sich zu entspannen, aber er war zu nervös. Er sprang auf und mischte sich einen Drink. Er lehnte sich ans Fenster und lächelte. Wie würde es wohl werden? Die wenigen Wochen, bevor er eingeschifft worden war, hatten sie einige Abende in einem kleinen Hotelzimmer verbracht, aber er konnte sich jetzt kaum noch daran erinnern. Er drehte das Radio an und ging dann in die Küche, um auf die Uhr zu sehen. Es war schon bald halb neun. Wieder ging er ans Fenster, aber es war schon zu dunkel, um noch etwas sehen zu können. Gerade als er sich umdrehte, klopfte es an der Tür, und Gloria betrat die Wohnung.

»Hallo, Walter«, begrüßte sie ihn, und Mosca bemerkte, daß ihre Stimme ein wenig zitterte. Sie zog sich den Mantel aus. Sie trug eine Bluse mit nur einigen wenigen großen Knöpfen und dazu einen weiten Faltenrock.

»Endlich allein«, witzelte er und legte sich wieder auf das Sofa. »Mach uns was zu trinken.« Gloria setzte sich auf das Sofa und beugte sich über ihn, um ihn zu küssen. Er legte seine Hände auf ihre Brüste; es war ein langer Kuß. »Ich hole die Drinks«, sagte sie und stand auf.

Sie tranken. Das Radio spielte leise, und die Stehlampe warf ihren warmen, gelben Schein über das Zimmer. Er zündete zwei Zigaretten an und gab ihr eine. Sie rauchten, und als er seine Zigarette ausdrückte, sah er, daß sie mit ihrer noch nicht fertig war. Er nahm sie ihr aus der Hand und machte sie sorgfältig im Aschenbecher aus.

Er zog Gloria zu sich herunter, so daß sie quer über ihm lag. Er knöpfte ihr die Bluse auf, schob seine Hand in ihren Büstenhalter und küßte sie. Mit der anderen Hand fuhr er ihr unter den Rock.

Gloria setzte sich auf und rückte ein Stück weg. Mosca war überrascht.

»Ich will nicht bis zum Letzten gehen«, sagte Gloria. Die jungmädchenhafte Phrase ärgerte ihn, und ungeduldig griff er nach ihr. Sie stand auf und kehrte ihm den Rücken zu.

»Ich meine es ernst«, sagte sie.

»Zum Teufel«, protestierte Mosca, »in den zwei Wochen, bevor ich eingeschifft wurde, war alles okay. Was stört dich denn jetzt?«

»Ich weiß.« Gloria lächelte ihm zärtlich zu, und er fühlte Zorn in sich aufsteigen. »Aber das war damals anders. Du gingst fort, und ich liebte dich. Wenn ich es jetzt täte, würdest du schlecht von mir denken. Sei nicht böse, Walter, aber ich habe mit Emmy darüber gesprochen. Du bist jetzt so anders, daß ich mit jemandem reden mußte. Und wir glauben, daß es so am besten ist.«

Mosca zündete sich eine Zigarette an. »Deine Schwester ist ein dummes Luder.«

»Sag so etwas nicht, Walter. Wenn ich dir nicht gebe, was du haben willst, so nur, weil ich dich wirklich liebe.«

Mosca mußte sich sehr anstrengen, um nicht zu lachen; beinahe wäre er an seinem Drink erstickt. »Sieh mal«, sagte er, »wenn wir in den letzten zwei Wochen nicht miteinander geschlafen hätten, ich würde mich gar nicht an dich erinnert oder dir geschrieben haben. Du würdest mir überhaupt nichts bedeutet haben.«

Er sah, wie sie errötete. Sie ging zum Lehnsessel ihm gegenüber und setzte sich nieder.

»Ich habe dich auch schon vorher geliebt«, entgegnete sie. Er sah, daß ihr Mund zuckte, und warf ihr das Zigarettenpäckchen hinüber. Er schlürfte seinen Drink und versuchte, sich über seine Empfindungen klarzuwerden.

Sein Verlangen war erloschen, und er fühlte sich sogar erleichtert. Warum, wußte er nicht. Er zweifelte nicht daran, daß es ihm ein leichtes sein würde, Gloria mit Worten oder durch Drohungen zu bewegen, das zu tun, was er wollte. Er wußte, daß sie nachgeben würde, wenn er es darauf anlegte. Er wußte, daß er zu schroff gewesen war; etwas Schläue und ein wenig Geduld, und der Abend könnte noch einen sehr netten Abschluß haben. Zu seiner Überraschung aber stellte er fest, daß ihm die Sache die Mühe nicht wert war. Er empfand überhaupt kein Verlangen.

»Ist schon gut. Komm zu mir.«

Gehorsam folgte sie seiner Aufforderung. »Du bist nicht böse?« fragte sie leise.

Er küßte sie und lächelte. »Nein. Es ist nicht so wichtig«, antwortete er, und er sprach die Wahrheit.

Gloria legte ihren Kopf auf seine Schulter. »Bleiben wir doch so hier zusammen sitzen und plaudern wir. Seit du zurück bist, hatten wir noch keine Gelegenheit, miteinander zu sprechen.«

Mosca löste sich von ihr. »Wir gehen ins Kino«, sagte er.

»Ich möchte hierbleiben.«

»Entweder wir gehen ins Kino, oder wir gehen ins Bett«, entgegnete Mosca mit vorsätzlicher, brutaler Sorglosigkeit.

Sie stand auf und blickte ihm ins Gesicht. »Und das eine ist dir ebenso lieb wie das andere.«

»Stimmt genau.«

Er hatte erwartet, daß sie ihren Mantel anziehen und sich empfehlen würde. Aber sie wartete stillschweigend, bis er sich gekämmt und seine Krawatte umgebunden hatte. Dann gingen sie ins Kino.

Es war einen Monat später, als Mosca gegen Mittag nach Hause kam. Alf, seine Mutter und Glorias Schwester Emmy saßen in der Küche und tranken Kaffee.

»Möchtest du auch eine Schale?« fragte seine Mutter.

»Ja, ich mach mich nur etwas frisch.« Mosca ging ins Badezimmer und lächelte grimmig, als er sich das Gesicht abtrocknete, bevor er in die Küche zurückkehrte.

Alle schlürften Kaffee, und dann eröffnete Emmy den Angriff.

»Es ist nicht recht, wie du Gloria behandelst. Sie hat drei Jahre auf dich gewartet, sie ist nie mit einem Mann ausgegangen und hat viele Chancen verpaßt.«

»Chancen wofür?« fragte Mosca. Dann lachte er. »Wir werden schon zurechtkommen. Es braucht alles seine Zeit.«

»Du warst gestern mit ihr verabredet und bist einfach nicht erschienen«, hielt Emmy ihm vor. »Jetzt erst kommst du nach Hause. Das ist nicht anständig, wie du dich benimmst.«

Seine Mutter sah, daß Mosca zornig wurde, und versuchte, die Wogen zu glätten. »Gloria hat hier bis zwei Uhr früh gewartet. Du hättest anrufen sollen.«

»Und wir wissen ja alle, was du treibst«, entrüstete sich Emmy. »Du vernachlässigst ein Mädchen, das drei Jahre auf dich gewartet hat, und ziehst mit einem Flittchen rum, das schon drei Abtreibungen gehabt hat und weiß Gott noch was sonst.«

Mosca zuckte die Achseln. »Ich kann mich nicht jeden Abend mit deiner Schwester treffen.«

»Natürlich nicht! Ein so bedeutender Mann wie du!« Er stellte überrascht fest, daß sie ihn wirklich haßte.

»Ihr wart euch ja alle einig, daß wir warten sollten, bis ich eine feste Stellung habe«, hielt Mosca ihr entgegen.

»Ich wußte nicht, daß du dich als gemeiner Kerl entpuppen würdest. Wenn du sie nicht heiraten willst, sag es Gloria. Keine Bange, sie findet schon einen anderen.«

Alf mischte sich ein. »Das ist doch Unsinn. Natürlich will Walter sie heiraten. Es ist noch alles ein bißchen fremd für ihn; er wird sich schon eingewöhnen. Wir müssen ihm dabei helfen.«

»Wenn Gloria mit ihm schlafen würde, wäre alles wunderbar«, stichelte Emmy ironisch. »Dann wärst du gleich wieder in Ordnung, nicht wahr, Walter?«

»So kommen wir nicht weiter«, sagte Alf. »Fassen wir doch das Wesentliche ins Auge. Du bist wütend, weil Walter ein Verhältnis hat und sich gar nicht die Mühe nimmt, es zu verheimlichen, was ja das mindeste ist, was er tun könnte. Also schön. Gloria hängt zu sehr an Walter, um ihm den Laufpaß zu geben. Ich halte es für das beste, daß wir einen Termin für die Hochzeit festsetzen.«

»Und meine Schwester soll weiter arbeiten gehen, während er sich mit Huren herumtreibt, wie er das schon in Deutschland gemacht hat?«

Mosca streifte seine Mutter mit einem vorwurfsvollen Blick, und sie schlug die Augen nieder. Stille trat ein. »Ja«, sagte Emmy. »Deine Mutter hat Gloria von den Briefen erzählt, die du von diesem Mädchen aus Deutschland bekommst. Du solltest dich schämen, Walter, wirklich, du solltest dich schämen.«

»Diese Briefe besagen gar nichts«, erwiderte Mosca. Er sah die Erleichterung auf ihren Gesichtern.

»Er wird sich eine Stellung besorgen«, erklärte seine Mutter, »und sie können hier wohnen, bis sie selbst etwas finden.«

Mosca schlürfte seinen Kaffee. Einen Augenblick lang war er zornig gewesen, aber jetzt verspürte er nur noch den Wunsch, dieses Zimmer verlassen zu können, sie alle nicht mehr sehen zu müssen. Er hatte die Nase voll.

»Aber er muß aufhören, sich mit diesem Flittchen herumzutreiben«, ereiferte sich Emmy.

»Die Sache hat nur einen Haken«, warf Mosca in sanftem Ton ein. »Ich habe nicht die Absicht, einen Termin für die Hochzeit festzusetzen.«

Überrascht sahen sie ihn an. »Ich bin mir noch nicht darüber klar, ob ich überhaupt heiraten will«, fügte er lachend hinzu.

»Was?« schrie Emmy. »Was?« Sie war so wütend, daß sie nicht weiterreden konnte.

»Und hör endlich auf, auf den drei Jahren herumzureiten. Was, zum Teufel, soll es mir ausmachen, wenn sie drei Jahre nicht gefickt worden ist? Glaubst du vielleicht, daß ich deswegen nachts nicht schlafen konnte? Zum Teufel, ist ihr Ding vielleicht ausgekühlt, nur weil sie's nicht gebraucht hat? Ich hatte andere Sorgen.«

»Bitte, Walter«, murmelte seine Mutter.

»Scheiße«, sagte Mosca. Seine Mutter stand auf und ging zum Herd; er wußte, daß sie weinte.

Alle waren plötzlich aufgestanden, und Alf, sich auf den Tisch stützend, schrie zornig: »Alles, was recht ist, Walter, man kann das mit dem Eingewöhnen auch zu weit treiben!«

»Und ich finde überhaupt, daß man dich viel zusehr verwöhnt hat, seitdem du wieder daheim bist«, keifte Emmy.

Auf all das gab er keine Antwort. Er mußte ihnen genau darlegen, welche Gefühle ihn bewegten. »Leck mich doch am Arsch«, sagte er. Seine Worte waren zwar an Emmy gerichtet, aber sein Blick umfaßte alle.

Er erhob sich, um zu gehen, doch Alf, sich auf den Tisch stützend, stellte sich ihm in den Weg und brüllte: »Verdammt, du gehst zu weit! Entschuldige dich, hörst du, entschuldige dich!«

Mosca schob ihn zur Seite und sah zu spät, daß Alf seine Prothese nicht angeschnallt hatte. Alf stürzte nieder, und sein Kopf schlug gegen den Fußboden. Die zwei Frauen schrien auf. Mosca beugte sich schnell über seinen Bruder, um ihn aufzuheben. »Hast du dich verletzt?« fragte er. Alf schüttelte den Kopf, schlug die Hände vors Gesicht und blieb am Boden sitzen. Mosca verließ die Wohnung. Er vergaß nie, wie seine Mutter weinend und händeringend am Herd stand.

Als er das letztemal in die Wohnung kam, hatte seine Mutter auf ihn gewartet. Sie war den ganzen Tag nicht weg gewesen.

»Gloria hat dich angerufen«, sagte sie.

Mosca nickte.

»Wirst du jetzt packen?« fragte seine Mutter zaghaft.

»Ja.«

»Soll ich dir helfen?«

»Nein«, antwortete er.

Er ging in sein Zimmer und nahm die zwei neuen Koffer heraus, die er gekauft hatte. Er steckte sich eine Zigarette in den Mund, suchte in seinen Taschen vergeblich nach Streichhölzern und ging in die Küche, um sich welche zu holen.

Seine Mutter saß auf einem Stuhl. Sie hielt sich ein Taschentuch vors Gesicht und weinte leise.

Er nahm die Streichhölzer und wollte gehen.

»Warum behandelst du mich so?« fragte seine Mutter. »Was habe ich dir getan?«

Er empfand kein Mitleid, und auch ihre Tränen berührten ihn nicht, aber er wollte keine Szene. Er versuchte, ruhig mit ihr zu sprechen und sie seine Verärgerung nicht merken zu lassen.

»Du hast gar nichts getan. Ich fahre fort; es hat nichts mit dir zu tun.«

»Warum redest du immer mit mir, als ob ich eine Fremde wäre?«

Ihre Worte bewegten ihn, aber er war keiner liebevollen Geste fähig. »Ich bin einfach nervös«, antwortete er. »Wenn du zu Hause bleibst, hilf mir packen.«

Sie ging mit ihm in sein Zimmer, faltete seine Kleider sorgfältig und legte sie in die Koffer.

»Brauchst du Zigaretten?« fragte sie.

»Nein, ich bekomme welche auf dem Schiff.«

»Ich lauf schnell hinunter und hol dir welche; man weiß ja nie.«

»Auf dem Schiff kosten sie nur fünfundzwanzig Cents«, entgegnete er. Er wollte sich nichts von ihr schenken lassen.

»Zigaretten kann man immer brauchen«, sagte sie und verließ die Wohnung.

Mosca saß auf seinem Bett und starrte auf Glorias Bild, das an der Wand hing. Er empfand keinerlei Gefühle. Es hat nicht geklappt, dachte er. Schade. Er bewunderte ihrer aller Geduld, denn er wußte, wie sehr sie sich bemüht hatten und wie gering sein Beitrag gewesen war. Er zerbrach sich den Kopf, was er seiner Mutter sagen sollte, um ihr klarzumachen, daß sie nichts tun, daß sie nichts ändern konnte, daß die Art seines Handelns auf Umständen beruhte, die weder er noch sie beeinflussen konnten.

Im Wohnzimmer läutete das Telefon. Er nahm den Hörer ab. Es war Glorias Stimme – unpersönlich, aber freundlich.

»Wie ich höre, fährst du morgen. Soll ich heute abend kommen, um dir Lebewohl zu sagen, oder genügt es telefonisch?«

»Wie du magst«, antwortete Mosca, »aber gegen neun muß ich weg.«

»Dann komme ich vorher«, sagte sie. »Keine Sorge, ich komme nur, um dir Lebewohl zu sagen.« Und er wußte, daß sie die Wahrheit sprach, daß ihr nichts mehr an ihm lag, daß er nicht mehr der Mann war, den sie geliebt hatte, und daß die Freundlichkeit, mit der sie sich verabschieden wollte, eigentlich Neugierde war.

Als seine Mutter zurückkam, hatte er einen Entschluß gefaßt. »Mom«, sagte er, »ich gehe jetzt. Gloria hat angerufen. Sie kommt heute abend rüber, und ich möchte ihr nicht mehr begegnen.«

»Du meinst jetzt? Jetzt gleich?«

»Ja.«

»Aber du könntest doch wenigstens deinen letzten Abend zu Hause verbringen«, wandte sie ein. »Alf muß bald kommen; du könntest dich doch wenigstens noch von deinem Bruder verabschieden.«

»Leb wohl, Mom«, sagte er. Er beugte sich vor und küßte sie auf die Wange.

»Warte«, bat sie ihn, »du hast deine Tasche vergessen.« So wie sie es früher so oft getan hatte, wenn er Korbball spielen ging, und später, als er eingerückt war, nahm sie die kleine, blaue Tasche und stopfte hinein, was er brauchen würde. Nur daß sie ihm jetzt statt der mit Seide überzogenen Turnhose und den ledernen Knieschützern sein Rasierzeug, Unterwäsche zum Wechseln, Handtuch und Seife hineinpackte. Dann nahm sie ein Stück Bindfaden aus einer der Schreibtischladen und knüpfte die Tasche an den Griff eines seiner Koffer.

»Ach«, jammerte sie, »was die Leute jetzt alles reden werden! Sie werden denken, daß es meine Schuld ist, daß ich dich nicht glücklich gemacht habe. Und so wie du Gloria behandelt hast, könntest du doch wenigstens heute abend mit ihr sprechen und dich verabschieden und nett zu ihr sein, damit sie sich nicht kränkt.«

»Wir haben es alle nicht leicht«, entgegnete Mosca. Er küßte sie noch einmal, aber bevor er die Wohnung verlassen konnte, hielt sie ihn am Ärmel fest.

»Gehst du wegen dieses Mädchens nach Deutschland zurück?« Es war Mosca völlig klar, daß es ihren Schmerz lindern würde, wenn er ja sagte, daß er sie damit von aller Schuld an seiner Flucht freisprechen würde, aber er konnte nicht lügen.

»Eigentlich nicht«, antwortete er. »Wahrscheinlich hat sie sich schon einen anderen GI zugelegt.« Und während er es laut und in aller Offenheit aussprach, wunderte er sich, wie falsch es klang, so als ob die Wahrheit, die er ihr sagte, eine Lüge wäre, um sie zu verletzen.

Sie küßte ihn und ließ ihn gehen. Auf der Straße richtete er seinen Blick noch einmal nach oben und sah seine Mutter am geschlossenen Fenster stehen. Sie hielt sich ein Taschentuch vor das

Gesicht. Er stellte die Koffer nieder, winkte ihr zu und sah, daß sie vom Fenster weggegangen war. Und weil er Angst hatte, sie könnte herunterkommen und ihm auf der Straße eine Szene machen, nahm er seine Koffer auf und ging schnell zur Hauptstraße hinüber, wo er ein Taxi bekommen würde.

Aber seine Mutter saß auf dem Sofa und weinte vor Kummer, weil sie sich gedemütigt fühlte und weil sie sich schämte. In ihrem Innersten wußte sie, daß ihr Kummer vielleicht größer sein würde, wenn er auf einem unbekannten Strand gefallen und, das weiße Kreuz über seinem Körper, eines von Tausenden, in fremder Erde begraben worden wäre. Doch dann würde sie sich nicht zu schämen brauchen, sie würde sich nach einiger Zeit mit dem Schicksal ausgesöhnt haben und bis zu einem gewissen Punkt sogar stolz sein können.

Dann würde sie nicht unter diesem nagenden Schmerz leiden, unter dem Wissen, daß er für immer fort war und daß sie, wenn er starb, nie an seiner Leiche klagen, nie ihn begraben und nie Blumen auf sein Grab legen konnte.

In dem Zug, der ihn in das Land des Feindes zurückbrachte, döste Mosca stehend vor sich hin und schwankte, den Bewegungen des Waggons folgend, von einer Seite zur anderen. Verschlafen ging er zu seiner Bank zurück und streckte sich darauf aus. Doch wie er da lag, hörte er das Stöhnen des Verwundeten, hörte er ihn mit den Zähnen klappern, denn erst jetzt protestierte der Körper des Schlafenden gegen der Welt sinnlose Wut. Mosca stand auf und ging zu den GIs hinunter. Die meisten Soldaten schliefen, und nur drei dicht beieinander brennende Kerzen waren von einem flackernden Lichtschein umgeben. Mulrooney lag zusammengekrümmt auf einer Bank und schnarchte, und zwei GIs spielten, ihre Karabiner neben sich, Rummy und tranken aus einer Flasche.

»Kann mir einer von euch eine Decke leihen?« fragte Mosca leise. »Dem Burschen ist kalt.«

Einer der GIs warf ihm eine Decke zu. »Danke«, sagte Mosca.

Der GI zuckte die Achseln. »Ich muß sowieso aufbleiben und diesen Witzbold bewachen.«

Mosca warf einen Blick auf den schlafenden Mulrooney. Das Gesicht war ausdruckslos. Langsam öffneten sich die Augen, und er starrte ihn an wie ein dummes Tier, aber in dem Moment, bevor sie sich wieder schlossen, hatte Mosca ein Gefühl des Wiedererkennens. Du armer, blöder Hund, dachte er.

Er ging wieder zurück, deckte Mr. Gerald zu und streckte sich abermals auf seiner Bank aus. Diesmal schlief er schnell und leicht ein. Er schlief traumlos, bis der Zug in Frankfurt ankam und jemand ihn wachrüttelte.

2

Die Morgensonne eines frühen Junitages leuchtete in alle Winkel des Bahnhofs, der kein Dach besaß, und verwandelte ihn in ein riesiges, ungedecktes Stadion, und als Mosca aus dem Zug stieg, sog er gierig die Frühlingsluft ein und roch dabei den scharfen Staub, der sich aus dem Schutt und den Trümmern der dahinterliegenden Stadt erhob. Soldaten in olivgrauen Uniformen formierten sich längs des Bahnsteiges zu Zügen. Gemeinsam mit den anderen Zivilbeamten folgte er einem Führer zu einem draußen wartenden Omnibus.

Wie Eroberer bahnten sie sich ihren Weg durch die Menge – so wie sich in früheren Zeiten die Reichen ihren Weg durch die Armen gebahnt hatten; sie blickten nicht nach links und nicht nach rechts, denn sie wußten, daß man ihnen Platz machen würde. Mit ihren abgetragenen Kleidern, ihren ausgehungerten Gestalten und hageren Gesichtern erweckten diese Massen den Eindruck von Männern und Frauen, die es gewöhnt waren, in Pennen zu schlafen und in Suppenküchen zu essen; mürrisch und gehorsam wichen sie zur Seite und starrten die gutgekleideten, gutgenährten Amerikaner neidisch an.

Sie kamen auf einen großen Platz. Gegenüber befand sich der Rotkreuz-Klub, und auf den Stufen lungerten bereits GIs in olivgrauen Uniformen herum. Rund um den Platz standen wiederaufgebaute Hotels, in welchen die Besatzungstruppen und die Verwalter untergebracht waren. Hier kreuzten sich verschiedene Straßenbahnlinien, und Taxis und Autobusse der Militärverwaltung füllten die breiten Straßen. Schon zu dieser frühen Stunde saßen die GIs auf den Bänken rund um den Bahnhof, und neben jedem von ihnen ein *Fräulein* mit ihrem unvermeidlichen Köfferchen. So wie früher, dachte Mosca, es hat sich nichts verändert. Die GIs erwarteten die ankommenden Züge, so wie Hausfrauen in den Vororten auf ihre pendelnden Ehemänner warten, suchten sich ein hübsches Mädchen aus und stellten es mehr oder minder plump vor die Alternative, die Nacht auf einer Bank innerhalb des kalten, schmutzigen Bahnhofs zu verbringen, um rechtzeitig den Frühzug zu erreichen, oder nach einem guten Abendessen bei Likör und Zigaretten in einem warmen Bett. Für die meisten bedeutete das einen satten, vergnügten Abend; schlimmstenfalls mußte sie in der Nacht eine gewisse Belästigung in Kauf nehmen. Üblicherweise trafen die Mädchen eine vernünftige Wahl.

Auf den in den Platz einmündenden Straßen standen die Bauernfänger, die Schwarzmarkthändler und die Kinder, alle darauf bedacht, den so umsichtigen GIs Fallen zu stellen, wenn diese, wachsam wie alte Goldschürfer mit Säcken voll Gold in der Hand, ganze Kartons Schokolade, Zigaretten und Seife in den Armen, aus dem PX kamen.

Mosca, der darauf wartete, in den Bus steigen zu können, spürte eine Hand auf seiner Schulter. Er wandte sich um und blickte in ein dunkles, knochiges Gesicht unter einer Wehrmachtmütze, der üblichen Kopfbedeckung deutscher Männer.

»Haben Sie Dollar?« fragte der Mann mit leiser, drängender Stimme. Mosca schüttelte den Kopf, wandte sich ab und spürte abermals die Hand auf seiner Schulter.

»Zigaretten?«

Mosca wollte in den Bus steigen. Noch fester umklammerte die Hand seine Schulter. »Haben Sie irgend etwas zu verkaufen? Ganz gleich was?«

»Nehmen Sie Ihre Hände sofort weg!« wies Mosca ihn auf deutsch schroff ab.

Der Mann trat verdutzt zurück, und auf seinen Zügen erschien ein Ausdruck von Haß und stolzer Verachtung. Mosca stieg in den Bus und setzte sich. Er sah, wie der Mann ihn durch das Fenster musterte, ihn und seinen grauen Gabardineanzug, die weiße Pracht seines Hemdes, die bunten Streifen seiner Krawatte. Und weil er die Verachtung im Blick des Mannes fühlte, wünschte er sich einen Augenblick lang, wieder in seiner olivgrauen Uniform zu stecken.

Langsam verließ der Bus den Bahnhofsplatz und bog in eine der vielen Straßen ein. Es schien, als täte sich eine andere Welt vor ihnen auf. Außerhalb des Platzes, der an eine Festung in der Wildnis erinnerte, zogen sich, soweit das Auge reichte, Ruinen hin. Nur da und dort war noch ein Haus zu sehen, eine unbeschädigte Mauer, eine Tür, die ins Leere führte, ein zum Himmel ragendes Stahlskelett, an dem Ziegel, Mörtel und Glas hafteten.

Der Bus setzte die meisten Zivilisten in den Vororten Frankfurts ab und fuhr dann mit Mosca und einigen Offizieren zum Wiesbadener Flugplatz weiter. Außer Mr. Gerald war Mosca der einzige Zivilbeamte, dem schon in den Staaten ein Betätigungsfeld zugewiesen worden war. Die anderen mußten in Frankfurt auf endgültige Befehle warten.

Als man auf dem Flugplatz endlich seine Dokumente überprüft hatte, mußte er noch bis nach dem Mittagessen auf die Maschine nach Bremen warten. Und als das Flugzeug von der Rollbahn abhob, hatte er nicht das Gefühl, die Erde zu verlassen, fürchtete er nicht, daß die Maschine über den Rand des Kontinents hinausschießen könnte, und dachte er auch nicht an die Möglichkeit eines Absturzes. Er sah, wie die Erde sich schrägstellte, sich ihm zuneigte, so daß sie sich wie eine braune und grüne Mauer vor ihm aufrichtete; dann legte sich das Flugzeug in eine Kurve, und der Kontinent wurde zu einem endlosen, unermeßlichen tiefen Tal. Nun war die geheimnisvolle Wandlung vollzogen, das Flugzeug flog in gerader Linie, und sie blickten wie von einem Balkon auf die flachen, schachbrettartig gemusterten Felder hinab.

Jetzt, da er seinem Bestimmungsort so nahe, seine Rückkehr fast vollendet war, dachte er an die letzten Monate zu Hause zurück, an die Geduld, die seine Familie ihm gegenüber gezeigt hatte. Er empfand ein unbehagliches, undefinierbares Schuldgefühl – nicht aber den Wunsch, auch nur einen von ihnen je wiederzusehen. Er verspürte zunehmende Ungeduld mit der Langsamkeit der Maschine, die regungslos in der Grenzenlosigkeit des frühlingsklaren Himmels zu verharren schien, und erkannte plötzlich, daß die Wahrheit, die er seiner Mutter gesagt hatte, Lüge war. Daß er, so wie seine Mutter geahnt hatte, dieses deutschen Mädchens wegen zurückkehrte – aber nicht in der Erwartung, sie wiederzufinden, nicht in der Hoffnung, daß ihre Lebenswege nach diesen Monaten der Trennung wieder zueinanderfinden könnten, sondern weil er in jedem Falle auf diesen Kontinent zurückkehren mußte. Er nahm nicht an, daß sie auf ihn gewartet hatte. Man wartet nicht auf jemanden, der einen ohne Proviant und Waffen in einem wilden Dschungel zurückläßt. Und als er so dachte, fühlte er Übelkeit in sich aufsteigen. Scham und Trauer beschlichen ihn, wie Galle stieg es ihm in den Mund. Deutlich sah er ihren Körper, ihr Gesicht, ihr Haar vor sich; zum erstenmal, seitdem er sie verlassen hatte, dachte er intensiv an sie, und schließlich, klar und entschieden, so als ob er ihn laut ausgesprochen hätte, auch an ihren Namen.

Kurz vor Mittag jenes heißen Sommermorgens vor knapp einem Jahr war das Polizeipräsidium in die Luft geflogen; Mosca, der in seinem Jeep in der Hochallee saß, spürte, wie die Erde bebte. Wenige Minuten später kam der Offizier, auf den er gewartet hatte, ein jüngst aus den Staaten angekommener junger Leutnant, aus dem Haus; sie fuhren zum Sitz der Militärregierung auf der Contrescarpe zurück. Jemand rief ihnen die Nachricht zu, und sie fuhren zum Polizeipräsidium weiter. Die Militärpolizei hatte das Gebiet bereits abgesperrt; ihre Jeeps und ihre weißen Helme blokkierten alle Straßen, die zum Platz führten. Moscas Leutnant zeigte seinen Ausweis vor, und sie durften passieren.

Das massive, dunkelgrüne Gebäude stand auf einer kleinen Anhöhe der Am-Wall-Straße. Es war groß und quadratisch und besaß einen Innenhof, der als Abstellplatz für Fahrzeuge diente.

Immer noch strömten deutsche Beamte mit staubbedeckten Gesichtern und Kleidern aus dem Haupttor. Einige Frauen, die offenbar einen Schock erlitten hatten, weinten hysterisch. Die Polizei bemühte sich, eine Menschenmenge vom Gebäude fernzuhalten; das Haus selbst wirkte seltsam lautlos und unbewohnt.

Mosca folgte dem Leutnant zu einem der kleinen Seitengänge. Es war ein überwölbter Torweg, in dem der Schutt fast bis zur Decke lag. Sie kletterten darüber und gelangten in den Innenhof.

Der große Innenhof war jetzt ein Berg von Trümmern. Gleich den Masten versunkener Schiffe in seichtem Wasser ragten die Oberteile verschiedener Gefährte, Jeeps und Lastwagen hervor. Die Explosion hatte die Innenmauern bis zu einer Höhe von drei Stockwerken weggerissen, und nun boten sich die Schreibtische, Stühle und Wanduhren der einzelnen Büros nackt ihren Blicken dar.

Mosca hörte einen Ton, den er noch nie zuvor gehört hatte, der aber in den großen Städten des Kontinents zu etwas Alltäglichem geworden war. Einen Augenblick lang schien er von allen Seiten zu kommen, ein dumpfer, gleichbleibender, monotoner, tierischer Schrei, der nicht als menschlicher zu erkennen war. Als er dann doch feststellen konnte, wo der Schrei herkam, kletterte und kroch er über den Trümmerhaufen, bis er die rechte Seite des Platzes erreichte und den dicken, roten Hals sah, den der grüne Kragen einer deutschen Polizeiuniform umschloß. Hals und Kopf waren schlaff und leblos; der Schrei kam von unterhalb des Körpers. Mosca und der Leutnant versuchten, die Ziegelbrocken wegzuräumen, aber immer wieder deckte frischer Schutt den Toten zu. Der Leutnant kroch durch den Torweg zurück, um Hilfe zu holen.

Und nun begannen Befreier und Retter, die aus den vielen Seitengängen kamen und sich über das schwer beschädigte Mauerwerk herabließen, den Hof zu füllen. Militärärzte aus den Standortlazaretten; GIs; deutsche Sanitäter und Arbeiter, die die Leichen ausgraben sollten. Mosca kroch durch den Torweg auf die Straße zurück.

Hier war die Luft frisch und rein. In einer langen Reihe waren

Krankenwagen aufgefahren, und ihnen gegenüber standen deutsche Feuerwehrfahrzeuge. Schon waren Arbeiter damit beschäftigt, die Eingänge freizumachen und den Schutt auf bereitstehende Lastwagen zu laden. Auf dem Gehsteig gegenüber dem Gebäude war ein Tisch als Befehlsstand eingerichtet worden, und Mosca sah seinen Oberst, der, von einer Gruppe jüngerer Offiziere umringt, geduldig zu warten schien. Belustigt stellte Mosca fest, daß sie alle ihre Stahlhelme aufgesetzt hatten. Einer der Offiziere winkte ihn heran.

»Gehen Sie hinauf, und bewachen Sie unser Nachrichtenbüro«, befahl er ihm und gab ihm seinen Pistolengürtel. »Sollte es noch eine Explosion geben, bringen Sie sich, so schnell Sie können, in Sicherheit.«

Mosca betrat das Gebäude durch den Haupteingang. Das Treppenhaus war halb zerstört; langsam und vorsichtig stieg er hinauf. Mit einem Auge zur Decke spähend und darauf bedacht, Stellen auszuweichen, wo sie durchhing, ging er den Gang hinunter.

Das Nachrichtenbüro lag in der Mitte des Ganges, und als er die Tür öffnete, sah er, daß der Raum nur noch zur Hälfte vorhanden war; die andere Hälfte lag aus Schutt und Geröll im Hof. Außer einem versperrten Aktenschrank gab es nichts mehr zu bewachen. Aber von hier hatte er einen guten Ausblick auf das Drama, das sich unten abspielte.

Er setzte sich bequem auf einem Stuhl zurecht, holte eine Zigarre aus der Tasche und zündete sie an. Sein Fuß stieß an etwas an, und überrascht sah er zwei Flaschen Bier auf dem Boden liegen. Er hob eine auf; sie war mit einer Kruste aus Mörtel und Ziegelstaub überzogen. Mosca öffnete sie am Türschloß und setzte sich wieder auf seinen Sessel zurück.

Das Szenenbild unten im Hof veränderte sich kaum, und die staubgetränkte Luft verlieh ihm einen traumartigen Charakter. Neben dem toten Polizisten, den er gefunden hatte, waren jetzt deutsche Arbeiter damit beschäftigt, schön langsam, wie in Zeitlupe Ziegel und Ziegelbrocken wegzuräumen. Sie um Kopfeslänge überragend, stand ein amerikanischer Offizier und wartete geduldig; allmählich färbte der Staub seine grüne Uniform weiß. Den runden Zylinder mit Blutplasma in den Händen, hatte sich ein Sergeant neben ihm aufgepflanzt. Und so standen sie überall im ganzen Hof. Über ihnen allen schwebte der zu Staub zerfetzte Beton in der sonnenbeschienenen Luft und färbte Haar und Kleidung in sanftem Herabfallen weiß.

Mosca trank das Bier und rauchte seine Zigarre. Er hörte jemanden den Gang herunterkommen und ging hinaus, um nachzusehen.

Taumelnd kam eine kleine Gruppe von deutschen Männern und Frauen aus den dunklen Tiefen den Präsidiums den endlosen Gang entlanggewankt, der dort endete, wo Fußboden und Decke fast zusammentrafen. Von Schock und Entsetzen geschwächt und geblendet, schwankten sie, ohne ihn zu sehen, an ihm vorbei. Die letzte in der Reihe war ein schmächtiges Mädchen in khakifarbenen Schihosen und einer wollenen Bluse. Plötzlich stolperte sie und fiel zu Boden, und als keiner ihrer Landsleute sich umdrehte, um ihr zu helfen, kam Mosca hinter der Tür hervor und half ihr auf die Beine. Sie würde ihren Weg fortgesetzt haben, aber Mosca streckte den Arm aus, die Bierflasche noch in der Hand, und hielt sie auf. Sie hob den Kopf, und Mosca sah, daß ihr Gesicht und ihr Hals weiß und die Augen vom Schock geweitet waren. »Bitte lassen Sie mich hinaus, bitte«, sagte sie auf deutsch und mit weinerlicher Stimme. Mosca ließ seinen Arm fallen, und sie ging an ihm vorbei den Gang hinunter. Aber schon nach wenigen Schritten brach sie zusammen.

Mosca beugte sich über sie und sah, daß ihre Augen offenstanden. Weil er sich nicht anders zu helfen wußte, hielt er ihr die Bierflasche an den Mund, aber sie stieß sie fort.

»Nein«, sagte sie, »ich habe nur Angst, weiterzugehen.« Er verstand sie kaum, aber er hörte die Scham aus ihren Worten heraus. Er zündete eine Zigarette an und steckte sie ihr zwischen die Lippen, hob den schmächtigen Körper vom Boden auf und setzte ihn auf einen Stuhl im Nachrichtenbüro.

Mosca öffnete die zweite Flasche, und diesmal trank sie ein wenig. Die Vorgänge unten hatten an Tempo zugenommen. Mit geschäftigen Händen standen die Ärzte über die Opfer gebeugt; die Soldaten mit den Plasmabehältern knieten im Schutt. Mit plattgedrückten, von Staub und Mörtel bedeckten Leichen auf ihren Tragbahren, kletterten die Sanitäter über Schutt und Geröll und verließen durch die verschiedenen Torbögen den Innenhof.

Das Mädchen stand auf. »Jetzt geht es schon wieder.« Sie wandte sich zum Gehen, aber Mosca verstellte ihr den Weg.

»Warte mir draußen«, sagte er in seinem holprigen Deutsch. Sie schüttelte den Kopf. »Du brauchen Drink«, fuhr er fort, »Schnaps, richtiges Schnaps, warm.« Wieder schüttelte sie den Kopf. »Keine krumme Tour«, sprach er jetzt englisch weiter. »Ich meine es ehrlich, Hand aufs Herz!« Scheinheilig schlug er sich mit der Bierflasche an die Brust. Sie lächelte und schob sich an ihm vorbei. Er sah der schlanken Gestalt nach, die langsam, aber mit festem Schritt den Gang entlang zum zerstörten Treppenhaus ging.

So begann es. Während der Ziegelstaub auf ihren Augenlidern haften blieb, wurden unten die Toten hinausgetragen, die der Sieger wie auch der Besiegten. Ihr schmächtiger Körper und ihr dünnes Gesicht ließen Mitgefühl und eine seltsame Zärtlichkeit in Mosca wach werden. Abends saßen sie in seinem Zimmer bei einem kleinen Radio, führten sich eine Flasche Pfefferminzlikör zu Gemüte, und als sie gehen wollte, hielt er sie unter allen möglichen Vorwänden hin, bis das Ausgangsverbot in Kraft war und sie bleiben mußte. Sie hatte ihm den ganzen Abend nicht erlaubt, sie zu küssen.

Sie entkleidete sich unter der Bettdecke, und nachdem er eine letzte Zigarette geraucht und den Rest des Likörs getrunken hatte, kam er zu ihr. Die Intensität ihrer Leidenschaft, mit der sie ihn empfing, überraschte und entzückte ihn. Viele Monate später gestand sie ihm, daß sie schon fast ein Jahr lang mit keinem Mann zusammengewesen war, und er hatte gelacht. »Wenn ein Mann das sagt«, hatte sie mit einem traurigen Lächeln hinzugefügt, »bedauert man ihn; über eine Frau lacht man.«

Aber er hatte es schon in der ersten Nacht verstanden, das und noch mehr. Daß sie vor ihm, dem Feind, Angst gehabt hatte; daß aber die zärtliche Musik im Radio, der süffige Likör, die aromatischen und nervenberuhigenden Zigaretten, die dem Küchenbullen herausgelockten, leckeren Sandwiches – seit langem entbehrte Köstlichkeiten – sich mit ihrem körperlichen Verlangen verflochten hatten; und daß sie ein Spiel spielten, indem sie die Zeit ausspannen, bis es für sie zu spät war, um das Haus noch verlassen zu können. Es war alles ganz unpersönlich gewesen, aber das hatte ihren Genuß nicht geschmälert; es mochte aber auch daran gelegen sein, daß sie im körperlichen Sinn zueinander paßten. So wurde die Nacht zu einer langen Folge sinnlicher Freude, und in den grauen Morgenstunden, bevor noch der Tag anbrach, sagte sich Mosca: Die muß ich mir halten! Sie schlief, und er rauchte, und von Mitgefühl und Zärtlichkeit und ein wenig Scham bewegt, dachte er daran, wie er mit ihrem zarten Körper umgesprungen und auf welch unerwartete Zähigkeit er gestoßen war.

Als Hella später aufwachte, bekam sie Angst; einen Atemzug lang wußte sie nicht, wo sie war. Dann schämte sie sich, daß sie sich so leichtfertig und hemmungslos und noch dazu einem Feind hingegeben hatte. Doch Moscas Beine, die in dem schmalen Bett in die ihren verschlungen waren, erfüllten ihren ganzen Körper mit warmer Sinnenfreudigkeit. Sie stützte sich auf, um ihm ins Gesicht zu sehen, denn mit einem neuerlichen Anflug von Scham mußte sie sich eingestehen, daß sie kein wirklich klares Bild von seinen Zügen hatte, daß sie einfach nicht wußte, wie er aussah.

Der Mund des Feindes war dünn und nahezu asketisch, das Gesicht schmal und kräftig und auch im Schlaf nicht entspannt. Starr lag er in dem schmalen Bett; er hielt sich steif und schlief so lautlos, kaum atmend, daß sie den Verdacht schöpfte, er stelle sich vielleicht nur schlafend, um sie dabei zu beobachten, wie sie ihn beobachtete.

So leise sie nur konnte, stieg Hella aus dem Bett und kleidete sich an. Sie war hungrig, und als sie Moscas Zigaretten auf dem Tisch sah, nahm sie eine und zündete sie sich an. Sie schmeckte sehr gut. Erst als sie aus dem Fenster sah und keinen Lärm von der Straße hörte, merkte sie, daß es noch früh war. Eigentlich wollte sie gehen, hoffte aber, er würde noch irgendwo eine Konservendose haben und ihr etwas zu essen anbieten, wenn er je aufwachen sollte. Das habe ich mir doch gewiß verdient, dachte sie halb verschämt, halb belustigt.

Sie warf einen Blick auf das Bett und stellte überrascht fest, daß die Augen des Amerikaners offen waren und er sie prüfend musterte. Sie stand auf und streckte ihm von kindlicher Scheu befallen, die Hand hin, um sich zu verabschieden. Er lachte, ergriff ihre Hand und zog sie zu sich auf das Bett. »Dazu sind wir schon zu gute Freunde«, sagte er scherzend auf englisch.

Sie verstand ihn nicht, aber sie wußte, daß er sich über sie lustig machte. »Ich muß jetzt gehen«, sagte sie zornig auf deutsch. Aber er ließ ihre Hand nicht los.

»Zigarette«, sagte er. Sie zündete ihm eine an. Er setzte sich auf, um zu rauchen. Die Bettdecke fiel zurück, und sie sah die gezackte weiße Narbe, die von seiner Leistengegend bis zur Brustwarze reichte. »Kriegsverletzung?« fragte sie auf deutsch.

Er lachte, deutete auf sie und sagte: »Von dir.« Einen Augenblick lang schien es Hella, als beschuldige er sie persönlich, und so wandte sie den Kopf zur Seite, um die Narbe nicht sehen zu müssen.

Er versuchte es mit seinem holprigen Deutsch. »Du hungrig?« fragte er. Sie nickte. Nackt sprang er aus dem Bett. Schamhaft senkte sie den Blick, während er sich ankleidete. Mosca kam das sehr spaßig vor.

Als er fertig war, küßte er sie zärtlich und sagte auf deutsch: »Geh zurück in Bett.« Sie ließ nicht erkennen, ob sie ihn verstanden hatte, aber er wußte, daß es so war und daß sie aus irgendwelchen Gründen seiner Aufforderung keine Folge leisten wollte. Er zuckte die Achseln, ging aus dem Zimmer und lief die Treppe hinunter zur Fahrbereitschaft.

Er fuhr zur Kantine und kehrte mit einer Feldflasche Kaffee, Brateiern und Sandwiches zurück. Er fand sie am Fenster sitzend, immer noch angekleidet. Er gab ihr das Essen, und sie tranken beide aus der Feldflasche. Sie bot ihm eines der Sandwichs an, aber er schüttelte den Kopf. Belustigt nahm er zur Kenntnis, daß sie es ihm, nach einer zögernden Geste, kein zweites Mal anbot. »Du kommen abend?« fragte er.

Sie schüttelte den Kopf. Sie blickten sich an, und sein Gesicht blieb unbewegt. Sie merkte, daß er sie kein zweites Mal fragen würde, daß er bereit war, sie aus seinen Gedanken und aus seiner Erinnerung zu verbannen, die Nacht, die sie zusammen verbracht hatten, aus seinem Gedächtnis zu streichen. Und weil das ihren Stolz verletzte und weil er ein zärtlicher Liebhaber gewesen war, antwortete sie: »Morgen«, und lächelte. Sie nahm einen letzten Schluck Kaffee, beugte sich über ihn, um ihn zu küssen, und ging.

Das alles hatte sie ihm nachher erzählt. Waren es drei Monate gewesen? Vier? Eine lange Zeit, erfüllt von Behagen und Wohlbefinden und Sinnenlust. Und als er eines Tages ins Zimmer kam, fand er sie in der klassischen weiblichen Pose: sie stopfte seine Socken.

»Aha«, machte er, »du gute Hausfrau.«

Hella lächelte verlegen und sah ihn an, als wollte sie seine Gedanken lesen, als wollte sie ergründen, welchen Eindruck diese Szene auf ihn gemacht hatte. Das war der Anfang einer Kampagne, in ihm den Wunsch laut werden zu lassen, sie nicht zu verlassen, mit ihr, einer Feindin, im Feindesland zu bleiben – und obwohl er sie gut verstand, störte es ihn nicht.

Und dann später, der oft erprobte Frontalangriff, die tödliche Waffe der Schwangerschaft, aber er hatte weder Mitgefühl noch Verachtung für sie empfunden; er empfand es nur als Belästigung.

»Laß es dir wegmachen«, riet er ihr. »Wir gehen zu einem guten Arzt.«

Hella schüttelte den Kopf. »Nein«, entgegnete sie, »ich will es behalten.«

Mosca zuckte die Achseln. »Ich fahre heim; davon kann mich nichts abhalten.«

»In Ordnung«, sagte sie. Sie bettelte nicht. Sie gab sich nur völlig in seine Hand und gab ihm auf jede erdenkliche Weise nach, bis er ihr eines Tages sagte, es ihr sagen mußte, obwohl er wußte, daß er log; »Ich komme zurück.« Sie blickte ihn forschend an und wußte, daß er log, und er sah, daß sie es wußte. Und das war von Anfang an ein Fehler gewesen. Denn in der folgenden Zeit wiederholte er diese Lüge immer wieder, zuweilen sogar mit leidenschaftlicher Glut, bis es schließlich soweit war, daß sie beide daran glaubten. Sie mit einer angeborenen, halsstarrigen Zuversicht, einer Entschlossenheit, die ihr in vielen Dingen eigen war.

Als er am letzten Tag in sein Zimmer zurückkam, hatte sie bereits seinen Seesack gepackt. Wie eine ausgestopfte grüne Schaufensterfigur stand er aufrecht am Fenster. Es war nach dem Mittagessen, und die Oktobersonne schien ins Zimmer. Der Bus vom Hafen würde erst nach dem Abendessen kommen.

Er wußte nicht, wie er die Stunden bis dahin mit ihr verbringen sollte. »Gehen wir spazieren«, schlug er vor. Sie schüttelte den Kopf.

Sie winkte ihn heran, und beide entkleideten sich. Er sah die sanfte Wölbung des werdenden Kindes. Er spürte kein Verlangen, aber er erzwang es und schämte sich, als sie ihn mit ungezügelter Leidenschaft empfing. Als es Zeit zum Abendessen war, kleidete er sich an und half ihr beim Anziehen.

»Ich möchte, daß du jetzt gehst«, sagte er. »Ich möchte nicht, daß du mit mir auf den Bus wartest.«

»Gut«, sagte sie gehorsam, packte ihre Kleider zu einem Bündel zusammen und stopfte sie in ihren kleinen Koffer.

Bevor sie ging, gab er ihr noch alle Zigaretten und alles, was er an deutschem Geld hatte; sie verließen das Haus gemeinsam. Auf der Straße sagte er »Leb wohl« und küßte sie. Er sah, daß sie nicht sprechen konnte, daß ihr die Tränen über die Wangen liefen, aber sie ging, ohne sich umzudrehen, blind, von der Contrescarpe bis zur Am-Wall-Straße hinunter.

Er sah ihr nach, bis sie seinen Blicken entschwunden war. Er zweifelte nicht daran, daß er sie nie wiedersehen würde, und empfand eine vage Erleichterung, daß nun alles vorbei war, daß es so leicht, ohne großes Getue gegangen war. Aber dann fiel ihm ein, was sie ihm vor einigen Tagen gesagt hatte, auf eine Weise gesagt hatte, daß es unmöglich war, an ihrer Aufrichtigkeit zu zweifeln. »Mach dir keine Sorgen um mich und das Baby«, hatte sie gesagt. »Belaste dich nicht mit Schuldgefühlen; wenn du nicht zurückkommst, wird mich das Baby glücklich machen, wird mich immer daran erinnern, wie glücklich wir waren. Komm nicht zu mir zurück, wenn du es nicht wirklich willst.«

Das, wie er glaubte, falsche Pathos ihrer Worte irritierte ihn, aber sie fuhr fort: »Ich werde mindestens ein, vielleicht sogar zwei Jahre auf dich warten. Aber wenn du nicht kommst, werde ich trotzdem glücklich sein. Ich werde einen anderen Mann finden und mir mein Leben einrichten; so sind die Menschen. Ich habe auch keine Angst; keine Angst, das Baby zu kriegen, und keine Angst, allein mit dem Kind durchzukommen. Verstehst du, daß ich keine Angst habe?« Er hatte verstanden. Daß sie keine Angst vor Schmerz und Leid hatte, das er ihr zufügen mochte, und auch nicht vor der Rücksichtslosigkeit und der mangelnden Zärtlichkeit, die nun einmal Teil seiner Persönlichkeit waren; und er hatte begriffen, was sie selbst nicht verstand und er ihr neidete, daß sie keine Furcht vor ihrer eigenen Wesensart empfand, daß sie die Grausamkeit und Böswilligkeit der Welt akzeptierte und an dem Glauben an die Kraft der Liebe festhielt – und daß sie ihn mehr bedauerte als sich selbst.

Eine braungrüne Wand hob sich ihm entgegen und benahm ihm die Sicht, und als ob sie in Augenhöhe auf der Seite lägen, tauchten Häuser vor ihm auf und winzige Flecken, die zu Menschen wurden. Die Maschine ging in die Horizontale, und Mosca sah die sauberen Konturen des Flugplatzes, die kleine Gruppe von Flugzeughallen und das langgestreckte Verwaltungsgebäude, das weißlich in der Sonne schimmerte. Am fernen Horizont hoben sich die Silhouetten der wenigen hohen Häuser ab, die in Bremen noch standen. Mißtrauisch, behutsam setzte das Fahrwerk auf, und mit einem Mal überkam ihn das heftige Verlangen, das Flugzeug endlich verlassen zu können, vor einer Tür zu stehen und auf Hella zu warten. Nun, da er sich zum Aussteigen bereit machte, war er ganz sicher, daß sie ihn in der Halle erwartete.

3

Mosca ließ sich von einem deutschen Träger die Koffer aus dem Flugzeug holen, und dann sah er Eddie Cassin die Rampe herunter und auf ihn zukommen. Sie schüttelten einander die Hände. »Schön, dich wiederzusehen, Walter«, begrüßte ihn Eddie Cassin mit seiner ruhigen, sorgfältig modulierten Stimme, die von jener Aufrichtigkeit geprägt war, die er stets zur Schau trug, wenn er sich unsicher fühlte.

»Ich danke dir, daß du das mit dem Job und mit den Papieren so schnell hingekriegt hast«, sagte Mosca.

»Keine Ursache«, erwiderte Eddie Cassin. »Einen von der alten Garde hier zu haben, das war mir die Sache schon wert. Wir haben allerlei zusammen erlebt, Walter.«

Er packte einen von Moscas Koffern, Mosca nahm den anderen und die blaue Tasche, und dann verließen sie das Flugfeld und gingen die Rampe hinauf.

»Wir gehen jetzt mal auf einen Drink zu mir ins Büro und sagen ein paar Jungs guten Tag«, schlug Eddie vor. Für eine kurze Weile legte er seinen freien Arm um Moscas Schulter. »Du alter Schweinehund«, fuhr er mit ganz natürlicher Stimme fort, »ich freue mich wirklich, daß du da bist, weißt du das?« Und Mosca empfand, was er bei seiner Heimkehr in den Staaten nicht empfunden hatte: das Gefühl, wirklich daheim zu sein, seinen wahren Bestimmungsort erreicht zu haben.

Sie gingen einen Drahtzaun entlang und gelangten zu einem kleinen Ziegelbau, der sich in einiger Entfernung von den anderen Gebäuden der Flugbasis befand. »Hier bin ich Herr und Gebieter«, erklärte Eddie, »Zivilpersonalbüro, und ich bin der Assistent des Zivilpersonaloffiziers, der seine ganze Zeit im Flugzeug verbringt. Für fünfhundert Deutsche bin ich der liebe Gott, und davon sind hundertfünfzig Frauen. Ist das nicht ein schönes Leben, Walter?«

Das Haus hatte nur ein Stockwerk. In dem großen Amtsraum eilten deutsche Angestellte geschäftig hin und her, und ein Haufen anderer Deutscher wartete geduldig darauf, vorgelassen zu werden, um sich als Mechaniker in der Fahrbereitschaft, als Küchenhelfer in den Messen oder als Aufseher in der Kantine zu bewerben. Es waren rauhe Männer, alte Frauen, junge Burschen und eine ganze Menge junger Mädchen, darunter auch ein paar sehr hübsche. Als Eddie vorbeiging, folgten sie ihm mit den Augen.

Eddie stieß die Tür zum Büro auf. Hier standen zwei Schreibtische einander gegenüber, so daß die Dahintersitzenden sich in die Augen sehen konnten. Ein Schreibtisch war völlig leer bis auf ein grün-weißes Namensschild mit der Aufschrift *Lt. A. Forte, CPO,* und einen kleinen, sauber geschichteten Stoß Papier, die auf Unterschrift warteten. Auf dem anderen Schreibtisch standen von Papieren überquellende doppelte Ablegekästen. Nahezu verdeckt von anderen Papieren, die über den Schreibtisch verstreut lagen, war ein kleines Namensschild mit der Aufschrift *Mr. E. Cassin, Asst. CPO.* In der Ecke stand ein weiterer Schreibtisch. Ein großgewachsenes und sehr häßliches Mädchen schrieb auf der Schreibmaschine und unterbrach ihre Arbeit gerade nur so lange, um zu sagen: »Guten Tag, Mr. Cassin. Der Oberst hat angerufen. Sie sollen ihn zurückrufen.«

Eddie zwinkerte Mosca zu und nahm den Hörer auf. Während er sprach, zündete Mosca sich eine Zigarette an und versuchte sich zu entspannen. Er zwang sich dazu, nicht an Hella zu denken, und ließ seinen Blick auf Eddie ruhen. Eddie schien sich nicht verändert zu haben. Graues, welliges Haar umrahmte die feingeschnittenen, aber energischen Züge. Der Mund war weich wie der eines Mädchens, die Nase lang und groß, und sein Kinn zeugte von Entschlossenheit. Die Augen waren sinnlich dunkel, und das Grau seines vollen Haares schien auf die Haut abgefärbt zu haben. Dennoch war er ein Mann von jugendlichem Aussehen und von einer Wärme des Ausdrucks, die geradezu naiv anmutete. Aber Mosca wußte, daß, wenn Eddie Cassin betrunken war, sich der weiche, volle Mund zu einem häßlichen Strich verzerrte und er das Gesicht eines bösen alten Mannes zeigte. Und weil sich dieses Böse auf keine echte Stärke stützen konnte und weil die Leute darüber lachten, so wie Mosca selbst oft genug darüber gelacht hatte, ließ er seine Bösartigkeit an seiner jeweiligen Gefährtin oder Geliebten aus. Moscas Meinung über Eddie Cassin stand fest: ein Verrückter, wenn es sich um Frauen handelte, ein miserabler Säufer, aber sonst ein wirklich netter Kerl, der alles tat, um einem Freund zu helfen. Und er war klug genug gewesen, Hella nie nahezutreten. Mosca wollte Eddie jetzt fragen, ob er Hella gesehen hatte oder wußte, wie es ihr ergangen war, aber er brachte es nicht über sich, das Thema anzuschneiden.

Eddie Cassin beendete sein Gespräch und zog eine Lade auf. Er nahm eine Flasche Gin und eine Dose Grapefruitsaft heraus. »Ingeborg«, wandte er sich an die Stenotypistin, »gehen Sie die Gläser waschen.« Sie nahm die Gläser, die in Wirklichkeit leere Behälter von Käseaufstrich waren, und verließ das Büro. Cassin ging zu einer Tür, die zu einem kleineren Büro führte. »Komm, Walter, ich möchte, daß du ein paar Freunde kennenlernst.«

Im angrenzenden Zimmer stand ein kleiner, stämmiger Mann mit käsiger Gesichtsfarbe neben einem Schreibtisch. Der Mann trug die gleiche olivgrüne Uniform wie Eddie, hatte einen Fuß auf die Sprosse eines Stuhls gestützt und den Körper vornübergebeugt, so daß sein Wanst auf seinen Schenkeln zu ruhen schien. In der Hand hielt er einen Fragebogen, den er aufmerksam studierte. Die unvermeidliche Wehrmachtsmütze unter dem Arm, stand ein Deutscher in straffer Habtachtstellung vor ihm. Am Fenster saß ein schlaksiger Zivilbeamter mit dem langen Kinn, dem kleinen Mund und dem auf ichbezogene Kraft begründete Gehabe eines amerikanischen Farmers.

»Wolf«, sagte Eddie zu dem kleinen, dicken Mann, »das ist ein alter Kumpel von mir, Walter Mosca. Walter, Wolf ist unser Sicherheitsmann. Er siebt die Deutschen, die sich hier auf dem Stützpunkt um Arbeit bewerben.«

Sie schüttelten einander die Hände, und Eddie fuhr fort: »Der Typ da am Fenster ist Gordon Middleton. Er hat keinen richtigen Job, und darum hilft er bei uns aus. Der Oberst versucht ihn loszuwerden; das ist der Grund, warum er keinen richtigen Job hat.« Da Middleton sich nicht erhob, um dem Neuankömmling die Hand zu geben, nickte Mosca ihm bloß zu, und der andere erwiderte diese Begrüßung mit einer weitausholenden Geste seines vogelscheuchendürren Armes.

Wolf wies mit dem Daumen auf die Tür und bedeutete dem Deutschen, der immer noch in Habtachtstellung verharrte, draußen zu warten. Der Deutsche knallte die Hacken zusammen, verbeugte sich und tat eilig, wie ihm geheißen. Wolf lachte und warf den Fragebogen mit einer geringschätzigen Geste auf den Schreibtisch.

»Nie in der Partei, nie in der SA, nie in der Hitlerjugend. Mann, ich möchte *nur einmal* einen richtigen Nazi kennenlernen.«

Alle lachten. Eddie nickte weise. »Sie kommen alle mit der gleichen Geschichte. Mein Freund Walter hier ist ein Mann nach deinem Geschmack, Wolf. Hat eine rauhe Sprache mit den Nazis gesprochen, als wir zusammen bei der Militärregierung waren.«

»Wirklich?« Wolf zog eine rotblonde Augenbraue hoch. »Na, anders geht's ja gar nicht.«

»Jawohl«, sagte Eddie, »wir hatten da ein Problem in der Militärregierung. Die Deutschen lieferten die Kohle an alle deutschen Dienststellen aus, aber wenn es darum ging, Samstag die jüdischen Flüchtlingslager oben in Grohn zu beliefern, dann brachen entweder die Lastwagen zusammen, oder der deutsche Verwalter erklärte, er hätte keine Kohle mehr übrig. Mein Freund Walter löste das Problem.«

»Würde mich interessieren, wie er das gemacht hat«, sagte Wolf. Er hatte eine gewinnende, einschmeichelnde, fast ölige Redeweise und überdies noch die Gewohnheit, ununterbrochen zu nicken, um dem Gesprächspartner sein volles Verständnis anzuzeigen.

Ingeborg brachte die Gläser, die Flasche und den Obstsaft herein. Eddie mixte vier Drinks, aber einen ohne Gin. Diesen gab er Gordon Middleton. »Der einzige Angehörige der Besatzungsmacht, der weder spielt noch trinkt noch hinter den Weibern her ist. Das ist auch der Grund, warum der Oberst ihn loswerden will. Er ist ein schlechtes Beispiel für die Deutschen.«

»Erzählen Sie doch mal Ihre Geschichte«, sagte Gordon. Es klang wie ein Vorwurf, aber wie ein leiser, ein geduldiger.

»Das war also so«, erzählte Eddie, »daß Mosca jeden Samstag mit ins Lager hinausfahren mußte, wenn er sicher sein wollte, daß die Kohle auch richtig ankam. An einem Sonntag aber blieb er bei einem Würfelspiel hängen und ließ die Lastwagen allein fahren. Resultat: keine Kohle. Er wurde gehörig heruntergeputzt. Ich werde das nie vergessen. Ich fuhr mit ihm hinaus, wo die Lastwagen zusammengebrochen waren, und dort hielt er den Fahrern eine kleine Rede.«

Gegen den Schreibtisch gelehnt, zündete Mosca sich eine Zigarre an und paffte nervös. Er entsann sich des Zwischenfalls und konnte sich vorstellen, was Eddie jetzt für eine Geschichte daraus machen würde. Er würde ihn zu einem echt harten Knochen stempeln, und dabei war die Sache ganz anders gewesen. Er hatte den Fahrern nur gesagt, daß er bereit war, sie ihrer Verpflichtung zu entbinden, wenn sie nicht fahren wollten, und daß ihnen auch kein Schaden daraus erwachsen würde. Wenn sie aber ihren Arbeitsplatz behalten wollten, dann war es ihre Obliegenheit, darauf zu sehen, daß die Kohle pünktlich im Flüchtlingslager eintraf – und wenn sie das Zeug auf dem Buckel hinschleppen müßten. Ein Fahrer hatte gekündigt, und Mosca hatte sich seinen Namen notiert und an die anderen Zigaretten verteilt. Eddie stellte die Sache so dar, als ob er sich mit den Sechsen geschlagen und sie allesamt fertiggemacht hätte.

»Dann ging er zum Verwalter und knöpfte sich den vor. Der schiß sich richtig ein. Und von diesem Tag an spielte er jeden Samstag Würfel, und die Kohle traf pünktlich im Lager ein. Ja, ja, Mosca versteht sein Geschäft.« Eddie schüttelte bewundernd den Kopf.

Wolf nickte befriedigt. »Solche Leute brauchen wir hier«, sagte er. »Diese Germanen glauben, sie können sich alles erlauben.«

»Heute kannst du so etwas nicht mehr machen, Walter«, bemerkte Eddie.

»Ja, wir bringen ihnen jetzt Demokratie bei«, sagte Wolf in so trockenem Ton, daß Mosca und Eddie lachen mußten; selbst Middleton lächelte.

Sie schlürften ihre Drinks, dann ging Eddie ans Fenster, um einer

Frau nachzusehen, die zum Ausgang unterwegs war. »Das ist 'ne nette Lustschnecke«, sagte er. »Wär' das nicht was für dich?«

»Das ist eine Frage für den Fragebogen«, antwortete Wolf und wollte noch etwas hinzufügen, als die Tür zum Gang aufgestoßen und ein großgewachsener blonder Junge ins Zimmer geschoben wurde. Er war mit Handschellen gefesselt und weinte. Hinter ihm kamen zwei Männer in dunklen Straßenanzügen. Einer von ihnen trat vor.

»Herr Doman«, sagte er, »wir haben den Kerl, der die Seife gestohlen hat.« Wolf brach in schallendes Gelächter aus.

»Der Seifenräuber«, erklärte er Eddie und Mosca. »Uns hat 'ne ganze Menge Rotkreuz-Seife gefehlt, die für deutsche Kinder bestimmt war. Diese Herren sind Kriminalbeamte aus der Stadt.«

Einer der zwei Männer machte sich daran, die Handschellen aufzuschließen. Er hielt dem Jungen seinen Zeigefinger unter die Nase, eine fast väterliche Geste, und sagte: »Keine Dummheiten, eh?« Der Junge nickte.

»Lassen Sie sie zu«, wies Wolf ihn barsch an. Der Kriminalbeamte trat einen Schritt zurück.

Wolf pflanzte sich vor dem Jungen auf und sah ihn an. »Wußtest du, daß diese Seife für deutsche Kinder bestimmt war?« Der blonde Junge ließ den Kopf sinken und antwortete nicht.

»Du hast hier gearbeitet, und wir haben dir vertraut. Du wirst nie wieder für uns arbeiten. Aber wenn du ein Geständnis unterschreibst, werden wir nicht gegen dich vorgehen. Bist du damit einverstanden?«

Der Junge nickte.

»Ingeborg«, rief Wolf. Die deutsche Stenotypistin kam herein. Wolf nickte den zwei Männern zu. »Gehen Sie mit ihm ins andere Büro; das Fräulein weiß, was sie zu tun hat.« Er wandte sich Eddie und Mosca zu. »Eine einfache Lösung«, sagte er und lächelte sein freundliches Lächeln. »Aber damit erspare ich uns allen eine Menge Kopfzerbrechen, und der Junge bekommt seine sechs Monate.«

»Mann«, sagte Mosca, den die Geschichte eigentlich ziemlich kalt ließ, »Sie haben ihm doch versprochen, ihn laufenzulassen.«

Wolf zuckte die Achseln. »Tue ich auch, aber die deutschen Bullen sperren ihn ein, weil er die Seife auf dem Schwarzen Markt verkauft hat. Der Polizeichef in Bremen ist ein alter Freund von mir. Wir arbeiten zusammen.«

»Justiz in Reinkultur«, murmelte Eddie. »Der Junge hat ein paar Stücke Seife gestohlen. Na, wenn schon? Gib ihm eine Chance.«

»Kann ich nicht machen«, konterte Wolf rasch. »Sie würden uns das Weiße aus den Augen stehlen.« Er setzte seine Mütze auf. »Na, ich habe heute abend noch einiges zu tun. Leibesvisitation für das gesamte Küchenpersonal, bevor sie den Stützpunkt verlassen. Ganz große Aktion.« Er grinste. »Sie haben da auch eine Polizistin aus Bremen; die durchsucht die Frauen. Kommt immer mit Gummihandschuhen und einem großen Stück Seife. Ihr solltet mal sehen, wo diese Frauen ein Päckchen Butter verstecken. Pfui.« Er spuckte aus. »Ich hoffe nur, daß ich nie *so* hungrig sein werde.«

Nachdem Wolf gegangen war, erhob sich Gordon Middleton und sagte mit seiner tiefen, harten Stimme: »Der Oberst kann ihn gut leiden.« Dabei lächelte er Mosca gutmütig an, so als ob das etwas wäre, was ihn belustigte und was er keinem übelnahm. Bevor er das Büro verließ, sagte er noch zu Eddie: »Heute werde ich wohl einen früheren Bus nehmen«, und zu Mosca, in einfachem und freundlichem Ton: »Wir werden uns ja später noch sehen, Walter.«

Der Arbeitstag war zu Ende. Durch die Fenster konnte Mosca die deutschen Arbeiter sehen, die sich beim Ausgang drängten und darauf warteten, von der Militärpolizei durchsucht und überprüft zu werden, bevor sie den Stützpunkt verlassen durften. Eddie kam ans Fenster und blieb neben ihm stehen.

»Du wirst jetzt wohl in die Stadt fahren und nach dem Mädchen sehen wollen«, sagte er und lächelte ein süßliches, fast weibisches Lächeln. »Das ist der eigentliche Grund, warum ich mir solche Mühe gemacht habe, *hier* einen Job für dich zu organisieren, als du mir schriebst. Das Mädel *war* doch der Anlaß zu deinem Brief, habe ich recht?«

»Ich weiß es nicht. Zum Teil wohl.«

»Willst du dir zuerst dein Quartier in der Stadt anschauen oder gleich zu ihr gehen?«

»Schauen wir uns zuerst das Quartier an.«

Eddie lachte. »Wenn du jetzt gehst, erwischst du sie noch zu Hause. Bis wir das Quartier unter Dach und Fach haben, ist es acht, und dann ist sie vielleicht ausgegangen.« Er streifte Mosca mit einem scharfen Blick.

»Mein Pech.«

Wieder nahmen sie jeder einen Koffer und gingen auf den Parkplatz hinaus, wo Eddie seinen Jeep abgestellt hatte. Aber noch bevor er den Motor startete, wandte er sich an Mosca und sagte:

»Du wirst mich nicht fragen, aber ich antworte dir trotzdem. Ich habe sie nie in einem Offiziersklub, nie in einer Kantine und nie mit einem GI gesehen. Ich habe sie überhaupt nie gesehen.« Und nach einer kleinen Pause fügte er verschmitzt hinzu: »Und ich hatte nie das Gefühl, es könnte dein Wunsch sein, daß ich sie aufsuche.«

4

Nachdem sie die Neustadt durchquert hatten und über die Brücke in die Innenstadt von Bremen gelangt waren, sah Mosca das erste Wahrzeichen, an das er sich erinnerte. Es war der Glockenturm einer Kirche, der Bewurf ein pockenzerfressenes Gesicht; eine schlanke Nadel aus Stein und Mörtel, aufragend zum Himmel.

Dann ging es am klotzigen Polizeipräsidium vorbei, auf dessen dunkelgrünen Mauern noch die weißen Narben der Explosion zu sehen waren. Sie bogen in die Schwachhauser Heerstraße ein, um die andere Seite der Stadt zu erreichen, die einst die eleganteren Viertel umfaßt hatte; hier waren die Häuser zum Großteil unversehrt geblieben und dienten jetzt der Besatzungsmacht als Quartiere.

Mosca dachte über den Mann nach, der neben ihm saß. Eddie Cassin war nicht eben romantisch veranlagt. Eher das Gegenteil, soweit Mosca das beurteilen konnte. Als sie noch GIs gewesen waren, hatte Eddie eine junge, aber auch sehr gut entwickelte Belgierin, ein außerordentlich hübsches Püppchen, in der Stadt gefunden. Er hatte sie in einem kleinen, fensterlosen Raum in seinem Quartier untergebracht und eine große Party gegeben. Das Mädchen hatte den Raum drei Tage und drei Nächte lang nicht verlassen und war allen dreißig GIs des Quartiers zu Willen gewesen. Kartenspielend waren die Männer in der danebenliegenden Küche gesessen und hatten gewartet, bis die Reihe an sie kam. Das Mädchen war so hübsch und gutmütig gewesen, daß die GIs sie so verwöhnt hatten, wie üblicherweise Ehemänner ihre schwangeren Gattinnen verwöhnen. Sie organisierten Eier, Speck und Schinken und überboten sich gegenseitig, wenn es darum ging, ihr Frühstückstablett mit allerlei Köstlichkeiten vollzuräumen. Zu den Mahlzeiten brachten sie ihr Leckerbissen aus der Messe. Sie lachte und scherzte, wenn sie nackt im Bett saß, um zu essen. Den ganzen Tag über war immer einer bei ihr im Zimmer, und sie schien eine echte Zuneigung für die Burschen zu empfinden. Schwierigkeiten machte sie nur in einem Punkt: Eddie Cassin mußte sie jeden Tag mindestens eine Stunde lang besuchen kommen. Sie nannte ihn Daddy.

»Um sie für mich allein zu behalten, dazu war sie zu hübsch«, hatte Eddies Erklärung gelautet. Aber Mosca hatte den Tonfall schäbiger Genugtuung in seiner Stimme nicht vergessen.

Von der Kurfürstenallee bogen sie in die Metzer Straße ein und fuhren im frühabendlichen Schatten der langen Reihen breiter und laubreicher Bäume dahin. Vor einem vier Stock hohen, neugetünchten Ziegelhaus mit einem kleinen Vorgarten blieben sie stehen. »Hier ist es«, sagte Eddie, »das beste Junggesellenquartier für Amerikaner in Bremen.«

Mosca nahm beide Koffer und die Tasche, und Eddie ging vor ihm über den Gehsteig. An der Tür wurden sie von der deutschen Haushälterin empfangen.

»Das ist Frau Meyer«, sagte Eddie und legte seinen Arm um ihre Hüfte. Frau Meyer war eine Frau von etwa vierzig Jahren und nahezu platinblond. Sie hatte eine ausgezeichnete Figur, die sie ihrer vieljährigen Tätigkeit als Schwimmlehrerin beim BDM verdankte. Ihr Gesicht hatte einen freundlichen, aber verlebten Ausdruck, der durch die großen, sehr weißen, hervorstehenden Zähne betont wurde.

Mosca nickte, und sie sagte: »Ich freue mich sehr, Sie kennenzulernen, Mr. Mosca. Eddie hat mir schon so viel von Ihnen erzählt.«

Sie stiegen in den dritten Stock. Frau Meyer schloß die Tür zu einem der Zimmer auf und gab Mosca die Schlüssel. Es war ein sehr großes Zimmer. In einer Ecke stand ein schmales Bett und in der anderen ein großer, weiß bemalter Schrank. Zwei breite Fenster ließen die untergehende Sonne und den ersten Anfang des langen Sommerzwielichts ein. Sonst war das Zimmer leer.

Mosca stellte die zwei Koffer nieder, und Eddie setzte sich auf das Bett. »Ruf doch mal Yergen«, sagte er zu Frau Meyer.

»Ich hole gleich auch Laken und Decken«, antwortete Frau Meyer. Sie hörten, wie sie die Treppe hinaufging.

»Sieht nicht sehr toll aus«, bemerkte Mosca.

Eddie lächelte. »Wir haben einen Zauberer im Haus. Diesen Yergen. Der beschafft alles.« Und während sie warteten, gab Eddie Mosca einige Informationen über das Quartier. Frau Meyer war eine gute Hausfrau und kümmerte sich darum, daß es immer heißes Wasser gab und daß die acht Dienstmädchen alles sauberhielten und daß die Wäsche (nach einer Sondervereinbarung mit Frau Meyer) tadellos gebügelt wurde. Sie selbst wohnte in zwei behaglich eingerichteten Zimmern im Dachgeschoß. »Ich verbringe die meiste Zeit oben bei ihr«, fuhr Eddie fort, »aber ich glaube, sie läßt sich auch noch von Yergen vögeln. Gottlob ist mein Zimmer im Stockwerk unter diesem, so daß wir uns gegenseitig nicht allzu streng kontrollieren können.«

Die Abenddämmerung breitete sich über die Stadt, und Mosca wurde immer ungeduldiger. Eddie ließ sich über das Quartier aus, als ob es sein persönliches Eigentum wäre. Für die in der Metzer Straße einquartierten Amerikaner, erklärte Eddie, war Yergen einfach unentbehrlich. Er hatte die Wasserpumpe des Hauses so hingekriegt, daß sogar die Bewohner des obersten Stockwerks baden konnten. Er machte Kisten für das Porzellan, das die Amerikaner nach Hause schickten, und packte das Zeug so geschickt, daß die dankbaren Verwandten in Amerika noch nie geklagt hatten, daß etwas zerbrochen angekommen wäre. Sie waren ein gutes Team, dieser Yergen und Frau Meyer, und nur Eddie wußte, daß sie tagsüber und sehr bedachtsam die Zimmer plünderten. Hier ein paar Unterhosen, dort ein paar Socken, hier ein paar Handtücher, dort ein paar Taschentücher. Die Amerikaner waren schlampig und paßten auf ihre Sachen nicht auf. In den Zimmern der ganz besonders Achtlosen verschwand hin und wieder ein halb gefülltes oder ganzes Päckchen Zigaretten. Sie machten das sehr diskret. Bei den Dienstmädchen allerdings sorgten sie für strenge Disziplin; die mußten ehrlich bleiben.

»Menschenskind«, unterbrach ihn Mosca, »du weißt doch, daß ich hier raus will. Können diese Deutschen sich nicht ein bißchen beeilen?«

Eddie ging zur Tür und rief hinaus: »He, Meyer, mach mal!« Und dann zu Mosca: »Wahrscheinlich hat sie mit Yergen noch schnell mal eine Nummer gemacht, das tut sie gern.« Sie hörten sie die Treppe herunterkommen.

Sie kam mit einem Arm voll Bettwäsche ins Zimmer, und hinter ihr kam Yergen. Im Mund hatte er ein paar Nägel, in der Hand einen Hammer. Er war ein schmächtiger, kleiner Deutscher in mittleren Jahren und trug Overalls über einer khakifarbenen amerikanischen Uniformbluse. Ein Fluidum von selbstverständlicher Zuverlässigkeit und natürlicher Würde ging von ihm aus und würde bei jedem, der mit ihm zu tun hatte, grenzenloses Vertrauen erweckt haben, wären nicht diese verrunzelten und zerknitterten Tränensäcke gewesen, die seinen Zügen einen Ausdruck raffinierter Schläue verliehen. Er schüttelte Eddie Cassin die Hand und bot dann Mosca die gleiche Form der Begrüßung an. Mosca schüttelte ihm die Hand. Richtig freundschaftliches Klima hier, dachte er.

»Ich bin hier das Mädchen für alles«, erklärte Yergen. »Wenn Sie was brauchen, ich stehe zur Verfügung.«

»Ich brauche ein größeres Bett«, sagte Mosca, »ein paar Möbel, ein Radio und noch ein paar Kleinigkeiten. Das überlege ich mir noch.«

Yergen knöpfte seine Hemdtasche auf und zog einen Bleistift heraus. »Selbstverständlich«, sagte er mit geschäftiger Miene. »Die Zimmer sind sehr schlecht ausgestattet. Die Vorschriften! Aber ich habe schon einigen Ihrer Kameraden zu Diensten sein können. Ein kleines oder ein großes Radio?«

»Was kostet das?« fragte Mosca.

»Fünf bis zehn Stangen.«

»In Geld meine ich. Ich habe keine Zigaretten.«

»Dollar oder Besatzungsgeld?«

»Dollars.«

»Ich würde meinen«, sagte Yergen langsam, »Sie brauchen ein Radio, ein paar Tischlampen, vier oder fünf Stühle, ein Sofa und ein großes Bett. Ich werde Ihnen das alles verschaffen, über den Preis sprechen wir später. Wenn Sie auch jetzt keine Zigaretten haben, ich kann warten. Ich bin ein Geschäftsmann; ich weiß, wem ich Kredit einräumen kann. Außerdem sind Sie ein Freund von Mr. Cassin.«

»Na schön«, sagte Mosca. Er zog Hemd und Unterhemd aus und öffnete die blaue Tasche, um Seife und Handtuch herauszuholen.

»Und wenn Sie etwas gewaschen oder gebügelt haben wollen, lassen Sie es mich bitte wissen. Ich werde dem Mädchen die entsprechenden Anweisungen geben.« Frau Meyer lächelte ihn an. Ihr gefiel sein geschmeidiger Körper mit der dekorativen weißen Narbe, von der sie annahm, daß sie sich bis zu seinen Geschlechtsteilen hinzog.

»Was kostet das?« fragte Mosca. Er hatte einen Koffer geöffnet und legte sich frische Wäsche zurecht.

»Oh, bitte, keine Bezahlung. Geben Sie mir jede Woche ein paar Tafeln Schokolade, und ich werde es so einrichten, daß die Mädchen zufrieden sind.«

»Okay, okay«, sagte Mosca ungeduldig. Und dann zu Yergen: »Sehen Sie zu, daß das Zeug morgen da ist.«

Nachdem die zwei Deutschen gegangen waren, schüttelte Eddie Cassin mit gespielt vorwurfsvollem Blick den Kopf. »Die Zeiten haben sich geändert, Walter«, sagte er. »Die Besatzung befindet sich jetzt in einer neuen Phase. Wir begegnen Leuten wie Yergen und Frau Meyer mit Respekt, schütteln ihnen die Hand und bieten ihnen immer, aber auch immer, eine Zigarette an, wenn wir etwas mit ihnen zu besprechen haben. Sie können uns Gefälligkeiten erweisen, Walter.«

»Der Teufel soll sie holen«, antwortete Mosca. »Wo ist das Badezimmer?«

Cassin führte ihn den Gang hinunter. Das Badezimmer war riesig groß, hatte drei Waschbecken, die größte Badewanne, die Mosca je gesehen hatte, und eine Toilette mit einem kleinen Tischchen daneben, auf dem amerikanische Zeitschriften und Zeitungen ausgebreitet waren.

»Große Klasse«, sagte Mosca. Er begann sich zu waschen, und Eddie setzte sich auf die Klosettmuschel, um ihm Gesellschaft zu leisten.

»Hast du die Absicht, mit deiner Freundin hier zu wohnen?« fragte Eddie.

»Wenn ich sie finde und wenn sie zu mir zurückkommen will«, erwiderte Mosca.

»Gehst du noch heute abend zu ihr?«

Mosca trocknete sich ab und schob eine neue Klinge in seinen Rasierapparat. »Mhm«, machte er und warf einen Blick durch das halb offene Fenster hinaus. Es war schon fast dunkel. »Ich werde es heute abend versuchen.«

Eddie stand auf und ging zur Tür. »Wenn's nicht klappt, komm nachher zu Frau Meyer hinauf auf einen Drink.« Er klopfte Mosca auf die Schulter. »Wenn alles glattgeht, sehe ich dich morgen früh im Büro.« Er ging hinaus und den Gang hinunter.

Allein geblieben, empfand Mosca ein überwältigendes Verlangen, sich nicht fertig zu rasieren, in sein Zimmer zurückzukehren und ins Bett zu gehen oder hinauf zu Frau Meyer, um dort, zusammen mit Eddie, den Abend mit Trinken zu verbringen. Es widerstrebte ihm, das Haus zu verlassen und Hella aufzusuchen, aber er bezwang diese Anwandlung, rasierte sich fertig und kämmte sich. Er ging zum Badezimmerfenster und öffnete es; die Seitenstraße war nahezu leer, aber ein Stück weiter unten war eine schwarz gekleidete Frau, eine verschwommene Gestalt in der zunehmenden Dunkelheit, damit beschäftigt, Gras auszureißen, das hier und dort zwischen den Ruinen wuchs. Sie hatte schon einen ganzen Arm voll davon. Ihm näher, fast unmittelbar unter seinem Fenster, sah er eine vierköpfige Familie, Vater, Mutter und zwei kleine Jungen, eine Mauer aufrichten, die bis jetzt allerdings nur etwa einen Fuß hoch war. Von einem kleinen Handwagen holten die Knaben die gebrochenen Ziegel, die sie offenbar aus den Trümmern der zerstörten Stadt geborgen hatten, und der Mann und die Frau hackten und schabten, bis die Ziegel in die Mauer paßten. Das Gerippe ihres Hauses umrahmte die Szene zu einem Bild, das einen tiefen Eindruck bei ihm hinterließ. Das letzte Licht des Tages erlosch, und Straßen und Menschen waren nur noch dunkle Formen, die sich gegen eine noch tiefere und undurchdringlichere Finsternis abhoben. Mosca ging in sein Zimmer zurück.

Er nahm eine Flasche aus dem Koffer und tat einen kräftigen Zug. Er kleidete sich sorgfältig an. Es ist das erste Mal, daß sie mich ohne Uniform sehen wird, dachte er. Er wählte einen hellgrauen Anzug und dazu ein offenes weißes Hemd. Er ließ alles, wie es war – die Koffer offen, aber nicht ausgepackt, die schmutzige Wäsche auf dem Boden, das Rasierzeug achtlos auf das Bett geworfen. Noch einmal setzte er die Flasche an den Mund, dann lief er die Treppe hinunter und trat in die warme, schwüle Sommernacht hinaus.

Er nahm eine Straßenbahn, und der Schaffner, der ihn sogleich als Amerikaner identifizierte, bat ihn um eine Zigarette. Mosca gab sie ihm und behielt ein scharfes Auge auf die entgegenkommenden Züge. Es könnte sein, dachte er, daß sie ihr Zimmer schon verlassen hatte, um irgendwo den Abend zu verbringen. Mehr als einmal spannte sich die Haut über seinen Backenknochen, wenn er glaubte, daß er sie gesehen hatte, daß das Profil oder der Rücken einer Frau dem ihren glich, aber er war nie sicher.

Als er aus der Straßenbahn ausstieg und die vertraute Straße entlangging, erkannte er das Haus nicht gleich wieder und mußte erst die Namenslisten studieren, die an der Tür jedes Hauses angebracht waren. Er irrte sich nur ein einziges Mal, und schon auf der zweiten Liste fand er ihren Namen. Er klopfte, wartete ein paar Minuten und klopfte abermals.

Die Tür öffnete sich, und im trüben Licht des Korridors erkannte er die alte Frau wieder, der die Wohnung gehörte. Das sorgfältig festgesteckte graue Haar, das abgetragene schwarze Kleid, der fadenscheinige Schal, alles fügte sich zu dem klassischen Bild einer sorgenbeladenen alten Frau zusammen.

»Ja«, fragte sie, »was ist?«

»Ist Fräulein Hella zu Hause?« Mosca war selbst überrascht, wie gut und flüssig sein Deutsch war.

Die alte Frau erkannte ihn nicht und merkte auch nicht, daß er kein Deutscher war. »Bitte, kommen Sie herein«, sagte sie, und er folgte ihr durch den matt erleuchteten Gang bis zum Zimmer. Die alte Dame klopfte und sagte: »Fräulein Hella, Sie haben Besuch. Ein Herr.«

Endlich hörte er ihre Stimme, ganz ruhig, aber doch ein wenig überrascht. »Ein Herr?« Und dann: »Einen Augenblick, bitte.«

Mosca öffnete die Tür und trat ein.

Sie saß mit dem Rücken zu ihm und schob sich eilig Spangen in das frisch gewaschene Haar. Auf dem Tisch neben ihr lag ein Laib graues Brot. An der Wand stand ein schmales Bett und daneben ein Nachttischchen.

Während er sie beobachtete, steckte Hella sich das Haar fest und griff nach dem Brot und einer bereits abgeschnittenen Scheibe, um es in den Schrank zu tun. Dann drehte sie sich um, und ihre Augen fielen auf Mosca, der an der Tür wartete.

Mosca sah das weiße, knochige, nahezu skelettartige Gesicht und die Gestalt, die noch zerbrechlicher wirkte, als er sie in Erinnerung hatte. Ihre Hände öffneten sich, und das graue Brot fiel auf den hölzernen, unebenen Fußboden. Sie zeigte keine Überraschung, und einen Augenblick lang glaubte er, Ärger und so etwas wie Mißfallen in ihren Zügen zu lesen. Doch dann breitete sich ein Schleier aus Leid und Trauer über ihr Gesicht. Er ging auf sie zu, und ihr Gesicht wurde runzelig und faltig, und die Tränen liefen durch die vielen Furchen bis hinunter zum Kinn, das er jetzt in seiner Hand hielt. Sie ließ den Kopf sinken und preßte ihn an seine Schulter.

»Laß dich anschauen«, sagte Mosca. Er versuchte, ihren Kopf zu heben, aber sie ließ es nicht geschehen. »Ist ja gut«, sagte er, »ich wollte dich überraschen.« Aber sie hörte nicht auf zu schluchzen, und er konnte nichts anderes tun als warten und seine Blicke durch das Zimmer schweifen zu lassen, über das schmale Bett, über den altmodischen Schrank und die Kommode, auf der, vergrößert und eingerahmt, die Fotos standen, die er ihr geschenkt hatte. Das Licht der Tischlampe war trübe, ein deprimierender, schwacher gelber Schein. Unter dem Gewicht der zerstörten oberen Stockwerke waren die Wände und die Decke des Zimmers nach innen durchgebogen.

Halb lachend, halb weinend, hob Hella den Kopf. »Oh, du, du«, murmelte sie. »Warum hast du nicht geschrieben? Warum hast du mir nicht gesagt, daß du kommst?«

»Ich wollte dich überraschen«, wiederholte er. Er küßte sie zart, und an ihn gelehnt sagte sie mit schwacher, schwankender Stimme: »Als ich dich gesehen habe, habe ich geglaubt, du wärst tot, und ich träumte oder bin verrückt geworden oder ich weiß nicht. Ich sehe ja entsetzlich aus, ich habe mir eben das Haar gewaschen.«

Sie blickte an ihrem verschossenen, formlosen Hauskleid herab und hob ihm dann abermals ihr Gesicht entgegen.

Jetzt sah er die dunklen Ringe unter ihren Augen. Das Haar unter seiner Hand fühlte sich feucht und tot an, ihr Körper hart und kantig.

Sie lächelte, und er sah seitlich die Lücke in ihrem Mund. Er streichelte ihre Wange und fragte: »Und das?«

Sie machte ein verlegenes Gesicht. »Das Baby«, antwortete sie. »Es hat mich zwei Zähne gekostet.« Sie lächelte ihn an und fragte wie ein Kind: »Sehe ich sehr häßlich aus?«

Langsam schüttelte Mosca den Kopf. »Nein«, erwiderte er,

»nein.« Und dann, nachstoßend: »Was war mit dem Baby? Hast du es dir wegmachen lassen?«

»Nein«, sagte Hella, »es wurde zu früh geboren; es lebte nur ein paar Stunden. Ich bin erst vor einem Monat aus dem Krankenhaus gekommen.«

Und weil sie seinen Argwohn, seinen Mangel an Vertrauen kannte, ging sie zum Schrank und holte ein Bündel Papiere heraus, die mit einer Schnur zusammengebunden waren. Sie blätterte sie durch und reichte ihm vier amtliche Dokumente.

»Lies«, sagte sie, und es klang weder zornig noch verletzt. Sie wußte, daß man in dieser Welt und Zeit, in der sie lebten, mit Beweisen zur Hand sein mußte.

Die Siegel und Stempel der verschiedenen Amtsstellen zerstreuten seine Zweifel. Fast bedauernd nahm er die Tatsache zur Kenntnis, daß sie nicht gelogen hatte.

Hella ging zum Schrank und nahm einen Stoß Kleidungsstücke heraus. Sie hielt jedes einzelne davon hoch, die kleinen Unterhemden, Hemden, Blusen und Hosen. Die Stoffe und Farben waren Mosca zum Teil vertraut. Und dann begriff er, daß sie, weil eben sonst nichts zu haben war, ihre eigenen Kleider, ja sogar ihre Unterwäsche aufgetrennt und für das Baby wieder zurechtgeschnitten hatte.

»Ich wußte, daß es ein Junge sein würde«, sagte sie. Und plötzlich fühlte Mosca heißen Zorn in sich aufsteigen. Er war zornig, weil sie die Farbe aus ihrem Gesicht, das Fleisch um ihre Hüften und Schultern, die Zähne und ihre so geschickt aufgetrennten und wieder zusammengesetzten Kleider gegeben – und nichts dafür erhalten hatte. Und im gleichen Augenblick erkannte er, daß er zurückgekehrt war, weil er ihrer und nicht sie seiner bedurfte.

»Das war dumm von dir«, sagte er, »das war verdammt dumm von dir.«

Er setzte sich auf das Bett, und sie setzte sich neben ihn. Eine kleine Weile waren sie beide verlegen und starrten auf den nackten Tisch, auf den einzigen Stuhl, die eingedrückten Wände und die herabhängende Decke. Dann aber, ganz langsam, so als ob sie ein uraltes Ritual vollzögen, Heiden gleich, die den Segen eines unbekannten, grausamen Gottes auf ihren Bund herabflehen, ohne zu wissen, ob das Zeremoniell ihnen Glück oder Unglück bescheiden wird, streckten sie sich auf dem schmalen Bett aus und vereinten sich. Er tat es mit einer Leidenschaft, die sich auf Alkohol, Schuldgefühle und Gewissensbisse gründete, sie mit der festen Überzeugung, daß dies eine gute und erfüllende Vollziehung war, durch die sie beide der Seligkeit teilhaftig werden würden. Sie fand sich mit dem Schmerz ab, den er ihrem noch nicht ausgeheilten Körper zufügte, und akzeptierte die Rücksichtslosigkeit seiner Leidenschaft und seinen mangelnden Glauben an sie, an sich und an alles, denn sie erkannte die entscheidende Wahrheit: daß er von allen Menschen, denen er je begegnet war, nur ihrer bedurfte, ihrer Zuversicht, ihres Körpers, ihres Glaubens an ihn und ihrer Liebe zu ihm.

5

Der zweite Friedenssommer ging für Mosca schnell vorüber. Die Arbeit auf dem Stützpunkt war so leicht, es schien, als ob er überhaupt nur da wäre, um Eddie Cassin Gesellschaft zu leisten, ihm zuzuhören, wenn er seine Geschichten erzählte, und ihn zu vertreten, wenn er zu betrunken war, um zur Arbeit zu kommen. Eddie hatte nicht viel zu tun. Leutnant Forte kam nur jeden Morgen auf ein paar Minuten ins Büro, um Papiere zu unterschreiben, und begab sich dann in die Operationsabteilung, um einen Flug für sich herauszuschinden und den Rest des Tages im Gespräch mit seinen Pilotenfreunden zu verbringen. Nach der Arbeit ging Mosca mit Wolf und Eddie und manchmal auch Gordon in den Ratskeller essen; das war die offizielle Messe für amerikanische Offiziere und Beamte in Bremen.

Die Abende verbrachte er mit Hella im Zimmer. Sie lagen zusammen auf der Couch und lasen, während das Radio, das auf einen deutschen Sender eingestellt war, leise Musik spielte. Wenn dann die warme, sommerliche Dämmerung hereinbrach, sahen sie sich an, lächelten und gingen zu Bett. Das Radio ließen sie bis sehr spät laufen.

Es war ein ruhiges Stockwerk, in dem sie wohnten, aber in den Geschossen unter ihnen gab es jeden Abend Parties. In den Sommernächten füllte der blecherne Ton des Radios die Metzer Straße, und mit kreischenden Bremsen und viel Geschrei hielten die Jeeps vor dem Haus, vollbeladen mit Amerikanern in ihren olivgrünen Ausgehuniformen, hübsche, nacktbeinige deutsche Mädchen auf dem Schoß. Gelächter und Gläserklirren aus den offenen Fenstern veranlaßten manchen Passanten, neugierig den Kopf herumzudrehen, bevor er seinen Weg fortsetzte. Zuweilen hörten sie später auch Cassin, wenn er in betrunkenem Zustand im Vorgarten randalierte oder eine seiner Freundinnen wüst beschimpfte. Manchmal gingen die Parties schon früher zu Ende, und dann ließ ein später Sommerwind, dessen Frische durch den Geruch des Schutts verpestet war, die Blätter in den Zweigen der Bäume rascheln, die die Straße säumten.

Sonntags kochten Hella und Frau Meyer gemeinsam das Mittagessen in der Meyer'schen Dachwohnung – meist einen Hasen oder eine Ente und frisches Gemüse, die Eddie und Mosca auf einem nahegelegenen Bauernhof einhandelten. Zum Abschluß gab es Kaffee aus der Kantine und Eiscreme. Wenn sie fertiggegessen hatten, überließen Hella und Mosca Eddie und Frau Meyer ihren Whisky und unternahmen einen langen Spaziergang quer durch die Stadt.

Mosca, die Zigarre im Mund, Hella in einem seiner gestärkten weißen Hemden, die Ärmel fein säuberlich über die Ellbogen hochgekrempelt, so schlenderten sie am Polizeipräsidium vorbei, an dessen grünstichigem Beton noch die Spuren der Explosion zu erkennen waren, und, ein Stück weiter, am Glocke-Haus, in dem jetzt der amerikanische Rotkreuz-Klub untergebracht war. Auf dem Platz davor standen Kinder und bettelten um Zigaretten und Schokolade. Stoppelbärtige Männer mit Wehrmachtsmützen und zerrissenen gefärbten Uniformjacken stürzten sich auf die Kippen, sobald einer der in olivgrüne Uniformen gekleideten GIs, die am Gebäude lehnten, einen Stummel mit den Fingern wegschnellte. Die GIs lungerten herum und beäugten die Frauen und die »Fräuleins«, die langsam vorbeidefilierten und eine kleine Weile später, nachdem sie die Runde um das Haus gemacht hatten, abermals vorbeikamen und noch einmal und wieder. Für die aufmerksam abwartenden, belustigten Zuschauer war es eine Art Karussell, bei dem sie mit Sicherheit annehmen durften, daß dieses oder jenes vertraute Gesicht stets von neuem vor ihnen auftauchen würde. An diesen warmen Sommernachmittagen ging es hier zu wie auf einem belebten Marktplatz.

Alle paar Minuten trafen olivfarbene Armeeautobusse und schlammbespritzte Lastwagen auf dem Platz ein und brachten Besatzungstruppen aus den umliegenden Dörfern, aber auch von weiter her, wie etwa aus Bremerhaven. Die Hosenbeine fein säuberlich in die blankgeputzten, mahagonifarbenen Stiefel gestopft, fielen die GIs in ihren frisch gebügelten Uniformen durch ihr adrettes Aussehen auf. Die englischen Soldaten schwitzten in ihrem dicken Wollzeug und unter ihren barettartigen Kopfbedekkungen. Die Matrosen der amerikanischen Handelsmarine, in ihren ausgefransten Hosen und schmutzigen Pullovern, verwegen aussehende Burschen, von denen einige buschige Vollbärte zur Schau trugen, ließen es mürrisch über sich ergehen, daß die Militärpolizisten ihre Ausweise kontrollierten, bevor sie das Gebäude betreten durften.

Hin und wieder räumten die deutschen Polizisten in ihren gefärbten uniformähnlichen Monturen den Platz, indem sie die jugendlichen Bettler in die vielen Seitenstraßen abdrängten, die hungrig blickenden Kippenjäger ans andere Ende des Platzes schoben, wo sie dann auf den Stufen der deutschen Fernmeldezentrale rasten durften. Während dies vor sich ging, bewegte sich das Fräuleinkarussell etwas schneller, aber die Damen wurden nicht belästigt.

Mosca holte sich Sandwiches aus dem Rotkreuz-Klub; dann gingen sie weiter und mischten sich in den Strom von Menschen, die allesamt unterwegs zum Bürgerpark waren.

Sonntags unternahmen die Deutschen immer noch ihre traditionellen Nachmittagsspaziergänge. Die Männer schritten mit der ihnen als Familienoberhaupt angemessenen Würde dahin, einige mit ungestopften Pfeifen im Mund. Ihre Ehefrauen schoben die Kinderwagen, und ihre Sprößlinge hüpften gesittet und ein wenig lustlos hinterher. Die Sonne fing den Staub ein, den der leichte Wind durch die Ruinen blies, hielt ihn fest und schloß ihn ein, so daß er wie ein goldener Schleier über der Stadt hing.

Und nachdem sie dann eine große, rötlich schimmernde Ebene von Ruinen durchquert hatten, eine dem Erdboden gleichgemachte Reihe von Wohnstätten, eine Wüste von Stein, Mörtel und Eisen, erreichten sie endlich das offene Land. Sie gingen weiter, bis sie müde waren, und machten Rast in einem grünen, dichtbewachsenen Feld. Sie machten Rast und schliefen und aßen die Brote, die sie mitgebracht hatten, und wenn der Platz genügend abgeschieden war, liebten sie sich friedlich in der leeren Welt, die sie zu umgeben schien.

Wenn die Sonne am Himmel sank, kehrten sie in die Stadt zurück. Die Abenddämmerung breitete sich über die Ruinen aus, und auf dem Platz sahen sie die GIs aus dem Rotkreuz-Haus kommen. Die Sieger hatten sich an Sandwiches und Eiscreme gütlich getan, an Cokes und Ping-Pong und der berufsmäßigen, sterilen Freundlichkeit der Empfangsdamen. Auf den Straßen lungerten die Soldaten herum, so wie sie es daheim an den Straßenecken zu tun pflegten. Die Reihen der auf und ab gehenden Fräuleins lichteten sich, und Sieger und Besiegte verschwanden zusammen in den mit Schutt angeräumten Seitengassen, um sich in halbzerstörte Zimmer oder, wenn die Zeit drängte, in höhlenartige Keller zurückzuziehen. Auf dem Platz, der nun still und schwarz dalag, standen nur mehr ein paar optimistische Bettler herum, ein Kind oder zwei, und einige wenige in der Nachbarschaft wohnhafte Mädchen. Wie bei einem zu Ende gehenden Jahrmarkt sickerte das verworrene Geräusch von Musik aus dem Haus, flutete sanft über die einsamen Gestalten auf dem Platz hinweg und rieselte durch die Ruinen zu den Wassern der Weser hinab. Die Musik verklang. Mosca und Hella wanderten am Ufer entlang und blickten auf das von Mondlicht beschienene Skelett der Stadt auf der anderen Seite.

In der Metzer Straße warteten Frau Meyer und Eddie Cassin mit Tee und Kuchen auf sie. Vom Alkohol benebelt, lag Eddie manchmal auf der Couch, wurde aber gleich wieder lebendig, wenn er ihre Stimmen hörte. Sie tranken ihren Tee und plauderten, genossen den neuen, unverfälschten Frieden der lauen Sommernacht und ließen sich von der wohligen Müdigkeit übermannen, die zu traumlosem Schlaf führte.

6

Im Zimmer neben Mosca wohnte ein kleiner, vierschrötiger Zivilbeamter, der die übliche olivgrüne Uniform trug und darauf aufgenäht ein blau-weißes Stoffabzeichen mit den Buchstaben AJDC. Sie bekamen ihn nur selten zu Gesicht, und im ganzen Haus kannte ihn keiner, aber sie hörten ihn noch spätnachts in seinem Zimmer herumgehen. Eines Tages nahm er Mosca in seinem Jeep mit. Sie wollten beide im Ratskeller essen. Er hieß Leo und arbeitete für das American Joint Distribution Committee, eine jüdische Wohlfahrtsorganisation. Die Initialen waren auch mit großen weißen Buchstaben auf seinem Jeep aufgemalt.

Während sie durch die Straßen fuhren, fragte Leo Mosca mit seiner hohen Stimme in einem englischen Akzent: »Habe ich Sie nicht schon irgendwo gesehen? Sie kommen mir so bekannt vor.«

»Unmittelbar nach dem Krieg habe ich für die Militärregierung gearbeitet«, antwortete Mosca. Er war ganz sicher, daß sie einander noch nie begegnet waren.

»Ach ja«, sagte Leo, »Sie sind doch immer mit den Kohlewagen nach Grohn hinaufgekommen, stimmt's?«

»Das ist richtig«, gab Mosca überrascht zu.

»Ich war damals dort Insasse, ein DP.« Leo lachte. »Es war nicht besonders gut organisiert. Wir haben so manches Wochenende ohne heißes Wasser auskommen müssen.«

»Wir hatten eine Zeitlang Schwierigkeiten«, entgegnete Mosca. »Es wurde dann wieder in Ordnung gebracht.«

»Ja, ich weiß.« Leo lächelte. »Eine faschistische, aber vielleicht nötige Methode.«

Sie nahmen das Abendessen gemeinsam ein. In normalen Zeiten wäre Leo ein dicker Mann gewesen. Er hatte eine Hakennase und ein breitknochiges Gesicht, dessen linke Seite krampfartig zuckte. Seine Bewegungen waren fahrig und schnell, spiegelten jedoch die Unbeholfenheit und den Mangel an Koordination eines Menschen wider, der sich nie körperlich betätigt hat. Von Sport, welcher Art immer, hatte er keine Ahnung.

»Was tut ihr Leute eigentlich?« fragte Mosca beim Kaffee.

»Wir gehören zur UNRRA«, antwortete Leo. »Wir versorgen die Juden, die in den Lagern sitzen und darauf warten, Deutschland zu verlassen. Ich war selbst acht Jahre in Buchenwald.«

Vor langer Zeit, vor unwirklich langer Zeit war das einer der Gründe gewesen, die Mosca veranlaßt hatten, sich freiwillig zu melden: um gegen die Herren der Konzentrationslager zu kämpfen. Aber das war nicht er gewesen, das war der Typ auf dem Foto, auf das Gloria und seine Mutter und Alf so große Stücke hielten.

Die Erinnerung daran brachte ihn in Verlegenheit, als er sich eingestehen mußte, daß ihm die Sache mittlerweile völlig schnuppe geworden war.

»Ja«, sagte Leo, »mit dreizehn Jahren kam ich nach Buchenwald.« Er krempelte den Ärmel hoch und zeigte Mosca die mit roter Tinte eintätowierte sechsstellige Zahl. »Mein Vater war auch da. Er starb, ein paar Jahre, bevor das Lager befreit wurde.«

»Sie sprechen ziemlich gut Englisch«, meinte Mosca. »Kein Mensch würde glauben, daß Sie Deutscher sind.«

Leo sah ihn an und lächelte. »Nein, nein, ich bin kein Deutscher«, sagte er mit seiner nervösen Stimme. »Ich bin Jude.« Er schwieg eine kleine Weile. »Natürlich war ich Deutscher, aber Juden können jetzt nicht mehr Deutsche sein.«

»Wieso sind Sie noch da?« fragte Mosca.

»Ich habe hier einen guten Job. Ich genieße die gleichen Privilegien wie die Amerikaner, und ich verdiene gut. Und dann muß ich mich auch noch entschließen, ob ich nach Palästina oder in die

Vereinigten Staaten gehen will. Diese Entscheidung fällt mir schwer.«

Sie unterhielten sich lange; Mosca trank Whisky und Leo Kaffee. Dabei versuchte Mosca auch, Leo verschiedene Sportarten zu erklären, ihm das Gefühl zu geben, was Sport bedeutete, weil man diesem Mann im KZ doch seine Kindheit und seine Jugend gestohlen hatte, weil diese Jahre seines Lebens unwiederbringlich dahin waren.

Mosca versuchte, ihm zu veranschaulichen, wie das war, wenn man beim Basketball die bestmögliche Wurfgelegenheit suchte, wenn man sich durch Täuschung von der gegnerischen Deckung befreite, wenn man in die Luft sprang und einen Korberfolg erzielte. Er sprach zu ihm von der erregenden Lust des Herumwirbelns und Laufens auf dem warmen Holzboden in der Turnhalle, von der schweißnassen Erschöpfung und der wunderbaren Erfrischung durch eine warme Dusche unmittelbar nach dem Spiel. Er erzählte ihm, wie er dann gelöst und entspannt, die blaue Tasche in der Hand, die Straße hinunterzugehen pflegte und wie die Mädchen schon im Eissalon auf ihn und seine Freunde warteten.

»Ich bin immer unterwegs«, sagte Leo, als sie ins Quartier zurückfuhren. »Meine Arbeit bringt es mit sich, daß ich viel reisen muß. Aber wenn es jetzt kälter wird, werde ich mehr Zeit in Bremen verbringen. Wir werden uns besser kennenlernen, nicht wahr?«

»Ich werde Ihnen Baseball beibringen«, sagte Mosca und lächelte. »Ich werde Sie auf Amerika vorbereiten.«

Nach dieser ersten Begegnung kam Leo an manchen Abenden zu ihnen. Sie tranken Tee und Kaffee, und Mosca brachte ihm Kartenspiele bei – Poker, Kasino und Rummy. Leo sprach nie von der Zeit, die er im Lager verbracht hatte, und er schien auch nie trüben Gedanken nachzuhängen, aber er hatte keine Geduld, hielt es nicht lange an einem Ort aus, und ihr ruhiges Leben sagte ihm nicht zu. Leo und Hella wurden gute Freunde, und er behauptete, sie wäre die erste Frau, der es gelungen war, ihm das Tanzen beizubringen.

Und als dann der Herbst kam und die Bäume ihre Blätter auf

die Radfahrwege fallen ließen und einen graugrün gesprenkelten Teppich über die Straßen breiteten, ließ die auffrischende Luft Mosca das Blut zum Herzen strömen und riß ihn aus seiner sommerlichen Lethargie. Er war nervös, aß häufiger im Ratskeller, ging oft auf einen Drink ins Offizierskasino – beides Lokale, zu denen Hella, als Deutsche, keinen Zutritt hatte.

Wenn er spät und leicht angetrunken ins Quartier zurückkehrte, aß er die dicke Suppe aus der Dose, die Hella ihm auf der elektrischen Kochplatte aufwärmte, und fiel sodann in unruhigen Schlaf. Vielfach wachte er schon im Morgengrauen auf und sah den grauen Wolken nach, die der frühe Oktoberwind über den Himmel jagte. Er beobachtete die deutschen Arbeiter, wie sie an der Ecke auf die Straßenbahn warteten, um ins Stadtzentrum zu fahren.

Als er eines Morgens wieder am Fenster stand, verließ auch Hella das Bett und stellte sich zu ihm. Sie trug das Hemd, das ihr als Nachtgewand diente. Sie legte den Arm um seine Hüfte, und dann blickten beide auf die Straße hinunter.

»Kannst du nicht schlafen?« murmelte sie, selbst noch verschlafen. »Du bist immer schon so früh auf.«

»Es liegt wohl daran, daß wir abends nie ausgehen. Das häusliche Leben wird mir zuviel.«

Hella schmiegte sich an ihn. »Wir brauchen ein Baby«, flüsterte sie, »ein süßes, kleines Baby.«

»O Jesus«, sagte Mosca, »auch so ein Quatsch, den der Führer euch da eingepaukt hat.«

»Man hat auch schon früher Kinder geliebt.« Es ärgerte sie, daß er über etwas lachen konnte, was sie sich so sehnlich wünschte. »Ich weiß, man wird heute für dumm angesehen, wenn man Kinder haben will. In Berlin haben die Mädchen uns Bauerntrampel ausgelacht, weil wir ein Herz für Babys hatten und uns über Kinder unterhielten.« Sie gab ihm einen Schubs. »Na schön, du mußt jetzt zur Arbeit.«

Er versuchte sie durch Argumente zu überzeugen. »Du weißt, daß wir nicht heiraten können, solange sie das Verbot nicht aufheben. Alles, was wir hier tun, ist ungesetzlich, und ganz besonders, daß du hier im Quartier wohnst. Wenn wir ein Kind bekommen, müssen wir uns ein deutsches Logis suchen, und das darf *ich* wieder nicht. Aber sie können tausend Gründe finden, um mich in die Staaten abzuschieben. Und ich hätte keine Möglichkeit, dich mitzunehmen.«

Sie lächelte ihn an, und in ihrem Lächeln lag eine Spur von Traurigkeit. »Ich weiß, daß du mich nicht wieder allein lassen wirst.« Mosca war bestürzt und überrascht, daß sie das wußte. Er hatte bereits beschlossen, sich falsche Papiere zu besorgen und unterzutauchen, wenn es Schwierigkeiten geben sollte.

»Ach, Walter«, sagte sie, »ich will nicht so leben wie die Leute da unten. Trinken, tanzen im Klub, schlafen gehen und nichts haben, was uns verbindet, außer uns selbst. Das ist nicht genug.« Das Hemd bedeckte gerade noch ihr Hüftbein und ihren Nabel; sich ihrer Würde und ihrer Scham begebend, stand sie da. Er wollte lächeln.

»Nein, das taugt nichts«, sagte er.

»Hör mir zu. Als du wegfuhrst, habe ich mich auf mein Baby gefreut. Was für ein Glück ich doch habe! dachte ich. Denn auch wenn du nicht zurückkommen solltest – es würde ein anderes menschliches Wesen zur Welt kommen, das ich lieben könnte. Verstehst du das? Von meiner ganzen Familie ist mir nur eine Schwester geblieben, und sie lebt weit weg von hier. Dann bist du gekommen und wieder fortgegangen, der ein Teil meines Lebens gewesen wäre, dem Freude zu machen mir Freude machen würde. Es gibt nichts Schrecklicheres.«

Unten kamen ein paar Amerikaner aus dem Haus und traten auf die kalte Straße. Sie lösten die Sicherheitsketten an ihren Jeeps und ließen die Motoren warmlaufen. Das hämmernde Dröhnen war undeutlich durch die geschlossenen Fenster zu hören.

Mosca legte seinen Arm um sie. »Dazu bist du nicht gesund genug.« Er ließ seinen Blick über ihren schmächtigen nackten Körper gleiten. »Ich will nicht, daß dir etwas zustößt.« Und noch während er es aussprach, packte ihn eine große Furcht, sie könnte ihn aus irgendeinem Grund verlassen, und dann würde er an den grauen Wintertagen allein am Fenster stehen, ein leeres Zimmer hinter sich, und es würde auf unerklärliche Weise seine Schuld sein. Er wandte sich jäh nach ihr um. »Sei nicht böse auf mich«, murmelte er. »Warte noch ein bißchen.«

Sie schmiegte sich in seine Arme. »In Wirklichkeit hast du Angst vor dir selbst«, erwiderte sie. »Ich glaube, daß du das weißt. Ich sehe, wie du zu anderen Leuten und wie du zu mir bist. Sie halten dich alle für unfreundlich, für –« sie suchte nach einem Wort, das ihn nicht verärgern würde –, »grob. Ich weiß, daß du in Wirklichkeit gar nicht so bist. Ich könnte mir keinen besseren Mann wünschen, in jeder Beziehung. Die Meyer und Yergen, die sehen sich manchmal so an, wenn ich etwas Nettes über dich sage, und ich weiß, was sie denken.« Ihre Stimme klang bitter; es war die Bitterkeit aller Frauen, die ihr Glück gegen eine Welt verteidigen, die das Motiv ihrer Liebe nicht begreift. »Sie verstehen es nicht.«

Er hob sie auf, legte sie auf das Bett und deckte sie zu. »Du wirst dich erkälten«, sagte er. Bevor er zur Arbeit ging, beugte er sich über sie und küßte sie. »Du kannst alles haben, was du dir wünschst«, meinte er und lächelte. »Und schon gar etwas, das so leicht geht. Und sorge dich nicht, daß sie mich zwingen könnten, dich zu verlassen. Was immer auch geschieht.«

»Ich werde mir keine Sorgen machen«, lachte sie. »Bis abend also.«

7

Das Orchester spielte flotte Tanzmusik, als sie das deutsche Nachtlokal betraten. Es war ein langer, rechteckiger, kahler Raum, der mit seinem grellen weißen, schirmlosen Licht einen trostlosen Anblick bot. Die Wände waren mit rauher Leimfarbe gestrichen, und die hohe, kuppelförmige Decke gab ihm ein kathedralenartiges Gepräge. Es war der Festsaal einer Schule gewesen, aber der Rest des Gebäudes war zerstört worden.

Faltstühle dienten als Sitzgelegenheiten, und auch die Tische waren kahl und schmucklos. Es gab keinerlei Dekorationen. Der Saal war überfüllt, und die Leute klebten so aneinander, daß die Kellner an manche Tische gar nicht herankamen und dazwischensitzende Paare ersuchen mußten, die Getränke weiterzureichen. Wolf war hier gut bekannt, und sie folgten seiner wohlbeleibten Gestalt zu einem Tisch an der Wand.

Wolf bot allen Zigaretten an und bestellte: »Sechs Schnaps.« Gleichzeitig drückte er die restlichen Zigaretten im Päckchen dem Kellner in die Hand. »Klaren Schnaps!«

Der Kellner verbeugte sich und eilte davon.

Frau Meyer drehte ihren blonden Kopf herum, um sich im Saal umzusehen. »Es ist nicht gerade sehr nett hier«, meinte sie.

Eddie tätschelte ihre Hand. »Das ist ein Lokal für Leute, die den Krieg verloren haben, Baby.«

Mosca lächelte Hella zu. »Ist doch nicht so arg, hm?«

Sie schüttelte den Kopf. »Es ist mal was anderes«, erwiderte sie. »Ich wollte sehen, wie meine Landsleute sich vergnügen.« Mosca entging der Anflug von Schuld in ihrer Stimme, Eddie aber hörte es, und seine dünnen Lippen kräuselten sich zu einem Lächeln. Ich habe eine Waffe gefunden, dachte er, und der Gedanke versetzte ihn in rauschhafte Erregung.

»Das Lokal ist eine Geschichte«, schmunzelte Wolf. »Zuerst wurde der für das Schulwesen zuständige Beamte in der Militärregierung geschmiert; er mußte bescheinigen, daß der Saal für schulische Veranstaltungen ungeeignet war. Dann bestach man den Unteroffizier, damit er es als für Unterhaltungszwecke geeignet klassifizierte. Ob die Baulichkeit wirklich sicher ist, weiß niemand. Allerdings«, fügte er hinzu, »spielt das jetzt keine Rolle mehr. In ein paar Tagen wird es sowieso geschlossen.«

»Warum denn?« erkundigte sich Hella.

»Warten Sie's ab«, antwortete Wolf mit wissendem Lächeln.

»Seht sie euch an«, sagte Leo in seiner gewohnt guten Laune mit einer den ganzen Saal umfassenden Geste. »Ich habe noch nie so viele traurige Gestalten auf einem Fleck gesehen! Zahlen sie eigentlich dafür, daß sie so wenig Spaß haben?«

Alle lachten. Der Kellner brachte die Getränke.

Eddie hob sein Glas. Sein hübsches Gesicht nahm einen Ausdruck gespielter Ernsthaftigkeit an. »Auf unsere guten Freunde, ein wahrhaft ideales Paar. Seht sie euch an! Sie, eine wunderschöne Prinzessin. Er, ein brutaler Unhold. Sie wird ihm seine Socken stopfen und jeden Abend die Pantoffel bringen, und was wird ihr Lohn sein? Ausgewählt derbe Worte. Meine Freunde, es wird eine vollkommene Ehe sein, und sie wird hundert Jahre halten, wenn er sie nicht vorher ins Jenseits befördert.« Sie tranken, und Mosca und Hella lächelten einander zu, als ob sie die Antwort wüßten, ein Geheimnis, das keiner am Tisch erahnen konnte.

Die zwei Paare begaben sich auf die kleine Tanzfläche vor dem Orchesterpodium am anderen Ende des Saales. Wolf und Leo blieben allein. Wolf ließ sein geschultes Auge umherschweifen. Blauer Zigarettenrauch stieg über die Köpfe der Menschen hinweg zur hohen, gewölbten Decke auf. Die Gäste waren eine seltsame Mischung. Alte Ehepaare, die vielleicht ein Möbelstück verkauft und beschlossen hatten, einmal auszugehen, um der monotonen Gleichförmigkeit ihres Lebens zu entfliehen; junge Schwarzmarkthändler, gute Freunde amerikanischer Küchenunteroffiziere und Kantinenverwalter, saßen mit jungen Mädchen zusammen, die Nylonstrümpfe trugen und nach Parfüm rochen; ältere Herren, die mit Diamanten und Pelzen, Automobilen und Waren aller erdenklichen Art Geschäfte machten, saßen mit Mädchen zusammen, die nicht so elegant gekleidet waren – schon seit längerer Zeit bestehende, leidenschaftslose, mit festen Bezügen verbundene Verhältnisse.

In dem bis zum Bersten gefüllten Raum ging es nicht übermäßig laut zu, und die Gäste unterhielten sich in eher gedämpftem Ton. Es wurden keine Speisen serviert und die Getränke nur in langen Abständen bestellt. Die Kapelle tat ihr Bestes, um die amerikanischen Melodien im Jazzstil zu spielen, und der eckige Kopf des Schlagzeugers rollte in verkrampfter Nachahmung der ihrem inneren Rhythmus hilflos ausgelieferten amerikanischen Musiker von einer Seite zur anderen.

Wolf nickte einigen Leuten zu. Es waren Schwarzmarkthändler, mit denen er Zigarettengeschäfte gemacht hatte. Sie waren gleich nach ihrem Eintreten als Amerikaner erkannt worden, was seltsamerweise nicht so sehr an ihrem Auftreten, sondern vor allem an ihren Krawatten lag. Die deutschen Gäste hier waren nicht weniger gut gekleidet, aber aus unbekannten Gründen gab es am Schwarzmarkt keine Krawatten zu kaufen. Die Männer trugen langweilige, fadenscheinige Binden um den Hals. Wolf speicherte diese Tatsache in seinem Gedächtnis. Eine weitere Möglichkeit, ein paar Kröten zu verdienen.

Die Musik pausierte, die Tänzer kehrten zu ihren Tischen zurück. Vom Tanzen erhitzt und von der engen Berührung mit Frau Meyers Körper erregt, starrte Eddie Hella an, als sie sich setzte, sich zu Mosca hinüberbeugte und ihm ihre Hand auf die Schulter legte. Im Geist sah er ihren straffen weißen Körper auf einer braunen Kommißdecke, sah sich zwischen ihren gespreizten Beinen, sein Gesicht nah ihrem hübschen, willfährigen Kopf. In diesem Augenblick fühlte er sich seines Erfolges sicher – wie es dazu kommen sollte, wußte er allerdings nicht –, dann zersplitterte das Bild, als aus der Richtung des rötlichen Lichtkreises, unter dem die Kapelle saß – die einzige freundliche Farbe im ganzen Saal -, drei achtunggebietende Trompetenstöße erschollen.

Es wurde still, das grelle Licht wich einer sanfteren Beleuchtung, und der Saal wurde zu einer Höhle, deren hohe Decke mit der Dunkelheit verschmolz.

Auf der Bühne erschienen einige Tänzerinnen, die aber ihre Sache so schlecht machten, daß sich, als sie abgingen, keine Hand regte, um ihre Darbietungen mit Beifall zu belohnen. Ihnen folgten ein Jongleur, ein Akrobat und schließlich eine junge Sängerin von robuster Gestalt mit einer hohen, schwachen Stimme.

»O Jesus«, stieß Mosca hervor, »kratzen wir die Kurve!«

Wolf schüttelte den Kopf. »Warte noch.«

Das Publikum war immer noch aufmerksam und erwartungsvoll. Wieder bliesen die Trompeten einen Tusch, und es wurde noch dunkler im Saal; die Bühne verwandelte sich zu einem leuchtend gelben Viereck, und nun kam ein adretter kleiner Mann mit dem vollen, runden Gummigesicht eines geborenen

Komödianten lässig aus den Kulissen getänzelt. Stürmischer Applaus begrüßte ihn. So als ob es keine Barriere zwischen ihnen gäbe, begann er im Gesprächston mit dem Publikum zu plaudern.

»Ich muß um Entschuldigung bitten; ein Teil meiner berühmten Nummer muß heute leider ausfallen. Mein Hund Friedrich ist nirgends zu finden.« Kummerfalten gruben sich in seine Stirn, und in gespieltem Zorn rief er aus: »Eine Schande ist das, eine Schande! Zehn Hunde habe ich schon abgerichtet, und immer verschwinden sie. In Berlin – fort war er. In Düsseldorf – fort war er. Und jetzt hier. Immer das gleiche.« Ein Mädchen kam auf die Bühne gelaufen und flüsterte ihm etwas ins Ohr. Der Komödiant nickte und wandte sich wieder dem Publikum zu. »Meine Freunde, die Direktion hat mich ersucht, Ihnen mitzuteilen, daß unmittelbar nach dieser Nummer Wurstsandwichs erhältlich sein werden.« Er zwinkerte. »Sie sind natürlich nicht billig, aber dafür brauchen Sie keine Lebensmittelkarte. Also wie ich schon sagte . . .« Er verstummte, das verwunderte Erstaunen, das Entsetzen und das endgültige Begreifen, das sich auf seinem Gesicht spiegelte, wirkte so unendlich komisch, daß die Zuhörer in lautes Gelächter ausbrachen. »O Friedrich, mein Friedrich!« jaulte er und stürzte von der Bühne. Nach einer Weile kam er, ein Sandwich kauend, wieder zurück. »Zu spät«, sagte er traurig, nachdem sich das Gelächter gelegt hatte. »Aber er war mir bis zum Ende ein guter Freund. Das Sandwich schmeckt wirklich ausgezeichnet.« Und mit einem gewaltigen Biß verschlang er den Rest.

Er wartete, bis der Applaus verebbt war, wischte sich den Mund ab und nahm ein Stück Papier aus der Tasche.

Er hob die Hand, um Schweigen zu gebieten und begann: »Wir alle machen uns heutzutage Sorgen um die Kalorien. Ich lese hier, daß wir dreizehnhundert Kalorien brauchen, um am Leben zu bleiben, daß uns aber die Militärregierung fünfzehnhundertfünfzig Kalorien zuteilt. Es ist nicht meine Absicht, an der Behörde Kritik zu üben, aber ich möchte heute abend darauf hinweisen, wie sorgfältig wir mit diesen zusätzlichen zweihundertfünfzig Kalorien umgehen müssen. Zunächst ein paar einfache Regeln.«

Er erzählte die ganzen alten Witze über Kalorien, tat es aber so gekonnt, daß das Publikum nicht aus dem Lachen herauskam. Er wurde von einem spärlich bekleideten Mädchen unterbrochen, das plötzlich auf der Bühne erschien und beschwingt um ihn herumtanzte. Er folgte ihren Bewegungen mit bewundernden und lüsternen Blicken und holte dann eine Karotte, einen kleinen Salatkopf und eine Handvoll grüner Bohnen aus der Tasche. Dann zählte er an seinen Fingern ab und schüttelte traurig den Kopf. »Für die brauche ich mindestens tausend Kalorien«, sagte er schließlich und zuckte ergeben die Achseln.

Das Mädchen bedrängte ihn. Er erklärte ihr mit sprechenden Gebärden, was sein Problem war. Sie langte in ihren Ausschnitt und zog ein paar Weintrauben hervor; das genüge noch nicht, bedeutete er ihr. Nun wollte sie in ihr Höschen langen, er aber sagte nun in einem Ton würdevollen Verzichts: »Verzeihung, aber das könnte ich nicht.« Als sie traurig abging, warf er wie verzweifelt die Arme zum Himmel und blubberte: »Wenn ich nur ein saftiges Beefsteak hätte!« Brüllendes Gelächter erhob sich.

Das Gummigesicht rötete sich; die Macht, die er über diese Menschen besaß, berauschte den Komödianten. In sprudelnder Laune parodierte er jetzt: Rudolf Hess, wie er zornig und tobend wie ein Irrer in einem Flugzeug nach England flüchtete; Joseph Goebbels, der seiner Frau mit den dümmsten und unverschämtesten Lügen erklären wollte, wo er die Nacht verbracht hatte; Hermann Göring, der versprach, daß keine Bombe je auf Berlin fallen würde und dabei unter dem Tisch Schutz vor den herabfallenden Trümmern suchte. Als der Komödiant abging, erhielt er gewaltigen Applaus, der so lange anhielt, bis er abermals auf die Bühne kam. Das Publikum hielt den Atem an und war still.

Er hatte sich das Haar in die Stirne gekämmt, und ein schwarzer Fleck auf seiner Oberlippe deutete einen kurzen, kleinen Schnurrbart an. Das Gummigesicht wies eine verblüffende Ähnlichkeit mit Adolf Hitler auf. Halb spöttisch, halb ernst, stand er vor einer Seitenkulisse. Er strahlte Macht und magnetische Kraft aus; mit seinen Blicken hielt er die Menge fest und fragte mit lauter Stimme, die in der Kuppel des Saales widerhallte: »Wollt ihr mich wiederhaben?«

Es folgte ein Augenblick schockierten Schweigens, während das tödliche Lächeln des erfolgreichen Antichrist auf seinem weiß geschminkten Gesicht erschien. Das Publikum verstand ihn.

Und dann explodierte der Saal. »Ja, ja!« schrien ein paar Männer und sprangen auf Stühle und Tische. Die Frauen klatschten Beifall. Manche trampelten mit den Füßen auf den Boden, andere schlugen mit den Fäusten auf die Tische. Tosender Lärm erfüllte den Saal.

Wolf war aufgestanden und sah mit grimmigem Lächeln über die Menge hinweg auf die Bühne. Mosca hatte verstanden; er lehnte sich in seinem Stuhl zurück und nippte an seinem Glas. Frau Meyer hielt den Blick auf den Tisch gesenkt und versuchte ein frohlockendes Lächeln zu unterdrücken. »Was ist denn los?« wandte sich Eddie an sie. »Was, zum Teufel, ist hier eigentlich los?«

»Nichts, nichts«, antwortete Frau Meyer.

Hellas Augen ruhten auf Leo. Sein Gesicht war starr, aber er hatte jede Kontrolle über seinen nervösen Tick verloren. Das Blut strömte ihr zum Herzen, und sie schüttelte, ohne sich dessen bewußt zu werden, den Kopf, so als ob sie jede Verantwortung ablehnen, als ob sie keinen Anteil an dem haben wollte, was hier vorging. Aber Leo drehte den Kopf zur Seite und starrte wieder zur Bühne.

Das Gummigesicht war jetzt wieder normal. Er strich sich die Haare zurück und verbeugte sich. Die Vorstellung war zu Ende, und er akzeptierte den Applaus, als stünde er ihm zu, gerechtes Entgelt für das Vergnügen, das seine Kunst diesen Menschen bereitet hatte.

Die Kapelle setzte ein. Wolf fand wieder auf seinen Stuhl zurück; er nickte, so als ob er viele Dinge verstünde. Die Leute begannen zu tanzen. Ihr Tisch war das Ziel vieler Blicke. Zwei Burschen, die an einem Nebentisch saßen, schienen ihren Begleiterinnen so witzige Kommentare ins Ohr zu flüstern, daß diese sich in hysterischen Lachkrämpfen wanden.

Leo starrte auf die Tischplatte und fühlte sein Gesicht zucken. Er war zornig und von schmerzlicher, hilfloser Verzweiflung erfüllt. Er hoffte, einer von den anderen würde den Vorschlag machen, das Lokal zu verlassen.

Mosca, der ihn beobachtete, sagte zu Wolf und den anderen: »Gehen wir.« Als er aufstand, bemerkte er, daß einer der zwei Burschen seinen Stuhl so herumgedreht hatte, daß er ihrem Tisch gegenübersaß und Leo mit einem belustigten Grinsen anstarrte. Er hatte eine hohe Stirn und ein breites Gesicht, und seine Züge waren grob und brutal. Mosca deutete mit dem Kopf auf ihn und sagte zu Wolf: »Nehmen wir den Kerl mit!«

Wolf musterte Mosca, als sähe er nun endlich etwas, was er geahnt und erhofft hatte. »In Ordnung. Ich zeige ihm meinen Ausweis vom Nachrichtendienst und fordere ihn auf, uns hinauszubegleiten. Im Falle eines Falles, haben Sie eine Waffe bei sich?«

»Eines von diesen kleinen ungarischen Dingern«, antwortete Mosca.

Leo hob den Kopf. »Nein, so etwas möchte ich nicht. Gehen wir nur einfach.«

Hella nahm Moscas Arm. »Ja, gehen wir«, sagte sie. Auch die anderen standen auf. Wieder schüttelte Wolf den Kopf, als ob er etwas begriffe. Er streifte Leo mit einem Blick, aus dem Mitleid und Verachtung sprach. Er sah, daß Mosca die Stirn gerunzelt und die Achseln gezuckt hatte und bereits auf dem Weg zum Ausgang war.

Als Wolf an dem anderen Tisch vorbeikam, beugte er sich darüber und fixierte den jungen Deutschen aus nächster Nähe. »Ein lautes Lachen kann verdammt ungesund sein, verstehst du?« Er ließ ihn einen Blick auf seinen Ausweis werfen; er wußte, daß der Deutsche ihn lesen konnte. Er lächelte, als er den anderen folgte; er hörte kein Lachen hinter sich.

Sie fuhren zu Mosca auf einen Drink. Hella machte Toast und Speck auf der elektrischen Kochplatte, die auf einer Feldkiste stand.

Außer Eddie, der sich in dem Polstersessel in einer Ecke des Zimmers ausgestreckt hatte, saßen alle um den großen, viereckigen Tisch herum. Mosca schloß den weißbemalten Schrank auf und holte Schnaps und Zigaretten heraus.

»Wie können diese Kerle sich das erlauben?« ließ Eddie sich aus seinem Sessel heraus vernehmen.

»Sie werden es sich nicht mehr lange erlauben können«, sagte Wolf. »Der Kerl hat uns schon einige Male auf den Kopf gespuckt, aber heute ist er zu weit gegangen. Aber wie gefällt euch der Beifall, den er geerntet hat?« Belustigt und verwundert zugleich schüttelte Wolf sein weißes, breites Gesicht. »Diese Germanen lernen's nie. Man möchte doch meinen, sie bräuchten nur in eine ihrer Städte zu gehen, um nie wieder an Krieg zu denken. Aber nein. Sie können es gar nicht erwarten, wieder loszuschlagen. Sie haben das eben im Blut.«

»Leo«, sagte Mosca spaßend, »du solltest dich vielleicht doch bald entscheiden, wohin du gehen willst, nach Palästina oder in die Staaten.« Leo zuckte die Achseln und schlürfte seinen Kaffee.

»Können Sie in die Staaten gehen?« fragte Wolf.

»O ja«, antwortete Leo. »Ich kann in die Staaten!«

»Dann gehen Sie.« Wolf musterte ihn. »Nach dem heutigen zu schließen sind Sie zu weich, um ein Pionierleben zu führen.«

Leo legte seine Hand an seine linke Wange.

»Lassen wir das«, schlug Mosca vor.

»Nein. Verstehen Sie mich nicht falsch, Leo, wenn ich Ihnen das sage: das Unglück Ihrer Rasse besteht darin, daß ihr nie zurückschlagt. Es gibt Menschen, die euch für Feiglinge halten. Meine Ansicht ist, daß ihr zu zivilisiert seid. Ihr glaubt nicht an die Gewalt. Heute abend, zum Beispiel. Wenn wir uns diesen Kerl geschnappt und ihm ein paar hinter die Löffel gegeben hätten, es würde geholfen haben. Nicht sehr viel vielleicht, aber es würde geholfen haben. Wenn ihr je zu einem eigenen Land kommt, habt ihr es euren Terrororganisationen zu verdanken. Terror und Gewalt sind scharfe Waffen. Solche Organisationen gibt es praktisch in allen Ländern der Erde, und man soll ihre Macht nicht unterschätzen. Nach dem, was Sie durchgemacht haben, wundert es mich, daß Sie das nicht wissen.«

»Ich habe keine Angst, nach Palästina zu gehen«, erwiderte Leo bedächtig, »und ich weiß, daß es sogar meine Pflicht ist. Und ich fürchte, daß es eine schwere Zeit sein wird. Jetzt aber möchte ich mich – vergnügen. Ich finde kein anderes Wort dafür. Trotzdem schäme ich mich, daß ich so denke. Aber ich werde auf jeden Fall von hier fortgehen.«

»Schieben Sie es nicht zu lange hinaus«, riet Wolf. »Diese Deutschen ändern sich nicht. Es liegt ihnen im Blut. Sie sehen es ja selbst.«

Leo fuhr fort, als ob er ihn nicht gehört hätte. »Was Terror und Gewalt betrifft, ich glaube nicht daran. Mein Vater war mit mir im Lager; er war übrigens Deutscher, nur meine Mutter war Jüdin. Mein Vater war politischer Gefangener; er kam schon vor mir ins Lager.«

Der Tick machte sich wieder stärker bemerkbar, und er legte die Hand auf die Wange, um seine Nerven zu beruhigen. »Er ist dort gestorben, aber vor seinem Tod hat er mich noch etwas gelehrt. Er hat mir gesagt, daß ich eines Tages frei sein würde und daß mir nichts Schrecklicheres zustoßen könnte, als so zu werden, wie die Menschen, die uns dort festhielten. Ich glaubte ihm das damals, und ich glaube es ihm heute. Es fällt mir ein bißchen schwer, aber ich glaube es.«

Wolf schüttelte den Kopf. »Ich weiß. Ich kenne Menschen wie Ihren Vater.« Seine Stimme klang ausdruckslos.

Hella und Frau Meyer reichten heiße Specksandwiches herum. Leo lehnte ab. »Ich gehe schlafen«, sagte er. Er ging, und sie konnten ihn im Nebenzimmer hören; er hatte sein Radio auf einen deutschen Sender eingestellt, der zarte Kammermusik spielte.

Frau Meyer ging zu Eddie hinüber. »Hör auf zu träumen«, sagte sie und bohrte ihm verspielt einen Finger in die Rippen.

Eddie lächelte, und auf seinem hübschen, feinen Gesicht erschien ein Ausdruck verschlafener Zärtlichkeit. Er beobachtete Hella, die neben der Heizplatte kniete. In diesem Zimmer wird es geschehen, dachte er und prägte sich jedes Möbelstück ein, so als ob sonst niemand da wäre. Er liebte es, sich in seiner Vorstellung Szenen mit Frauen auszumalen, denen er sich bisher noch nicht einmal genähert hatte.

Wolf kaute an seinem Sandwich. »Was die Leute so für Ideen

haben!« Er senkte die Stimme. »Die Männer, die in Leos Lager das Kommando führten, waren wahrscheinlich ganz gewöhnliche Burschen wie du und ich. Sie hatten eben ihre Befehle. Ich war im Krieg in der Spionageabwehr. Wir bekamen Gefangene, der Major sah auf die Uhr und sagte: ›Bis zwei brauche ich die und die Information.‹ Er bekam sie.« Wolf nahm die Zigarre, die Mosca ihm anbot, und zündete sie an. »Bevor ich mit diesem Job hier anfing, fuhr ich hinüber auf Urlaub und sah mir ein paar von diesen Kriegsfilmen an. Diese Filme, in denen der Held gefoltert wird und lieber unter Qualen stirbt, bevor er etwas verrät.« Ärgerlich schwenkte er seine Zigarre. »Sie können ja nicht einmal andeutungsweise zeigen, wie es in Wirklichkeit ist.« Er unterbrach sich und sah Mosca scharf an. »Sie schämen sich, es zuzugeben. Kein Mensch hat so viel Gewalt über sich, wenn man ihn richtig in die Zange nimmt. Kein Mensch.«

Mosca füllte die Gläser. Außer Wolf waren alle schon schläfrig. Frau Meyer saß auf Eddies Schoß, und Hella lag auf der Couch.

Wolf lächelte. »Ich hatte meine eigene Methode. Zuerst bekamen sie ein paar auf den Pelz, und erst dann stellte ich meine erste Frage. So wie in dem alten Witz mit dem jungverheirateten Ehepaar. Sobald sie allein sind, haut der Mann ihr eins in die Schnauze und sagt: ›Das ist für gar nichts, aber sieh dich vor!‹ Das Prinzip ist das gleiche.« Er lachte mit entwaffnender Unbekümmertheit; sein weißes Gesicht strahlte kindliche Heiterkeit aus. »Ich weiß, was ihr denkt, daß ich ein gemeiner Schweinehund bin. Aber es muß immer einen geben, der die Drecksarbeit macht. Wenn man darauf verzichtet, kann man keinen Krieg gewinnen. Ihr braucht nicht glauben, daß ich ein Sadist bin, daß es mir Vergnügen gemacht hat, wie den Kerlen, die man im Kino sieht. Es ist einfach notwendig. Ich habe sogar einen Orden dafür bekommen.« Eilig und doch aufrichtig fügte er hinzu: »Aber wir haben es natürlich nie so arg getrieben wie die Deutschen.«

Eddie gähnte. »Das ist alles sehr interessant, aber ich gehe jetzt auf mein Zimmer.«

Wolf lachte versöhnlich. »Für eine Lektion dieser Art ist es wohl wirklich schon zu spät.« Eddie und Frau Meyer verabschiedeten sich. Wolf trank aus und sagte dann zu Mosca: »Kommen Sie runter, ich möchte noch mit Ihnen reden.« Sie gingen auf die Straße hinunter und setzten sich in Wolfs Jeep.

»Eddie hat immer nur das Bumsen im Kopf«, sagte Wolf zornig.

»Er war einfach schläfrig«, meinte Mosca.

»Wie kommt es, daß Sie eine Waffe tragen?« fragte Wolf.

Mosca zuckte die Achseln. »Ich bin nun schon mal daran gewöhnt. Und es ist ja auch noch nicht so lange her, daß der Krieg vorüber ist.«

Wolf nickte. »Nachts bin ich auch nicht gern ohne Waffe.«

Sie schwiegen, und Mosca rückte unruhig auf seinem Sitz herum.

Wolf paffte an seiner Zigarre. »Ich wollte allein mit dir reden, weil ich eine Idee habe, wie wir uns eine Stange Geld verdienen könnten. Hier in der Besatzung hat wohl jeder ein paar Kröten auf der Seite. Ich kenne da auch eine Menge Leute, Brillanten für Zigaretten, und so Zeug. Ich kann da was für dich deichseln.«

Er gebrauchte jetzt das Du, und Mosca ging darauf ein.

»Ach, Mensch«, erwiderte er ungeduldig, »wo soll ich denn so viele Zigaretten herbekommen?«

Wolf zögerte eine kleine Weile und sprach dann weiter: »Es könnte sein, weißt du, daß der Tag kommt, wo du eine Menge Geld brauchst. Wenn sie zum Beispiel Hella in deinem Zimmer erwischen, dann haben sie dich, dann schicken sie dich in die Staaten zurück.« Er hob die Hand. »Ich weiß, du tauchst unter, das haben ja schon viele getan. Aber dazu brauchst du Geld. Es könnte aber auch dazu kommen, daß du sie aus Deutschland herausschmuggeln mußt. Natürlich kriegst du falsche Papiere, aber die kosten ein Vermögen. Und wohin du auch gehst, in ein skandinavisches Land, nach Frankreich, wohin immer, das Leben ist nicht billig. Hast du schon einmal daran gedacht?«

»Nein«, gab Mosca zögernd zu.

»Also, ich habe eine Idee, aber dazu brauche ich Hilfe, und darum frage ich dich. Ich bin kein Wohltäter. Interessiert dich so etwas?«

»Sprich weiter«, forderte Mosca ihn auf.

Wieder legte Wolf eine Pause ein und paffte an seiner Zigarre. »Du weißt doch, was für Geld wir hier haben, diese Scrip-Dollar? Die Schwarzmarkthändler sind ganz scharf darauf. Sie tauschen sie bei den GIs gegen Postanweisungen aus, aber das geht nur sehr langsam. Wir aber können alle Scrip-Dollar, die wir in die Hände bekommen, gegen Postanweisungen austauschen; mit dem alten Besatzungsgeld ging das nicht.«

»Und?«

»Also hör zu. In den letzten zwei Wochen scheinen die deutschen Händler über eine riesige Menge Scrips zu verfügen. Ich verdiene mir ein paar Mäuse, indem ich sie ihnen gegen Postanweisungen tausche. Übrigens lasse ich dich dabei gerne mitnaschen. Und jetzt kommt der dicke Hund. Ich war neugierig und fing an, mich umzuhören, und dabei erfuhr ich dann auch eine tolle Geschichte. Als das Scrip-Geld aus den Staaten kam, legte das Schiff in Bremerhaven an. Und obwohl alles höchst geheim war, bekam doch jemand Wind davon und, kurz und gut, von einem Tag zum anderen war eine ganze Kiste Scrips, über eine Million Dollar, verschwunden. Die Army hält den Mund, weil sie sich nicht der Lächerlichkeit preisgeben will. Na, wie gefällt dir das?« Wolf war ganz aufgeregt. »Eine Million Dollar«, wiederholte er. Der Hunger in Wolfs Stimme reizte Mosca zum Lachen.

»Eine Menge Mäuse«, meinte er.

»Also weiter. Wahrscheinlich ist das Geld über das ganze Land verteilt, aber es muß hier in Bremen ein paar Kerle geben, die einen ganzen Packen davon haben. Die müssen wir finden, darum geht's. Das ist unsere Chance.«

»Wie finden wir sie, und wie kommen wir an das Geld 'ran?«

»Das Geld zu finden ist mein Job«, sagte Wolf, »aber du hilfst mir dabei. Es ist nicht so schwer, wie es aussieht, und vergiß nicht, ich habe Erfahrung. Ich habe eine Menge Kontakte. Ich nehme dich überallhin mit und stelle dich als hohes Tier von der Kantinenverwaltung vor, der Zigaretten zu drei oder vier Dollar die Stange absetzen möchte. Bei dem Preis werden sie mit beiden Händen zugreifen wollen. Wir stoßen zwanzig oder dreißig Stangen auf diese Art ab. Die Kippen besorge ich. Es wird sich herumsprechen. Dann werden wir erzählen, wir haben fünftausend Stangen, die wir in Bausch und Bogen abstoßen wollen. Eine große Transaktion. Dazu erfinden wir eine plausible Geschichte. Wenn alles so funktioniert, wie ich es mir denke, wird einer auf uns zukommen, und wir können das Geschäft abschließen. Sie kreuzen mit zwanzigtausend Kröten in Scrips auf, und wir nehmen sie ihnen ab. Zur Polizei können sie nicht gehen, nicht zu ihrer und nicht zu unserer. Sie sind die Gelackmeierten.« Wolf verstummte, zog noch einmal an seiner Zigarre und warf sie auf die Straße. »Es wird harte Arbeit sein, ein paar Nächte in der Woche durch die Stadt zu streifen«, fügte er in ruhigem Ton hinzu. »Und für die letzte halbe Stunde braucht man Mumm.«

»Ein richtiges Räuber-und-Gendarm-Spiel«, sagte Mosca, und Wolf lächelte. Mosca ließ seinen Blick die dunkle Straße hinauf und über die Ruinen schweifen. In weiter Ferne, als ob ein See oder eine Prärie dazwischenläge, sah er das gelbe Licht eines einsamen Straßenbahnwagens, der langsam durch die schwarze Nacht glitt.

»Wir müssen an unsere Zukunft denken«, sagte Wolf in ernstem Ton. »Ich habe manchmal das Gefühl, daß mein Leben bis jetzt nur ein Traum war, nichts Greifbares. Vielleicht geht es dir auch so. Jetzt müssen wir uns auf unser wirkliches Leben vorbereiten, und das wird hart sein, sehr hart. Das ist unsere letzte Chance, Kasse zu machen.«

»Einverstanden«, sagte Mosca, »aber es klingt verdammt kompliziert.«

Wolf schüttelte den Kopf. »Vielleicht klappt's auch gar nicht. Aber mittlerweile lasse ich dich beim Geldwechsel mitverdienen. Ein paar Hunderter schauen da auf jeden Fall für dich heraus. Wenn wir Glück haben, nur ein bißchen Glück haben, können wir uns bei dem Geschäft fünfzehn- oder zwanzigtausend teilen. Vielleicht auch noch mehr.«

Während Wolf den Motor anließ, kletterte Mosca aus dem Wagen. Wolf fuhr los, und als Mosca den Kopf hob, sah er Hellas dunklen Kopf hinter der erhellten Scheibe seines Fensters.

8

Es war später Nachmittag. Mosca saß mit eingezogenen Schultern im Jeep und versuchte sich vor dem kalten Oktoberwind zu schützen. Vom Bodenblech des Wagens strahlte eisige Kühle aus.

Ein Stück weiter die Straße hinauf war eine verkehrsreiche Kreuzung, wo Straßenbahnen nach links und nach rechts abbogen und immer wieder Militärfahrzeuge stehenblieben, weil die Fahrer Zeit brauchten, um die lange Reihe weißer Schilder zu überfliegen, die ihnen den Weg zu den verschiedenen Dienststellen in der Stadt wiesen. Wie ungepflügtes Weideland erstreckten sich Ruinen nach allen Richtungen, und jenseits der Querstraße, wo ein paar kleine Häuser standen, öffnete ein kleines Kino seine Türen, und eine lange Reihe wartender Menschen schob sich langsam in das Innere des Gebäudes.

Mosca war hungrig und ungeduldig. Er sah, wie drei gedeckte Lastwagen mit deutschen Kriegsgefangenen an der Kreuzung hielten. Wahrscheinlich Kriegsverbrecher, dachte er. Ein Jeep mit zwei Militärpolizisten folgte pflichtschuldig nach. Leo tauchte in der Tür der Schneiderei auf, und Mosca straffte die Schultern.

Beide sahen die Frau über die Straße laufen, noch bevor sie anfing, zu schreien. Unbeholfen, in wilder Erregung, rannte sie auf die Kreuzung zu. Heftig fuchtelte sie mit den Armen herum und brüllte dauernd einen Namen, der infolge ihrer Erregung unverständlich blieb. Vom letzten Gefangenenwagen herunter winkte ihr einer zu. Dann setzte sich der Zug wieder in Bewegung, und wie ein Schäferhund folgte der Jeep hinten nach. Die Frau sah, daß es aussichtslos war, und blieb stehen. Sie fiel auf die Knie und dann der Länge nach auf die Straße, so daß der Verkehr zum Stillstand kam.

Leo stieg in den Jeep. Das Dröhnen und Rütteln des Motors gaukelte ihnen Wärme vor. Sie warteten, bis man die Frau auf den Gehsteig getragen hatte, und erst dann legte Leo den Gang ein. Sie sprachen nicht über das, was sie gesehen hatten. Es ging sie nichts an, aber in Moscas Kopf begann ein verschwommenes, vertrautes Bild Gestalt anzunehmen und sich zu formen.

Kurz vor Kriegsende war er in Paris gewesen und in einer riesigen Menschenmenge steckengeblieben. Er hatte vergeblich versucht, sich zu befreien, und war gegen seinen Willen zum Mittelpunkt der Geschehnisse mitgerissen, mitgeschwemmt worden. Langsam, Zentimeter um Zentimeter, schob sich eine lange Reihe offener Lastwagen durch die Menge, die sich auf der Straße, auf den Gehsteigen und in den Cafés drängte; sie brachten Franzosen aus Deutschland, befreite Kriegsgefangene, Zwangsarbeiter, Männer, die man totgeglaubt hatte, zurück. Die begeisterten Ovationen der Menge übertönten die Jubelrufe der Männer auf den Lastern. Aber sie hüpften vor Freude auf und nieder und beugten sich über die Bordwände, um sich küssen zu lassen und nach den Blumen zu haschen, die ihnen gereicht und zugeworfen wurden. Plötzlich war einer der Männer vom Wagen gesprungen, war über die Köpfe der Leute hinweggeschlittert und zu Boden gefallen. Eine Frau bahnte sich den Weg zu ihm und preßte ihn in wilder, begehrlicher Umarmung an ihre Brust. Vom Lastwagen warf ihm einer eine Krücke nach und rief ihm so zotige Glückwünsche zu, daß bei anderer Gelegenheit jede Frau errötet wäre. Diese aber lachte nur mit den anderen mit.

Den Schock, das Schuldgefühl, den Schmerz, alles, was er damals empfunden hatte, empfand er auch jetzt wieder.

Als Leo vor dem Ratskeller hielt, stieg Mosca aus. »Ich bin nicht in der Stimmung, jetzt etwas zu essen«, sagte er. »Wir sehen uns später zu Hause.«

Leo, der damit beschäftigt war, das Schloß an die Sicherheitskette des Jeeps zu hängen, hob erstaunt den Kopf. »Was hast du?« fragte er.

»Nur ein bißchen Kopfweh. Ein Spaziergang wird es mir vertreiben.«

Ihm war kalt, und er zündete sich eine Zigarre an. Der warme Tabakrauch breitete sich wärmend über sein Gesicht. Er wählte die stillen, kleinen Seitengassen, die für Gefährte unpassierbar waren, weil der Schutt Gehsteige und Fahrbahnen bedeckte. Achtsam, um in der zunehmenden Dunkelheit nicht zu Fall zu kommen, stieg er über lose Steine und Ziegel hinweg.

Als er sein Zimmer betrat, fühlte er sich wirklich krank. Sein Gesicht war heiß und fiebrig. Ohne das Licht anzudrehen, zog er sich aus, warf seine Kleider auf die Couch und legte sich ins Bett. Auch unter der Decke war ihm noch kalt. Der schale Geruch des Zigarrenstummels, den er auf der Tischkante hatte liegen lassen, stieg ihm in die Nase. Er krümmte sich zusammen und schlang die Arme um die Knie, weil er hoffte, daß ihm dadurch wärmer werden würde, aber immer noch schüttelte ihn der Frost. Sein Mund war trocken, und das Hämmern in seinem Kopf wurde zu einem leisen, monotonen, kaum noch schmerzhaften Brummen.

Er hörte einen Schlüssel in der Tür, und Hella kam ins Zimmer. Das Licht ging an. Sie kam zum Bett und setzte sich.

»Fühlst du dich nicht wohl?« fragte sie besorgt. Es gab ihr einen Stich, ihn so zu sehen.

»Nur eine kleine Erkältung«, antwortete Mosca. »Gib mir ein Aspirin und schmeiß die Zigarre dort raus.«

Sie holte ein Glas Wasser aus dem Badezimmer, und als sie es ihm reichte, strich sie ihm mit der anderen Hand über den Kopf. »Das ist schon drollig, dich krank zu sehen«, murmelte sie. »Soll ich auf der Couch schlafen?«

»Nein«, antwortete Mosca. »Mir ist saukalt. Komm zu mir ins Bett.«

Sie löschte das Licht und kam zum Bett, um sich auszuziehen. Er konnte nur undeutlich sehen, wie sie ihre Kleider über die Sessellehne hängte. Sein Körper brannte vor Fieber und Verlangen, und als sie ins Bett stieg, drückte er sie an sich. Ihre Brüste und ihre Schenkel und ihr Mund waren kühl, ihre Wangen kalt, und er hielt sie so fest, wie er nur konnte.

Als er sich ermattet in die Kissen zurückfallen ließ, lief ihm der Schweiß über Schenkel und Rücken. Die Kopfschmerzen waren weg, aber nun taten ihm alle Knochen weh. Er langte über sie hinweg, nach dem Glas Wasser, das auf dem Nachttischchen stand.

Hella fuhr ihm mit der Hand über das fieberheiße Gesicht. »Ich hoffe, daß das deinen Zustand nicht noch verschlechtert hat, Liebster.«

»Nein, es geht mir besser«, antwortete Mosca.

»Soll ich mich jetzt auf die Couch legen?«

»Nein, bleib hier.«

Wieder langte er über sie hinweg; diesmal nach einer Zigarette, aber schon nach wenigen Zügen drückte er sie an der Wand aus und sah zu, wie die roten Funken auf die Bettdecke regneten.

»Versuche zu schlafen«, sagte sie.

»Ich kann nicht schlafen. War heute irgend etwas Besonderes los?«

»Nein, ich war gerade dabei, mit Frau Meyer zu Abend zu essen. Yergen sah dich ins Haus treten und kam herauf, um mir Bescheid zu geben. Er sagte, du sähest etwas angekratzt aus, und ich sollte lieber gleich hinuntergehen. Er ist ein sehr gütiger Mensch.«

»Ich habe heute etwas Kurioses gesehen«, sagte Mosca und erzählte ihr von der Frau.

Er fühlte ihr Schweigen in der Dunkelheit des Zimmers. Wenn ich im Jeep gesessen wäre, dachte Hella, ich würde ihr aufgeholfen, sie in den Jeep gesetzt haben und dem Gefangenentransport nachgefahren sein. Ich würde sie beruhigt und getröstet haben. Männer sind eben härter, sie haben weniger Mitgefühl.

Aber sie blieb stumm. Wie in anderen finsteren Nächten, ließ sie ihre Fingerspitzen langsam über seinen Körper, über die Narbe gleiten, die seinen Rumpf in zwei Teile zu schneiden schien. So wie ein Kind sein Spielzeug über eine Bodenwelle hin und her schiebt, fuhr sie mit den Fingern über das unebene Mal.

Mosca setzte sich auf, so daß er mit den Schultern gegen den hölzernen Kopfteil des Bettes lehnte. Die hinter dem Kopf verschränkten Hände dienten ihm als Kissen. »Ein Glück, daß ich die Narbe habe, wo niemand sie sehen kann«, sagte er ruhig.

»Ich sehe sie«, erwiderte Hella.

»Du weißt schon, was ich meine. Es wäre etwas anderes, wenn ich sie im Gesicht hätte.« Ihre Finger glitten immer noch die Narbe entlang. »Für mich würde sie nichts ändern«, sagte sie.

Das Fieber in seinem Körper bereitete ihm Unbehagen. Wohltuend glitten ihre Finger über seinen Körper, und er wußte, daß sie akzeptieren würde, was er getan hatte.

»Schlaf nicht ein«, sagte er. »Ich wollte dir schon immer etwas erzählen, aber es schien mir nie wichtig genug.« Schelmisch verlieh er seiner Stimme die leiernde Eintönigkeit eines Erwachsenen, der einem Kind ein Märchen erzählt. »Ich werde dir eine Geschichte erzählen«, begann er. Er tastete nach einer Zigarette auf dem Nachttisch.

Das Munitionslager zog sich meilenweit dahin. Die Granaten waren wie Klafterholz gestapelt. Mosca saß im Fahrerhaus des Lastwagens und beobachtete die Gefangenen, die die Fahrzeuge vor ihm beluden. Die Gefangenen trugen grüne Drillichanzüge und auf den Köpfen Schlapphüte aus dem gleichen Material. Sie hätten leicht mit dem Grün des Waldes ringsum verschmelzen können, wäre da nicht das große, weiße P gewesen, das sie auf dem Rücken und an den Hosenbeinen aufgemalt trugen.

Von irgendwo im Wald kamen drei Pfeiftöne, das Signal zur Rückkehr. Mosca sprang aus dem Fahrerhaus. »He, Fritz, komm her!« rief er.

Der Gefangene, den er zum Vorarbeiter gemacht hatte, kam angetrabt.

»Haben wir noch genug Zeit, um vollzuladen, bevor wir zurückfahren?«

Der Deutsche, ein etwa vierzigjähriger Mann, mit einem sonderbar runzeligen, alt-jungen Gesicht, stand ohne jedes Zeichen von Unterwürfigkeit vor Mosca. »Wir kommen spät zum Abendessen«, antwortete er in holprigem Englisch und zuckte die Achseln.

Sie lachten sich an. Nur um seine Gunst nicht zu verlieren, würde jeder andere Gefangene Mosca versichert haben, daß es durchaus möglich war, fertig zu laden.

»Okay, mach Schluß«, sagte Mosca. »Sollen die Kerle doch meckern.« Er gab dem Deutschen eine Zigarette, und der Deutsche steckte sie in die Tasche seiner grünen Drillichjacke. Im Bereich des Munitionslagerplatzes zu rauchen, war gegen die Vorschrift, obwohl sich natürlich weder Mosca noch die anderen GI-Wachen daran hielten.

»Laß aufsteigen und abzählen.« Der Deutsche ging und tat wie ihm geheißen; die Gefangenen kletterten auf die Lastwagen.

Über die Erdstraße fuhren sie langsam durch den Wald. Überall, wo andere Straßen kreuzten, schlossen sich Fahrzeuge dem Zug an, bis schließlich eine lange Reihe von Lastwagen aus dem Schatten des Waldes tauchte und im zitronengelben Sonnenlicht des beginnenden Frühjahrs das offene Land erreichte. Der Krieg war weit weg – für die Wachen wie auch für die Gefangenen. Sie befanden sich alle in Sicherheit; der Streit zwischen ihnen war beigelegt. Allem Anschein nach ruhig und zufrieden, kehrten sie aus der Waldlandschaft des Munitionslagers in die von Stacheldraht umschlossenen Baracken zurück.

Die GI-Wachen, deren Verwundungen so schwer gewesen waren, daß sie nicht wieder an die Front geschickt wurden, hatten vom Krieg die Nase voll. Die Gefangenen bejammerten ihr Schicksal nur abends, wenn sie sahen, wie ihre Wächter die Jeeps bestiegen, um in die nahegelegene Stadt zu fahren. Aus den Gesichtern der Kriegsgefangenen sprach jene schmachtende Sehnsucht, wie sie Kindern zu eigen ist, wenn sie sehen, wie ihre Eltern sich abends zum Ausgehen bereit machen.

In der ersten Frühe des Tages fuhren sie zusammen wieder in den Wald hinaus. Während der Arbeitspausen zerstreuten sich die Gefangenen, setzten sich auf die Wiese und kauten an einem Stück Brot, das sie noch vom Frühstück übrig hatten. Mosca ließ seinem Trupp mehr Zeit als üblich. Fritz saß neben ihm auf einem Stoß Granaten.

»Ein erträgliches Leben, was, Fritz?« sagte Mosca.

»Es könnte ärger sein«, erwiderte der Deutsche. »Hier ist es friedlich.« Mosca nickte. Er konnte den Deutschen gut leiden, obwohl er sich nie die Mühe nahm, sich an seinen richtigen Namen zu erinnern. Sie standen auf freundschaftlichem Fuß miteinander, aber keiner konnte vergessen, daß es eine Beziehung zwischen Sieger und Besiegtem war, die sie verband. Sogar jetzt hielt Mosca seinen Karabiner wie ein Symbol in der Hand. Es war nie eine Patrone in der Kammer, und manchmal vergaß er sogar, ein Magazin einzuschieben.

Der Deutsche war wieder einmal in gedrückter Stimmung. Plötzlich fing er an, einen Wortschwall vom Stapel zu lassen – in seiner Muttersprache, der Mosca nur beschränkt mächtig war.

»Ist das nicht verrückt, daß Sie hier stehen müssen und aufpassen, daß wir uns nicht so bewegen, wie wir möchten? Ist das eine Aufgabe für einen Menschen? Und wie wir uns töten und einander wehtun! Und wofür? Sagen Sie selbst: wenn Deutschland Nordafrika und Frankreich behalten hätte, würde das mir persönlich auch nur einen einzigen Pfennig eingetragen haben? Hilft es mir, wenn Deutschland die ganze Welt erobert? Sogar wenn wir gewinnen, ist alles, was mir davon bleibt, eine Uniform. Als wir noch Kinder waren, wie aufregend war es damals, vom Goldenen Zeitalter unseres Landes zu lesen, als Frankreich oder Deutschland oder Spanien über die ganze Welt herrschten! Denkmäler bauen sie für Männer, die Millionen ihrer Landsleute in den Tod schicken. Wie kommt das? Wir hassen einander, wir töten einander. Ich könnte es noch verstehen, wenn wir etwas davon hätten. Wenn nachher einer käme und sagte: ›Hier, hier hast du ein Stück Land, das wir den Franzosen weggenommen haben; jeder kriegt ein kleines Stück vom Kuchen.‹ Und Sie – wir wissen ja schon, daß ihr den Krieg gewonnen habt. Und glauben Sie, daß Sie persönlich etwas gewinnen werden?«

Die anderen Gefangenen wälzten sich im kühlen Gras herum und aalten sich in der warmen Sonne. Mosca verstand nur die Hälfte, er fühlte sich nicht angesprochen, und das ärgerte ihn ein bißchen. Der Deutsche redete, wie eben ein geschlagener Feind redet, ohne jede Glaubwürdigkeit. Stolz und freudigen Sinnes war er duch die Straßen von Paris und Prag und die Städte in Skandinavien marschiert; jetzt, hinter Stacheldraht, grübelte er über Recht und Unrecht.

Zum erstenmal legte der Deutsche die Hand auf Moscas Arm. »Mein Freund«, sagte er, »Menschen wie Sie und ich stehen einander gegenüber und töten sich. Unsere Feinde aber stehen hinter uns.« Er ließ seine Hand fallen. »Unsere Feinde stehen hinter uns«, wiederholte er in bitterem Ton, »und verüben die Verbrechen, für die wir sterben.«

Aber für gewöhnlich war der Deutsche gut gelaunt. Er hatte Mosca ein Bild von seiner Frau und seinen zwei Kindern gezeigt, und ein anderes von ihm selbst, zusammen mit Kameraden, vor der Fabrik, in der sie gearbeitet hatten. Und er sprach gern über Frauen.

»Ja, ja«, schwärmte er begeistert, »da unten in Italien . . .« oder: »Da in Frankreich, da gibt es wunderbare Frauen. Ich muß zugeben, sie gefallen mir besser als die deutschen Frauen, da kann der Führer sagen, was er will. Die Frauen haben wichtigere Dinge im Kopf als die Politik. Das war schon immer so.« Die blauen Augen funkelten in dem unterernährten Gesicht. »Mir tut es leid, daß wir nicht nach Amerika gekommen sind. Diese wunderschönen Mädchen mit ihren langen Beinen, die Haut wie Marzipan . . . wirklich unglaublich. Ich habe sie immer in den Filmen gesehen und in Zeitschriften. Ja, das ist wirklich schade.«

Und Mosca machte den Spaß mit und sagte: »Die würden euch Germanen doch keines Blickes würdigen.« Worauf der Deutsche dann langsam, aber bestimmt den Kopf schüttelte. »Frauen denken praktisch«, sagte er. »Glauben Sie wirklich, die würden verhungern, nur weil man ihnen verboten hat, sich dem Feind hinzugeben? Frauen sehen solche Dinge ganz klar. Sie haben andere sittliche Werte. O ja, als Besatzer nach New York zu kommen, das wäre eine feine Sache gewesen.«

Dann lachten sie einander an, Mosca und der Deutsche, und Mosca sagte: »Lassen Sie Ihre Kumpel jetzt weitermachen.«

Und als an diesem letzten Abend das Signal zur Rückkehr ertönte, kamen die Gefangenen, die über die ganze Lichtung verstreut arbeiteten, eilig gelaufen, und die Lastwagen waren in wenigen Minuten besetzt. Die Fahrer ließen die Motoren an.

Beinahe wäre Mosca drauf reingefallen. Mechanisch suchten seine Augen nach Fritz. Noch ohne Verdacht zu schöpfen, ging er auf das nächste der drei Fahrzeuge zu, doch als er den unnatürlichen Ausdruck auf den Gesichtern einiger Gefangener sah, wußte er sofort, wieviel es geschlagen hatte.

Während er den Fahrern Zeichen machte, von den Wagen herunterzuspringen, lief er auf die Einmündung der Erdstraße zu.

Noch im Laufen betätigte er den Verschluß seines Karabiners und schob eine Patrone in die Kammer ein. Er holte die Pfeife aus der Tasche, die er noch nie benützt hatte, und gab sechs kurze Signale ab. Nach einer kleinen Weile ließ er weitere sechs Signale folgen.

Während er wartete, ließ er alle Gefangenen absteigen und wies sie an, sich in einem großen Kreis, dicht aneinandergedrängt, ins Gras zu setzen. Er blieb in einiger Entfernung stehen, um sie zu beobachten, obwohl er wußte, daß keiner zu fliehen versuchen würde.

Der Jeep des Sicherheitsdienstes kam geradewegs durch den Wald gefahren, und er hörte, wie das Fahrzeug sich krachend einen Weg durch das Unterholz bahnte, bevor es die Lichtung erreichte. Der Sergeant hatte einen langen Schnurrbart von der Art, wie die Engländer ihn lieben, und war groß und massig. Als er die friedliche Szene vor sich sah, stieg er aus dem Jeep und ging gemächlich auf Mosca zu. Die anderen zwei GIs schlenderten zu den entgegengesetzten Enden der Lichtung hinüber. Der Fahrer nahm das Maschinengewehr aus der Halterung und setzte sich hinter das Steuer; einen Fuß ließ er aus dem Fahrzeug heraushängen.

Der Sergeant stand wartend vor Mosca. »Von einem weiß ich, daß er fehlt«, sagte Mosca. »Mein Vorarbeiter. Ich habe nicht abzählen lassen.«

Der Sergeant war in eine elegante, olivgrüne Uniform gekleidet und trug eine Pistole und einen Patronengürtel aus Kordgewebe um seine breite Mitte. Er ging zu den Gefangenen hinüber und befahl ihnen, sich in Zehnerreihen aufzustellen. Das ergab fünf Reihen, wobei zwei Mann für eine unvollständige sechste übrig blieben. Die zwei Mann, die ihre eigene Reihe bildeten, sahen so belämmert drein, als ob sie daran schuld wären, daß ihre Kameraden geflohen waren.

»Wie schaut es jetzt aus?« erkundigte sich der Sergeant bei Mosca.

»Es fehlen insgesamt vier Mann«, antwortete Mosca.

Der Sergeant blickte auf ihn herunter. »Da hat uns Ihr Kumpel, dieser Armleuchter, einen schönen Streich gespielt!« Und jetzt überkam Mosca zum erstenmal, seitdem er von der Flucht wußte, ein Gefühl von Scham und ein wenig Angst. Aber er konnte es nicht über sich bringen, richtig zornig zu sein.

Der Sergeant seufzte. »Na ja, es war ein schönes Leben, aber alles hat einmal ein Ende. Es wird einen Krach geben, der sich gewaschen hat. Die Fetzen werden nur so fliegen.« Und mit sanfterer Stimme fuhr er fort: »Ihnen wird man den Arsch bis zum Kragen aufreißen, das wissen Sie ja wohl?« Sie standen beide da und dachten an das angenehme Leben, das sie bis jetzt geführt hatten – keinen Morgenappell, keine Truppenbesichtigung, alles fast so wie im Zivilleben.

Zornig warf der Sergeant die Schultern zurück. »Mal sehen, was wir mit diesen Gaunern anfangen! *Achtung!*« brüllte er und ging vor den Deutschen auf und ab. Einige Minuten lang blieb er stumm; dann begann er in ruhigem Ton und in englischer Sprache:

»Also schön. Sie wissen, was los ist. Die Flitterwochen sind zu Ende. Ihr Leute seid alle gut behandelt worden. Man hat euch reichlich zu essen gegeben, ihr seid anständig untergebracht. Haben wir euch je geschunden? Wer sich nicht wohlgefühlt hat, konnte in der Baracke bleiben. Hat einer eine Klage vorzubringen? Der kann ruhig vortreten.« Er unterbrach sich, als ob er tatsächlich erwarten würde, daß einer sich meldete, und fuhr dann fort: »Also mal sehen, ob ihr das zu schätzen wißt. Einige von euch wissen, wann diese Männer abgehauen sind und wo sie stecken. Redet! Wir werden es euch nicht vergessen. Wir werden uns erkenntlich zeigen.« Der Sergeant blieb stehen und sah sie an. Er wartete, während sie miteinander tuschelten und die einen den anderen übersetzten, was er gesagt hatte. Doch auch als sie verstummten, trat keiner der Gefangenen vor.

»Also gut, ihr Dreckskerle«, quittierte der Sergeant das Schweigen in verändertem Ton. Er ging zu seinem Jeep zurück. »Fahr in die Baracke«, sagte er zum Fahrer, »und hol zwanzig Spitzhacken und zwanzig Schaufeln. Nimm dir vier Leute und einen zweiten Jeep. Wenn kein Offizier den Braten riecht, kommen wir vielleicht durch. Und wenn dieser Heini von einem Kammerunteroffizier wegen der Schaufeln Stunk macht, sag ihm, ich schlag ihm höchstpersönlich eine in die Fresse.« Mit einer Geste bedeutete er dem GI loszufahren.

Die Gefangenen mußten sich abermals ins Gras setzen.

Als die Jeeps mit der Verstärkung und einem mit Werkzeugen vollgeladenen Anhänger zurückkamen, ließ der Sergeant die Gefangenen in zwei einander gegenüberstehenden Reihen antreten. Er ließ die Werkzeuge ausgeben, und da diese nicht für alle reichten, befahl er den gezwungenermaßen Müßigen, sich am anderen Ende der Lichtung bäuchlings, das Gesicht nach unten, ins Gras zu legen.

Keiner sprach. Die Gefangenen hoben einen langen Graben aus. Die Reihe mit den Picken hackte den Boden auf und wartete, bis die Männer mit den Schaufeln die lose Erde wegräumten. Sie arbeiteten sehr langsam. Dem Anschein nach gleichgültig und teilnahmslos lehnten die Posten an den Bäumen und sahen zu.

Der Sergeant zwinkerte Mosca zu. »Ein guter Bluff verfehlt nie seine Wirkung«, sagte er leise. »Passen Sie auf.«

Er ließ sie eine Weile weiterarbeiten und dann rasten. »Hat einer von euch mir etwas zu sagen?« Er lächelte grimmig.

Keiner antwortete.

»In Ordnung.« Er hob den Arm. »Weitergraben.«

Einer der Deutschen ließ seine Schaufel fallen. Er war jung und hatte rosige Wangen. »Bitte«, sagte er, »ich möchte Ihnen etwas sagen.« Er verließ die Reihe der anderen Gefangenen und trat ein paar Schritte vor.

»Spuck's aus«, sagte der Sergeant.

Stumm stand der Deutsche da. Er warf einen verlegenen Blick auf seine Mitgefangenen. Der Sergeant verstand. Er nahm den Deutschen beim Arm und führte ihn zum Jeep hinüber. Von den Wachen und den übrigen Gefangenen gleich aufmerksam beobachtet, standen sie dort und unterhielten sich leise und ernsthaft. Den Kopf vorgestreckt, den massigen Körper vornübergebeugt, den Arm zwanglos um die Schultern des Deutschen geworfen, hörte der Sergeant zu. Dann nickte er und bedeutete dem Denunzianten mit einer Handbewegung, in den Jeep zu steigen.

Die Gefangenen wurden auf die drei Lastwagen verladen, und der Zug rollte durch den jetzt einsamen Wald, ohne daß sich ihnen an den Kreuzungen andere Gefährte anschlossen. Der Sergeant saß in dem Jeep, der den Nachtrab bildete; sein langer Schnurrbart flatterte im Wind. Als sie aus dem Wald kamen und das offene Land vor ihnen lag, war es ein anderes Licht, war es der vollere Schein der Nachmittagssonne, der die vertraute Gegend umhüllte.

Den Kopf zur Seite drehend, wandte sich der Sergeant an Mosca. »Ihr Freundchen hat das schon die längste Zeit vorgehabt. Aber er wird kein Glück haben.«

»Wo ist er?« fragte Mosca

»In der Stadt. Ich kenne das Haus.«

Der Zug fuhr ins Lager ein, und ohne zu halten schwenkten die zwei Jeeps in weitem Bogen von den Lastwagen weg und brausten stadtwärts davon. Einer dicht hinter dem anderen fuhren sie dann die Hauptstraße hinunter und bogen an der Ecke, wo die Kirche stand, nach rechts ab. Bei einem kleinen Steinhaus blieben sie stehen. Mosca und der Sergeant gingen zur Eingangstür. Zwei der Männer im anderen Jeep bewegten sich zur Rückseite des Hauses. Die anderen blieben in ihren Jeeps sitzen.

Die Tür ging auf, bevor sie noch klopfen konnten. Fritz stand vor ihnen. Er trug alte, zerknitterte blaue Wollhosen, ein weißes kragenloses Hemd und eine dunkle Jacke. Ein unsicheres Lächeln spielte um seinen Mund. »Die anderen sind oben«, sagte er. »Sie haben Angst, herunterzukommen.«

»Ruf sie«, sagte der Sergeant. »Geh rauf und sag ihnen, es passiert ihnen nichts.«

Fritz ging zum Fuß der Treppe und rief hinauf: »Alles in Ordnung. Kommt herunter. Habt keine Angst.«

Sie hörten, wie sich oben eine Tür öffnete, und dann kamen die drei anderen Gefangenen langsam die Treppe herunter. Sie trugen abgerissene Zivilkleidung. Sie machten einen verlegenen, fast schuldbewußten Eindruck.

»In die Jeeps mit euch«, befahl der Sergeant. »Wem gehört das Haus?« fragte er Fritz.

Der Deutsche hob den Kopf. Zum erstenmal blickte er jetzt Mosca an. »Einer Frau, die ich kenne. Laßt sie in Frieden. Sie hat es nur getan, weil – Sie verstehen schon –, weil sie einsam war. Es hat nichts mit dem Krieg zu tun.«

Der Sergeant pfiff den zwei Männern hinter dem Haus. Als die Jeeps losfuhren, kam eine Frau mit einem großen, in braunes Papier eingewickelten Packen die Straße herunter. Sie sah die Gefangenen im Jeep, machte kehrt und ging in die Richtung zurück, aus der sie gekommen war. Der Sergeant grinste säuerlich. »Diese verdammten Weiber!« sagte er.

Auf halbem Weg zum Lager, an einer einsamen Stelle, lenkte der Sergeant seinen Jeep zur Seite und hielt an. Der andere Jeep blieb knapp hinter ihm stehen. Von der Straße weg erstreckte sich unebenes, steiniges Weideland bis zu dem zweihundert Meter entfernten Waldrand.

»Laßt die Männer aussteigen«, befahl der Sergeant. »Raus aus den Jeeps.« Alle stiegen aus und blieben verlegen, von Unbehagen erfüllt, auf der verlassenen Straße stehen. Der Sergeant schien tief in Gedanken versunken. Er zwirbelte seinen Schnurrbart und sagte: »Zwei von euch können diese Kerle ins Lager zurückbringen. Ladet die Werkzeuge aus dem Anhänger und kommt damit wieder zurück.« Er deutete auf Fritz. »Du bleibst da.«

»Ich fahre auch zurück«, sagte Mosca rasch.

Anmaßend und verächtlich musterte ihn der Sergeant von Kopf bis Fuß. »Hör mal, du Aasknochen, du bleibst hier. Wenn ich nicht wäre, du würdest ganz schön im Dreck sitzen. Bei Gott, ich hab' was Besseres zu tun, als hinter Deutschen herzujagen, wenn einen von ihnen der Hafer sticht. Du bleibst da.«

Schweigend entfernten sich die zwei Wachen mit den drei Gefangenen. Sie stiegen in den Jeep und sausten die Straße hinunter. Fritz drehte den Kopf zur Seite und sah ihnen nach.

Die vier Männer in ihren olivgrünen Uniformen standen vor dem einen Deutschen und dem steinigen Weideland hinter ihm. Der Sergeant strich sich den Schnurrbart. Das Gesicht des Deutschen war grau, aber er stand stramm da, wie in Habtachtstellung.

»Lauf!« sagte der Sergeant. Er hob den Arm und zeigte auf den Wald jenseits des Weidelandes.

Der Deutsche rührte sich nicht. Der Sergeant gab ihm einen Schubs. »Lauf«, sagte er, »wir lassen dir einen guten Vorsprung.« Er schob den Deutschen auf das Gras des Weidelandes und drehte ihn herum, so daß er den Wald vor sich sah. Die Sonne war untergegangen, und bis auf das Grau der hereinbrechenden Dunkelheit hatte der Boden alle Farbe verloren. Weit weg, wie eine lange finstere Mauer, stand der Wald.

Der Deutsche drehte sich um und sah sie an. Als ob er nach Würde suchte, flog seine Hand an das kragenlose Hemd. Sein Blick glitt von Mosca zu den anderen. Er tat einen Schritt auf sie zu, wieder auf die Straße hinauf. Seine Beine zitterten, er schwankte, aber seine Stimme war fest: »Herr Mosca«, sagte er, »ich habe Frau und Kinder.«

Wut und Haß erschienen auf dem Gesicht des Sergeants. »Lauf, du Drecknazi, lauf!« Er stürzte auf den Deutschen zu und schlug ihn ins Gesicht. Als es schien, als ob der Deutsche zusammenbrechen würde, hob er ihn hoch und stieß ihn wieder auf das Feld hinaus. »Lauf, du Dreckskerl!« Er schrie es drei- oder viermal.

Der Deutsche fiel nieder und stand auf und drehte sich wieder um. »Ich habe Frau und Kinder«, wiederholte er, und es klang diesmal nicht flehend, sondern nur mehr erklärend. Einer der GIs trat auf ihn zu und stieß ihm den Gewehrkolben zwischen die Beine. Die Waffe in der einen Hand, schlug er den Deutschen dann mit der geballten Faust.

Blut spritzte aus dem runzligen Gesicht. Und bevor er sich auf den Weg über das steinige Feld zur dunklen Mauer des Waldes machte, warf er ihnen einen letzten Blick zu. Es war ein Blick verlorener Hoffnung und mehr als Todesangst. Es war ein Blick des Entsetzens, als ob er eines schändlichen und schrecklichen Geschehens ansichtig geworden wäre, das er nie für möglich gehalten hätte.

Sie sahen, wie er langsam über das Feld wanderte. Sie erwarteten, daß er laufen würde, aber er ging ganz langsam. Alle paar

Schritte drehte er sich nach ihnen um, so als ob alles nur ein Kinderspiel wäre. Das Weiß seines Hemdes leuchtete in der Dämmerung.

Mosca bemerkte, daß der Deutsche jedesmal, wenn er sich umblickte, ein wenig die Richtung änderte. Er sah rechts den leichten felsigen Anstieg, der zum Wald hinüber führte. Was der Deutsche plante, war nur zu augenfällig. Die Männer knieten auf der Erdstraße nieder und hoben ihre Karabiner an die Schultern. Mosca ließ den seinen mit dem Lauf nach unten hängen.

Als der Deutsche plötzlich den Sprung hinter die Bodenwelle wagte, feuerte der Sergeant, und der Körper brach zusammen, bevor noch die anderen Schüsse fielen. Der Fall riß ihn noch über den Kamm der Bodenwelle hinüber, aber seine Beine blieben in Sicht.

In der Stille, die auf das Krachen der Schüsse folgte, erstarrten die Lebenden in der Pose, in der sie gefeuert hatten. Der ätzende Geruch des Pulvers tränkte die Abendluft.

»Fahrt los«, sagte Mosca. »Ich warte hier auf den Anhänger. Ihr könnt schon losfahren.« Niemand hatte bemerkt, daß er nicht geschossen hatte. Er wandte sich ab und ging ein paar Schritte die Straße hinunter.

Er hörte das Aufheulen des Motors, als der Jeep sich in Bewegung setzte, und lehnte sich an einen Baum. Er starrte über das steinige Feld, über die herabhängenden Beine und zu der schwarzen, undurchdringlichen Mauer des Waldes hinüber. In der anbrechenden Nacht schien er ganz nah zu sein. Mosca zündete sich eine Zigarette an. Er empfand nichts, außer einem kleinen körperlichen Unbehagen und einer inneren Schlaffheit. Er wartete und hoffte, daß der Anhänger kommen würde, bevor es noch ganz dunkel war.

In der nun vollständigen Finsternis langte Mosca über Hella hinüber zu dem Glas Wasser, das auf dem Tischchen stand. Er trank und lehnte sich zurück.

Es drängte ihn, ganz ehrlich zu sein. »An sich quält mich die Erinnerung nicht«, sagte er. »Nur wenn ich so etwas sehe wie heute, diese Frau, die hinter dem Lastwagen herlief. Ich höre noch, was er sagte; er sagte es zweimal: ›Ich habe Frau und Kinder.‹ Es bedeutete mir damals gar nichts. Ich kann es nicht erklären, aber es war so wie mit dem Geld – wir gaben es aus, weil der Gedanke des Sparens für uns keine Bedeutung hatte.« Er wartete auf Hellas Reaktion.

»Weißt du«, setzte er fort, »nachher habe ich darüber nachgedacht. Ich hatte Angst, wieder an die Front zu müssen, und ich glaube, ich hatte auch Angst vor dem Sergeant. Und dieser Fritz war ein Deutscher, und die Deutschen haben viel schlimmere Dinge gemacht. Aber das wichtigste ist, daß ich kein Mitleid hatte, als er geschlagen wurde, als er um sein Leben bettelte, und als sie ihn erschossen. Nachher schämte ich mich und war überrascht, daß ich mich schämte, aber Mitleid hatte ich nie, und ich weiß, das ist schlimm.«

Mosca tastete nach Hellas Gesicht, und als er ihr über die Wange fuhr, spürte er die Feuchtigkeit in den Mulden ihrer Augen. Einen Augenblick lang stieg Übelkeit in ihm auf, doch das Fieber in seinem Körper brannte sie aus. Er wollte ihr erklären, wie es gewesen war – so ganz anders, als er es sich vorgestellt hatte: ein Alptraum, ein böser Zauber, eine lauernde Angst. In den fremden Städten, wo die Toten lagen, ging der Kampf über ihren verschütteten Gräbern weiter, Blumen schwarzen Rauchs erblühten aus den Schädeldecken der Häuser; später dann überall der weiße Streifen – um den ausgebrannten Panzer des Feindes herum, um anzuzeigen, daß er noch nicht entmint war, vor den Haustüren, an kindliche Spiele gemahnend, eine mit Kreide gezogene Grenze, die man nicht überschreiten durfte, rund um die Kirche, um die Leichen auf dem Hauptplatz, um die Weinfässer im Keller eines Bauernhofes, und dann auf freiem Feld das Zeichen des Totenkopfs über zwei gekreuzten Knochen auf den krepierten Tieren, den Kühen, den schweren Ackergäulen, sie alle von Landminen zerfetzt, die Bäuche aufgerissen, der Sonne zugekehrt. Und wie dann die neue fremde Stadt an einem Morgen so ruhig und still dalag, und wie ihn eine unerklärliche Angst befiel, obwohl die Front immer noch ein paar Meilen weit weg war. Dann läuteten plötzlich die Kirchenglocken, sie konnten sehen, wie der Platz sich mit Menschen füllte, und er wußte, daß es Sonntag war. Seine Angst verflog. Aber an diesem Tag, an einer Stelle, wo ein Totenkopf über den gekreuzten Knochen nicht zu sehen war, wo ein Kind vergessen hatte, den weißen Kreidestrich zu ziehen, wo sich auf Grund menschlichen Versagens der weiße Streifen nicht dort befand, wo er sich hätte befinden sollen, da erfuhr er die erste Vergewaltigung seines Fleisches und seiner Knochen und lernte die Bedeutung und das Entsetzen blindwütiger Vernichtung kennen.

Er blieb stumm. Er spürte, wie Hella sich auf den Bauch legte und das Gesicht in den Kissen vergrub. Er gab ihr einen derben Stoß. »Geh auf die Couch schlafen«, fuhr er sie an. Er drehte sich zur Wand und fühlte, wie die Kühle seinem Körper das Fieber entzog. Er preßte sich an die Wand.

In seinem Traum rollten die Lastwagen durch viele Länder. Die zahllosen Frauen entsprangen der Erde, standen auf Zehenspitzen in den Straßen und spähten mit hungrigem Gesicht. Die ausgemergelten Männer tanzten wie Vogelscheuchen, um ihrem Entzücken Ausdruck zu geben, und als die Frauen zu weinen begannen, beugten sie Köpfe und Leiber, um sich küssen zu lassen. Weiße Streifen schlangen sich um sie, die Männer, die Frauen, die Lastwagen, die ganze Welt. Das fahle, aus Schuld geborene Entsetzen regierte uneingeschränkt. Die weißen Blumen verwelkten und starben.

Mosca erwachte. Graue Schatten, die letzten Geister der Nacht, bevölkerten das Zimmer; undeutlich konnte er den Schrank ausmachen. Die Luft war kalt, aber Fieber und Frösteln waren gewichen. Er empfand eine sanfte und überaus angenehme Müdigkeit. Er war sehr hungrig und dachte daran, wie gut ihm das Frühstück später schmecken würde. Er streckte die Hand aus und fand Hellas schlafenden Körper neben sich. Nun wußte er, daß sie nicht von ihm fortgegangen war. Er legte seine Wange an ihren warmen Rücken und schlief sofort ein.

9

Gordon Middleton sah zu, wie die Kinder in Zweierreihen an seinem Haus vorüber und die Straße hinunter marschierten. Sie schwenkten ihre Papierlaternen im Takt zu dem langsamen Singsang, der durch das geschlossene Fenster leise an Gordons Ohr drang. Die Kinder formten sich zu einem Kreis, und ihre roten und gelben Laternen nahmen sich wie ein Schwarm von Glühwürmchen in der hellen, kalten Oktoberdämmerung aus. Plötzlich schoß Heimweh in ihm auf, Heimweh nach dem sterbenden Dorf in New Hampshire, das er vor so langer Zeit verlassen hatte, nach der frostigen, schmucklosen Schönheit der Gegend, wo nur die Glühwürmchen das nächtliche Dunkel erhellten und wo, hier wie dort, der Winter alles zum Sterben verurteilte.

Ohne sich umzudrehen, fragte Gordon den Professor: »Was singen sie denn, die Kinder mit den Laternen?«

Der Professor saß vor dem Schachbrett und studierte befriedigt die Niederlage, die er seinem Gegner beigebracht hatte. In der Ledertasche neben ihm hatte er die zwei Sandwiches verstaut, die er nach Hause mitnehmen würde, und die zwei Päckchen Zigaretten, sein wöchentliches Honorar für die Deutschstunden, die er Gordon Middleton gab. Die Zigaretten würde er seinem Sohn geben, sobald er ihn in Nürnberg besuchen konnte. Er mußte wieder um Besuchserlaubnis ansuchen. Die hohen Tiere durften Besuche empfangen; warum also nicht sein Sohn?

»Sie singen ein Lied für das Erntedankfest«, antwortete der Professor geistesabwesend. »Um darauf hinzuweisen, daß die Nächte länger werden.«

»Und die Laternen?« fragte Gordon Middleton.

»Das weiß ich selbst nicht. Ein alter Brauch. Um den Menschen auf den Weg zu leuchten.« Der Professor unterdrückte seinen Ärger. Er wollte den Amerikaner wieder am Schachtisch haben, um seinen Erfolg auskosten zu können. Obwohl der Amerikaner nie den Sieger herauskehrte, so vergaß der Professor trotzdem nie seine Stellung als Besiegter oder gar die Scham, die er heimlich über seinen Sohn empfand.

Gordon Middleton öffnete das Fenster, und die Kinderstimmen, klar wie die Oktoberluft, füllten das Zimmer. Seine neuerworbenen Deutschkenntnisse erprobend, lauschte er angestrengt, und die einfachen, deutlichen Worte machten es ihm leicht, sie zu verstehen. Die Kinder sangen:

Brenne auf, mein Licht,
Brenne auf, mein Licht,
Aber nur meine liebe Laterne nicht

»Man möchte meinen, ihre Eltern hätten jetzt andere Sorgen, als ihnen Laternen zu machen.« Gordon wartete und lauschte.

Da oben leuchten die Sterne
Hier unten leuchten wir

Und dann getragen, ohne Trauer, obwohl es im verblassenden Licht so klang:

Mein Licht ist aus, wir gehen nach Haus'
Und kommen morgen wieder

Gordon Middleton sah Mosca die Kurfürstenallee überqueren, durch den Schwarm der Laternen und die Gruppe der singenden Kinder hindurch.

»Mein Freund kommt«, sagte Gordon, kehrte zum Schachtisch zurück und kippte mit einer leichten Bewegung seines Zeigefingers seinen König um.

Der Professor lächelte. »Sie hätten noch gewinnen können«, sagte er höflich. Der Professor hatte Angst vor jungen Menschen – vor den harten, finsteren Deutschen nach langen Jahren des Krieges und nach ihrer Niederlage, aber mehr noch vor all diesen jungen betrunkenen Amerikanern, die ohne jeden Anlaß darauf losprügelten und töteten, nur aus durch Alkohol ausgelöster Böswilligkeit und weil sie wußten, daß sie keine Vergeltung zu befürchten hatten. Aber ein Freund von Middleton würde gewiß nicht gefährlich sein. Herr Middleton hatte ihm das versichert, und Middleton selbst war ein Mann, auf den man sich verlassen konnte. Mit seiner Körpergröße, seiner ungelenken Gestalt, dem hervorstehenden Adamsapfel, der langen knochigen Nase und dem eckigen Mund wirkte er fast wie die Karikatur eines puritanischen Yankee. Ein Schullehrer aus einer kleinen Stadt in New

England! Der Professor lächelte, als er daran dachte, wie diese kleinen Volksschullehrer in der Vergangenheit um ihn, den Herrn Professor, herumscharwenzelt hatten und wie wenig seine Gelehrsamkeit und sein Titel jetzt bedeuteten. Er war es, der jetzt um die Gunst eines anderen buhlen mußte.

Es klingelte, und Gordon ging zur Tür. Der Professor erhob sich und zupfte nervös seine Jacke und seine fadenscheinige Krawatte zurecht. Er richtete seinen kurzen, mit einem Spitzbauch behafteten Leib auf und wandte sich der Tür zu.

Der Professor sah einen großgewachsenen, dunkelhäutigen Burschen, nicht älter als vierundzwanzig, ganz gewiß nicht älter als sein eigener Sohn. Aber dieser Junge hatte ernste, braune Augen und ein schwermütiges, verdrießliches Gesicht, das fast schon häßlich zu nennen war. Er war in adrettes Offiziersgrün gekleidet und trug das weiß-blaue Stoffabzeichen, das den zivilen Status anzeigte, auf seinen Revers und am linken Ärmel. Er bewegte sich mit sportlicher Unbekümmertheit, die, wäre sie nicht so unpersönlich gewesen, geringschätzig gewirkt haben könnte.

Nachdem Gordon sie miteinander bekannt gemacht hatte, sagte der Professor: »Ich freue mich sehr, Ihre Bekanntschaft zu machen«, und streckte dem Jüngeren seine Hand entgegen. Er war bemüht, gemessene Würde zur Schau zu tragen, fürchtete aber, seine Worte könnten zu steril geklungen haben, und überdeckte seine Nervosität mit einem Lächeln. Er merkte, wie die Augen des jungen Menschen kalt wurden und wie rasch er sich wieder zurückzog, nachdem sich ihre Hände berührt hatten. Die Erkenntnis, daß er den Amerikaner beleidigt hatte, ließ ihn zittern, und er setzte sich, um die Schachfiguren neu aufzustellen.

»Hätten Sie Lust auf ein Spiel?« fragte er Mosca und versuchte sein entschuldigendes Lächeln zu verbergen.

Gordon winkte Mosca an den Tisch. »Sieh zu, ob du etwas gegen ihn ausrichtest. Für mich ist er zu stark.«

Mosca setzte sich. »Erwarten Sie sich nicht zu viel. Gordon hat mir das Spiel erst vor knapp einem Monat beigebracht.«

Der Professor nickte. »Bitte, nehmen Sie Weiß«, sagte er. Mosca machte den ersten Zug.

Der Professor versenkte sich in das Spiel und verlor seine Nervosität. Daß diese Amerikaner immer mit den einfachsten Zügen eröffneten! Aber während der kleine Schulmeister vorsichtig, vernünftig aber phantasielos, spielte, tat der Gast dies mit all dem Ungestüm der Jugend. Er hat Talent, dachte der Professor, als er die Kraft des stürmischen Angriffs mit einigen wenigen geschickten Zügen brach. Rasch und unbarmherzig fiel er dann über die ungeschützten Läufer und Türme her und erledigte die Bauern, die sich, jeder Unterstützung entbehrend, als Opfer anboten.

»Sie sind einfach zu gut für mich«, sagte der Junge, und der Professor stellte erleichtert fest, daß kein Groll in seiner Stimme lag.

Und dann fuhr Mosca ohne jeden Übergang auf deutsch fort: »Ich möchte gerne, daß Sie meiner Verlobten zweimal in der Woche Englischstunden geben. Was kostet das?«

Der Professor errötete. Es war entwürdigend, dieses vulgäre Feilschen, als ob er ein Krämer wäre. »Was Ihnen beliebt«, antwortete er steif, »aber Sie sprechen doch selbst recht gut Deutsch. Warum geben Sie ihr nicht selbst Unterricht?«

»Das tue ich«, antwortete Mosca, »aber sie will auch die Syntax, die Grammatik und das alles lernen. Ein Päckchen Zigaretten für je zwei Unterrichtsstunden – sind Sie einverstanden?«

Der Professor nickte.

Mosca lieh sich einen Bleistift von Gordon und schrieb etwas auf einen Zettel. Er gab ihn dem Professor und sagte: »Hier sind ein paar Zeilen für den Fall, daß Ihnen jemand im Quartier Fragen stellen sollte. Die Adresse habe ich auch hingeschrieben.«

»Danke.« Fast hätte sich der Professor verbeugt. »Wäre es Ihnen morgen abend angenehm?« »Klar«, erwiderte Mosca.

Vor dem Haus setzte ein langanhaltendes Hupen ein. »Das wird Leo sein«, sagte Mosca. »Wir fahren ins Offizierskasino. Kommst du mit, Gordon?«

»Nein«, erwiderte Gordon. »Ist das der Junge, der in Buchenwald war?« Und als Mosca nickte: »Laß ihn einen Augenblick reinkommen. Ich möchte ihn gerne kennenlernen.«

Mosca ging ans Fenster, öffnete es, und das Hupen hörte auf. »Komm rein«, rief Mosca. Es war schon sehr dunkel, und von den

Kindern und ihren Laternen war nichts mehr zu sehen.

Leo kam herein, schüttelte Gordon die Hand und begrüßte den Professor mit einem steifen »Angenehm«. Der Deutsche verbeugte sich, nahm seine Aktentasche und sagte zu Gordon: »Ich muß jetzt gehen.« Gordon begleitete ihn zur Eingangstür, wo sie sich mit einem Händedruck verabschiedeten. Dann ging Gordon in die an der Hofseite des Hauses gelegene Küche.

Seine Frau saß mit Yergen am Tisch und feilschte mit ihm um den Preis irgendwelcher Schwarzmarktwaren. Yergen gab sich höflich, würdevoll und unnachgiebig; sie wußten beide, daß sie ein gutes Geschäft machten. Yergen hielt auf Qualität. Auf dem Stuhl neben dem Tisch lag ein hoher Packen rotfarbigen schweren Wollstoffs.

»Ist das nicht ein wunderschönes Material, Gordon?« fragte Ann Middleton in zufriedenem Ton. Sie war eine rundliche Frau, ihre Züge trotz des energischen Kinns und der pfiffigen Augen gutmütig und freundlich.

In seiner bedächtigen Art stimmte Gordon ihr mit einem Kopfnicken zu und sagte dann: »Wenn du hier fertig bist, möchte ich, daß du hereinkommst und ein paar Freunde von mir kennenlernst .« Eilig schluckte Yergen den Rest seines Kaffees hinunter und stopfte dann die Dosen mit Fett und Fleisch, die auf dem Tisch standen, in seine Ledertasche. »Ich muß gehen«, sagte er.

»Sie werden nicht auf den Mantelstoff für meinen Mann vergessen? Nächste Woche?« erinnerte sie ihn.

Yergen hob abwehrend die Hand. »Aber nein, liebe gnädige Frau. Spätestens nächste Woche.«

Nachdem Yergen gegangen war und Ann Middleton die Hintertür abgeschlossen hatte, öffnete sie die Anrichte und nahm eine Flasche Whisky und einige Flaschen Coca Cola heraus. »Es ist ein Vergnügen, mit Yergen Geschäfte zu machen«, meinte sie. »Er wird nie versuchen, mir Schund anzudrehen.« Zusammen kehrten sie in das Wohnzimmer zurück.

Nachdem alle miteinander bekannt gemacht waren, ließ sich Gordon in einen der Lehnsessel fallen. Dem gewohnt belanglosen Geplauder seiner Frau schenkte er keine Beachtung. Fast schmerzlich empfand er die fremde Atmosphäre des requirierten Hauses. Er lebte mit Habseligkeiten zusammen, zu welchen er keine Beziehung hatte, mit denen ihn keine Erinnerungen verbanden. Er wußte nicht, wer die Bilder ausgesucht hatte, die an der Wand hingen, wer die Möbel, die im ganzen Haus verstreut standen, wer auf dem Klavier gespielt hatte. Doch diese Gefühle waren nicht neu für ihn; er hielt sie für seines Intellekts unwürdig. Bei seinem Besuch im Haus seiner Eltern, bevor er sich freiwillig gemeldet hatte, war ihm das besonders deutlich zu Bewußtsein gekommen. Während er in jenem Haus, umgeben von Möbelstücken aus längst vergangener Zeit, die trockenen Wangen von Vater und Mutter küßte, durch das rauhe nördliche Klima ausgetrocknete, zäh gewordene Wangen, hatte er gewußt, daß er nie zurückkehren würde, wie auch andere nie zurückkehren würden, die jungen Menschen, die in den Krieg gezogen und in die Fabrik gegangen waren; und daß dieses Land, eisig in seiner männlichen, winterlichen Schönheit, nur von alten Leuten bewohnt werden würde, alten Leuten mit Haar so weiß wie der Schnee auf den steilen Bergen. Er dachte an das große Porträt von Karl Marx in seinem Schlafzimmer, von dem seine Mutter angenommen hatte, es wäre nur ein Bild wie andere auch. Wie stolz war er auf seine Schlauheit gewesen. Und hatte er sie wegen ihrer Unwissenheit nicht auch ein wenig verachtet? Wahrscheinlich hing das Bild immer noch an der Wand seines Zimmers.

Seine Frau hatte Drinks gemacht, schwache Drinks, denn der Whisky war rationiert, und manchmal verhökerte sie ihn auf dem Schwarzen Markt. »War das nicht in Ihrem Lager«, wandte sich Gordon an Leo, »daß einige Gefangene bei einem Luftangriff der Alliierten ums Leben kamen?«

»Ja«, antwortete Leo, »ich erinnere mich genau. Glauben Sie mir, wir haben es den Alliierten nicht übelgenommen.«

»Ich habe gelesen, daß Thälmann, der Vorsitzende der deutschen Kommunistischen Partei, bei diesem Angriff getötet wurde. Kannten Sie ihn?« Gordon schien seine Ruhe verloren zu haben.

»Das war eine komische Geschichte«, antwortete Leo. »Thälmann wurde zwei Tage nach diesem Angriff, bei dem er angeblich umgekommen war, ins Lager gebracht. Wenige Zeit später transportierten sie ihn wieder ab. Wir hörten natürlich von seinem ›Tod‹. Noch lange wurden bei uns Witze darüber gemacht.«

Gordon holte tief Atem. »Haben Sie ihn kennengelernt?«

»Nein. Ich weiß das genau, weil viele von den Kapos Kommunisten waren. Sie waren ja als erste ins Lager gekommen und hatten daher natürlich die besten Posten. Ich hörte nur, daß es ihnen gelungen war, ein paar Leckerbissen zu organisieren und sogar Alkohol, und daß sie die Absicht hatten, Thälmann heimlich mit einem Bankett willkommen zu heißen. Aber es kam nie dazu. Er stand die ganze Zeit unter besonders strenger Bewachung.«

Von einer Art feierlichem, melancholischem Stolz erfüllt, nickte Gordon. »Siehst du jetzt, wer die wirklichen Feinde des Faschismus waren?« wandte er sich mit gedämpftem Zorn an seine Frau.

»Die Kommunisten waren keine Engel«, warf Leo ärgerlich ein. »Da war einer, ein Kapo, der sich ein Vergnügen daraus machte, alte Leute totzuprügeln. Er hat auch noch viele andere Sachen gemacht, über die ich vor Ihrer Frau nicht sprechen möchte.«

Gordon wurde so zornig, daß sein sonst so beherrschtes Gesicht rot anlief und seine Frau zu Mosca sagte: »Warum kommen Sie nicht einmal mit Ihrer Freundin zum Abendessen? Und Leo auch?« Sie setzten einen Tag fest und gaben Gordon damit Zeit, sich wieder zu fassen. Plötzlich sagte Gordon zu Leo: »Ich glaube nicht, daß der Mann Kommunist war. Kann sein, daß er es früher einmal gewesen ist. Aber er war entweder ein Verräter oder ein Überläufer.«

Ann und Leo brachen in schallendes Gelächter aus, Mosca aber wandte sein scharfes, dunkles Gesicht Gordon zu und sagte: »Der Mann war lange Jahre im Lager. Menschenskind, weißt du denn nicht, was das heißt?«

Und fast tröstend fügte Leo hinzu: »Ja, er war einer der ältesten Insassen.«

In einem Zimmer im Obergeschoß begann ein Baby zu schreien, und Gordon ging hinauf und brachte einen großen, gesunden Säugling herunter, dem man kaum glaubte, daß er nicht älter als sechs Monate war. Stolz auf seine Geschicklichkeit wechselte Gordon die Windeln.

»Er macht das besser als ich«, sagte Ann Middleton, »und Spaß macht es ihm obendrein, was ich von mir nicht behaupten möchte.«

»Warum verbringt ihr den Abend nicht lieber hier, als in den Klub zu gehen?« fragte Gordon.

»Ja«, sprang Ann ihm bei, »bleibt doch, bitte.«

»Nur eine kleine Weile«, entgegnete Mosca, »weil wir um zehn mit Eddie Cassin im Klub verabredet sind. Er war in der Oper.«

Ann Middleton rümpfte verächtlich die Nase. »In der Oper. Wer's glaubt.«

»Und außerdem«, fügte Mosca hinzu, »ist heute im Klub Herrenabend mit einer ganz tollen Show. Leo war noch nie bei einem Herrenabend dabei. Das darf er nicht versäumen.«

Als Gordon mit ihnen zur Tür ging, sagte er zu Mosca: »Wir nützen unsere Zuteilung bei der Verpflegungsstelle kaum jemals aus. Wenn ihr einmal Lebensmittel braucht und mit unserem Ausweis einkaufen wollt, laßt es mich wissen.«

Gordon verschloß die Tür und ging ins Wohnzimmer. »Das war wirklich gemein von dir«, sagte Ann. »Du warst wirklich rüde zu Leo.«

Gordon, der genau wußte, daß diese Worte aus ihrem Mund eine ernste Zurechtweisung darstellten, entgegnete zwar nicht trotzig, aber doch entschlossen: »Ich bin immer noch überzeugt, daß dieser Mann ein Überläufer war.«

Diesmal lächelte seine Frau nicht.

Die weichen, rosigen Lichter erloschen. Eddie Cassin beugte sich vor und applaudierte gleich den anderen Besuchern, als der alte, weißhaarige Dirigent den Orchesterraum betrat und mit dem Taktstock auf den Notenständer klopfte. Der Vorhang hob sich.

Langsam und doch leidenschaftlich setzte die Musik ein, und Eddie Cassin vergaß das Schulauditorium, in dem er sich befand, vergaß die Deutschen, die um ihn herumsaßen, und vergaß die zwei riesenhaften, russischen Offiziere, die ihm fast die Sicht benahmen. Die vertrauten Gestalten auf der Bühne waren jetzt sein ganzes Leben, und er hielt mit beiden Händen Kinn und Mund fest, um seine Gefühlsregungen nicht augenfällig werden zu lassen.

Der Mann und die Frau, die zu Beginn von ihrer Liebe gesungen hatten, sangen jetzt von ihrem Haß. Der Mann in seiner Bauerntracht machte in herrlichen, klaren aufsteigenden Tönen seinem Zorn Luft, während das Orchester seine Stimme untermalte. Die helle Frauenstimme mischte sich ein und verschmolz mit der seinen. Das Orchester umrahmte ihren Dialog. Der Mann stieß die Frau mit solcher Gewalt von sich fort, daß sie stürzte und heftig auf den Holzboden der Bühne aufschlug. Aber sie war gleich wieder auf den Beinen und schleuderte ihm ihre Vorwürfe ins Gesicht, und als der Held sie bedrohte und sie seine Anschuldigungen zurückwies, brachen Männerstimme, Chor und Orchester jäh ab. Die Frauenstimme blieb allein; sie gab ihre Schuld in offener Verachtung zu und sang schließlich in weicheren und süßeren Tönen von Leid und Tod und einer körperlichen Liebe, die alle Menschen in ihren Bann schlug. Vor Eddie Cassins Augen packte der Mann nun die Frau an den Haaren und durchbohrte sie mit einem Dolch. Mit klarer, lauter Stimme rief sie um Hilfe, und ihr Geliebter starb mit ihr. Hörner und Violinen hoben sich zu einem gewaltigen Crescendo empor, und der Held endete mit einem letzten Aufschrei, in dem von Rache und Liebeswahn und Herzeleid die Rede war. Der Vorhang sank.

Allen anderen voran spendeten die Russen in ihren goldbetreßten braungrünen Uniformen begeistert Beifall. Eddie Cassin bahnte sich einen Weg aus dem Saal und atmete begierig die frische Nachtluft ein. Erschöpft und doch befriedigt, lehnte er an seinem Jeep. Er wartete, bis der Saal sich geleert hatte, wartete, bis die Frau, die auf der Bühne gestorben war, das Gebäude verließ. Er sah, daß sie eine unscheinbare Person war, ein typisch deutsches Gesicht mit groben Zügen, die Kleidung schwarz und lose sitzend; klumpig, massig, wie eine fünfzigjährige Hausfrau. Er wartete, bis sie außer Sichtweite war, stieg dann in seinen Jeep und fuhr über die Brücke in die Altstadt hinüber. Wie immer erweckten die Ruinen, die seinen Weg begleiteten, ein Gefühl von

Seelenverwandtschaft in ihm. Dazu gesellten sich die Erinnerung an die Oper und die Erkenntnis, wie ähnlich diese körperliche Welt – das gleiche Element des Lächerlichen in sich bergend – der Scheinwelt war, die er auf der Bühne gesehen hatte. Nun, da der Zauber der Musik verklungen war, schämte er sich der Tränen, die er vergossen hatte, Tränen über eine so simple, so persönliche Tragödie, über ein Kindermärchen von schuldlosen und unglückseligen Wesen, dem Verderben preisgegeben. Und unverständlicherweise war auch sein Schmerz der Schmerz eines Kindes.

Das Offizierskasino war in einem der elegantesten Privathäuser Bremens untergebracht. Der einstige Rasen war jetzt ein Abstellplatz für Jeeps und Personenfahrzeuge. Der Garten im hinteren Teil versorgte die Quartiere höherer Offiziere mit Blumen.

Als Eddie das Kasino betrat, war die Tanzfläche leer, aber ringsum, drei Reihen tief, saßen Offiziere auf dem Boden oder lehnten an der Wand. Andere wollten die Darbietungen von der Bar aus genießen; sie hatten sich auf Stühle gestellt, um über ihre Kameraden hinwegsehen zu können.

Jemand streifte an Eddie an und lief auf die Tanzfläche. Es war ein Mädchen, völlig nackt auf den kleinen, silbernen Plattformen ihrer Tanzschuhe. Ihr Schamhaar war zu einem umgekehrten Dreieck rasiert, das sie wie einen dunkelroten Schild an ihrem Körper vor sich hertrug. Irgendwie hatte sie das Haar flaumigflockig zu einem dichten, verfilzten, buschigen Dickicht aufgeplustert. Sie war eine völlig unbegabte Tänzerin, aber sie kam ganz nahe an die Offiziere heran, die vor ihr auf dem Boden saßen, und fuhr ihnen mit dem Dreieck ihrer Scham fast ins Gesicht, so daß einige der jüngeren Offiziere unbewußt hochschreckten und ihre mit kurzgeschnittenen Haaren bedeckten Köpfe zur Seite drehten. Sie lachte, wenn sie das taten, lachte und tanzte davon, wenn einige der älteren Offiziere scherzhaft danach schnappten. Es war eine seltsam unerotische Darbietung, die jeder sinnlichen Note entbehrte. Jemand warf einen Kamm aufs Parkett, das Mädchen tanzte weiter wie ein Zugpferd, das zu galoppieren versucht.

Die Offiziere begannen sie mit witzigen Bemerkungen zu bombardieren, die sie nicht verstand, und diese Demütigung hatte zur Folge, daß sich ihre Gesichtszüge wie auch ihre Tanzschritte verkrampften, auf absurde, groteske Weise verkrampften, bis alle lachten und Kämme, Taschentücher, Oliven aus ihren Drinks, Brezeln und ähnliches Zeug auf die Tanzfläche warfen. »Versteck's doch!« rief ein Offizier, und die Worte wurden zum Kehrreim. Der Kluboffizier kam mit einer riesigen Schere aufs Parkett, die er vielsagend auf und zu klappte. Das Mädchen lief davon, wieder an Eddie vorbei und in die Garderobe zurück. Eddie wollte sich in die Bar begeben; in der Ecke sah er Mosca und Wolf und ging zu ihnen hinüber.

»Jetzt erzählt mir nur ja nicht, daß Leo den Spaß versäumt hat«, sagte Eddie. »Du hast dafür garantiert, daß er mitkommen würde, Walter.«

»Mann«, erwiderte Mosca, »der hat sich schon mit einer der Tänzerinnen angefreundet. Er ist da drin.«

Eddie lachte und wandte sich an Wolf. »Habt ihr den Goldschatz schon gefunden?« Er wußte, daß Wolf und Mosca abends unterwegs waren und Schwarzmarktgeschäfte machten.

»Man verdient sich nur schwer seine Brötchen«, entgegnete Wolf und schüttelte verdrießlich den Kopf.

»Nimm mich bloß nicht auf den Arm«, sagte Eddie. »Ich habe gehört, daß dein Fräulein Brillanten auf ihrem Pyjama trägt.«

Wolf zeigte sich entrüstet. »Wo, zum Teufel, sollte sie einen Pyjama her haben?« Alle lachten.

Der Kellner kam, und Eddie bestellte einen doppelten Whisky. Wolf deutete mit dem Kopf auf die Tanzfläche und meinte: »Wir hatten erwartet, dich in der ersten Reihe zu sehen.«

»Nein, nein«, protestierte Eddie Cassin. »Ich bin ein kultivierter Mensch. Ich war in der Oper. Außerdem haben sie dort hübschere Weiber.«

Die Show war vorüber, und jetzt strömten die Offiziere aus dem angrenzenden Saal an die Bar. Das Gedränge wurde immer ärger. Mosca erhob sich und sagte: »Gehen wir doch zum Würfeltisch und spielen wir ein bißchen.«

Der Würfeltisch war von allen Seiten umlagert. Es war dies eine roh zusammengezimmerte Angelegenheit mit vier unbemalten hölzernen Balken als Tischbeinen und einem über die Platte gespannten grünen Tuch. Rundherum gab es einen Bretterrahmen, der das Herunterfallen der Würfel verhindern sollte.

Der Oberst selbst, ein rundlicher kleiner Mann mit einem sauber gestutzten blonden Schnurrbart, war im Umgang mit Würfeln nicht sonderlich geübt; immer wieder glitten sie ihm aus der Hand. Alle anderen Spieler waren Offiziere, zumeist Flieger. Zur Rechten des Obersten stand sein Adjutant; wachsamen Auges verfolgte er das Spiel, nahm aber selbst nicht daran teil, während der Oberst spielte.

Der Adjutant, ein junger Hauptmann, war ein Mann von treuherzigem Aussehen mit einem sanften Gesicht und einem Lächeln, das anziehend wirkte, wenn es nicht gerade einschüchtern sollte. Er war stolz auf seine Stellung als Adjutant und genoß es, bestimmen zu können, welchen Offizieren die lästigeren Pflichten auf dem Stützpunkt zugeteilt wurden – insbesondere an Wochenenden. Er vergaß nicht so schnell, wenn man ihn beleidigte. Aber er war fair und nur dann nachtragend, wenn die Beleidigung seiner Stellung, nicht ihm persönlich galt. Die steife Unbeweglichkeit der militärischen Ordnung war seine Religion, und jeder Verstoß dagegen frevlerisch und lästerlich. Ließ sich einer einfallen, etwas unter Umgehung des Dienstweges – jenes in der Heeresdienstvorschrift genau festgelegten Weges – erreichen zu wollen, fand er sich sehr bald vor einem Berg von Arbeit, die, so emsig er auch sein mochte, noch monatelang vorhielt. Er übte seine Religion mit dem Fanatismus der Jungen aus; er war nicht älter als Mosca, besaß aber trotzdem das volle Vertrauen des Obersten.

In einer Ecke des Raumes stand ein mit einer weißen Jacke bekleideter Kellner hinter einer kleinen Bar. Wenn einer der Spieler einen Drink wünschte, setzte er ihn auf die Theke, und der Durstige holte sich sein Glas, kehrte damit zum Spiel zurück und stellte es auf die breite Kante des hölzernen Rahmens, der den Tisch umschloß.

Wolf, der nicht spielte, ließ sich in einem der Lehnsessel nieder, während Eddie Cassin und Mosca sich an den Tisch herandrängten. Als die Reihe zu würfeln an Eddie kam, setzte Mosca mit ihm. Eddie, ein vorsichtiger Spieler, nahm die Eindollarscheine fast bedauernd aus der Tasche. Er hatte Glück und wiederholte fünfmal seine Zahl, bevor er eine Sieben warf und die Würfel abgab. Mosca hatte noch mehr als er gewonnen.

Da sie nebeneinander standen und die Würfel im Uhrzeigersinn herumgingen, war jetzt Mosca an der Reihe. Und weil er schon im Gewinnen und weiterer Erfolge gewiß war, legte er zwanzig Scrip-Dollar auf das grüne Tuch. Vier andere Offiziere deckten je fünf Dollar. Mosca schleuderte den großen Würfel aus der Rückhand. Sieben. »Bitte, meine Herren«, sagte er. Er fühlte sich siegessicher. Dieselben vier Offiziere setzten gegen die vierzig Dollar. »Und noch mal zehn auf ihn«, rief Eddie Cassin.

»Die nehme ich«, sagte der Oberst.

Mosca warf die Würfel kräftig gegen die Seitenwand. Die Knobel prallten vom Holzbrett ab und wirbelten wie zwei Kreisel herum; dann blieben sie liegen. Wieder eine Sieben.

»Die achtzig bleiben«, sagte Mosca.

»Und meine zwanzig auch.« Eddie Cassin ließ das Geld auf dem Tisch liegen. Der Oberst setzte dagegen.

Diesmal entließ Mosca die Würfel sanft aus seiner Hand, wie wenn er ein Kätzchen freigäbe, so daß sie nur wenige Zoll über das grüne Tuch rollten, bevor sie mitten auf dem Tisch liegen blieben.

Wieder kam die Sieben, und einer der Offiziere sagte: »Schütteln Sie die Dinger doch mal richtig!« Er sagte es ohne böse Absicht, nur als abergläubischer Spieler, der etwas gegen Moscas Glückssträhne tun wollte.

Mosca lachte den Offizer an. »Die hundertsechzig bleiben«, verkündete er.

Der Adjutant stand immer noch mit seinem Drink in der Hand daneben und beobachtete Mosca und die Würfel. »Zehn gehen mit«, sagte der vorsichtige Eddie und nahm die dreißig Dollar, die er gewonnen hatte, vom Tisch.

»Ich setze zwanzig«, sagte der Oberst. Widerstrebend legte Eddie eine weitere Zehndollarnote dazu; Moscas Blick auffangend, zuckte er die Achseln.

Mosca nahm die Würfel auf, blies sie an und schleuderte sie aus der Rückhand gegen die Holzwand. Die roten Würfel mit den weißen Punkten zeigten vier.

»Ich wette zehn gegen fünf, daß er es nicht schafft«, meldete sich ein Offizer. Mosca nahm diese und auch noch ein paar andere Wetten an. Er ließ die Würfel auf dem Tisch liegen. Mit unbewußtem Stolz, seiner Glückssträhne sicher, hielt er sein Bündel Scheine hoch, bereit, gegen jeden zu setzen. Er war fröhlich und guter Dinge, er genoß die Erregung des Spiels – es geschah nur selten, daß ihm das Glück hold war. »Hundert gegen fünfzig«, bot er an, und als keiner darauf einstieg, nahm er die Würfel auf.

Unmittelbar vor dem Wurf sagte der Oberst: »Ich setze zwanzig darauf, daß Sie es nicht schaffen.« Mosca legte zehn Dollar hin. »Angenommen«, antwortete er.

»Das sind nur zehn Dollar«, sagte der Oberst.

Mosca hörte auf, die Würfel zu schütteln, und lehnte sich an den Tisch. Er konnte es nicht glauben, daß der Oberst, ein alter Hase, nicht wußte, wie beim Würfeln gesetzt werden mußte.

»Gegen eine Vier müssen Sie zwei zu eins setzen, Herr Oberst«, sagte er und versuchte, seinen Ärger nicht zu zeigen.

Der Oberst wandte sich an einen seiner Offizere: »Ist das richtig, Leutnant?« fragte er.

»Das ist richtig, Sir«, antwortete der Offizier verlegen. Der Oberst legte zwanzig Dollar hin. »Also schön, würfeln Sie!« Die roten Würfel knallten gegen alle vier Seitenwände des Tisches, rasten über das grüne Tuch und blieben mit überraschender Plötzlichkeit liegen. Jeder der beiden zeigte zwei kleine weiße Punkte. Mosca betrachtete sie eine Weile, bevor er das Geld aufnahm und laut seinen Gefühlen Ausdruck verlieh: »Noch selten einen so hübschen Anblick genossen.«

Man soll nicht übermütig sein, dachte er. Er ließ ein paar Scheine auf den Tisch flattern und gab nach einigen Würfen die Knobel ab. Eine Weile spielte er mit wechselndem Erfolg weiter. Als der Oberst wieder an der Reihe war, setzte Mosca gegen ihn. Nach dem zweiten Wurf gab auch der Oberst die Würfel ab. Mosca nahm seinen Gewinn vom Tisch. »Gegen Sie komme ich nicht auf«, sagte der Oberst ohne Groll und lächelte. Er verließ den Raum, und man hörte ihn die Treppe hinuntergehen. Mosca begriff, daß er sich geirrt hatte, daß dem Obersten tatsächlich nicht bekannt gewesen war, wie er setzen mußte, daß er nicht die Absicht gehabt hatte, seinen Rang herauszukehren.

Die Atmosphäre rund um den Tisch entspannte sich, und die Offiziere fanden zu einer natürlichen Unterhaltung zurück. Der Barmixer hatte alle Hände voll zu tun, um die Getränke bereitzustellen. Der Adjutant ging zur Bar hinüber, setzte sich auf einen der Hocker, wartete, bis sein Glas gefüllt war, nippte daran und rief dann: »Mosca, kommen Sie doch einmal her!«

Mosca warf einen Blick über die Schulter. Eddie Cassin hatte die Würfel, und als nächster war er dran. »Nach meinem Wurf«, rief er zurück.

Eddie hatte eine gute Serie, aber Mosca gab rasch wieder ab und ging zu dem geduldig wartenden Adjutanten hinüber.

Der Adjutant maß ihn mit einem nachdenklichen Blick. »Wie kommen Sie dazu«, fragte er, »den Obersten zu belehren, wie er zu setzen hat?«

Mosca war überrascht und ein wenig verwirrt. »Teufel«, antwortete er, »der Mann wollte setzen. Kein Mensch würde bei einer Vier gleiche Chancen geben.«

»Es standen mindestens zehn Offiziere am Tisch«, antwortete der Adjutant mit ruhiger Stimme, als ob er ein einfältiges Kind vor sich hätte. »Kein einziger hat ihm gesagt, wie er zu setzen hat, und hätte einer es getan, so sicherlich auf eine respektvolle Weise. Warum, glauben Sie wohl, hat ihm keiner etwas gesagt?« Mosca fühlte, wie er errötete. Erst jetzt wurde ihm bewußt, daß keine Würfel mehr klapperten und daß die Männer rund um den Tisch zuhörten. Er empfand ein vertrautes Unbehagen, das ihn an die ersten Monate in der Armee erinnerte. Er zuckte die Achseln. »Ganz einfach so: Ich nahm an, daß er es nicht wußte, und darum habe ich es ihm gesagt.«

Der Adjutant erhob sich. »Sie glauben vielleicht, daß Sie sich so etwas leisten können, nur weil Sie Zivilbeamter sind. Sie haben ziemlich deutlich zum Ausdruck gebracht, daß der Oberst versuchte, seinen Rang herauszukehren, um Sie um zehn Dollar zu betrügen. Aber vergessen Sie eines nicht; wenn wir wirklich wollen, können wir Sie sehr schnell wieder in die Staaten zurückschicken, und soviel ich weiß, gibt es Gründe, die Ihnen das nicht wünschenswert erscheinen lassen würden. Also richten Sie sich danach. Wenn der Oberst etwas nicht weiß, kann er sich bei seinen Offizieren Auskunft holen. Sie haben den Kommandeur und jeden einzelnen Offizier in diesem Raum beleidigt. Sehen Sie zu, daß so etwas nicht wieder vorkommt.«

Ohne sich dessen bewußt zu sein, ließ Mosca den Kopf hängen. Scham und Zorn fluteten über ihn hinweg. Er sah, wie Eddie Cassin ihn beobachtete, und um Eddies Lippen spielte ein kleines Lächeln. Durch den Nebel seines Zornes hörte Mosca den Adjutanten verächtlich sagen: »Wenn es nach mir ginge, ich würde euch Zivilbeamten keinen Zutritt zu einem Offizierskasino gewähren. Ihr wißt nicht, was es heißt, in der Armee zu dienen.«

Ohne nachzudenken, hob Mosca den Kopf. Er sah das Gesicht des Adjutanten, die ehrlichen, grauen Augen, die ernsten, sanften, jetzt strengen Züge deutlich vor sich.

»An wie vielen Schlachten haben Sie teilgenommen, Herr Hauptmann?« fragte Mosca. »Bei wie vielen Landungen waren Sie dabei?«

Der Adjutant hatte sich wieder gesetzt und schlürfte seinen Drink: »Das meine ich nicht. Einige Offiziere sind größere Helden, als Sie es vermutlich waren; trotzdem haben sie nicht Ihre Haltung eingenommen und nicht getan, was Sie sich geleistet haben.«

Die Stimme des Adjutanten war völlig ruhig und von einer Nüchternheit, die jede Versöhnlichkeit ausschloß.

Mosca schluckte seinen Zorn hinunter und machte sich die kühle Ruhe des anderen zu eigen, als ob er es ihm gleichmachen wollte, so wie sie sich in Alter, Wuchs und Haltung gleich waren. »Also schön«, sagte er, »es war mein Fehler, den Oberst aufzuklären. Ich entschuldige mich. Aber sparen Sie sich den Quatsch mit den Zivilbeamten.«

Der Adjutant lächelte. Ihn, den Priester, der für seine Religion litt, konnte keine persönliche Beleidigung treffen. »Wenn Sie sich nur über die andere Sache im klaren sind«, erwiderte er.

»Okay, ich bin mir im klaren.« Und wie immer er diese Worte aussprach, sie stellten einen Akt der Unterwerfung dar, und als er an den Würfeltisch zurückging, fühlte er die Schamröte in seinen Wangen brennen. Er sah Eddie Cassin, der abermals ein Lächeln unterdrückte und ihm zuzwinkerte, um ihn aufzumuntern. Der Offizier, der jetzt die Würfel hatte, ein großgewachsener, gemütlicher Südstaatler, sagte in seiner langgezogenen Sprechweise, aber so laut, daß es der Adjutant hören mußte: »Nur gut, daß Sie nicht noch zehn Dollar mehr gewonnen haben; wir hätten Sie sonst glatt abführen und erschießen lassen müssen.« Die Offiziere am Würfeltisch lachten, aber Mosca verzog keine Miene. Hinter sich hörte er den Adjutanten unbefangen plaudern, hin und wieder lachen und mit seinen Freunden trinken, als ob nichts geschehen wäre.

10

Mosca und Gordon Middleton unterbrachen ihre Arbeit, um zu lauschen; durch die halb geöffnete Tür von Eddies Büro hörten sie die Stimme eines jungen Mädchens. »Ich wollte dich nur ganz kurz sprechen, Eddie. Es ist sehr wichtig.« Ihre Stimme zitterte ein wenig.

»Selbstverständlich, sprich nur«, antwortete Eddie in einem Ton kalter Höflichkeit.

»Ich weiß, du hast mir verboten, zu dir ins Büro zu kommen«, begann das Mädchen zögernd, »aber du besuchst mich ja nicht mehr.«

Gordon und Mosca grinsten sich an. Gordon schüttelte den Kopf. Sie horchten.

»Ich brauche eine Stange Zigaretten«, murmelte das Mädchen. Eine beklemmende Stille trat ein. Dann fragte Eddie sarkastisch: »Welche Marke?« Aber das Mädchen verstand den Tonfall und die damit ausgesprochene Absage nicht.

»Ach, weißt du, das ist ganz gleich«, antwortete sie. »Ich brauch sie für den Arzt. Das verlangt er als Honorar.«

»Bist du krank?« Es klang höflich und unpersönlich.

Das Mädchen lachte kokett. »Ach, Eddie, das weißt du doch sehr gut. Ich bekomme ein Baby. Für eine Stange Zigaretten macht der Arzt es mir weg.« Und dann, beruhigend, als ob die Sorge um ihr Wohlergehen ihn veranlassen könnte, ihre Bitte abzuschlagen: »Es ist ganz ungefährlich.«

Mosca und Gordon nickten einander zu und lachten lautlos. Sie lachten nicht über das Mädchen, sondern über Eddie, seine, wie sie meinten, peinliche Lage und über die Tatsache, daß ihn dieses Verhältnis eine Stange Zigaretten kosten würde. Aber bei Eddies nächsten Worten verging ihnen das Lachen.

Die Stimme klang immer noch kalt und höflich, aber was in ihr auf grauenvolle Weise mitschwang, war genießerischer Haß.

»Sag deinem deutschen Freund, er soll dir helfen. Von mir bekommst du keine Zigaretten. Und wenn du noch einmal zu mir ins Büro kommst, kostet dich das deine Stellung hier auf dem Stützpunkt. Jetzt geh zurück an deine Arbeit.«

Das Mädchen weinte. Schließlich protestierte sie mit schwacher Stimme: »Ich habe keinen Freund. Es ist dein Kind!«

»Schluß damit«, sagte Eddie Cassin.

Das Mädchen hatte wieder Mut gefaßt und reagierte jetzt mit Zorn auf seine Mißachtung. »Du bist einen ganzen Monat nicht bei mir gewesen. Ich wußte nicht, ob du je wiederkommen würdest. Dieser Mann ist nur ein paarmal mit mir tanzen gewesen. Du weißt doch, daß du es warst. Eine Stange Zigaretten, was ist das schon für dich?«

Eddie nahm den Hörer ab und ersuchte die Vermittlung, ihn mit dem Kommandeur der Militärpolizei zu verbinden. Jetzt sprach Entsetzen aus der Stimme des Mädchens: »Helfen Sie mir, Mr. Cassin, bitte helfen Sie mir!« Dann hörten sie, wie die Tür zum Korridor aufging und wieder zufiel und Eddie ›Ist schon erledigt‹ ins Telefon sagte.

Ein selbstzufriedenes Lächeln auf seinem feingeschnittenen, blassen Gesicht, kam Eddie Cassin zu ihnen ins Zimmer. »Hat euch unser kleiner Auftritt Spaß gemacht?« fragte er.

Mosca lehnte sich in seinen Stuhl zurück und musterte ihn verächtlich. »Du bist wirklich ein Lump, Eddie.«

Gordon Middleton sah ihn an. »Ich gebe dir die Zigaretten für sie.« In seinen Worten lag nichts von der Verachtung, die Mosca Eddie hatte spüren lassen. Es war eine schlichte Feststellung, so als ob es nur der Wert der Zigaretten gewesen wäre, was Eddie veranlaßt hatte, sie ihr zu verweigern. Eddie musterte die beiden mit spöttischem Lächeln. »Ach Gottchen, was ihr doch für nette Kerle seid! Immer bereit, so einem armen Ding unter die Arme zu greifen. Jetzt hört mal zu. Diese kleine Schlampe hatte die ganze Zeit neben mir auch noch einen anderen Kerl. Er hat die Zigaretten geraucht, die ich ihr gebracht habe, hat das Fleisch und die Schokolade gefressen, die für sie bestimmt waren.« Er lachte und schien bester Stimmung. »Außerdem passiert mir das nicht zum erstenmal. Und ich weiß, daß der Preis für Abtreibungen auf dem Schwarzmarkt nur eine halbe Stange Zigaretten ist.«

Die Tür ging auf, und Wolf kam herein. »Guten Abend, Kameraden«, begrüßte er sie. Er legte seine Aktentasche auf den Schreibtisch und ließ sich mit einem tiefen Seufzer in den Sessel fallen. »Ihr seht alle so fröhlich aus.« Er lachte sie an, und sein weißes Gesicht strahlte vor Freude. »Ich habe zwei Deutsche erwischt, die Kaffee gestohlen haben. Ihr wißt doch, daß der Küchenbulle ihnen immer erlaubt, in ihren kleinen Töpfen Suppe nach Hause zu nehmen? Na, unten haben sie den gemahlenen Kaffee gehabt, darüber Sand und drauf die Suppe. Fragt mich nur nicht, wie sie den Sand dann rausgekriegt haben.«

Aus irgendeinem Grund reagierte Eddie sauer auf diese Geschichte. »Dem großen Wolf entgeht keiner«, brummte er verdrießlich. »Verrate uns doch, wie du das machst, Wolf.«

Wolf lachte. »Wie käme ich denn auf so eine Idee? Nein, nein, es ist immer das gleiche. Man hat sie verpfiffen.«

Middleton stand auf. »Ich gehe heute schon ein bißchen früher. Einverstanden, Eddie?«

»Na klar.«

Wolf hob die Hand. »Augenblick mal, Gordon. Da ist noch etwas.« Gordon blieb an der offenen Tür stehen. »Erzähl keinem, daß ich es dir gesagt habe, und ihr beide haltet auch die Klappe: Gordon, in etwa einer Woche bekommst du deinen Marschbefehl zurück in die Staaten. Klar?«

Gordon ließ den Kopf sinken und starrte zu Boden. »Mensch«, fügte Wolf in ernsterem Ton hinzu, »du wußtest es doch die längste Zeit, nicht wahr, Gordon?«

Gordon hob den Kopf und lächelte. »Kann schon sein«, antwortete er. »Danke, Wolf.« Er ging aus dem Zimmer.

»Der Untersuchungsbericht aus den Staaten ist gekommen?« fragte Eddie.

»Mhm«, machte Wolf.

Eddie Cassin fing an, seinen Schreibtisch aufzuräumen. Die Dämmerung verdunkelte die Fenster des Personalbüros. Eddie nahm zwei Flaschen Gin, eine große Dose Grapefruitsaft und ein paar Tafeln Schokolade aus einer Lade und stopfte alles in seine Aktentasche.

»Warum gibst du mir nicht deine Zigaretten und deinen Fusel«? fragte Wolf. »Geld auf der Bank ist besser als ein Tripper.«

Eddie schob sich die Aktentasche unter den Arm und ging zur Tür. »Ich lebe mein Leben«, , sagte er. »Viel Glück, ihr Aasgeier. Ich muß mir ein Gorillaweibchen zähmen.«

»Weißt du«, sagte Wolf während des Abendessens zu Mosca, »ich muß wohl der erste gewesen sein, dem Gordon verdächtig vorkam. Ich nahm ihn einmal in die Stadt mit, und unterwegs bat er mich, anzuhalten. Er stieg aus und ging ein paar Schritte zurück. Dann hob er so ein schartiges Stück Eisen auf, beinahe wäre ich drübergefahren. Er warf es in die Büsche und meinte dann mit seinem netten, freundlichen Lächeln, ein bißchen verlegen: ›So haben wir dem nächsten, der kommt, einen Plattfuß erspart.‹ Eine nette Geste, wirst du sagen, und Gordon ist ja wirklich ein netter Kerl. Aber er macht sich ein klein bißchen zuviel Ungelegenheiten. Er bemüht sich zu sehr, bei den Kameraden anzukommen. Darum war ich auch gar nicht überrascht, als der Chef mir sagte, er müsse ein Auge auf Gordon haben, weil er Parteimitglied ist. Hinter diesen Typen sind sie mächtig her. Armer Hund.«

Mosca zündete sich eine Zigarette an und nahm einen Schluck Kaffee. »Aber Schneid hat er«, sagte er.

Wolf schluckte den Bissen in seinem Mund herunter. »Das ist eine falsche Einstellung. Räum doch mal deinen Gehirnkasten auf. Wie oft am Tag melden sich Deutsche, die bei uns an Bord kommen wollen? Sie wollen gegen die Russen kämpfen. Wie oft hat es schon Gerüchte gegeben, daß russische Truppen in den britischen oder amerikanischen Sektor eingedrungen sind? Ich lese doch die Geheimberichte. Es wird nicht mehr lange dauern, vielleicht noch zwei Jahre, und dann geht's hier los. Darum müssen Leute wie Gordon abserviert werden. Und zwar gleich. Was mich betrifft, ich gehe auch in die Staaten zurück. Ich habe keine Lust, den Rest meiner Tage als Kriegsgefangener in Sibirien zu verbringen.«

»Ich hoffe, ich komme auch noch rechtzeitig raus«, sagte Mosca. Wolf wischte sich den Mund ab und lehnte sich zurück, um sich vom Kellner Kaffee einschenken zu lassen.

»Keine Bange«, sagte er. »Ich habe vertrauliche Informationen, daß sie das Heiratsverbot aufheben müssen, damit wir aus unseren Fräuleins ehrbare Damen machen können. Die Kirchen bei uns daheim drängen darauf. Die wollen nicht, daß wir die Mädchen hier bumsen, ohne ihnen zumindest die Chance zu geben, sich einen Ehemann zu angeln.«

Sie verließen die Messe und gingen zu Wolfs Jeep hinaus. Außerhalb des Drahtzauns, der den Stützpunkt umschloß, bogen sie in eine Straße ein, die vom Zentrum ans andere Ende von Neustadt führte. Es war nur eine kurze Fahrt, und schon nach wenigen Minuten hielt Wolf vor einem einsamen Haus. Es war ein außerordentlich schmales Haus, so als ob es von vorn bis hinten aus einer einzigen Reihe von Räumen bestünde. In der Nähe waren drei weitere Jeeps und einige mit Gasgeneratoren betriebene deutsche Opel mit blechernen Schornsteinen geparkt. Ein paar Fahrräder waren an eine in die Steintreppe einbetonierte Eisenstange gekettet.

Wolf drückte auf die Klingel, und Mosca staunte, als die Tür aufging. Vor ihnen stand der größte und breitschultrigste Deutsche, den er je gesehen hatte. »Wir haben einen Termin bei Frau Vlavern«, sagte Wolf. Der Hüne trat zur Seite, um sie eintreten zu lassen.

Der Raum war fast voll. Dicht nebeneinander saßen zwei GIs; sie hatten einen vollgepackten grünen Seesack neben sich. Drei Offiziere waren da, jeder mit einer prall gefüllten Aktentasche aus glänzendem Schweinsleder. Fünf Deutsche hatten leere Aktentaschen aus schwarzem Leder bei sich. Alle warteten geduldig. Ob Deutscher oder Amerikaner, jeder kam an die Reihe. Hier gab es keine Sieger.

Der Hüne führte einen nach dem anderen ins Nebenzimmer und öffnete auch die Eingangstür, wenn weitere Offiziere und GIs und Deutsche hereinkamen. Unter ihnen erkannte Mosca auch Leute, die auf dem Stützpunkt beschäftigt waren: Zivilangestellte, einen Küchenunteroffizier, den PX-Offizier. Nach einem ersten Nicken der Begrüßung taten alle, als ob sie einander nicht kennen würden.

Die Fenster waren durch Läden fest verschlossen, aber man hörte das Geräusch der Motoren, wenn Jeeps ankamen und wieder losfuhren. Wenn einer mit dem Hünen im Nebenzimmer verschwand, kam er nicht wieder. Am anderen Ende des Hauses war eine Hintertür, durch die man ins Freie gelangte.

Die Reihe kam an sie, und der Riese führte sie ins Nebenzimmer. Er bedeutete ihnen, hier zu warten. Bis auf zwei Holzstühle und einen kleinen Tisch mit einem Aschenbecher war das Zimmer leer. »Das ist ja ein Koloß«, sagte Mosca, als sie allein blieben.

»Ihr Leibwächter«, erklärte Wolf, »aber das will nichts heißen, wenn sie das Geld hat. Der Mann ist schwachsinnig. Sie hat ihn bei sich, um Leute abzuschrecken«

Er lächelte.

Nach einer kleinen Weile kam der Riese wieder herein. »Würden Sie sich etwas anschauen wollen, das ich persönlich verkaufen möchte?« Er sprach deutsch mit einer belegten, heiseren Stimme, die ganz und gar nicht zu seiner Gestalt paßte, und zog einen großen Goldring mit einem Brillant aus der Tasche. »Nur zehn Stangen«, sagte er und gab ihn Mosca. Mosca gab ihn an Wolf weiter und meinte: »Scheint mir ein guter Kauf zu sein. Mindestens ein Karat.«

Wolf betrachtete den Ring und lächelte. »Der ist überhaupt nichts wert«, antwortete er. »Unten ganz flach, siehst du? Ich hab dir ja gesagt, der Kerl ist schwachsinnig.« Er warf den Ring dem Hünen zu, der ungeschickt danach langte, danebengriff und sich aus seiner großen Höhe hinunterbeugen mußte, um ihn vom Fußboden aufzuheben. Dann drückte er ihn entschlossen abermals Mosca in die Hand. »Zehn Stangen, ein Gelegenheitskauf, aber Sie dürfen der Alten nichts sagen.« Nach Kinderart legte er seinen riesigen Finger an die Lippen.

Mosca versuchte ihm den Ring zurückzugeben, aber der Riese wollte ihn nicht nehmen. »Zehn Stangen, zehn Stangen, und er gehört Ihnen«, wiederholte er immer wieder. Schließlich legte Mosca den Ring auf den Tisch. Langsam und betrübt steckte der Deutsche ihn ein.

Dann bedeutete er ihnen, ihm zu folgen. Er öffnete die Tür zum Nebenzimmer und blieb an der Tür stehen, um sie eintreten zu lassen, Mosca als ersten, dann Wolf. Doch als Wolf an ihm vorbeikam, gab er ihm vorsätzlich einen so derben Stoß, daß der Amerikaner taumelnd in die Mitte des Zimmers stürzte. Dann schloß der Riese die Tür und blieb davor stehen.

Eine untersetzte kleine, grauhaarige Frau saß in einem breiten Korbsessel, neben sich einen Tisch, auf dem ein offenes Geschäftsbuch lag. An einer Wand waren Stöße aller jener Dinge aufgeschichtet, die in den Kantinen zum Verkauf standen: Hunderte Stangen Zigaretten, gelbe Kartons mit Schokolade, Toilettenseife und andere bunt verpackte Kosmetika. Ein anderer Deutscher war damit beschäftigt, die einzelnen Stöße zu ordnen. Die

Taschen seiner schwarzen, schlechtsitzenden Jacke waren mit deutschen Banknoten vollgestopft, und als er sich umdrehte, um die Amerikaner zu mustern, fiel ein Bündel Scheine auf den Boden.

Die Frau nahm als erste das Wort. »Das tut mir sehr leid«, sagte sie auf englisch. »Es kommt nur alle Jubeljahre vor, daß Johann eine Abneigung gegen jemanden faßt und so etwas tut. Da kann man nichts machen.«

Wolf war so überrascht gewesen, daß er noch einige Augenblicke lang verdattert dastand. Jetzt überzog eine helle Röte sein breites, weißes Gesicht. Noch mehr aber ärgerte ihn der freche Ton der Frau. Er sah, daß Mosca ihm zulächelte und sich an die andere Wand gestellt hatte, von wo aus er, wenn er eine Waffe zog, den Raum beherrschte. Wolf schüttelte den Kopf. Er wandte sich der alten Frau zu und sah das spöttische Glitzern in ihren listigen Augen.

»Ist ja nicht der Rede wert«, entgegnete Wolf in ruhigem Ton. »Sie wissen, weswegen ich gekommen bin. Können Sie uns helfen?«

Die Frau musterte ihn aufmerksam. »Mein lieber Mann«, antwortete sie dann, immer noch auf englisch. »Ihre Geschichte ist oberfaul. Ich weiß nichts von dieser Million Scrip-Dollar, und wenn ich etwas wüßte, ich würde bei einem Handel mit Ihnen und Ihrem Freund sehr vorsichtig sein. Sie wollen mich wohl für dumm verkaufen?«

Wolf lächelte. Erst das Geschäft, dann das Vergnügen, dachte er im stillen. »Wenn Sie in der Lage sind, die geeignete Verbindung für mich herzustellen, könnte Ihnen das ein kleines Vermögen einbringen. Sie bräuchten nichts weiter zu tun.«

Aus ihrer Stimme sprach eisige Verachtung. »Ich bin eine Geschäftsfrau und will mit solchen Dingen nichts zu tun haben. Und ich werde nicht verabsäumen, meine Freunde vor Ihnen zu warnen.« Sie lachte höhnisch auf. »*Sie* wollen fünftausend Stangen haben?«

Wolf lächelte immer noch. »Verstehen diese Männer Englisch?« fragte er. »Es wäre wichtig, das zu wissen.«

»Nein«, antwortete die Frau, von dieser unerwarteten Frage überrascht.

Das Lächeln verschwand aus Wolfs Gesicht, und als ob es eine Maske wäre, die er immer griffbereit hatte, erschien nun auf seinen Zügen ein Ausdruck von Macht, selbstbewußter, unnachgiebiger Härte.

Er legte seine Tasche auf den Tisch und beugte sich darüber, um der alten Frau in die von dunklen Ringen umgebenen Augen zu sehen.

»Sie sind *zu* schlau und *zu* stolz«, sagte er mit gemessener Schärfe. »Sie glauben, daß Sie Macht haben, daß Sie sicher sind, daß Ihr Alter und Ihre Leute Sie schützen. Ich mag unverschämte Deutsche nicht. Sie verstehen die Amerikaner nicht, Sie und Ihr Leibwächter.« Die Frau war jetzt auf der Hut; ihre runden, kleinen Augen funkelten. Der kleine Deutsche mit den vollgestopften Taschen blickte verschreckt. Der Hüne an der Tür bewegte sich auf Wolf zu. Mosca zog die ungarische Pistole aus seiner Aktentasche und schob die Sicherung zurück. Alle wandten sich ihm zu.

Er hob die Waffe nicht, hielt sie nur in seiner herabhängenden Hand. Auf deutsch sagte er zu dem Hünen: »Drehen Sie sich um.« Der Mann kam auf ihn zu. Mosca trat einen Schritt vor, und als die Frau sein Gesicht sah, rief sie dem Riesen in scharfem Ton einen Befehl zu. Er sah sie verdutzt an, ging aber dann gehorsam zur Wand zurück und drehte sich um.

»Wie gefällt Ihnen mein Freund?« fragte Wolf die Alte.

Sie blieb ihm die Antwort schuldig; ihr Blick haftete auf Mosca. Der kleine Deutsche stellte sich, ohne dazu aufgefordert worden zu sein, neben den großen an die Wand.

»Mein Freund«, fuhr Wolf fort, »ist ein sehr stolzer und reizbarer Mann. Hätte Ihr Leibwächter ihn statt mich gestoßen, es gäbe jetzt hier nichts zu reden, und Ihr wäret alle furchtbar traurige Leute. Es würde an Worten fehlen, an Worten, die ich jetzt so ruhig ausspreche. Hören Sie zu. Ich bin ein vernünftiger Mensch. Ich nehme Ihnen diesen Zwischenfall nicht übel. Aber wenn ich auf meinen Rundgängen erfahren sollte, daß Sie irgendwelche Informationen über mich weitergegeben haben, dann sollen Sie mich kennenlernen.«

Er unterbrach sich. In den Augen der alten Frau war keine Furcht zu entdecken. Sie betrachtete ihn ruhig und durchaus nicht unterwürfig. Doch was hier vor sich ging, das war sein Fach, sein Lebenswerk, das forderte die Genialität, die er zu besitzen vermeinte, heraus. Er verstand ihren Blick, wie kein anderer ihn hätte verstehen können. Er verstand, daß Worte nichts bedeuten, daß er sie zu nichts überreden konnte, daß Drohungen sie an nichts hindern würden. Er lächelte, weil er die Antwort darauf wußte. Er trat an den Riesen heran, stieß ihn leicht an und drehte ihn herum.

»He, du Leimsieder«, sagte er, »nimm deinen Gürtel ab und stell dich vor deine Herrin hin.« Der Riese tat, wie ihm geheißen. Wolf tat ein paar Schritte zur Seite und zog, eigentlich nur, um Eindruck zu schinden, seine Pistole aus der Aktentasche. »Sagen Sie ihm«, wies er die Frau an, »er soll Ihnen drei kräftige Schläge auf den Rücken versetzen.« Seine Stimme klang gehässig. »Wenn Sie schreien, erschieße ich Sie alle drei. Also. Drei Schläge.«

Die Alte blieb immer noch ruhig. »Sie verstehen das vielleicht nicht«, sagte sie. »Wenn ich ihm das befehle, wird er es durchaus ernst nehmen und mir schreckliche Verletzungen zufügen. Er wird mit aller Kraft zuschlagen.«

»Das verstehe ich vollkommen«, antwortete Wolf freundlich.

Ein zweifelndes Lächeln fältete ihre Wangen. »Sie haben mir Ihren Standpunkt klargemacht. Es ist nicht nötig, die Sache weiterzutreiben. Ich verspreche, daß ich nichts sagen werde. Und jetzt, bitte, haben Sie Verständnis – es warten noch viele Leute draußen.«

Wolf blieb eine lange Weile stumm. Dann sagte er mit bewußt grausamem Lächeln: »Einen Schlag. Um Sie an Ihr Versprechen zu binden.«

Zum ersten Mal schien sie Angst zu haben. Ihre Miene verdüsterte sich, und ihre Stimme schwankte. »Ich werde um Hilfe rufen«, sagte sie.

Wolf antwortete ihr nicht. Ganz langsam, um sicher zu sein, daß die Frau ihn verstehen würde, sagte er zu Mosca: »Wenn die

Alte zu Boden geht, erschieß den Leibwächter.« Mit seiner Pistole zielte er auf das Gesicht der Frau.

Sie drehte den Kopf zur Seite. »Johann«, sagte sie auf deutsch zu dem Hünen, »gib mir einen kräftigen Schlag auf den Rücken.« Sie beugte den Kopf über den Tisch; die runden, vollen Schultern gekrümmt und eingezogen, wartete sie auf den Schlag. Der Riese ließ seinen Gürtel niedersausen, und sie sahen, wie die Haut und das Fleisch unter dem dünnen Stoff aufsprangen. Sie hob den Kopf. Ihr Gesicht war blutleer und von Schmerz und Angst und Schock verzerrt.

Mit kalten, gefühllosen Augen blickte Wolf sie an. »Jetzt verstehen Sie«, sagte er, und dann, ihre freche Stimme und unverschämte Art parodierend: »Da kann man nichts machen.« Er ging zur Tür. »Komm, Walter«, sagte er, und zusammen gingen sie durch die Räume und die Türen, durch die sie gekommen waren, aus dem Haus.

Sie fuhren mit dem Jeep in die Stadt zurück. » Würdest du den Kerl erschossen haben, wenn ich es dir gesagt hätte?« fragte Wolf und lachte.

Mosca zündete sich eine Zigarette an. Er befand sich immer noch in einem Zustand der Spannung. »Ich wußte ja, daß alles Theater war. Aber das muß dir der Neid lassen, Wolf – du hast eine tolle Show abgezogen.«

»Erfahrung, mein Junge«, erklärte Wolf selbstzufrieden. »Einige unserer Offiziere waren einfach zu feige, um die Gefangenen richtig durch die Mangel zu drehen. Da blieb uns gar nichts übrig, als den Deutschen ordentlich Angst zu machen. Wie du da an der Wand gestanden bist, das war schon recht eindrucksvoll.«

»Eigentlich war ich überrascht«, entsann sich Mosca. »Wie der Kerl dich da gestoßen hat und die Alte so großkotzig daherredete, da glaubte ich zuerst, wir säßen in einer Falle. Dann packte mich die Wut. Ja, mein Gott, wissen die denn nicht, daß es GIs gibt, die die ganze Blase glatt umlegen, wenn man ihnen mit solchen Mätzchen kommt?«

»Ich will dir sagen, was das für Leute sind, Walter«, gab Wolf zurück. »Die alte Dame hält sich für ungeheuer schlau. Und da hat sie diesen Riesen, und die Offiziere und die GIs begegnen ihr mit großem Respekt, weil sie mit ihrer Hilfe eine Stange Geld verdienen. Aber jetzt paß auf: Sie vergißt, was es heißt, Angst zu haben. Der eine Schlag, den sie bekommen hat, das war der Schlüssel. Vergiß das nicht! Ohne diesen Hieb hätte es keine Angst für sie gegeben. Die Menschen sind so.«

Sie überquerten die Brücke und erreichten die Stadtmitte. Wenige Minuten später stand der Jeep vor dem Quartier. Sie blieben im geparkten Wagen sitzen und rauchten eine Zigarette.

»In ein, zwei Wochen werden wir die wichtigsten Kontakte haben«, sagte Wolf. »Wir werden fast die ganze Nacht unterwegs sein müssen. Also sei vorbereitet: es kann jeden Tag losgehen. Okay?« Er klopfte Mosca auf die Schulter.

Mosca kletterte aus dem Jeep, machte einen letzten Zug und warf die Zigarette weg. »Du glaubst also nicht, daß sie uns bei ihren Freunden verpfeifen wird?«

Wolf schüttelte den Kopf. »Davon verstehe ich etwas. Sie wird eisern den Mund halten.« Er lachte. »Den Striemen auf dem Rükken vergißt sie nicht.«

11

Er beobachtete die Leute, die vorbeikamen, die Flugzeugmechaniker in ihren grünen Overalls und den pelzgefütterten Lederjakken, adrette Fliegeroffiziere in ihren dunkelgrünen Uniformen und lila Mänteln und die deutschen Arbeiter in ihren abgetragenen Kleidern. Sie alle kamen gekrümmt und mit eingezogenen Schultern daher, um sich vor dem kalten Novemberwind zu schützen.

»Walter«, sagte Eddie Cassin, der hinter ihm saß, und Mosca drehte sich um.

Eddie Cassin lehnte sich in seinen Sessel zurück. »Ich habe eine Arbeit für dich. Ich hatte da so eine Idee, und der Leutnant fand sie recht gut. Wir haben da jetzt in allen europäischen Garnisonen eine Lebensmitteleinsparungsaktion laufen, weißt du, ein Versuch, die Freßsäcke dazu zu bringen, sich nicht krank zu fressen. Darum brauchen sie noch lange nicht zu hungern, aber sie sollen ihre Teller nicht so vollhäufen und dann die Hälfte stehenlassen. Es muß ja alles weggeschüttet werden. Also es geht um folgendes: »Wir wollen ein Bild von einem GI vor einem Tablett mit gehäuften Tellern und darunter der Text:›Macht Schluß damit?‹ Daneben ein Foto von zwei deutschen Kindern, die auf der Straße Kippen auflesen, mit dem Text: ›Und ihr macht auch Schluß *damit*!‹ Wie klingt das?«

»Das klingt echt wie Scheiße«, meinte Mosca.

Eddie lachte. »Na gut. Aber es sieht prima aus. Öffentlichkeitsarbeit, wie sie im Buch steht. Im Hauptquartier werden sie begeistert sein. Vielleicht werden sie es sogar in *Stars and Stripes* veröffentlichen.«

»Ach du lieber Schwan!«

»Also gut«, sagte Eddie Cassin ein wenig verärgert. »Schieß mir ein Foto von Kindern, die Kippen auflesen. Draußen steht der Jeep, und den Fotografen, den Korporal, holst du im Labor ab.«

»Okay«, sagte Mosca. Als er ins Freie trat, sah er das Nachmittagsflugzeug aus Wiesbaden, das sich wie durch Zauberkraft vom Himmel herabsenkte. Er stieg in den Jeep.

Es war später Nachmittag, als er den Jeep über die Brücke und nach Bremen hinein steuerte. Der Korporal war in den Flugzeughallen gewesen, und Mosca hatte eine gute Stunde gebraucht, um ihn zu finden.

Die Straßen der Stadt waren voll von eiligen Deutschen, und die Straßenbahnen, Menschentrauben auf den Trittbrettern, bahnten sich klingelnd einen Weg durch den dichten Verkehr. Mosca stellte den Jeep vor der ›Glocke‹ ab.

Alles war still an diesem grauen Nachmittag. Von Bettlern, Dirnen und Kindern war auf dem Platz vor dem Rotkreuz-Klub nichts zu sehen; der Betrieb würde erst nach der Essenszeit einsetzen. Zwei deutsche Polizistinnen schlenderten auf dem Gehsteig auf und ab.

Zigaretten rauchend, aber stumm, warteten Mosca und der Korporal im Jeep auf das Erscheinen von Betteljungen. »So ein Pech!« meinte schließlich der Korporal. »Das erstemal, daß ich herkomme und keines von den Bälgern sehe, die sich hier immer herumtreiben.«

Mosca stieg aus. »Ich guck mich mal um«, sagte er. Es war sehr kalt, und er stellte den Kragen seiner Jacke auf. Er ging um die Ecke und, als er immer noch keine Kinder sah, noch ein Stück weiter, bis zur Hinterseite des Glockenhauses.

Friedlich saßen zwei kleine Jungen auf einem riesigen Schutthaufen und blickten auf die große Straße hinab, die in Ruinen vor ihnen lag. Sie trugen Mäntel, die ihnen bis zu den Knöcheln reichten, und auf den Köpfen Kappen, die ihnen über die Ohren rutschten. Sie spielten mit der Erde und warfen Steine und Ziegelbrocken über das wellige Land hinweg in das Ruinental unter ihnen, warfen ohne ein bestimmtes Ziel zu haben, einfach nur so.

»He, ihr beiden«, rief Mosca, »wollt ihr euch ein paar Stück Schokolade verdienen?«

Die Kinder musterten ihn kritisch, bildeten sich ein Urteil über ihn, identifizierten ihn trotz seiner Zivilkleidung als Feind und rutschten, ohne Furcht zu zeigen, den Hügel hinunter. Ihren großen, stillen, leeren Spielplatz hinter sich lassend, folgten sie ihm und nahmen sich an den Händen, als sie den geschäftigen Platz vor der Glocke erreichten.

Der Korporal war ausgestiegen und wartete auf sie. Er machte seine Kamera schußfertig.

»Okay«, wies er Mosca an, als er fertig war, »sagen Sie ihnen, was sie tun sollen.«

Der Korporal sprach kein Deutsch.

»Hebt diese Kippen auf«, instruierte Mosca die Kinder, »und schaut dabei in diese Richtung, damit euch der Mann da knipsen kann.« Gehorsam bückten sie sich, aber die Schirme ihrer Kappen beschatteten ihre Gesichter.

»Schieben Sie ihnen die Mützen zurück«, sagte der Korporal. Mosca tat es und enthüllte der Kamera zwei grinsende Lausbubengesichter.

»Die Kippen sind zu klein«, beklagte sich der Korporal. »Man wird sie nicht sehen.« Mosca holte ein paar ganze Zigaretten hervor und warf sie in den Rinnstein.

Der Korporal hatte schon ein paar Aufnahmen gemacht, er war aber noch nicht zufrieden. Er wechselte eben den Film, als Mosca eine Hand auf seinem Arm spürte.

Vor ihm standen die zwei Polizistinnen. Die, deren Hand immer noch auf seinem Arm lag, war fast ebenso groß wie er. Er stieß sie von sich, und spürte dabei die weiche Brust unter der rauhen, blauen Wolle ihrer Uniform. Sie taumelte zurück, und ihre Hand glitt von seinem Arm herab. »Betteln ist verboten«, sagte sie erklärend und wandte sich dann den beiden Jungen zu: »Ihr zwei verschwindet von hier, aber ein bißchen plötzlich.«

Mosca hielt die Kinder an ihren Mänteln fest. »Ihr bleibt da«, sagte er, und zu den Frauen, das hagere Gesicht drohend und böse vor Zorn: »Sehen Sie diese Uniform?« Er deutete auf den Korporal. »Geben Sie mir Ihre Ausweise.« Die Polizistinnen stammelten Entschuldigungen: es sei ihre Pflicht, darauf zu sehen, daß die Kinder nicht bettelten. Ein vorbeikommender Deutscher blieb stehen, die Kinder drückten sich zur Seite, und der Mann fuhr sie mit zornig keifender Stimme an, so daß sie Angst bekamen und fortlaufen wollten. Der Korporal stieß einen Warnruf aus, und Mosca bekam sie abermals an den Mänteln zu fassen. Der Mann ging eilig davon. Mosca rannte hinter ihm her, und als der Deutsche seine ausgreifenden Schritte hörte, drehte er sich um und blinzelte den Amerikaner erschreckt an.

»Haben Sie den Kindern gesagt, daß sie weglaufen sollen?« schrie Mosca ihn an.

»Ich habe das alles nicht verstanden«, verteidigte sich der Deutsche. »Ich dachte, die Kinder wollten Sie anbetteln.«

»Ihren Ausweis«, sagte Mosca. Er streckte die Hand aus. Zitternd vor Aufregung langte der Mann in seine Manteltasche und zog eine riesige, mit Papieren vollgestopfte Brieftasche heraus. Mosca nicht aus den Augen lassend, fummelte er, ohne hinzuschauen, damit herum, bis Mosca ihm die Papiere aus der Hand nahm und selbst die blaue Karte herauszog.

Mosca reichte ihm die Brieftasche zurück. »Sie können sich den Ausweis morgen auf dem Revier abholen«, sagte er, machte kehrt und ging zum Jeep zurück.

Im grauen Licht des Novembertages sah er drüben, auf der anderen Seite des Platzes, riesenhaft, schwarz, wie ein urzeitlicher Wald, eine dunkle, schweigende Menge von Deutschen, die ihn beobachteten. Einen Atemzug lang empfand er Angst und Schrekken, so als ob sie in seinen Kopf und in sein Herz schauen könnten, doch dann packte ihn wieder der Zorn. Langsam, ohne Hast, ging er zum Jeep zurück.

Die zwei Kinder warteten noch, aber die Polizistinnen waren verschwunden.

»Fahren wir«, sagte er zu dem Korporal. In der Metzer Straße ließ er sich absetzen. »Bringen wir den Jeep auf den Stützpunkt zurück«, wies er den Korporal an.

Der Korporal nickte. »Die Bilder werden wohl reichen«, sagte er. Und erst jetzt wurde Mosca bewußt, daß er vergessen hatte, weitere Aufnahmen machen zu lassen und den Kindern die versprochene Schokolade zu geben.

Als Mosca ins Zimmer trat, wärmte Hella soeben die Suppe auf der Heizplatte. Auf dem Tisch stand eine rotbeschilderte leere Dose und daneben, zum Braten bereit, eine Pfanne mit Speck. Leo saß auf der Couch und las.

Das Zimmer war warm vom Duft des Essens, behaglich in seiner sinnvollen Geräumigkeit. In einer Ecke das Bett und das Nachttischchen mit einer Lampe und einem kleinen Radio; der große, weiße Schrank in der Ecke neben der Tür, und in der Mitte ein großer, runder, von Korbstühlen umgebener Tisch. Die enorme, aber leere Kredenz an der Wand trug dazu bei, daß das Zimmer gemütlich, jedoch nicht vollgeräumt wirkte. Hier kann man sich rühren, dachte Mosca oft, ein richtiger Reitsaal ist das Zimmer.

Hella kam auf ihn zu. »Heute bist du aber schon früh dran«, sagte sie und hob sich auf die Zehenspitzen, um ihn zu küssen. Sobald sie ihn vor sich sah, veränderte sich ihr Gesicht. In ihren Augen las er, wie glücklich sie war, aber immer wieder empfand er Schuld und Sorge, weil sie ihm für einen so großen Teil ihres Lebens die Verantwortung aufgebürdet hatte. Als ob sie nichts von den vielen Gefahren wüßte, die draußen in der Welt auf ihn lauerten.

»Ich hatte in der Stadt zu tun und bin erst gar nicht auf den Stützpunkt zurückgefahren«, erwiderte Mosca. Leo hob den Kopf, nickte ihm zu und las weiter. Mosca langte in die Tasche nach einer Zigarette, und seine Finger berührten die Identitätskarte des Deutschen.

»Wie wäre es«, fragte Mosca Leo, »könntest du mich nach dem Essen zum Polizeirevier mitnehmen?« Er warf den Ausweis auf den Tisch.

Leo nickte. »Was hast du da?« fragte er. Mosca erzählte ihnen, was er erlebt hatte. Er bemerkte, daß Leo ihn mit einem sonderbaren, belustigten Lächeln beobachtete. Hella füllte die heiße Suppe in Schalen, ohne einen Kommentar abzugeben. Dann stellte sie den Speck auf die Heizplatte.

Sie aßen gemächlich die Suppe und tauchten knusprige Kekse hinein. Hella nahm den blauen Ausweis vom Tisch. In einer Hand die Schale, schlug sie mit der anderen die Karte auf. »Er ist verheiratet«, sagte sie, »hat blaue Augen und braunes Haar und arbeitet als Buchdrucker. Das ist ein schöner Beruf.« Sie betrachtete die Fotografie. »Er sieht nicht aus wie ein schlechter Mensch; ob er wohl Kinder hat?«

»Steht das nicht im Ausweis?« fragte Mosca.

»Nein«, antwortete Hella. »An einem Finger hat er eine Narbe.« Sie ließ den Ausweis auf den Tisch zurückfallen.

Leo legte den Kopf zurück und trank seine Suppe aus. Seine Wange zuckte nervös. »Hör mal«, sagte er und beugte sich vor, »warum bist du eigentlich mit dem Mann nicht gleich zur Polizei gegangen? Das Revier ist doch ganz in der Nähe.«

Mosca lächelte. »Ich wollte den Kerl nur erschrecken, ich unternehme sonst nichts gegen ihn. Ja, ich wollte den Gauner nur ein bißchen erschrecken.«

»Er wird die ganze Nacht nicht schlafen können«, gab Hella zu denken.

»Das hat er sich verdient«, entgegnete Mosca ärgerlich, weil er sich in die Verteidigung gedrängt sah. »Was bildet der Bastard sich ein, seine Nase in etwas zu stecken, was ihn nichts angeht!«

Hella hob ihm ihre blassen, grauen Augen entgegen. »Er hat sich geschämt«, antwortete sie, »und vielleicht auch das Gefühl gehabt, mitschuldig zu sein, wenn diese Kinder jetzt betteln und auf den Straßen Zigarettenstummel auflesen.«

»Ach was, soll er schwitzen«, brummte Mosca. »Wie wär's mit ein paar Scheiben Speck, bevor du ihn ganz verbrennen läßt?« Hella stellte den Speck und einen Laib deutsches Graubrot auf den Tisch. Leo und Mosca standen auf, als sie gegessen hatten. Leo zog die Wagenschlüssel aus der Tasche. Hella nahm noch einmal den Ausweis vom Tisch und suchte nach der Adresse. »Sieh mal«, sagte sie lebhaft, »er wohnt in der Rubsamstraße. Das ist noch näher als das Polizeirevier.«

»Geh schlafen und warte nicht auf mich«, sagte Mosca kurzangebunden. »Wir gehen nachher noch ins Kasino.« Doch als sie ihm dann den Kopf, auf dem das feine, glatt anliegende hellbraune Haar wie ein Helm saß, entgegenhob, um sich küssen zu lassen, lächelte er. Diese sentimentale Geste machte sie ihm immer wieder von neuem lieb und wert, obwohl er nur darüber lächelte und nie den ersten Schritt dazu tat. »Soll ich dir Eiscreme mitbringen?« Sie nickte. »Die Rubsamstraße liegt auf dem Weg zum Kasino«, sagte sie.

»Wohin fahren wir?« fragte Leo, als sie im Jeep saßen.

»Na ja, in Gottes Namen, fahr mich zu dem Kerl hin.« Mosca schüttelte den Kopf. »Ihr fallt mir auf den Wecker, ihr beiden.«

»Mir persönlich ist das schnurz«, antwortete Leo, »aber es liegt ja wirklich auf dem Weg zum Kasino. Und außerdem weiß ich aus eigener Erfahrung, was ›schwitzen‹ heißt. Es ist ein sehr treffendes Wort.« Er wandte Mosca sein breitknochiges Gesicht zu und lächelte ein wenig trübselig.

Mosca zuckte die Achseln. »Ich will den Burschen gar nicht sehen. Möchtest du das nicht für mich erledigen?«

»Ich nicht«, entgegnete Leo und grinste. »Du hast ihm den Ausweis weggenommen, du gibst ihn ihm wieder zurück.«

Es fiel ihnen nicht schwer, das Haus zu finden, eine ursprünglich für zwei Familien bestimmte Villa, die auf Grund der herrschenden Wohnungsknappheit in ein Mietshaus umgewandelt worden war. An der Tür zum Flur war eine Liste aller Bewohner einschließlich ihrer Familienangehörigen angeschlagen. Mosca klappte die Identitätskarte auf und fand den Namen auf der Liste. Er stieg in den zweiten Stock hinauf. Kaum hatte er geklopft, ging auch schon die Tür auf. Er begriff, daß man ihn vom Fenster aus gesehen und seinen Besuch erwartet hatte. Der Mann an der Tür hatte den gleichen Rundkopf und die gleichen finsteren Züge, aber er trug jetzt eine ihm aufgezwungene Maske, und die kahle Nacktheit seines Schädels milderte den düsteren Ausdruck seines Gesichts. Der Deutsche ließ Mosca eintreten.

Er hatte die Familie beim Abendessen gestört. Auf dem Tisch standen vier Teller mit einer schwarzen Soße, in der käsige Kartoffel schwammen. In einer Ecke des geräumigen Zimmers stand ein Bett, ein Stück weiter hing schief ein Ausguß an der Wand und darüber ein in dunklem Braun und Grün gehaltenes Bild. Eine Frau, das helle Haar glatt zurückgekämmt, versuchte zwei kleine Jungen durch die Tür ins Nebenzimmer zu schieben. Doch als sie sich nach Mosca umwandte, entglitten die Kinder ihren Händen. Nun standen alle da, starrten Mosca an und warteten.

Er reichte dem Deutschen die blaue Ausweiskarte. Der Mann nahm sie und sagte zögernd: »Ja?«

»Sie brauchen morgen nicht zum Revier zu gehen«, antwortete Mosca. »Vergessen Sie den ganzen Vorfall.«

Das dumpfe, grobe Gesicht färbte sich gespenstisch weiß. Die Angst, die ihm genommen war, der Schock, den er erlitten, der Jeep, der mit kreischenden Bremsen vor dem Haus gehalten hatte, es kam alles zusammen. Er zitterte sichtlich, und seine Frau eilte herbei, um ihn zu stützen. Sie half ihm auf einen der vier leeren Stühle, die um den Tisch herum standen. »Was ist los?« fragte Mosca beunruhigt die Frau. »Was hat er?«

»Nichts«, antwortete die Frau. Ihre Stimme war tot. Bar jeder Gefühlsregung, bar allen Lebens. »Wir dachten, Sie kämen, um ihn abzuholen.«

Eines der Kinder begann leise zu weinen, wie wenn die Mauern seiner Welt einzustürzen drohten. Um es zu beruhigen, ging Mosca auf das Kind zu und holte eine Rippe Schokolade heraus. Der Kleine erschrak fürchterlich und begann hysterisch zu schreiben. Mosca blieb stehen und sah die Frau hilflos an. Sie war gerade unterwegs, um ihrem Mann ein Gläschen Schnaps zu bringen. Während er trank, lief sie zu dem Kind hinüber, schlug es voll ins Gesicht und nahm es dann in die Arme.

Das Kind war still.

»Warten Sie, bitte warten Sie«, sagte der Vater, immer noch furchtbar erregt, und lief nun selbst zum Wandschrank, um eine Flasche Schnaps und ein kleines Wasserglas zu holen.

Er schenkte Mosca das Glas voll und drängte ihn, es in die Hand zu nehmen. »Es war alles ein Mißverständnis, verstehen Sie, ein Mißverständnis. Ich dachte, die Kinder wollten Sie belästigen. Ich wollte mich nicht einmischen.« Und nun erinnerte sich Mosca des zornigen Tones, in dem der Mann die zwei Jungen vor der Glocke gescholten hatte, erinnerte sich der Scham und der Schuld, die der Deutsche empfunden haben mußte, als ob er selbst zur Demütigung dieser Kinder beigetragen hätte.

»Schon recht«, sagte Mosca. Er versuchte, den Schnaps auf dem Tisch stehen zu lassen, aber der Deutsche gab seinen Arm nicht frei und drängte ihm das Glas abermals auf.

Der Vater vergaß, daß seine Frau und seine Kinder ihm zusahen. Als ob er um sein Leben bangen müßte, fuhr er in fiebriger Erregung fort: »Ich war nie ein Nazi. Ich bin nur in die Partei eingetreten, um meine Stelle zu behalten; alle Drucker mußten eintreten. Ich habe meine Mitgliedsbeiträge gezahlt. Weiter nichts. Ich war nie ein Nazi. Trinken Sie doch. Es ist guter Schnaps. Trinken Sie. Wir heben ihn auf, wenn eines von uns krank ist.«

Mosca trank und wandte sich zur Tür, aber der Deutsche hielt ihn fest, schüttelte ihm die Hand. »Ich bin Ihnen so dankbar für Ihre Güte. Das ist ehrlich gemeint. Ich werde das nie vergessen. Ich habe immer gesagt, die Amerikaner sind gute Menschen. Sie haben ein gutes Herz; wir Deutsche können von Glück sagen.« Zum letztenmal schüttelte er Mosca die Hand; in unsagbarer Erleichterung und leidenschaftlicher Erregung hüpfte sein Kopf auf und nieder.

In diesem Augenblick verspürte Mosca den nahezu unbezähmbaren Drang, diesen Mann niederzuschlagen und das Blut aus diesem kahlen Schädel und zuckenden Gesicht spritzen zu sehen; er drehte den Kopf zur Seite, um seine Verachtung und seinen Ekel zu verbergen.

Eingerahmt von der braunen Tür, die ins Nebenzimmer führte, sah Mosca das Gesicht der Frau. Das Fleisch spannte sich um ihre Backenknochen. Die Haut war leichenblaß. Sie hielt den Kopf ein wenig gesenkt, und das Gewicht des Kindes in ihren Armen drückte ihre Schultern herab. Aus ihren grauen, jetzt fast schwarzen Augen sprühte unversöhnlicher Haß. Selbst ihr Haar schimmerte nun dunkel neben dem hellen Blond des Kindes, und sie verzog keine Miene, zuckte nicht mit der Wimper, als sie Moscas Blick begegnete.

Als er die Tür hinter sich schloß, hörte Mosca, wie sie mit ruhiger, aber scharfer Stimme zu ihrem Mann sprach. Und als er auf der Straße stand, sah er sie im Licht des von einer Lampe erhellten Zimmers, wie sie, das Kind noch im Arm, auf ihn hinunterblickte.

12

Wolf verzehrte sein kaltes Nachtmahl nach der Art eines deutschen Bauern. Mit seinem Taschenmesser schnitt er sich ein dikkes Stück von der fettigen Wurst ab und dann eine mächtige Scheibe von dem Riesenlaib Schwarzbrot, das vor ihm auf dem Tisch lag. Dann nahmen Ursula, das Mädchen, mit dem er zusammenlebte, und ihr Vater das Brot und die Wurst in Angriff. Neben ihren Tellern hatten sie amerikanisches Dosenbier stehen, das sie sich in kleine Weingläser füllten.

»Wann mußt du gehen?« fragte Ursula. Sie war ein kleines, dunkelhäutiges Mädchen, das ihrem cholerischen Temperament immer wieder die Zügel schießen ließ. Es hatte Wolf Spaß gemacht, sie zu zähmen. Er hatte sein Heiratsgesuch bereits eingereicht, was seitens des Vaters als ausreichend gewertet worden war, daß er in sein Haus ziehen und mit ihr zusammen leben durfte. Aber es spielten auch noch andere Überlegungen mit.

»Ich treffe Mosca in etwa einer Stunde im Ratskeller«, antwortete Wolf und sah auf die Uhr, die er nach dem Krieg einem polnischen Flüchtling abgenommen hatte. Dem toten Polacken, dachte Wolf.

»Mir gefällt der Mann nicht«, bemerkte Ursula. »Er hat keine Manieren. Ich weiß wirklich nicht, was das Mädel in ihm sieht.«

Wolf schnitt sich noch eine Scheibe Wurst ab und meinte scherzend: »Das gleiche, was du in mir siehst.«

Wie er erwartet hatte, brauste Ursula auf. »Ihr verdammten Amerikaner denkt, wir tun alles, weil ihr mit vollen Taschen kommt. Versuch's nur, mich so zu behandeln, wie deine Amifreunde ihre Mädchen behandeln. Glaubst du, ich würde dich hierbehalten? Rausfliegen würdest du!«

»Ursula, Ursula«, sagte der Vater besänftigend und kaute an seinem harten Brot, aber er sagte es gewohnheitsmäßig und dachte dabei an etwas anderes.

Als Wolf mit dem Essen fertig war, ging er ins Schlafzimmer und stopfte seine große, braune Lederaktentasche mit Zigaretten, Schokolade und ein paar Zigarren voll. Er entnahm all dies einem versperrten Schrank, zu dem er allein den Schlüssel hatte. Er wollte schon gehen, als Ursulas Vater ins Zimmer kam.

»Bevor du gehst, Wolfgang, auf ein Wort, wenn du gestattest.« Der Vater war immer höflich und ehrerbietig und vergaß nie, daß der Geliebte seiner Tochter Amerikaner war. Wolf schätzte das an ihm.

Der Vater führte Wolf in den kalten Lagerraum im hinteren Teil der im Erdgeschoß gelegenen Wohnung. Er stieß die Tür auf. »Schau!« sagte er mit dramatisch erhobener Stimme.

Von den Deckenbalken hingen Schinkenknochen, an denen nur mehr winzige Fetzchen dunklen Fleisches hafteten, kleine Salamienden und ein weißer Käse.

»Wir müssen etwas unternehmen«, sagte der Vater, »unsere Vorräte sind sehr knapp. Sehr, sehr knapp.«

Wolf seufzte. Er fragte sich, was der alte Gauner wohl mit all dem Zeug angefangen hatte. Sie wußten beide, daß es nicht gegessen worden war. Ein ganzes Regiment hätte das nicht fertiggebracht. Warte nur, dachte er, wie er das immer dachte, wenn der Alte ihn ausmanövriert hatte, warte nur, bis Ursula und ich in den Staaten sind. Dann werde ich euch beiden eine Lektion erteilen. Der Alte würde Lebensmittelsendungen erwarten. Einen Dreck würde er bekommen. Wolf nickte, als ob er sich über das Problem der knapp gewordenen Lebensmittelvorräte ernstlich den Kopf zerbrochen hätte.

»Also gut«, sagte er. Sie gingen ins Schlafzimmer zurück, und er gab dem Vater fünf Stangen Zigaretten. »Das sind bis auf weiteres die letzten«, warnte er den Alten. »Ich habe ein großes Geschäft vor.«

»Keine Sorge«, entgegnete der Vater, »damit kommen wir lange aus. Meine Tochter und ich, wir sparen, wo wir können, das weißt du ja, Wolfgang.« Wolf nickte zustimmend. Er bewunderte die Unverfrorenheit des Mannes.

Der alte Halunke wird sich mit meiner Hilfe noch ein Vermögen zusammenkratzen, dachte er.

Bevor er das Zimmer verließ, nahm Wolf noch die schwere Walther-Pistole aus der Schreibtischschublade und ließ sie in die Rocktasche gleiten. Damit beeindruckte er den Vater immer wieder aufs neue und veranlaßte ihn, ihm noch respektvoller zu begegnen – und auch das gefiel Wolf.

Als sie nun gemeinsam das Zimmer verließen, legte der Alte Wolf mit väterlicher Vertraulichkeit den Arm um die Schultern.

»Nächste Woche bekommen wir eine große Lieferung von braunem und grauem Gabardine. Ich werde dir ein paar schöne Anzüge machen lassen, als Geschenk. Wenn einer von deinen Freunden einen haben will, mache ich ihnen einen besonderen Preis, um dir gefällig zu sein.«

Wolf nickte ernst. »Gib acht auf dich«, rief Ursula ihm nach, als er aus der Tür ging. Er stieg die wenigen Stufen zur Straße hinauf und machte sich, kräftig ausschreitend, auf den Weg zum Ratskeller. Es waren keine fünfzehn Minuten zu gehen; er hatte genügend Zeit. Seine Gedanken kehrten zu Ursulas Vater zurück. Eine große Ladung Gabardine. *Seinen* Gabardine. Und dann sollte er ihn auch noch verkaufen, ohne eine Provision zu kassieren. Das kam ja gar nicht in Frage. Es würde schon was rausspringen müssen. Er würde Mosca, Cassin und Gordon ein gutes Angebot machen, vielleicht auch dem Juden, und doch eine Kleinigkeit daran verdienen. Eigentlich sollte er imstande sein, eine Menge von dem Zeug zu verhökern. Mit einem hübschen Gewinn für ihn. Sicher, es waren alles nur Pfennige, aber ... auch Kleinvieh macht Mist, dachte er.

Im Ratskeller, dem großen Kellerrestaurant, das vor dem Krieg eines von Deutschlands elegantesten gewesen war, fand er Eddie Cassin und Mosca an einem Tisch unmittelbar neben den Riesenweinfässern. Diese enormen Kufen, die bis zur Decke aufragten, warfen einen Schatten über die zwei Männer, der sie von den übrigen olivgrünen Uniformen und den wenigen bunt gekleideten Frauen absonderte. So weit das Auge reichte, standen kleine, mit weißen Tischtüchern bedeckte Tische in dem schwach erhellten Saal, ballten sich zu schaumweißen Strudeln, die in Nischen und Logen überschwappten.

»Wolf, der lebende Zigarettenbaum!« schrie Eddie Cassin. Seine Stimme übertönte die Musik und hob sich zur nahezu unsichtbaren Decke empor, wo sie sich verlor. Niemand kümmerte sich darum. Er beugte sich über den Tisch. »Was habt ihr zwei Strauchdiebe heute nacht vor?«

Wolf setzte sich. »Wir machen nur einen kleinen Rundgang. Mal sehen, ob es wo was zu verdienen gibt. Wenn du deine Kippen nicht alle den Weibern in den Rachen stopfen würdest, wäre auch für dich was zu holen.« Wolf scherzte, aber er machte sich Sorgen. Er sah, daß Mosca fast ebenso betrunken war wie Eddie, und das überraschte ihn. Er hatte Mosca noch nie betrunken gesehen. Er überlegte, ob er, was für heute nacht geplant war, nicht besser abblasen sollte. Aber es war schon alles vorbereitet, in wenigen Stunden sollten sie zum erstenmal mit den Leuten zusammentreffen, die den ganzen Schwarzen Markt beherrschten, und würden vielleicht sogar erfahren, wer im Besitz des Geldes war. Wolf bestellte sich einen Drink und beobachtete Mosca, um zu sehen, ob er in Ordnung war.

Mosca merkte es und lächelte. »Ein paar Minuten in der frischen Luft, und ich bin wieder auf dem Damm.« Er war bemüht, deutlich zu sprechen, aber die Worte flossen ineinander. Wolf schüttelte ungeduldig den Kopf; er konnte seinen Ärger kaum verbergen.

Nach Art der Betrunkenen äffte Eddie Wolfs Kopfschütteln nach. »Dein Fehler, Wolf, das ist, daß du dich für klug hältst. Du willst ein Millionär sein. Wolf, das schaffst du nie. Auch in hundert Jahren nicht. Erstens hast du kein Hirn – gerade nur ein bißchen Bauernschläue; zweitens hast du keinen richtigen Mumm. Gefangene zusammenschlagen, dazu reicht's gerade noch bei dir. Mehr ist bei dir nicht drin.«

»Wie kannst du es mit diesem Paradehengst nur aushalten?« fragte Wolf Mosca in ruhigem, vorsätzlich beleidigendem Ton. »Er hat so viele Weiber im Kopf, daß seine Birne schon ganz weich ist.«

Zornig sprang Eddie auf und schrie: »Du verdammter Kippenhamster . . . Mosca zog ihn auf seinen Stuhl zurück. Ein paar Leute an den Nebentischen drehten sich um. »Immer mit der Ruhe, Eddie, er macht ja bloß Spaß. Und du auch, Wolf. Er hat doch einen sitzen. Wenn er blau ist, haßt er Gott und die Welt. Außerdem hat seine Frau ihm geschrieben, daß sie nicht mehr in England bleiben will und daß sie mit dem Kind hierher unterwegs ist. Und daß er jetzt seine Weiber aufgeben soll, das geht ihm sehr gegen den Strich.«

Mit der weinerlichen Rührseligkeit des Betrunkenen wandte sich Eddie an Mosca.: »Das stimmt ja nicht, Walter. Ich war so gemein zu ihr.« Er schüttelte kläglich den Kopf.

»Erzähl Wolf doch von deinem Gorilla«, redete Mosca ihm zu, um ihn aufzuheitern.

Wolf trank seinen Whisky und fand halbwegs wieder zu seiner guten Laune zurück. Er grinste Eddie an, und der verkündete feierlich, fast ehrfurchtsvoll: »Ich vögle einen Gorilla.« Er wartete auf Wolfs Reaktion.

»Das überrascht mich nicht«, meinte Wolf und lachte mit Mosca mit. »Erzähl weiter.«

»Ich vögle einen regelrechten, hundertprozentigen Gorilla«, erklärte Eddie.

Wolf sah Mosca fragend an. »Es ist eine Frau«, sagte Mosca, »und er behauptet, sie sieht aus wie ein Gorilla, weil sie so häßlich ist.«

Eddie starrte auf den Tisch und wandte sich dann mit todernstem Gesicht an Mosca. »Ich muß dir ein Geständnis machen, Walter. Sie ist wirklich ein Gorilla. Ich habe mich nur geschämt, es zuzugeben. Aber sie ist ein echter Gorilla. Ich habe dich angelogen. Sie wohnt nicht weit vom Stützpunkt und arbeitet bei der Militärregierung. Als Dolmetsch.« Er lächelte sie an, und Wolf, auch er nun in fröhlicher Stimmung, lachte so herzlich, daß sich die Leute an den Nebentischen abermals umdrehten.

»Warum bringst du sie nicht einmal mit und gibst auch uns eine Chance?« spaßte Wolf.

Eddie schauderte. »Du lieber Gott, ich laß mich doch mit der nicht auf der Straße sehen! Ich schlüpf zu ihr ins Haus, wenn es dunkel ist.«

»Wir müssen los, Walter«, sagte Wolf, »und es wird eine lange Nacht werden.«

Mosca beugte sich zu Eddie hinüber. »Fühlst du dich wohl? Wirst du es allein nach Hause schaffen?« Es könne ihm gar nicht besser gehen, murmelte Eddie, und als sie zur Tür gingen, hörten sie ihn nach dem Kellner rufen und noch einen Whisky bestellen.

Wolf ließ Mosca vorangehen und beobachtete ihn; sein schwankender Gang beunruhigte ihn. »Du hast dir gerade die richtige Nacht ausgesucht, um dich vollaufen zu lassen«, sagte er, als sie zur Straße hinaufstiegen. Er konnte sich nicht enthalten, ihm diese Rüge zu erteilen.

Die kalte Winterluft schnitt durch Moscas Backenknochen und machte Gaumen und Zahnfleisch, die schon von zuviel Alkohol und Zigaretten gereizt waren, gefrieren. Er zündete sich eine Zigarette an, um Mund und Kehle zu wärmen. Der Teufel soll ihn holen, dachte er, noch so eine Bemerkung von dem Hurensohn, und er kriegt eins auf die Schnauze, oder ich lasse ihn einfach stehen. Die Kälte drang ihm durch Mantel und Kleider und griff mit eisigen Fingern nach seinen Schenkeln und Knien. Sein ganzer Rumpf juckte, als ob der Frost ihn mit Reif überzogen hätte, und dann stieg Übelkeit in ihm auf, als sich die Kälte auf den Whisky in seinem Magen schlug. Der Kopf drehte sich ihm, und er hätte sich erbrechen mögen, aber er spannte seine Nackenmuskeln und kämpfte gegen den Reiz an. Er wollte nicht, daß Wolf ihn so sah. Wolf hatte natürlich recht, es war wirklich dumm von ihm gewesen, sich gerade heute so vollaufen zu lassen. Aber zum erstenmal hatte es heute Streit mit Hella gegeben – und keinen von der Sorte, der einen bloß ärgerlich machte. Es war eine Auseinandersetzung gewesen, bei der einer den anderen nicht verstanden hatte. Eine traurige und deprimierende Angelegenheit.

Von dem auf einem Hügel gelegenen Ratskeller führte die Straße bergab, am hell erleuchteten Rotkreuz-Klub vorbei, und die Musik, die durch die geschlossenen Fenster drang, spürte ihnen wie ein Geist durch die Ruinen nach. Sie kamen am Polizeipräsidium vorüber, dessen Scheinwerfer die auf dem Platz geparkten Jeeps mit einem blendendweißen, aus der nächtlichen Finsternis herausgelösten Lichtkegel umschloß, und nun ging es steil abwärts, und sie ließen das Herz der Stadt hinter sich. Obwohl sie eine ganze Weile unterwegs gewesen sein mußten, kam es Mosca nur wie ein Augenblick vor, bis Wolf an eine Tür klopfte und sie, der Kälte entflohen, in das Innere eines Hauses traten.

Die Einrichtung des Zimmers bestand nur aus einem großen Tisch und, darum herum, vier Stühlen. An der Wand waren verschiedene Waren aufgeschichtet, über die man hastig Kommißdecken gebreitet hatte. Es gab keine Fenster, und das Zimmer war voller Rauch.

Mosca hörte, wie Wolf etwas sagte, ihn mit dem zwergenhaft kleinen Deutschen bekannt machte, der vor ihnen stand, und obwohl die stickige Luft seiner Übelkeit neuen Auftrieb gab, bemühte er sich doch, zuzuhören und sich zu konzentrieren.

»Sie wissen ja, woran er interessiert ist«, sagte Wolf. »Geld, nur Geld, amerikanische Scrip-Dollar.«

Der Deutsche schüttelte den Kopf. »Ich habe gefragt. Ich habe überall herumgefragt. Keiner hat den Betrag, den Sie erwähnt haben. Das weiß ich genau. Ich kann ein paar Hundert auftreiben, aber das ist schon das höchste der Gefühle.«

Langsam und deutlich sprechend, mischte Mosca sich mit den Worten ein, die Wolf ihm eingetrichtert hatte: »Ich bin daran interessiert, einen großen Abschluß zu tätigen. Fünftausend Stangen Minimum.«

Der kleine Deutsche starrte ihn ehrfurchtsvoll an, und in seiner Stimme schwangen Neid und Gier. »Fünftausend Stangen! Oh, oh, oh!« Verträumt blickte er vor sich hin und entgegnete dann mit der Nüchternheit eines Geschäftsmannes: »Ich werde die Augen offenhalten, verlassen Sie sich darauf. Einen Drink, bevor Sie gehen? Friedl!« rief er. Eine Frau öffnete die Tür zum Nebenzimmer und guckte herein. »Schnaps!« brüllte der Mann sie an, wie wenn das der Name eines Hundes gewesen wäre, der nicht parieren wollte. Die Frau zog sich zurück und erschien wenige Minuten später mit einer schmalen, hellen Flasche und drei kleinen Wassergläsern. Zwei Kinder, ein Knirps und ein Mädchen, folgten ihr auf dem Fuß, beide blond mit rotbäckigen Gesichtern.

Wolf hockte sich nieder. »Ach, sind das hübsche Kinder!« säuselte er, nahm vier Rippen Schokolade aus seiner Aktentasche und hielt jedem der beiden zwei hin.

Der Vater trat dazwischen und nahm ihm die Schokolade aus der Hand. »Nein«, sagte er, »so spät am Abend dürfen sie nichts Süßes mehr essen«. Er ging zu einer der Feldkisten, die an der Wand standen, und als er zurückkam, waren seine Hände leer. »Morgen, Kinder«, sagte er. Der Junge und das Mädchen wandten sich schmollend ab. Als Wolf und Mosca ihre Gläser hoben, brummte die Frau etwas in einem Dialekt, den die Amerikaner nicht verstanden. Der Mann warf ihr einen warnenden und drohenden Blick zu. »Morgen, habe ich gesagt. Morgen.«

Mosca und Wolf gingen, und auf der dunklen Straße, die nur durch ein einziges gelbes Fenserviereck erleuchtet war, hörten sie die in Zorn, Angst und Haß erhobenen Stimmen des Mannes und seiner Frau.

Der klare, hausgemachte Kartoffelschnaps, der fast so stark und unvermischt war wie reiner Alkohol, wärmte Mosca und vertiefte gleichzeitig die Schwärze der Winternacht. Er war wackelig auf den Beinen und stolperte oft. Schließlich blieb Wolf stehen, faßte ihn am Arm und fragte ihn besorgt: »Willst du für heute Schluß machen, Walter, und heimgehen?« Mosca schüttelte den Kopf. Kalt wie der Tod leuchtete Wolfs käsiges Gesicht. Sie gingen weiter, Wolf ein paar Schritte voraus, Mosca, gegen den kalten Wind und sein körperliches Unbehagen ankämpfend, hinter ihm her. Er dachte daran, daß Hella heute nachmittag ähnliche Worte gebraucht hatte.

Sie trug eines der Kleider, die er ihr zu Weihnachten geschenkt hatte. Ann Middleton hatte ihm die Kleiderkarte überlassen, um im PX-Laden einkaufen zu können. Hella hatte gesehen, wie er die kleine ungarische Pistole aus dem Schrank genommen und in die Jackentasche gesteckt hatte. »Willst du nicht heimfahren?« hatte sie ihn gefragt.

Er wußte, was sie damit meinte. Das Heiratsverbot war kurz vor Weihnachten aufgehoben worden, und er hatte in diesem ganzen Monat noch nicht um die Erlaubnis angesucht, heiraten zu dürfen. Und sie wußte auch, warum: unmittelbar nach seiner Eheschließung würde er Deutschland verlassen und in die Vereinigten Staaten zurückkehren müssen. »Nein«, antwortete er, »jetzt gleich kann ich nicht, weil mein Dienstvertrag noch sechs Monate läuft.«

Sie war unschlüssig und besorgt gewesen, und als sie kam, um ihn zu küssen, wie sie das immer tat, wenn er fortging, wenn auch nur für ein paar Stunden, sagte sie: »Warum liest du die Briefe von deiner Familie nicht? Warum antwortest du immer nur mit ein paar Zeilen?«

Er spürte die leichte Rundung ihres Bauches und ihre schwellenden Brüste. »Irgendeinmal müssen wir von hier weg«, meinte sie, und er wußte, daß sie recht hatte. Aber er konnte ihr nicht erklären, warum er jetzt nicht heimfahren wollte. Daß er für seine

Mutter und auch für Alf nichts empfand. Daß ihre Briefe zu lesen nur hieße, ihre Stimmen zu hören, die nach ihm riefen, sein Verhalten mißbilligten und ihn verdammten. Daß der Anblick der zerstörten Stadt ihn befriedigte. Die durch die demolierten Gebäude verursachten klaffenden Wunden in den Straßen, die zersplitterte und ausgezackte Silhouette, so als ob eine riesenhafte Axt der Stadt die Schädeldecke eingeschlagen hätte. Daß ihn die kompakten, endlosen, mauergleichen, geschützten und unbeschädigten Straßen seiner Heimatstadt zornig machten und ihm Unbehagen verursachten.

»Wir haben Zeit«, meinte er. »Sobald das Baby im Juni da ist, holen wir uns die Papiere und heiraten.«

Sie löste sich von ihm. »Darüber mache ich mir keine Sorgen. Aber du solltest deine Familie nicht so behandeln. Zumindest solltest du ihre Briefe lesen.«

»Hör mal«, brauste er auf, »versuche nicht immer wieder, mich dazu zu bringen, Dinge zu tun, die ich nicht tun mag.«

Sie küßte ihn. »Gib acht auf dich, sagte sie, und er wußte, daß sie aufbleiben und auf ihn warten würde, obwohl er ihr eingeschärft hatte, das nicht zu tun.

»Da sind wir«, hörte er Wolfs Stimme sagen und sah das käsige Gesicht vor sich. Sie standen vor einer Treppe im Lichtkreis einer nackten Glühbirne, die oberhalb der Tür angebracht war. Ihr Licht verlieh dem Gewebe der Nacht einen gelblichen Schimmer. Sich am eisernen Geländer festhaltend, kletterte Mosca mühsam die Stufen hinauf.

»Von dem können wir uns nicht allzuviel erwarten«, meinte Wolf, während er anläutete. »Aber ich möchte, daß du ihn kennenlernst. Er ist Juwelier, und wenn du etwas für dein Mädel brauchst, bist du bei ihm an der richtigen Adresse.«

Unmittelbar über ihren Köpfen, oberhalb der Glühbirne, ging ein Fenster auf. Wolf legte den Kopf zurück. »Ah, Herr Fürstenberg, guten Abend«, sagte er.

»Einen Augenblick, bitte, Herr Wolfgang.« Es war eine Stimme, gereift durch Traurigkeit und Alter und Hoffnungslosigkeit.

Als die Tür sich öffnete, wurden sie von einem kleinen, kahlköpfigen, dunkelhäutigen Mann mit großen schwarzen Augen begrüßt, und als Wolf ihm Mosca vorstellte, schlug der Deutsche die Hacken zusammen und verbeugte sich. »Bitte, kommen Sie«, sagte er, und sie stiegen die Treppe hinauf und traten durch eine Tür in ein geräumiges Wohnzimmer mit vielen Möbelstücken, darunter zwei große Sofas, drei oder vier Polstersessel und ein Konzertflügel. Ein großer Teil stand in der Mitte des Zimmers, mehrere kleinere an den Wänden. Auf einem der Sofas saßen zwei junge Mädchen, kaum älter als sechzehn, aber nicht dicht beieinander, denn in der Mitte war ein Platz freigelassen. Auf diesen Platz setzte sich Herr Fürstenberg.

»Bitte«, sagte er und deutete auf die leeren Sessel, die ihm am nächsten waren. Wolf und Mosca setzten sich.

»Ich wollte, daß Sie den Mann kennenlernen, von dem ich Ihnen erzählt habe«, sagte Wolf. »Er ist einer meiner besten Freunde, und ich weiß, daß Sie ihn freundlich aufnehmen werden, wenn er ein Anliegen an Sie haben sollte.« Die Arme um die Hüften der beiden Mädchen geschlungen, neigte Herr Fürstenberg höflich seinen kahlen Kopf und erwiderte mit der gleichen Förmlichkeit und Würde: »Das steht außer Frage.« Indem er dann seine tiefliegenden Augen auf Mosca richtete, fügte er hinzu: »Bitte kommen Sie ruhig zu mir, wenn ich etwas für Sie tun kann.«

Mosca nickte und ließ sich in dem bequemen Sessel zurücksinken. Seine Beine zitterten vor Müdigkeit. Durch den Nebel seiner Erschöpfung hindurch stellte er müßig fest, daß die zwei jungen Mädchen nicht geschminkt waren, frisch aussahen und dicke, wollene Strümpfe trugen, die ihnen bis zu den Knien reichten. Gelassen, töchterhaft sittsam, saßen sie neben Herrn Fürstenberg. Die eine hatte lange geflochtene Zöpfe, goldene Stränge, die sich in ihrem Schoß sammelten.

»Was die andere Sache betrifft«, wandte sich der Deutsche nun wieder an Wolf, »es tut mir wirklich leid, aber da kann ich Ihnen nicht helfen. Keiner meiner Freunde hat etwas davon gehört, von diesem Diebstahl von einer Million Scrip-Dollar. Eine phantastische Geschichte.« Er lächelte sie freundlich an.

»Nein«, widersprach Wolf mit fester Stimme, »es ist eine wahre Geschichte.« Er erhob sich und streckte ihm die Hand entgegen. »Verzeihen Sie, daß ich Sie zu so später Stunde noch belästigt habe. Wenn Sie etwas erfahren sollten, lassen Sie es mich bitte wissen.«

»Selbstverständlich«, erwiderte Herr Fürstenberg. Er stand auf, verneigte sich vor Mosca und schüttelte ihm die Hand. »Bitte, kommen Sie, wann es Ihnen beliebt.« Die zwei Mädchen erhoben sich vom Sofa, Herr Fürstenberg legte die Arme um ihre Hüften, wie ein zärtlicher Vater es tun mochte, und die drei begleiteten Mosca und Wolf zur Treppe. Eines der Mädchen, nicht die mit den Zöpfen, lief die Stiege hinunter, um ihnen aufzuschließen. Sie hörten, wie hinter ihnen die Tür verriegelt wurde. Dann erlosch auch die Glühbirne, und sie standen in völliger Finsternis auf der Straße.

Mosca war todmüde und verstimmt, daß er den behaglichen Raum hatte verlassen müssen. »Glaubst du, wir werden diese Bande jemals finden?« fragte er.

»Heute nacht suche ich nur nach einer Spur«, erwiderte Wolf, »und gebe den Leuten Gelegenheit, dich unter die Lupe zu nehmen. Darum geht es.«

In den dunklen Straßen kamen sie an eiligen Gestalten vorbei und sahen Jeeps, die vor einsamen Häusern geparkt waren. »Alle Welt ist heute auf Jagd«, bemerkte Wolf. Er schwieg eine Weile und fragte dann: »Wie hat dir Fürstenberg gefallen?«

»Er scheint ein netter Kerl zu sein«, meinte Mosca.

»Ein verdammt netter Kerl, besonders für einen Juden«, stimmte Wolf ihm zu, »womit ich nichts gegen deinen Kumpel gesagt haben will.« Er wartete auf einen Einwand Moscas und fuhr fort: »Fürstenberg war im Konzentrationslager. Seine Frau und seine Kinder sind in den Staaten. Er wollte auch hin, aber er hat Tb, und so schwer, daß sie ihm kein Visum gegeben haben. Er hat es im Lager bekommen. Ein Spaß, was?« Mosca blieb stumm. Sie kreuzten eine breite, hell erleuchtete Straße und näherten sich wieder der Stadtmitte.

»Er ist ein bißchen verrückt.« Wolf mußte fast schreien. Der

Wind war wieder aufgekommen und blies ihnen ins Gesicht. Sie bogen um eine Ecke, und der Wind war fort. »Hast du die zwei Mädel gesehen? Er bezieht sie frisch vom Land, jeden Monat oder so zwei neue. Sein Agent hat mir alles erzählt; wir machen Geschäfte miteinander. Fürstenberg lebt wochenlang mit den Mädchen zusammen. Sie haben ihr eigenes Zimmer. Und dann, nachdem er sie die ganze Zeit wie Töchter behandelt hat, geht er eines Nachts in ihr Zimmer und fickt sie, daß die Fetzen fliegen. Am Tag darauf macht er ihnen wirklich wertvolle Geschenke und setzt sie vor die Tür. Eine Woche später läßt er sich ein neues Paar kommen. Das heute waren neue, ich habe sie noch nie gesehen. Muß sehr wüst zugehen, wenn er ihnen den Knüppel zwischen die Beine wirft. Richtig wüst. Wie so einer, der den Hühnern nachjagt, um ihnen den Hals umzudrehen.«

Auch so einer, dachte Mosca. Einer nach dem anderen, alle wurden sie weich im Kopf. Und er selbst war keine Ausnahme. Sie ließen also den armen Hund nicht rein, weil er Tuberkulose hatte. Weil das Gesetz es so verlangte. Ein vernünftiges Gesetz, alle Gesetze waren vernünftig. Nur daß immer einer dabei draufzahlte. Aber zum Teufel mit diesem Hurensohn Fürstenberg, diesem hackenzusammenschlagenden Scheißer. Er hatte seine eigenen Sorgen. Und das war es gewesen, was er Hella heute nachmittag hatte erklären wollen. Daß er jeden Tag aufs neue gegen ein Gesetz verstieß. Indem er sie bei sich im Quartier wohnen hatte, indem er mit Frau Middletons Ausweis Kleider für sie kaufte, indem er mit ihr schlief; sie konnten ihn ins Gefängnis stecken, nur weil er sie liebte. Und er beklagte sich nicht und regte sich nicht darüber auf – so ging das eben. Aber wenn sie die ganze andere Scheiße damit in Zusammenhang brachten und ihm einzureden versuchten, man müßte sich schämen und zugeben, daß es so und nur so recht und gerecht sei, dann war das eben auch Scheiße. Wenn sie von ihm verlangten, er möge so handeln, als ob alles, was man ihm erzählte, die lautere Wahrheit wäre, dann sollten sie ihn alle miteinander am Arsch lecken! Seiner Mutter, Alf und Gloria zuzuhören war ihm unerträglich, und unerträglich war es ihm auch, die Zeitungen zu lesen – das Kotzen kam ihn an. Alles was er tat, war gut und schön, schrieben sie heute, morgen hieß es, er sei böse, ein Mörder, ein wildes Tier, und das trommelten sie ihm so lange ein, bis er selbst mithalf, sich zur Strecke zu bringen. Er konnte ungestraft einen Fritz ermorden, aber ins Zuchthaus gesteckt werden, weil er sich einer Frau annahm, die er liebte. Und vor einer Woche war er Zeuge gewesen, wie sie auf dem Handballplatz hinter dem Stützpunkt drei Polacken an die Wand gestellt hatten, diese drei tapferen Polacken, die ein kleines deutsches Dorf, Männer, Frauen und Kinder niedergemacht hatten. Dabei hatten diese armen Hundesöhne von Polacken nur einen kleinen Fehler gemacht; sie hatten die Deutschen ein paar Tage *nach* Beginn des Besatzungsregimes ermordet statt ein paar Tage vorher, und statt aus den Händen des Generals Auszeichnungen für ihre Heldentaten als Widerstandskämpfer zu erhalten, waren ihnen braune Leinensäcke über den Kopf gestülpt worden, man hatte sie an Holzpfosten gebunden, und das Exekutionskommando hatte aus wenigen Metern Entfernung in die Leiber hineingeschossen. Und man konnte es drehen und wenden, wie man wollte, konnte ihm tausendmal beweisen, daß es nötig war, dieses Morden nach der einen und nach der anderen Seite, ihm war das alles scheißegal. Hatte er nicht unmittelbar nach der Hinrichtung der Polacken ein gutes Frühstück zu sich genommen?

Aber er konnte Hella nicht erklären, warum er seine Mutter, seinen Bruder und Gloria haßte und warum er sie, Hella, liebte. Vielleicht weil sie gleich ihm in Angst gelebt, weil sie gleich ihm den Tod gefürchtet und weil sie gleich ihm alles verloren hatte – nur daß er verloren hatte, was sein Innerstes ausmachte, und sie nicht. Wie sollte sie verstehen, daß er alle Mütter und Väter haßte, alle Schwestern und Brüder, Geliebten und Ehefrauen, die man in Zeitungen, Wochenschauen, bunten Illustrierten sah, wie sie mit stolzem Lächeln oder mit stolzen Tränen Medaillen für ihre toten Söhne und Helden in Empfang nahmen? Er verabscheute diese Menschen, die, diesem feierlichen Anlaß entsprechend, im Sonntagsstaat antraten, um echten Kummer zu zeigen, schmerzlich und doch süß in der Zurschaustellung ebendieses Schmerzes, und er verabscheute die ernsten Gesichter der Politiker in ihren strahlendweißen Hemden und den schwarzen Krawatten, die die Orden verliehen. Er konnte sie sich gut vorstellen, diese Anverwandten auf der ganzen Welt, auch auf der Seite des Feindes, wie sie weinend und tapfer lächelnd die gleichen Medaillen, die gleichen mit Ordensbändern versehenen Blechscheibchen in den mit Seide gefütterten Schachteln für ihre toten Söhne und Helden in Empfang nahmen! Und plötzlich drängte sich seinem fiebernden Hirn das Bild all der Milliarden vollgefressener Würmer auf, die ihre schwammigen, qualligen, weißen Köpfe hoben, um sie dankend vor den Politikern und Generälen, Müttern und Vätern, Brüdern und Schwestern zu senken.

Aber man konnte es ihnen nicht verübeln, denn unsere Sache war gerecht. Das ist wahr, dachte er, aber wie war das mit Fritz? Das war ein Unglücksfall, ja, tatsächlich ein Unglücksfall. Und alle würden es ihm verzeihen: die Politiker seines eigenen Landes, seine Mutter, Alf und Gloria. Sie würden alle sagen, daß ihm nichts anderes übrig geblieben war, daß er nicht anders hatte handeln können. Die Würmer würden ihm verzeihen. Hella hatte geweint, sich aber dann doch damit abgefunden, weil er alles war, was sie auf der Welt besaß. Und er konnte keinen von ihnen verantwortlich machen. Aber versuche nicht, mir zu sagen, was ich falsch gemacht habe, sage mir nicht, daß ich ihre Briefe lesen sollte, sage nicht, daß diese Welt untergehen müßte, weil die Menschen tugendhaft und ihre Seelen unsterblich sind, sage nicht, daß ich lächeln sollte und höflich sein zu jedem Dreckskerl, der mir den Gefallen tut, mir guten Morgen zu wünschen. Und Hellas versteckte Andeutungen, ich sollte netter zu Frau Meyer sein und zu Yergen und zu meinen eigenen Freunden, und ich sollte die Briefe meiner Familie lesen und beantworten! Es ist alles ein großes Mischmasch und niemandes Schuld. Kann man den Leuten einen Vorwurf daraus machen, daß sie leben?

Er mußte stehenbleiben. Alles drehte sich um ihn, ihm war entsetzlich schlecht, und er spürte seine eigenen Beine nicht. Wolf hielt ihn am Arm, er lehnte sich an Wolfs Schulter, bis er wieder klar denken und weitergehen konnte.

Helle Lichtstreifen und schattenhafte Formen belebten die Nacht. Mosca folgte ihnen mit den Blicken, hob den Kopf und sah zum erstenmal den fernen, kalten Wintermond, sah, daß sie sich im Contrescarpe-Park befanden und am Ufer des kleinen Sees entlanggingen. Eisige Mondstrahlen spiegelten sich im Wasser. Aber mit einem Mal rasten große blaue Schatten über den Himmel und verbargen den Mond und sein Licht, und nun sah er plötzlich gar nichts mehr. Dann hörte er Wolf zu ihm sprechen: »Es hat wirklich nicht gut mit dir ausgesehen, Walter. Halt noch ein paar Minuten durch, dann machen wir bei einem Freund Rast, wo ich dich verarzten kann.«

Plötzlich kamen sie in die Stadt und zu einem Platz, der auf einer kleinen Anhöhe lag. An einer Ecke stand, die breiten Holztüren verschlossen, eine Kirche. Wolf führte ihn zu einem Seiteneingang, von wo sie über eine schmale Treppe zum Turm hinaufkletterten. Auf gleicher Höhe mit der obersten Stufe befand sich, wie aus der Mauer herausgehauen, eine Tür. Wolf klopfte, und trotz seiner Übelkeit nahm Mosca mit Bestürzung wahr, daß es Yergen war, der ihnen öffnete. Wolf muß doch wissen, dachte er, daß Yergen mir nie glauben wird, daß ich die Zigaretten habe. Aber ihm war zu schlecht, als daß er sich den Kopf darüber zerbrochen hätte.

Die Enge des Raumes nötigte ihn, sich an die Wand zu lehnen, und dann kam Yergen mit einer grünen Pille und heißem Kaffee, schob ihm die Pille in den Mund und hielt ihm die brennheiße Schale an die Lippen.

Das Zimmer, Yergen und Wolf boten sich ihm in deutlichen Umrissen dar. Die Müdigkeit war wie fortgeblasen, und Mosca spürte, wie ihm der kalte Schweiß über den ganzen Körper und zwischen seinen Schenkeln herunterlief. Wolf und Yergen beobachteten ihn mit wissendem Lächeln auf ihren Gesichtern, und Yergen klopfte ihm auf die Schulter und erkundigte sich freundlich: »Jetzt sind Sie wieder auf dem Damm, eh?«

Es war kalt in dem großen, rechteckigen, sehr niedrigen Zimmer. Durch eine rosa gestrichene Trennwand, auf der Illustrationen aus einem Märchen aufgeklebt waren, hatte Yergen eine Ecke zu einer Art Verschlag abgeteilt. »Mein Töchterchen schläft da hinten«, sagte er, und noch während er sprach, hörten sie das kleine Mädchen stöhnen und dann, als es aufwachte, leise weinen, so als ob es allein wäre und der Klang seiner eigenen Angst es in noch größere Furcht versetzte. Yergen verschwand hinter der Wand und kam mit seiner kleinen Tochter im Arm wieder heraus. Er hatte sie in eine amerikanische Kommißdecke gewikkelt, und nun musterte sie die Amerikaner ernst und mit feuchten Augen. Sie hatte kohlschwarzes Haar und ein trauriges, über ihre Jahre reifes Gesicht.

Yergen setzte sich auf die Couch an der Wand, und Wolf setzte sich neben ihn. Mosca ließ sich auf dem einzigen vorhandenen Stuhl nieder.

»Kannst du heute mit uns gehen?« fragte Wolf. »Wir wollen zu Honny. Das ist der Mann, mit dem ich rechne.«

Yergen schüttelte den Kopf. »Heute nacht kann ich nicht.« Er rieb sein Gesicht an der feuchten Wange seines Kindes. »Meine Kleine hat sich heute abend sehr geängstigt. Jemand war da und hat an der Tür geklopft – ein Fremder, denn sie und ich, wir haben uns ein Zeichen ausgemacht. Ich muß sie so oft allein lassen, denn die Frau, die auf sie aufpaßt, geht um sieben nach Hause. Sie war so verschreckt, so durcheinander, als ich nach Hause kam, daß ich ihr eine von den Pillen geben mußte.«

Wolf schüttelte den Kopf. »Sie ist zu jung. Das solltest du nicht zu oft machen. Ich hoffe nur, du glaubst nicht, daß wir es waren. Du weißt, daß ich deine Wünsche achte und nur komme, wenn wir uns vorher verabredet haben.«

Yergen drückte seine Tochter an sich. »Ich weiß, Wolfgang, ich weiß, daß man sich auf dich verlassen kann. Und ich weiß auch, daß ich ihr keine Drogen geben sollte. Aber sie war in einem solchen Zustand, daß ich es selbst mit der Angst zu tun bekam.« Mosca war überrascht von der Liebe, von der Trauer und Verzweiflung, die sich auf Yergens stolzem Gesicht malten.

»Glaubst du, weiß Honny schon etwas Neues?« fragte Wolf.

Yergen schüttelte den Kopf. »Ich glaube nicht, aber verzeih mir, wenn ich dir das sage: ich weiß, daß ihr sehr gute Freunde seid, du und Honny. Aber selbst wenn er Neuigkeiten hat, ich bin nicht so sicher, daß er gleich damit herausrückt.«

Wolf lächelte. »Das weiß ich. Darum bringe ich heute Mosca mit, um ihn zu überzeugen, daß ich einen Mann mit fünftausend Stangen habe.«

Yergen sah Mosca in die Augen, und zum erstenmal begriff der Amerikaner jetzt, daß Yergen ihr Komplize, ihr Partner war. Yergens Blick verriet panische Angst; es war, als sähe er einen vor sich, von dem er wußte, daß er einen Mord begehen würde. Zum erstenmal war Mosca sich der Rolle, die seine zwei Partner ihm zugedacht hatten, bewußt. Er starrte Yergen an, bis dieser den Kopf sinken ließ.

Sie gingen. Draußen auf der Straße war die Schwärze der Nacht durchscheinender geworden, so als ob sich der Mond über den Himmel gebreitet und, ohne sein Licht auszustrahlen, die Schatten gedämpft hätte. Mosca fühlte sich erfrischt und munter; die kalte Luft tat ihm gut. Beschwingt schritt er neben Wolf dahin. Er zündete sich eine Zigarette an, und der Rauch lag warm und mild auf seiner Zunge. Sie schwiegen, und nur einmal sagte Wolf: »Wir haben noch einen langen Weg vor uns, aber das ist dann der letzte Besuch, den wir machen, und man wird uns dort sehr freundlich aufnehmen. Wir verbinden das Angenehme mit dem Nützlichen.«

Sie kürzten ab, indem sie quer über Trümmerhalden kletterten, bis Mosca jeden Ortssinn verloren hatte, und fanden sich plötzlich in einer Straße, die vom Rest der Stadt wie abgeschnitten war, ein von einer Schuttwüste umgebenes kleines Städtchen. Wolf blieb vor dem letzten Haus am Ende der Straße stehen und klopfte an die Tür.

Sie öffnete sich, und vor ihnen stand ein stämmiger, kleiner Mann, dessen blondes Haar erst in der Mitte des Kopfes ansetzte und den Hinterkopf wie ein Käppchen bedeckte.

»Wolfgang!« rief der Mann und ergriff Wolfs Hand. »Du kommst gerade zurecht zu einem Mitternachtsimbiß.« Er ließ sie ein und verriegelte die Tür. Dann legte er seinen Arm um Wolfs

Schulter und drückte ihn an sich. »Wie schön, dich zu sehen! Kommt rein.« Sie betraten ein luxuriös eingerichtetes Wohnzimmer mit kostbaren dunkelroten Teppichen und einem Porzellanschrank, vollgestopft mit geschliffenen Gläsern und Tafelgeschirr. Es gab eine Bücherwand und warme gelbe Lampen und weiche Lehnsessel, und in einem dieser Lehnsessel, die Füße auf einem gelben Kniepolster, saß eine mehr als vollschlanke Frau mit dicken Lippen und hellrotem Haar. Sie las ein amerikanisches Modeheft mit einem bunten Umschlag. »Hier ist unser Wolfgang«, sagte der Blonde zu ihr, »und sein Freund, von dem er uns erzählt hat.« Sie hielt beiden ihre schlaffe Hand hin und ließ das Modeheft zu Boden fallen.

Wolf schälte sich aus seinem Mantel und legte seine Aktentasche auf den Stuhl neben sich.

»Also«, sagte er zu dem Blonden, »hast du was erreicht, Honny?«

»Ich glaube«, antwortete die Frau, »du hast dir einen kleinen Scherz mit uns erlaubt. Wir haben überhaupt nichts erfahren.« Sie sprach zu Wolf, aber ihr Blick haftete auf Mosca. Ihre Stimme war sonderbar süß, und diese Süße minderte die Bedeutung ihrer Worte herab. Mosca zündete sich eine Zigarette an. Er fühlte, wie ihr Blick, die Freimütigkeit ihrer Augen, die Erinnerung an ihre Hand, die so heiß gewesen war, als sie die seine berührt hatte, Verlangen in ihm aufsteigen ließ. Die Haut spannte sich über seinen Backenknochen. Doch als er jetzt den Kopf hob und sie durch den Zigarettenrauch hindurch betrachtete, stellte er fest, daß sie häßlich war. Auch ihr so sorgfältig aufgetragenes Make-up vermochte den gierigen Mund und die grausamen blauen, kleinen Augen nicht zu verbergen.

»Aber es ist wahr«, behauptete Wolf. »Ich weiß es. Ich brauche nur die richtigen Kontakte. Wer mir dabei hilft, diese Kontakte herzustellen, kann sich eine goldene Nase verdienen.«

»Und das ist nun wirklich dein reicher Freund?« fragte der blonde Mann und lächelte. Mosca bemerkte, daß sein Gesicht von großen Sommersprossen bedeckt war, was ihm ein jugendliches Aussehen verlieh.

Wolf lachte. »Vor euch sitzt ein Mann mit fünftausend Stangen Zigaretten im Gepäck«, sagte er mit einer Stimme, aus der echter Neid herausklang, und verdrehte dabei possenhaft die Augen. Amüsiert lächelte Mosca die Deutschen an, als ob er schon einen mit Zigaretten beladenen Lastwagen vor dem Haus stehen hätte. Sie erwiderten sein Lächeln. Verdammte Kerle, dachte er, euch wird das Lachen schon noch vergehen!

Die Schiebetür zum Nebenzimmer öffnete sich, und heraus trat noch ein Deutscher, auch er von kleiner Statur und in einen dunklen Straßenanzug gekleidet. Hinter ihm sah Mosca eine mit einem schneeweißen Tischtuch gedeckte Tafel mit Servietten, glitzerndem Silbergeschirr und hohen, herrlich geschliffenen Trinkgläsern.

»Ich darf Sie zu einem späten Souper bitten, meine Herren«, sagte der Blonde. »Was deine Sache betrifft, kann ich dir nicht helfen, Wolfgang. Aber ein Mann wie dein Freund, der über ein solches Vermögen an Zigaretten verfügt, kann mir doch sicher auch ein paar kleine Geschäfte mit anderen Warengattungen zukommen lassen?«

»Das ist durchaus möglich«, gab Wolf in ernstem Ton zur Antwort. Er lächelte, und die anderen lachten, als ob er einen besonders guten Witz gemacht hätte. Sie gingen ins Speisezimmer.

Der Diener brachte eine Platte mit einem großen, dunkelroten Schinken herein, wie er in den amerikanischen PX-Läden verkauft wurde. Auf einem Silberteller lagen feingeschnittene Scheiben Weißbrot. Es war noch ofenwarm. Wolf bestrich sich ein Stück mit Butter, zog in höflicher Verwunderung die Augenbrauen hoch und sagte: »Wie ich sehe, bekommst du dein Brot, noch bevor es an unsere Kantine geliefert wird.« Der Deutsche beschrieb eine Geste stolzer Genugtuung und lachte. Der Diener brachte mehrere Flaschen Wein, und Mosca, der sich viel wohler fühlte und von dem langen Marsch durstig war, leerte sein Glas in einem Zug. Der blonde Mann schien amüsiert und tat erfreut.

»Ein Mann nach meinem Geschmack!« erklärte er. »Kein Zögerer und Zauderer wie du, Wolfgang. Da kannst du sehen, warum er fünftausend Stangen hat und du nicht.«

»Oberflächliche Psychologie«, hänselte ihn Wolf, »sehr oberflächliche Psychologie. Du vergißt ganz, wie ich esse«, und er fing an, sich vom Schinken zu bedienen und dann von der anderen Platte mit einem Dutzend Wurststangen. Nachdem er auch der Salat- und Käseplatte seine Reverenz erwiesen hatte, sah er den Deutschen an und fragte: »Na, Honny, wie gefällt dir das? Was sagst du jetzt?«

Honnys blaue Augen funkelten vor Vergnügen. »Ich kann nur eines sagen«, rief er laut. »Guten Appetit!«

Alle lachten, und die Rothaarige beugte sich nieder, um den riesigen Hund zu füttern, der unter dem Tisch lag. Sie gab ihm ein enormes Stück Schinken zu fressen und ließ dann vom Diener eine Holzschüssel reichen, in die sie eine ganze Literflasche Milch goß.

Während sie sich niederbeugte, ließ sie ihre Hand wie zufällig an Moscas Bein anstreifen und stützte sich dann auf seinen Schenkel, um sich wieder aufzurichten. Sie tat es beiläufig und versuchte nicht, es zu verbergen.

»Du hast den Hund zu sehr ins Herz geschlossen«, rügte Honny. »Du brauchst wirklich Kinder. Sie würden deinem Leben Inhalt geben.«

»Mein lieber Honny«, entgegnete sie und fixierte ihn, »dann müßtest du beim Lieben an anderen Variationen Gefallen finden.« Aber die Süße ihrer Stimme milderte die Unverblümtheit ihrer Worte.

»Und das ist ein zu hoher Preis«, murmelte Honny und zwinkerte Wolf zu. »Jeder nach seinem Geschmack, was, Wolfgang?« Wolf nickte und kaute weiter an dem enormen Sandwich, das er sich zurechtgemacht hatte.

Sie aßen und tranken. Mosca war nun auf der Hut. Er aß mehr und trank weniger. Er war bester Stimmung. Es entstand ein langes Schweigen, und dann sagte die Frau, die bis dahin düsterer Stimmung gewesen war, in sichtlicher Erregung: »Wollen wir ihnen unseren Schatz zeigen, Honny? Bitte!«

Es war komisch anzusehen, wie flink Wolfs Gesicht hinter seinem Sandwich auftauchte. Honny lachte. »Nein, nein, Wolfgang«, sagte er, »zu verdienen ist dabei nichts. Außerdem ist es schon sehr spät, und vielleicht bist du zu müde.«

»Erzähl mir doch, um was es sich handelt«, erwiderte Wolf vorsichtig und bemüht, sich seine Gier nicht anmerken zu lassen.

Der Blonde lächelte. »Gewinn ist da nicht zu erzielen. Es ist eigentlich nur ein Kuriosum. Ich bin dabei, in unserem Hinterhof einen kleinen Garten anzulegen. Das Haus auf der anderen Straßenseite ist zerstört, und der Schutt liegt zum Teil auch auf meinem Grundstück. Ich fing an, ihn wegzuräumen, und die körperliche Übung tat mir gut. Doch dann stieß ich auf etwas recht Sonderbares. Ich fand eine Öffnung, ein Loch in den Trümmern, und darunter den völlig intakten Keller, in den der Rest des Hauses sozusagen hineingefallen ist. Das Interessante ist, daß einige Balken auf eine Weise quer liegen, daß sie den Bau stützen und unten diesen Raum offenhalten.« Er lächelte, und die roten Sommersprossen traten wie Blutflecken auf seinem Gesicht hervor. »Eine einmalige Sache. Wollt ihr es euch anschauen?«

»Na klar«, antwortete Mosca, und Wolf tat sein Einverständnis mit einem gleichgültigen Nicken kund.

»Eure Mäntel werdet ihr nicht brauchen. Wir gehen nur durch den Garten, und unten ist es recht warm.« Trotzdem holten Wolf und Mosca ihre Mäntel aus dem anderen Zimmer. Sie wollten nicht unbewaffnet sein, und Honny sollte auch nicht wissen, daß sie bewaffnet waren. Der Blonde zuckte die Achseln. »Ich nehme eine Taschenlampe und ein paar Kerzen mit. Kommst du mit, Erna?« fragte er die Frau.

»Selbstverständlich«, antwortete die Rothaarige.

Zu viert durchquerten sie den zukünftigen Garten. Honny leuchtete ihnen mit der Taschenlampe voran. Der Garten war ein viereckiges Stück harten Bodens, von einer Ziegelmauer umschlossen, die so niedrig war, daß man leicht darübersteigen konnte. Sie kletterten einen kleinen Schutthügel hinauf, von dem aus sie das Dach des hinter ihnen liegenden Hauses sehen konnten. Die Stadt aber war ihren Blicken entzogen, denn eine Wolke verdeckte wie ein dunkler Schleier den Mond. Zwei große Haufen Schutt und Geröll bildeten ein Tal. Sie stiegen hinunter und gelangten zu einer Mauer, die einen weiteren Berg von Ruinen abstützte und einschloß.

Honny hockte sich nieder. »Hier geht es durch«, sagte er und zeigte auf ein Loch in der Mauer, das so dunkel und undurchsichtig war wie ein tiefer Schatten. Einer nach dem anderen traten sie durch die Öffnungen: der Blonde als erster, dann die Frau, dann Wolf und schließlich Mosca.

Schon nach wenigen Schritten mußten sie über Stufen hinuntergehen. Honny rief ihnen eine Warnung zu und wartete unten. Die Frau zündete zwei Kerzen an; eine davon gab sie Mosca.

Beim gelben Schein der Kerzen sahen sie, jäh abfallend vom Beton des Treppenabsatzes, auf dem sie standen, der See gleich, die schäumend gegen die Klippen schlägt, einen großen, unterirdischen Raum vor sich und unter sich. Die drei Kerzen erhellten ihn, wie ein Leuchtturm den Ozean erhellt. Schräg abstürzende Wände begrenzten den unebenen Fußboden. In der Mitte des von Schatten erfüllten Kellers führte eine zweite Treppe nach oben und verschwand unter den Ruinen.

»Das war ein SS-Quartier, als eine von euren Bomben einschlug. Kurz vor Kriegsende«, erklärte Honny. »Jetzt ist es schon über ein Jahr her, daß sie hier begraben liegen. Wie glorreich.«

»Hier könnte es Wertgegenstände geben«, meinte Wolf. »Hast du nachgesehen?«

»Nein«, antwortete Honny.

Sie sprangen vom Treppenabsatz herunter; ihre Füße versanken im Schutt. Die Frau blieb an der Wand stehen. Sie hielt sich an einem schweren Balken fest, von dem sich ein Ende in den Boden gebohrt hatte, während das andere gegen die Decke geklemmt war. Sie hielt ihre Kerze hoch, und die drei Männer verteilten sich in dem riesigen Gewölbe.

Als ob sie einen reißenden Strom durchwateten, tasteten sie sich mit den Füßen vorsichtig über die trügerische Schicht aus Glas, Erde und Ziegelstaub. Wenn sie hin und wieder eine nachgebende Stelle erwischten und beängstigend rasch im Schutt versanken, erinnerten sie mit ihren ungestümen Bewegungen an wassertretende Schwimmer.

Vor sich sah Mosca einen glänzenden schwarzen Stiefel. Er griff danach; er war unerwartet schwer. Mosca erkannte, daß ein Bein darin steckte, aber es saß eisenfest, wie einzementiert zwischen Beton und zusammengepreßten Ziegeln. Er ließ den Stiefel los und machte sich in die entfernteste Ecke auf, wobei er manchmal bis zu den Knien im Schutt einsank. Nahe der Wand stolperte er über einen menschlichen Rumpf, ohne Kopf und Hals, ohne Arme und Beine. Er drückte mit dem Finger dagegen, das schwarze Tuch war kaum zu erkennen. Darunter spürte er das Fleisch, aus dem der ungeheure Druck des einstürzenden Hauses alles Fett und Blut herausgepreßt hatte. Es fühlte sich fest an, wie eine Mumie.

Es war nichts Schreckliches an diesen Resten menschlicher Wesen. Weder Blut noch Fleisch war zu sehen. Sie waren so zermalmt worden, daß sich die Kleidung, die sie am Leib trugen, in die Haut eingepreßt hatte. Tonnen von Ziegeln waren zerstäubt worden und hatten das Blut in sich eingesogen. Mit dem Fuß scharrte Mosca eine Weile im Schutt herum, sprang aber eilig zur Seite, als der andere einzusinken begann. Wolf war allein in einer anderen Ecke beschäftigt – ohne Licht, seine Bewegungen waren kaum auszumachen.

Plötzlich fühlte Mosca eine drückende Wärme. Heißer Staub erhob sich in die Luft, und mit ihm ein sonderbarer Geruch, wie von verkohltem Fleisch.

Es war, als ob unterirdische Feuer unter dem sich ständig verlagernden Boden wüteten, hier und, von ähnlichen Ruinen bedeckt, in der ganzen Stadt.

»Gebt mir ein Licht«, ließ Wolf sich aus seiner Ecke vernehmen. Seine Stimme klang wie ein tonloses, hohles Flüstern. Mosca warf ihm seine brennende Kerze zu. Sie beschrieb einen großen gelbflackernden Bogen und landete neben Wolf. Er ließ sie liegen.

Sie konnten Wolfs Schatten sehen, wie er sich mit einem Torso beschäftigte. »Recht seltsam«, bemerkte Honny in ruhigem Gesprächston, »daß diese Körper keine Köpfe haben. Ich habe schon sechs oder sieben gefunden. Manche haben einen Arm oder ein

Bein, aber keiner hat einen Kopf. Und wie kommt es, daß sie nicht verwest sind?«

»Hier«, sagte Wolf, und seine Stimme hallte jetzt im ganzen Keller wider, »ich habe etwas.« Er hob eine Lederhalfter hoch, in der eine Pistole steckte. Er zog die Waffe aus der Halfter. Sie zerfiel ihm in der Hand. Er stocherte weiter im Schutt herum.

»Wie Mumien, ägyptische Mumien«, sagte er zu Honny. »Das ganze Zeug in sie hineingepreßt. Wahrscheinlich waren sie hermetisch abgeschlossen, und später erst verlagerten sich die Trümmer, und wir konnten herein. Und ihre Köpfe, die wurden in kleine Stücke, in Fetzen zermalmt. Ich habe das schon einmal gesehen.« Er hatte sich von der Kerze entfernt, stand jetzt ganz in der anderen Ecke und sagte wieder: »Gebt mir Licht.« Die Frau an der Wand hob ihre Kerze hoch, und Wolf hielt etwas in die Höhe, um den schwachen gelben Schein darauffallen zu lassen. Im gleichen Augenblick schwenkte auch der blonde Mann seine Taschenlampe herum und richtete sie auf ihn.

Es war ein kurzer, eher überraschter, ein weibisch hysterischer Schrei, den Wolf ausstieß und der mit einem schluchzenden Laut zu Ende ging. Eine graue Hand, auf furchtbare Weise in die Länge gezerrt, und von erdfarbener Patina überzogene Finger! Im gleichen Augenblick, da Wolf die Hand von sich schleuderte, senkte die Frau den Arm, der die Kerze hielt. Eine Stille trat ein, und jetzt spürten alle die Hitze und die drückende Schwüle und rochen die Erde und den Staub, den sie aufgewirbelt hatten. Dann sagte Mosca zu Wolf, um ihn zu necken: »Schämst du dich nicht?«

Der Blonde lachte leise, aber man hörte es im ganzen Keller. »Ich dachte, das Ding wäre eine Ratte«, verteidigte sich Wolf.

»Laßt uns gehen«, sagte die Frau an der Wand. »Schnell. Ich brauche Luft!« Und als Mosca auf sie und das Licht zu wollte, geriet ein Teil der Wand in Bewegung.

Eine Welle von Schutt prasselte auf ihn nieder. Sein Kopf schlug auf einen der Torsos auf. Seine Lippen berührten ihn, und diese Berührung sagte ihm, daß es nicht Stoff war, der diesen Körper umhüllte, sondern verbrannte und zu hartem Leder verkohlte Haut. Der Körper selbst war so heiß, als ob er schon in der Hölle braten würde. Mit den Händen stieß er sich ab, und als er sich aufrappelte, quoll ihm plötzlich eine dicke, schwarze Welle von Erbrochenem aus dem Mund. Er hörte, wie die anderen ihm zu Hilfe kommen wollten.

»Bleibt, wo ihr seid!« kreischte er. Im Knien spie er alles aus, das faulende Fleisch und den zu Galle gewordenen Alkohol. Glasscherben und Schutt rissen seine Hände blutig, auf die er sich stützte.

Er war jetzt ganz leer. Er stand auf, und die Frau half ihm auf den Treppenabsatz hinauf. Im Schein ihrer Kerze sah er einen seltsamen Ausdruck auf ihrem Gesicht, eine Mischung aus Bestürztheit und Erregung. Während sie die Treppe hinaufstiegen, hielt sie sich von hinten an Moscas kurzer Jacke fest.

Sie traten in die kalte Nacht hinaus und holten tief Atem. »Es tut gut, am Leben zu sein«, sagte der blonde Mann. »Das da unten kommt nach dem Tod.«

Sie kletterten wieder die Trümmerhalde hinauf. Der Mond stand am Himmel und machte die Stadt zu einem grauen, verlassenen Elfenland. Mit ineinander verschlungenen Nebelfetzen und Staubfahnen flocht er feine Spinnengewebe, um daraus über der Erde einen eigenen Raum zu bilden, so als ob die Menschen noch im Leben dem Schlaf des Todes anheimgegeben waren. Eine Straßenbahn kam langsam den Hügel heraufgefahren, auf dem sich das Polizeihaus befand, und in der kalten Winterluft war deutlich und kristallklar der weiche, gedämpfte Klang ihres Klingelns zu hören. Mosca war überzeugt, daß er sich hier ganz in der Nähe seines Quartiers in der Metzer Straße befand, denn er hatte die gleiche Straßenbahn schon des öfteren abends mit dem gleichen Gebimmel den gleichen Hügel hinauffahren gesehen.

Sie standen immer noch auf dem Schutthaufen. Die Frau lehnte sich an den blonden Mann und fragte: »Wollen Sie noch auf einen Drink ins Haus kommen?«

»Nein«, antwortete Mosca, und zu Wolf sagte er: »Gehen wir.«

Er fühlte sich einsam, und er hatte Angst. Angst vor allen diesen Leuten, einschließlich Wolf, Angst, daß Hella, die allein daheim geblieben war, etwas zugestoßen sein könnte. Jetzt, da er völlig nüchtern war, schien es ihm, als ob eine Ewigkeit vergangen wäre, seitdem er Eddie Cassin allein und betrunken im Ratskeller zurückgelassen und sich mit Wolf auf den langen nächtlichen Rundgang durch die Straßen der Stadt begeben hatte.

Er dachte darüber nach, ob Eddie Cassin wohl ganz und heil nach Hause gekommen war und wie spät es schon sein mochte – Mitternacht war gewiß längst vorüber! Und Hella wartete auf ihn; sicher lag sie auf der Couch und las. Und zum erstenmal dachte er mit so etwas wie Gefühl an seine Mutter und Alf und Gloria und an die Briefe, die er nicht gelesen hatte. Er war immer überzeugt gewesen, daß sie sich sicher fühlten. Nun wurde ihm zum erstenmal klar, daß sie das keineswegs taten. Sie gestalteten sich ihre Träume aus ihrem eigenen Entsetzen. Plötzlich überkam ihn das Gefühl, daß sich alle, alle die er kannte, in Gefahr befanden und daß er nichts tun konnte, um diese Gefahr abzuwenden. Er erinnerte sich, daß seine Mutter jeden Sonntag zur Kirche ging, und wußte plötzlich genau, was er ihr sagen und erklären wollte. Weil es die Wahrheit war: »Nicht nach Gottes Bild ist der Mensch geschaffen.« Ja, das war's, und jetzt konnte er weiterleben und sich bemühen, sich – und auch Hella – glücklich zu machen.

Er war zu müde, um seine Gedanken fortspinnen zu können. Das Kinn im Kragen seines dicken Mantels vergraben, kletterte er die Schutthalde hinunter. Er spürte die Kälte und seine schmerzenden Knochen, und als er jetzt mit Wolf durch die Straßen ging, ergoß sich das fahle, farblose Licht des Mondes nicht weniger grausam und mitleidlos als die Sonne auf die Wunden der Stadt, so als würde es von einem leblosen, metallischen Instrument ausgesendet, und spiegelte sein eigenes Bild auf der Erde, auf ihren unfruchtbaren Kratern und bleiernen Narben.

13

Die strahlende Morgensonne eines Frühlingstages überzog die zerstörte Stadt mit gelber und goldener Farbe und dem rötlichen Schimmer zerstäubter Ziegel, und am Horizont schloß ein hellblauer Himmel, einem Vorhang gleich, die unübersehbare Reihe von verunstalteten und verstümmelten Häusern ab.

Yergens Tochter, ihr trauriges Gesichtchen stolz und glücklich und doch bekümmert, schob den cremefarbenen Kinderwagen; das hübsche Kleid war so blau wie der Himmel.

Yergen ging neben ihr her. Er genoß ihren Anblick, erfreute sich an ihrem Glück und fühlte, wie die Stadt nach einem langen, schrecklichen Winter wieder zum Leben erwachte.

Straßenbahnen ratterten und füllten die goldene Morgenluft mit ihrem Gebimmel. Als sie jetzt in die Metzer Straße einbogen, sah Yergen weit unten am anderen Ende Mosca und seine Freunde, die an einem Jeep herumhantierten. Hella stand unter einem Baum. Er kam näher und erkannte, daß Mosca, Leo und Eddie damit beschäftigt waren, Moscas Besitztümer auf den Jeep zu laden – mit Kleidern vollgestopfte Taschen und Koffer, eine Holzkiste mit Lebensmitteldosen und einen kleinen Kohlenofen, den er, Yergen, ihm beschafft hatte.

Yergen tippte seiner Tochter auf die Schulter. »Lauf, Giselle, überrasche sie!« Das kleine Mädchen lächelte vergnügt und schob schneller. Yergen konnte hören, wie sie entzückt aufschrie, als sie mit unbeholfenen, täppischen Schritten auf Hella zulief.

»Wie gefällt er Ihnen?« fragte Yergen stolz. »Habe ich zu viel versprochen?«

»Oh, er ist wunderbar, Yergen, wunderbar!« rief Hella aus. So groß war das Glück, das ihr dünnes, ruhig-heiteres Gesicht ausstrahlte, daß Yergen tief gerührt war. Er betrachtete noch einmal den Kinderwagen; die schnittigen Linien, die an ein Rennpferd erinnerten, die hübsche cremefarbene Bemalung – wie er da auf der grünen Erde unter dem hellblauen Himmel stand, war er wirklich wunderschön.

»Meine Tochter Giselle wollte Ihnen den Kinderwagen selbst

bringen«, sagte Yergen. Das scheue, kleine Ding senkte den Kopf. Hella kniete unbeholfen vor sie hin, und der lose Mantel, den sie trug, legte sich in Falten um sie auf die Erde. »Ich danke dir recht schön«, sagte sie und küßte das kleine Mädchen auf die Wange. »Willst du mir helfen, den Wagen in mein neues Zuhause zu bringen?« Das Kind nickte.

Mosca kam vom Jeep herüber. Er trug eine alte, zerknitterte Sporthose. »Ich zahle Ihnen später, Yergen«, sagte er, den Kinderwagen kaum mit einem Blick streifend. »Wir übersiedeln in die Kurfürstenallee. Warum gehen Sie nicht mit Hella und dem Kinderwagen voraus? Sowie wir hier fertig sind, kommen wir nach.«

»Natürlich, selbstverständlich«, erklärte sich Yergen einverstanden. Gutgelaunt zog er den Hut vor Hella. »Gestatten gnädige Frau, daß ich Sie begleite?« Lächelnd ergriff sie den ihr dargebotenen Arm. Das Kind lief ein paar Schritte voraus.

Die Frühlingsluft roch nach Blumen und Gras, und Hella knöpfte ihren Mantel zu. Yergen sah, wie er sich vorne über ihrem Bauch spannte; ein sonderbares, unerklärliches Gefühl überkam ihn, eine Mischung aus Zufriedenheit und Trauer. Seine Frau war tot, seine Tochter wuchs ohne Mutter heran, und er begleitete die Geliebte eines Feindes in ihr neues Heim. Er stellte sich vor, wie es wäre, wenn Hella ihm gehören, wenn sie ihre Liebe und Zärtlichkeit ihm schenken, wenn das neue Leben, das sie in sich trug, ihrer beider Erfüllung werden würde. Wie schön wäre das an diesem herrlichen Morgen, wie schnell würde er seine Angst und seinen Kummer vergessen, und auch Giselle würde in Sicherheit sein. Und während ihm dieser Gedanke durch den Kopf ging, drehte die Kleine den Kopf zurück und lächelte ihnen beiden zu.

»Sie schaut jetzt viel besser aus«, bemerkte Hella.

Yergen schüttelte den Kopf. »Ich bringe sie noch heute aufs Land. Für einen Monat. Der Arzt hat es mir geraten.« Er verlangsamte seine Schritte. Giselle sollte nicht hören, was er nun sagte: »Ich glaube, sie ist sehr krank. Es war ein schwerer Winter für sie.«

Giselle war ihnen schon ein gutes Stück voraus. Im hellen Sonnenschein schob sie den Wagen vor sich hin. Hella hakte sich wieder bei Yergen ein.

»Ich muß sie wegbringen«, sagte er, »weg von den Ruinen, weg von allem, was sie an den Tod ihrer Mutter erinnert, fort aus Deutschland.« Nüchtern und beiläufig, so als ob er etwas wiederholte, woran er nicht im entferntesten glaubte, fügte er nach einer kleinen Pause hinzu: »Der Arzt meint, sie könnte gemütskrank werden.«

Giselle wartete auf sie, wo wieder Schatten auf den Gehsteig fielen; es schien, als hätte sie Angst, allein unter dem Schatten der Bäume weiterzugehen. Hella ließ Yergen ein paar Schritte zurück, um als erste zu dem kleinen Mädchen zu gelangen. »Möchtest du nicht im Wagen gefahren werden?« fragte sie heiter. Giselle nickte, und Yergen half ihr hinauf; ihre langen Beine baumelten seitwärts herunter. Hella schob an. »Was habe ich nur für ein großes Baby!« lachte sie und kitzelte das Kind unter dem Kinn. Sie versuchte zu laufen, um Geschwindigkeit vorzutäuschen, aber sie war schon zu unbeholfen dazu. Giselle lachte nicht, aber sie lächelte und stieß unartikulierte Laute aus, die Schatten eines Lachens waren.

Wie auf Fäden aufgezogene Perlen säumte eine lange Reihe weißer Steinhäuser die Kurfürstenallee. Hella blieb schon beim ersten Haus stehen, vor einem kleinen Tor, von dem aus ein gepflasterter Weg zum Eingang führte. »Frau Sander«, rief sie, und am offenen Fenster erschien eine Frau. Sie hatte ein trauriges, ernstes Gesicht, ihr Haar war schlicht zurückgekämmt. Sie trug ein einfaches schwarzes Kleid.

»Verzeihen Sie, daß ich gerufen habe«, sagte Hella lächelnd. »Ich kann jetzt so schlecht gehen. Können Sie mir den Schlüssel herunterwerfen? Sie werden in wenigen Minuten hier sein.« Die Frau verschwand und kam gleich wieder, um die Schlüssel in Yergens wartende Hand fallen zu lassen. Dann zog sie sich wieder ins Innere des Hauses zurück.

»O je, o je«, seufzte Yergen, »bei der werden Sie vielleicht Schwierigkeiten haben. Sie sieht so achtbar aus.«

Als er dann begriff, was er da geredet hatte, verstummte er verlegen, aber Hella lachte nur und sagte: »Sie ist sehr nett, sie versteht das schon. Ihr Mann ist vor kurzem an Krebs gestorben. Dadurch hat sie jetzt zwei freie Zimmer. Wegen seiner Krankheit hat sie eine Sonderbewilligung.«

»Aber wie haben Sie es nur geschafft, sie zu finden?« wollte Yergen wissen.

»Ich war auf dem Wohnungsamt und habe mich erkundigt«, antwortete Hella. »Aber zuerst machte ich dem Beamten ein kleines Geschenk – fünf Päckchen Zigaretten.« Sie lächelten sich an.

Yergen sah den vollbeladenen Jeep die Allee herunterkommen. Leo parkte, wie er das immer tat, indem er einen Baum auf dem Gehsteig anfuhr. Mosca sprang herunter, und Eddie und Leo kletterten von den Vordersitzen. Hella zeigte ihnen den Weg, und sie fingen an, das Zeug ins Haus zu tragen. Als Hella wieder herauskam, hatte sie ein großes, braunes Paket in der Hand, das sie Yergen reichte. »Zehn Stangen«, sagte sie, »stimmt das?«

Yergen nickte. Hella ging zu Giselle hinüber, die sich jetzt gegen den Kinderwagen lehnte. Sie nahm ein paar Rippen Schokolade aus ihrer Manteltasche und gab sie dem Kind. »Ich danke dir, daß du mir so einen schönen Wagen gebracht hast«, sagte sie. »Wirst du mich besuchen kommen, wenn das Baby da ist?« Giselle nickte und hielt Yergen die Schokolade hin. Er nahm eine Rippe und brach sie für das Kind in kleine Stücke. Sie gingen die Kurfürstenallee hinunter, und Hella blickte ihnen nach und sah, wie Yergen stehenblieb und seine Tochter auf den Arm nahm. Das Kind hielt das braune Paket und stützte es auf seine Schulter. Hella kehrte ins Haus zurück und stieg die Treppe hinauf in den zweiten Stock.

Das Geschoß bestand aus einer einzigen Vierzimmerwohnung: ein Schlafzimmer, ein Wohnzimmer, ein zweites Schlafzimmer und ein kleinerer Raum, der zu einer Küche umgebaut werden sollte. Mosca und Hella, so lautete die Abmachung, sollten das kleine Schlafzimmer und die Küche haben und durften bei besonderen Gelegenheiten auch das Wohnzimmer benützen. Frau Sander hatte ihr Schlafzimmer und im Wohnzimmer einen Herd, auf dem sie kochte.

Mosca, Leo und Eddie warteten schon auf Hella. Auf dem kleinen Tisch standen zwei Flaschen Coca-Cola und zwei Gläser Whisky. Das Schlafzimmer war mit Koffern und allem, was sie sonst noch mitgebracht hatten, so vollgeräumt, daß man sich kaum bewegen konnte. Hella bemerkte, daß Frau Sander an beiden Fenstern hübsche, blaugeblümte Vorhänge angebracht hatte.

Mosca hob sein Glas, Hella und Leo hoben ihre Coca-Cola-Flaschen, und nur Eddie nippte bereits an seinem Whisky, wartete aber dann auf die anderen.

»Auf unser neues Heim«, sagte Hella. Sie tranken. Eddie Cassin sah, wie Hella nur einen Schluck von ihrem Coca-Cola nahm und dann die Koffer öffnete, um ihre Kleider in den großen Mahagonischrank zu hängen.

Er hatte nie mit ihr geflirtet, obwohl er oftmals allein mit ihr in Moscas Zimmer gewesen war. Warum eigentlich? fragte er sich. Zum Teil lag es wohl daran, daß sie ihm nie eine Gelegenheit gegeben hatte. Sie war ihm nie in die Nähe gekommen und hatte ihn weder mit Worten noch sonst irgendwie ermutigt. Koketterie war ihr fremd. Ihre Natürlichkeit war von einer Art, die nicht provozierte. Er gestand sich ein, daß zum Teil auch seine Angst vor Mosca eine Rolle spielte, und als er diese Angst zu analysieren versuchte, fand er heraus, daß sie sich auf Moscas Gleichgültigkeit gegenüber anderen Menschen gründete, und auf die Geschichten, die Leute aus seiner ehemaligen Kompanie über Mosca erzählt hatten: von einer tätlichen Auseinandersetzung mit einem Sergeant, auf Grund welcher er um ein Haar vor ein Kriegsgericht gekommen wäre. Der Sergeant war so schwer verletzt worden, daß er in ein Krankenhaus in die Staaten geflogen werden mußte.

Es war eine ganz eigenartige Geschichte, vertuscht, totgeschwiegen, nicht viel mehr als ein Kranz von Gerüchten, doch ihren Hintergrund bildete diese Gleichgültigkeit, ein so völliges Desinteresse, daß es einem kalt über den Rücken lief. Seine Freunde, dachte Eddie, ich, Leo, Wolf, Gordon, wir halten uns alle für seine Kumpel. Aber wenn wir vier morgen ins Gras beißen, es wäre ihm gekotzt wie geschissen.

»Der Kinderwagen!« rief Hella aufgeregt. »Wo habt ihr den Kinderwagen hingetan?«

Alle lachten. Leo klopfte sich mit der flachen Hand an den Kopf und sagte: »Du meine Güte, ich habe ihn auf der Straße stehenlassen!«

Mosca aber beruhigte sie sofort. »Er steht im kleinen Zimmer, Hella, in der Küche.« Er läßt es nicht einmal im Spaß zu, daß sie sich Sorgen macht! dachte Eddie Cassin.

Hella ging ins Nebenzimmer. Leo trank sein Coke aus. »Nächste Woche fahre ich nach Nürnberg. Ich soll dort gegen Offiziere und Mannschaften aussagen, die in Buchenwald Dienst gemacht haben. Zuerst wollte ich nicht, doch dann ließen sie mich wissen, daß sich unter den Angeklagten auch ein bestimmter Arzt befindet, nämlich der Mann, der uns kühl ins Gesicht sagte: ›Ich bin nicht da, um eure Wehwehchen zu kurieren, ich bin nicht einmal da, um euch am Leben zu erhalten. Meine Aufgabe ist es, darauf zu sehen, daß ihr jeden Tag zur Arbeit gehen könnt.‹ Gegen diesen Dreckskerl will ich aussagen.«

Mosca füllte wieder die Gläser und gab Leo ein frisches Coca-Cola. »Wenn ich du wäre, ich würde diese Schweine umbringen.«

Leo zuckte die Achseln. »Ich weiß nicht. Ich verachte sie, aber ich hasse sie nicht mehr. Ich weiß nicht, warum. Ich will nur raus hier.« Er setzte die Flasche an den Mund und machte einen Zug.

»Du wirst uns fehlen, Walter«, sagte Eddie. »Glaubst du, wird es dir Spaß machen, nach Germanenart zu leben?«

Mosca verzog den Mund. »Es ist doch alles das gleiche.« Er füllte Eddies Glas. »Noch den da, und dann haust du ab, Eddie. Ich möchte nicht, daß du meine neue Hausfrau gleich am ersten Tag vergrämst. Heute wird nichts mehr ausgeschenkt.«

»Ich habe mich sehr gebessert«, verteidigte sich Eddie Cassin. »Meine Frau kommt doch jetzt aus England mit dem Kind.« Mit gespieltem Stolz sah er sie an. »Ich werde als glücklicher Familienvater hier leben.«

Mosca schüttelte den Kopf. »Arme Frau. Ich dachte, sie hätte dich aufgegeben, als du dich dienstverpflichtet hast. Was werden denn jetzt alle deine Flittchen machen?«

»Ach, die kommen schon durch«, meinte Eddie. »Über die brauchst du dir keine Sorgen zu machen, die kommen immer durch.« Plötzlich und ohne erkennbaren Grund wurde er zornig. »Am liebsten würde ich sie alle in den Arsch treten.« Er nahm seine Jacke und ging.

Eddie Cassin schlenderte gemächlich die Kurfürstenallee hinunter. Es war vergnüglich, an diesem angenehm warmen, frühen Frühlingsnachmittag durch die breite baumbestandene Straße zu spazieren. Er beschloß, im Quartier unter die Dusche und dann zum Abendessen in den Ratskeller zu gehen. Kurz bevor er in die Metzer Straße einbog, erregte ein liebliches Bild auf der anderen Straßenseite seine Aufmerksamkeit. Er sah ein junges Mädchen, das unter einem breiten grünen Baum stand; vier kleine Kinder tanzten um sie herum. Er sah ihr feingeschnittenes Gesicht und darin die Reinheit der Jugend. Während seine Augen noch auf ihr ruhten, hob sie den Kopf dem goldenen Licht der Nachmittagssonne entgegen; sie wandte sich von den Kindern ab und richtete ihren Blick auf Eddie Cassin.

Er sah jenes Lächeln um ihre Lippen spielen, das ihn immer wieder erregte. Es war, dachte Eddie, ein Lächeln, wie sie es aufsetzten, wenn sie sich geschmeichelt fühlten, unschuldig, aber neugierig, ein wenig beschwingt und von der Frage bewegt, was das wohl für eine Macht war, die sie über die Männer besaßen. Für Eddie Cassin bedeutete es Jungfräulichkeit, eine Jungfräulichkeit der Seele und auch des Körpers, vor allem aber eine geistige Unschuld, der er schon mehr als einmal begegnet war und die er immer wieder korrumpiert hatte – Werbung und Kampf galten ihm mehr als der Sieg.

Eine süße Trauer umfing ihn, als er jetzt hinüberstarrte, und er fragte sich, woran es wohl lag, daß dieses junge Mädchen in ihrer weißen Bluse ihn so bewegte. Er konnte sich nicht entschließen, auf sie zuzugehen; er war unrasiert, schmutzig und roch seinen eigenen Schweiß. Teufel, dachte er, ich kann sie doch nicht alle bumsen, und war sich der Tatsache wohl bewußt, daß sie selbst im hellen Sonnenschein, über die breite Allee hinweg, nur seine männlichen Züge, nicht aber die feinen Haarrisse des Alters sehen konnte. Was zumindest für sie Alter und Verfall darstellen würde.

Nun hatte sie sich wieder den Kindern zugewandt, und ihre anmutigen jugendlichen Bewegungen brannten sich tief in seine Seele ein. Er konnte das Bild nicht ertragen, wie das junge Mädchen in ihrer weißen Bluse, die weißen Ärmel bis zur Schulter hochgekrempelt, weiß die Rundungen ihrer Brüste, wenn sich ihr golden schimmernder Kopf über die Kinder beugte, unter dem Baum auf dem grünen Grasteppich saß. Eilig marschierte er die Metzer Straße hinunter und lief die Stiege zu seinem Zimmer hinauf.

Er duschte und rasierte sich mit einiger Hast, verabsäumte jedoch nicht, eine große Menge süß duftenden Puders auf Körper und Gesicht aufzutragen. Das Grau seiner Schläfen bedauernd, kämmte er sich sorgfältig und legte dann, in sein Zimmer zurückgekehrt, die olivgrüne Offiziersuniform mit dem Abzeichen an, das ihn als Zivilbeamten auswies, weil er zu wissen glaubte, daß er ihr so weniger alt vorkommen würde als in einem Straßenanzug.

Es klopfte an die Tür, und Frau Meyer kam herein. Sie hatte nur einen Bademantel an. Es war ein alter Trick von ihr. Wenn sie ihn baden hörte, badete sie auch, besprühte sich mit Parfüm und besuchte ihn, während er sich gerade anzog. Für gewöhnlich funktionierte das.

»Hast du eine Zigarette für mich?« fragte sie, setzte sich aufs Bett und kreuzte die Beine. Eddie, der sich die Schuhe zuschnürte, deutete auf den Tisch. Sie nahm eine Zigarette, zündete sie an und setzte sich wieder aufs Bett.

»Du siehst sehr gut aus; triffst du dich mit jemandem?«

Eddie hielt einen Augenblick inne und betrachtete die fast vollkommene Gestalt, das freundliche Gesicht mit den vorstehenden Zähnen. Ein vertrauter Anblick. Er hob sie vom Bett, trug sie aus dem Zimmer und auf den Gang hinaus, wo er sie niederstellte. »Heute nicht, Baby«, sagte er und lief die Treppe hinunter und aus dem Haus. Ein gewaltiges Frohlocken war in ihm, eine stürmische Erregung. Das Herz schlug ihm bis zum Hals. Er trabte die Metzer Straße hinauf, beschleunigte seine Schritte, als er zur Ecke kam, und bog, leicht keuchend, in die Kurfürstenallee ein.

So weit er sehen konnte, standen die Bäume einsam da – von spielenden Kindern keine Spur. Der Grasstreifen verlief einfarbig grün dahin, nirgends eine weiße Bluse oder ein buntes Kinderkleidchen. Er überquerte die Allee und ging ins nächste Haus. Er klopfte an die Tür und erkundigte sich in schlechtem Deutsch nach einem Mädchen, das vier Kinder zu betreuen hatte, aber keiner wußte etwas von ihr, weder in diesem noch in anderen Häusern. Das letzte Haus war ein Quartier für amerikanische Zivilbeamte, und den Mann, der ihm öffnete, hatte Eddie schon wiederholt im Ratskeller gesehen. »Nein«, sagte der Mann, »aus dieser Straße ist sie nicht. Die Jungs hier bei uns besorgen es allen Mädchen hier in der Gegend, und darum kenne ich alle. Da haben Sie Pech gehabt, Freundchen.« Mitfühlend lachte er Eddie Cassin an.

Er stand mitten auf der Straße und wußte nicht, wohin er sich wenden sollte. Es wurde langsam Abend, und ein frischer Luftzug blies die Nachmittagshitze fort. Auf der gegenüberliegenden Straßenseite und ein Stück weiter sah er die Gärten mit ihrem frisch sprießenden Grün, die ebenen Beete und die braungesprenkelten Hütten aus Holz und Teerpappe, in welchen die Gärtner ihre Werkzeuge aufbewahrten und zum Teil auch darin wohnten. Er sah ein paar Männer, die auf ihrem kleinen Stückchen Land arbeiteten, und er roch den Fluß jenseits des Hügels, der sich über die Gärten erhob. Zwischen dem Schutt und an den Seiten zerstörter Häuser schoß wildwachsendes dunkles Grün. Er wußte, daß er das Mädchen nie wiedersehen und, wenn doch, sie nicht mehr erkennen würde. Und doch empfand er von neuem jene freudige Erregung, und er marschierte die ganze Kurfürstenallee hinunter, bis an ihr Ende, wo auch die Stadt endete. Vor ihm lag das unberührte Land, das leicht hügelige, friedliche Gelände, vom feuchten Grün des Frühlings überzogen, wie eine frisch gewachsene Haut. Hier vermochten keine grauen, rauchgeschwärzten Ruinen die Schönheit des Tages zu beeinträchtigen.

An diesem Abend heftete Hella Holzschnitte mit Märchenbildern an die Wände. Sie hatte sie für das Kind gekauft, das sie erwartete, erklärte sie ihm, aber Mosca hielt es für eine Art Aberglaube, für einen magischen Zauber, der alles zum Besten wenden sollte. Als sie fertig war, sagte sie: »Ich finde, wir sollten Frau Sander einen kleinen Besuch machen.«

»Mein Gott, ich bin heute zu müde«, erwiderte Mosca. »Wir haben ja schwer gearbeitet.«

Hella saß mit gefalteten Händen auf dem Bett und sah sich in dem fast quadratischen Zimmer um. Der cremefarbene Kinderwagen stand vor einem hellblau geblümten Vorhang. Er war so hübsch, daß man ihn hätte einrahmen und als Bild an die Wand hängen können. Eine blaue Decke lag auf einem kleinen, runden Tisch, und die zwei Stühle waren hellgrau gepolstert. Auf dem Fußboden lag ein kastanienbrauner Teppich, der bessere Tage gesehen hatte. Bett und Schrank waren aus Mahagoni, und an jeder der vier Wände hing ein kleines Ölbild einer Landschaft in hellem Grün, Violett und Blau und dem silbrigen Weiß eines mehr oder minder reißenden Stromes. Eine rauschhafte Freude beseelte sie. Dann fiel ihr Blick auf Moscas starres, verkrampftes Gesicht, und sie merkte, daß er sich unbehaglich fühlte. Sie nahm seine Hand und hielt sie in ihrem Schoß fest. »Nun scheint es doch wahr zu sein, daß wir für immer zusammenbleiben werden.«

»Gehen wir hinein und machen wir der Hausfrau unsere Aufwartung«, schlug nun Mosca vor.

Alle Zimmer gingen auf die Diele hinaus, und die Diele selbst hatte eine versperrbare Tür, die zur Treppe führte. Um also die Hausfrau aufzusuchen, mußten sie auf die Diele hinaus und dort an die Tür des Wohnzimmers klopfen. Sie hörten eine Stimme, die sie zum Eintreten aufforderte.

Frau Sander saß auf dem Sofa und las eine Zeitung. Sie erhob sich, als Hella sie mit Mosca bekannt machte, und schüttelte ihm die Hand. Mosca sah, daß sie nicht so alt war, wie sie ursprünglich angenommen hatten. Sie trug ihr Haar zurückgekämmt, viele Falten durchzogen ihr Gesicht, und doch war es eine seltsame Jugendlichkeit, die die Bewegungen der schlanken Gestalt prägte.

»Ich hoffe, Sie wissen, daß Sie jederzeit über das Wohnzimmer verfügen können«, sagte Frau Sander. Sie hatte eine angenehme tiefe Stimme, aber was sie sagte, sagte sie aus Höflichkeit.

»Vielen Dank«, antwortete Hella. »Ich wollte Ihnen auch noch für die Vorhänge danken und was Sie sonst noch getan haben, um uns den Aufenthalt bei Ihnen angenehmer zu gestalten. Wenn wir Ihnen in irgendeiner Weise helfen können, bitte sagen Sie es uns.«

Frau Sander zögerte. »Ich hoffe nur, daß es keine Schwierigkeiten mit den Behörden geben wird.« Sie streifte Mosca mit einem zweifelnden Blick, so als ob sie noch etwas hinzufügen hätte wollen.

Hella konnte sich vorstellen, woran sie dachte. »Wir sind sehr ruhige Leute. Er ist keiner von diesen wilden Amerikanern, die immerzu Partys geben.« Sie lächelte Mosca zu, aber er erwiderte ihr Lächeln nicht. »Wir wollen Sie jetzt nicht länger stören«, fuhr Hella fort. »Wir hatten einen schweren Tag, und ...« Sie stand auf und wünschte gute Nacht. Mosca lächelte höflich, Frau Sander erwiderte das Lächeln, und in diesem Augenblick wurde Mosca klar, daß diese Frau trotz ihres Alters schüchtern war und ein bißchen betroffen von dem Gedanken, daß der Feind in ihrem Haus wohnte.

Während sie sich auszogen, erzählte Mosca ihr eine Neuigkeit, die er beinahe vergessen hätte. »Wir haben jetzt tatsächlich Weisung erhalten, die Middletons in die Staaten zurückzuverfrachten. Sie fahren nächste Woche.«

Hella war überrascht. »Das ist wirklich schlimm«, meinte sie.

»Keine Sorge«, beruhigte sie Mosca, »ich kann mir auch bei anderen Leuten Einkaufskarten ausleihen, und außerdem können wir bei den Bauern kaufen wie richtige Deutsche.«

»Das war also der Grund, warum du heute so bekümmert dreingeschaut hast«, sagte Hella, als sie schon im Bett lagen. Mosca gab keine Antwort. Sie schlief bald ein, aber er lag noch lange wach.

Es kam ihm komisch vor, daß er jetzt endlich so lebte wie einer der Besiegten. Es war, als ob ihm das von Anfang an so bestimmt gewesen wäre. So wie alle Häuser in dieser Gegend war auch dieses voller Deutscher; in seinem Bett lag eine Frau, die sein Kind unter dem Herzen trug. Er vermißte den Lärm der Partys, die im Quartier gegeben wurden, das Aufheulen der Motoren, wenn die Jeeps anfuhren, die Radios, die den amerikanischen Sender eingestellt hatten und amerikanische Musik ausstrahlten. Hier war alles still. Im Badezimmer betätigte jemand die Wasserspülung. Frau Sander, dachte er, wobei ihm einfiel, daß auch er noch etwas zu erledigen hatte. Er wartete eine kleine Weile, um der Frau Zeit zu geben, in ihr Zimmer zurückzukehren. Dann stand er eine Weile am Fenster, rauchte eine Zigarette und blickte ins Dunkel hinaus. Er versuchte sich zu erinnern, wie das gewesen war, als er zur Armee ging und seine erste Waffe, seinen ersten Stahlhelm, seine ersten Anweisungen bekommen hatte, wie man sich vor dem Feind schützen sollte. Das alles schien ihm nun unwirklich und unwichtig. Wirklich war nur dieses Zimmer, der Kinderwagen und die Frau in seinem Bett.

14

Am Abend bevor die Middletons abreisen sollten, machten Hella und Mosca noch einen Spaziergang durch die Stadt, um sie anschließend zu besuchen und sich von ihnen zu verabschieden. Nachdem sie das Haus in der Kurfürstenallee verlassen hatten, blieb Hella noch da und dort stehen, um einer Frau guten Abend zu wünschen. Mosca wartete immer geduldig und lächelte höflich.

Sie hielten auf die Stadtmitte zu. »Kaufen wir doch Frau Sander einen Becher Eiscreme im Rotkreuz-Klub«, sagte Hella. Mosca sah sie an.

»In der einen Woche, die wir dort wohnen, seid ihr zwei ja schon dicke Freundinnen geworden«, erwiderte er. »Was ist eigentlich los? Ich weiß, daß du ihr von deinem Essen gibst und auch von unserem Zucker und Kaffee. Wenn die Middletons einmal weg sind, wirst du sehr knausern müssen, Baby. Es wird nicht leicht sein, das Zeug zu kriegen.«

Sie lächelte belustigt. »Wenn ich wüßte, daß dir wirklich was dran liegt, würde ich es ja nicht tun. Du sagst das ja nur, weil du willst, daß mir nichts abgehen soll. Aber ich kann es einfach nicht, Walter. Wenn ich Fleisch koche, riecht man das im ganzen Haus, und ich muß daran denken, wie sie da im Wohnzimmer sitzt und nichts als trockene Kartoffeln zu essen hat. Außerdem bin ich zu dick. Schau mich an.«

»Das kommt nicht vom Essen«, scherzte Mosca. Sie lachte und gab ihm einen Klaps. »Aber du bist wirklich schon ziemlich rundlich«, sagte er und grinste. »Jetzt kannst du wenigstens meine Hemden nicht mehr tragen.« Sie trug ein blaues Umstandskleid, das Ann Middleton ihr geschenkt hatte.

Sie gingen weiter. Mosca stützte sie, wenn sie über Schutt und Geröll steigen mußten, das hier und dort den Gehsteig bedeckte. Nur hin und wieder drangen die Strahlen der untergehenden Sonne glitzernd durch die dichtbelaubten Bäume. »Frau Sander ist wirklich ein feiner Kerl«, sagte Hella nachdenklich. »Du würdest es nicht glauben, wenn man sie so sieht, aber es macht Spaß, mit ihr zu plaudern, und sie nimmt mir fast meine ganze Arbeit ab. Und nicht, weil ich ihr etwas dafür gebe, sie ist wirklich bemüht, mir zu helfen. Kaufst du ihr einen Becher Eiscreme?«

»Na klar«, sagte Mosca und lachte.

Sie mußte draußen warten, während er in den Rotkreuz-Klub ging. Auf dem Rückweg kamen sie beim Polizeihaus vorbei, und unten, vor dem Contrescarpe-Park, verstellte ihnen eine kleine Menschenmenge den Weg, die einem Mann lauschte, der auf der Parkbank stand. Mit lauter Stimme und heftig gestikulierend hielt er eine Rede. Sie blieben stehen. Mosca nahm das kalte Päckchen mit dem Eis in die rechte Hand, und Hella lehnte sich an seine Schulter.

»Jeder einzelne von uns hat schuld!« rief der Mann. »Weh über dieses gottlose Zeitalter, weh über dieses gottlose Land! Wer denkt an Christus, wer denkt an Jesus? Sein Blut soll unsere Seelen retten, aber wir glauben nicht. Aber ich sage euch, wahrlich,

ich sage euch, sein Blut hat so viele Sünden abgewaschen, sein Blut ist müde, Gott ist unserer Missetaten müde! Wie lange noch wird er Geduld üben? Wie lange noch wird das Blut Jesu uns retten?« Er unterbrach sich und fuhr mit weicher, bittender Stimme fort: »Die Liebe Jesu genügt nicht mehr, das Blut Jesu genügt nicht mehr! Ich bitte euch, glaubt mir! Rettet euch und mich, unsere Kinder und unsere Frauen, unsere Mütter, unsere Väter, Schwestern, Brüder und unser Land!« Er wurde ruhiger, sein Körper entspannte sich, und er setzte seine Predigt in überlegtem Gesprächston fort.

»Ihr seht unser Land und den ganzen Kontinent in Ruinen. Christus aber sieht weiter als wir. Er sieht die Zerstörung der das Universum umfassenden Seele, den Triumph des Bösen. Voll Schadenfreude beobachtet Satan die Welt, mit lachenden Augen schaut er den Tod des Menschen und all dessen, was der Mensch seit Anbeginn der Zeit geschaffen hat.«

Ein Flugzeug auf dem Weg zum Luftstützpunkt brauste über sie hinweg. Das Dröhnen der Motoren zwang ihn, innezuhalten. Er war ein flachbrüstiger, kleiner Mann, der in der Art, wie er den Kopf zurücklegte und mit rollenden, glitzernden Vogelaugen nach oben starrte, an ein Huhn erinnerte. Er sprach weiter:

»Stellt euch eine von jeglichem Leben entblößte Welt vor. Unberührt und unverändert liegen Schnee und Eis in den Polargebieten. In Afrika, in den Dschungeln, in welchen Gottes Sonne unzählige und verschiedenartige Formen der Schöpfung hervorbringt, ist alles still.« Er sprach jetzt die hochtrabende, schwülstige Sprache des Verzückten, und die glitzernden Augen rollten ihm fast aus dem Kopf. »Die Kadaver toter Tiere faulen in der vermoderten Vegetation. Auf Chinas Ebenen, an seinen fruchtbaren Flüssen hebt nicht einmal mehr das Krokodil sein grinsendes Haupt, um Satans lüsternen Blicken zu begegnen. Und von unseren Städten, von den Herzen dessen, was wir Zivilisation nennen, sind nur Ruinen geblieben. Berge aus Stein, aus welchen kein Leben mehr blühen wird, ein Boden aus Schutt und zersplittertem Glas. Für alle Ewigkeit.«

Er verstummte und wartete auf ein Zeichen der Zustimmung,

aber statt dessen und zu seiner großen Überraschung ließen einige Zuhörer eine ganz andere Frage laut werden: »Wo haben Sie Ihren Erlaubnisschein, wo haben Sie Ihre Genehmigung von der Militärregierung?« riefen ihm drei oder vier Männerstimmen zu. Der Prediger starrte verdutzt in die Menge.

Hella und Mosca befanden sich jetzt mitten unter den Zuhörern, denn unterdessen hatten sich auch hinter ihnen noch Leute angesammelt. Zu ihrer Linken stand ein junger Mann in einem verschossenen blauen Hemd und dicken Arbeitshosen. Er hielt ein hübsches, sechs oder sieben Jahre altes Mädchen umfaßt, dessen Augen sonderbar stumpf blickten. An einer Seite seines geblümten Kleidchens war ein leerer Ärmel festgesteckt. Rechts von ihnen stand ein alter Arbeiter, der eine kurze Pfeife paffte. Der junge Mann schrie mit den anderen mit: »Wo ist Ihr Erlaubnisschein, wo ist Ihre Genehmigung von der Militärregierung?« Dann wandte er sich zu Mosca und dem alten Arbeiter und meinte: »Jetzt, wo wir den Krieg verloren haben, reißen alle das Maul auf, sogar solche Schweine wie der da!« Mosca in seinem Straßenanzug lächelte Hella zu. Es belustigte ihn, daß man ihn für einen Deutschen hielt. Jetzt hob der Prediger langsam seinen Arm zum Himmel und sagte in feierlichem Ton: »Ich habe meine Genehmigung von unserem Schöpfer.« Mit ihrem ersterbenden Feuer tauchte die Sonne den erhobenen Arm in blutrotes Licht, und während sie hinter der Erde versank, schossen plötzlich, grau in der sanften Sommerdämmerung, gleich einem riesenhaften Bündel spitzer Lanzen, wie durch Zauberkraft die Ruinen der Stadt am Horizont auf. Der Prediger beugte in stummer Danksagung sein Haupt. Er hob den Blick zum Himmel und breitete einladend die Arme aus. »Kehrt zu Jesus Christus zurück!« rief er. »Kehrt zu Jesus Christus zurück! Sagt euch von euren Sünden los. Laßt das Saufen! Laßt die Hurerei. Laßt das Spielen, das Streben nach weltlichen Erfolgen! Glaubt an Jesus, und ihr werdet gerettet werden! Ihr seid für eure Sündhaftigkeit bestraft worden. Ihr seht die Strafe mit eigenen Augen. Übt Buße, bevor es zu spät ist. Gehet hin und sündiget nicht mehr!«

Er hielt inne, um Atem zu holen. Gepackt von der gewaltigen

Stimme des kleinen Mannes, verharrte die Menge nun stumm und regungslos.

»Wenn ihr zurückdenkt, wie euer Leben vor dem Krieg beschaffen war«, fuhr der Prediger in normalem Ton fort, »könnt ihr da noch zweifeln, daß eure Leiden und die Zerstörung ringsum Gottes Strafe für die Sünden ist, die ihr damals auf euch geladen habt? Und jetzt huren die jungen Mädchen mit den Soldaten des Feindes, und die jungen Männer betteln um Zigaretten. Paff, paff!« Mit von Haß verzerrtem Gesicht tat er, als bliese er Rauch aus. »Am Tag des Herrn fahren die Leute aufs Land, um zu stehlen oder um Nahrungsmittel zu feilschen. Das Haus des Herrn aber bleibt leer. Wir beschwören unser aller Vernichtung herauf. Tut Buße, sage ich euch. Bereut und tut Buße!« Hysterisch ließ er die Worte ineinander fließen. »Glaubt an unseren Herrn Jesus Christus, glaubt an den Herrn, an den einzigen Gott, glaubt an den Allmächtigen, glaubt an Christus!«

Nach einer kleinen Pause fing er an, die Leute mit drohender und keifender Stimme anzuschreien. Grob. Anklagend. »Ihr seid alle Sünder und werdet bis in alle Ewigkeit in der Hölle braten! Ich sehe einige von euch lächeln. Ihr bemitleidet euch. Warum, so fragt ihr wohl, hat Er uns so viel Leid zugefügt? Wollt ihr das wissen?«

»Es war nicht Gott, es waren die Amis mit ihren Bombern!« rief einer spöttisch aus der Menge. Die Leute lachten.

Der Mann auf der Bank wartete, bis wieder Ruhe eingekehrt war. Dann, mit zusammengekniffenen Augen durch das schwindende Tageslicht spähend, deutete er auf eine schwarz gekleidete Frau. »Du Frau da«, fuhr er sie wild und gehässig an, »lachst du über Gott? Wo ist dein Mann, wo sind deine Kinder?« Er zeigte auf den jungen Mann neben Mosca. »Schaut!« sagte er zu der Menge, und alle drehten die Köpfe und folgten dem Zeigefinger. »Das ist auch so ein Spötter, ein junger Mann, Deutschlands Hoffnung. Zur Strafe für *seine* Sünden ist sein Kind verstümmelt, und er lacht über den Zorn Gottes! Warte nur, Spötter, im Gesicht deines Kindes sehe ich eine noch härtere Strafe. Warte nur! Sieh dir dein Kind an und warte!«

Der junge Mann stellte sein Kind nieder und sagte zu Hella: »Bitte, passen Sie auf die Kleine auf.« Dann sahen sie, wie er sich einen Weg durch die Menge bahnte, auf den freien Platz zu, wo der Prediger auf der Bank stand. Mit einem gewaltigen Schlag streckte er den kleinen Mann zu Boden. Er kniete sich auf seine Brust, packte ihn an den Haaren und knallte den Vogelkopf des Eiferers gegen den betonierten Gehsteig.

Die Menge zerstreute sich rasch. Der junge Mann nahm sein Kind auf und ging in den Park. Wie durch Zauberei war ein Großteil der Leute verschwunden. Der Prediger lag still und verlassen in der hereinbrechenden Dämmerung.

Ein paar Leute halfen ihm aufstehen. Aus seinem dichten, welligen Haar quoll Blut, rieselte in vielen kleinen Rinnsalen über seine Stirn und sammelte sich zu einer Maske, die sein Gesicht bedeckte. Hella hatte sich abgewandt, und Mosca nahm ihren Arm und ging mit ihr die Straße hinunter. Sie sah krank aus.

»Du solltest heute abend daheim bei Frau Sander bleiben«, sagte er, und dann, als ob er sich bei ihr entschuldigen müßte, weil er nicht eingegriffen hatte: »Das ist nicht unsere Sache.«

Mosca, Leo und Eddie Cassin saßen im Wohnzimmer der Middletons. Da die Wohnungseinrichtung zum requirierten Haus gehörte, gab es genügend Stühle, auf welchen man sitzen konnte. Alles andere war in Holzkisten verpackt, die nebeneinander an der Wand standen.

»Du fährst also tatsächlich morgen zum Prozeß nach Nürnberg?« fragte Gordon Leo. »Um welche Zeit fährst du?«

»Ach, irgendwann am Abend«, antwortete Leo. »Ich fahre gern die Nacht durch.«

»Zeigen Sie's diesen Schweinehunden«, sagte Ann Middleton. »Wenn's sein muß, lügen Sie, aber sehen Sie zu, daß diese Schweine ihre verdiente Strafe erhalten.«

»Ich werde es gar nicht nötig haben zu lügen«, entgegnete Leo. »Ich habe ein sehr gutes Gedächtnis.«

»Ich möchte mich entschuldigen«, warf Gordon Middleton ein. »Ich habe mich scheußlich benommen, als du das letzte Mal hier warst. Ich glaube, ich war sehr grob.«

Mit einer Handbewegung tat Leo die Entschuldigung ab. »Nein, ich verstehe dich schon. Mein Vater war Kommunist. Meine Mutter war Jüdin, und darum wurde später auch ich eingeliefert. Aber mein Vater war politischer Häftling. Nach dem Stalin-Hitler-Pakt hat er natürlich seinen Glauben an den Kommunismus verloren. Er erkannte, daß der Kommunismus um kein Haar besser war als der Nationalsozialismus.«

Der Professor, der in einer Ecke neben dem Schachtisch saß und bisher mit einem höflich interessierten Lächeln zugehört hatte, erschrak über diese taktlose Bemerkung. Peinlich berührt und bestürzt blickte er auf Middletons vor Zorn gerötete Wangen. Er hatte keine Lust, Zeuge einer heftigen Auseinandersetzung zu werden. Heftigkeit gleich welcher Art bedrückte ihn.

»Ich muß gehen«, sagte er, »ich muß noch eine Unterrichtsstunde geben.« Er schüttelte Gordon und Ann die Hand. »Gestatten Sie, Ihnen eine gute Reise nach Amerika zu wünschen und viel Glück. Es war mir eine große Freude, Sie kennengelernt zu haben.«

Gordon brachte ihn zur Tür. »Ich hoffe«, bemerkte er in ernstem Ton, »Sie werden nicht vergessen, mir zu schreiben, Herr Professor. Ich erwarte von Ihnen, daß Sie mir berichten, wie es in Deutschland weitergeht.«

Der Professor nickte. »Gewiß, gewiß.« Er war bereits fest entschlossen, keinerlei Verbindung mit Gordon Middleton aufrechtzuerhalten. Der Kontakt mit einem Kommunisten, so harmlos er auch sein mochte, konnte ihm in der unvorherschaubaren Zukunft sehr schaden.

»Warten Sie einen Moment, warten Sie einen Moment!« Gordon führte den Professor zurück ins Zimmer. »Leo, mir ist gerade eingefallen, daß der Professor zum Wochenende nach Nürnberg fährt. Könntest du ihn mitnehmen, oder würde das gegen deine Vorschrift verstoßen?«

»Nein, nein«, protestierte der Professor in äußerster Erregung. »Bitte, das ist nicht nötig.«

»Aber ich würde es gerne tun!« sagte Leo.

»Nein«, wiederholte der Professor, von nahezu hysterischer

Angst gepackt. »Ich habe meine Fahrkarte, alles ist vorbereitet. Bitte, ich weiß doch, daß es eine Belästigung für Sie wäre.«

»Na schön, Herr Professor, in Ordnung«, beschwichtigte ihn Gordon und brachte ihn abermals zur Tür.

Als er ins Zimmer zurückkam, fragte Mosca: »Warum war er denn so aus dem Häuschen?«

Gordon streifte Leo mit einem Blick. »Er ist ein sehr korrekter Mensch. Sein Sohn ist als Kriegsverbrecher in Haft. Ich weiß nicht genau, was er angestellt hat, aber sein Fall wird vor einem deutschen und nicht vor dem Militärgericht verhandelt. So schlimm kann es also nicht sein. Ich nehme an, daß der Gedanke ihn in Panik geraten ließ, Leo könnte das erfahren und annehmen, er hätte etwas mit den Konzentrationslagern zu schaffen gehabt, was natürlich ganz unmöglich ist. Du würdest ihn doch mitnehmen, Leo, nicht wahr?«

»Natürlich«, antwortete Leo.

»Weißt du was«, sagte Gordon, »wenn ich Zeit habe, gehe ich morgen noch zu ihm in die Wohnung. Ich werde ihm einfach sagen, daß du ihn abends abholen kommst. Wenn er einmal weiß, daß du von seinem Sohn weißt, wird er deine Einladung gern annehmen. Einverstanden?«

»Na sicher. Ich finde es sehr nett von dir, daß du dir um den alten Mann solche Sorgen machst.«

Ann Middleton warf ihm einen scharfen Blick zu, aber auf Leos Faltengesicht war keine Spur von Ironie zu entdecken. Er meinte es ehrlich. Sie lächelte. »Gordon kümmert sich immer um Leute, die er bekehrt hat«, meinte sie.

»Ich habe ihn nicht bekehrt, Ann«, widersprach Gordon in seiner langgezogenen, monotonen Sprechweise, »aber ich habe ihm mit ein paar Ideen den Kopf heiß gemacht. Er versteht zuzuhören.« In ruhigem Ton, aus dem ein sanfter Vorwurf herauszulesen war, fügte er hinzu: »›Bekehrt‹ ist wohl nicht das richtige Wort.« Alle schwiegen.

»Wann, glaubst du, daß du wieder zurück bist?« fragte Mosca Leo.

Leo lachte. »Keine Bange, das versäume ich schon nicht.«

»Was versäumen Sie nicht?« wollte Ann Middleton wissen.

»Ich werde Pate stehen. Das Geschenk habe ich schon.«

»Zu dumm, daß ich nicht da sein werde, wenn das Kind kommt«, murmelte Ann. »Schade, daß Hella nicht kommen konnte. Ich hoffe, es ist nichts Ernstes.«

»Nein«, antwortete Mosca, »unser Abendspaziergang war nur etwas zu lang für sie. Sie wollte mitkommen, aber ich hielt es für besser, sie zu Hause zu lassen.«

»Schließlich sind wir ja nicht so wichtige Leute«, sagte Ann scherzend, aber mit einem maliziösen Unterton. Eddie Cassin, der in seinem Lehnsessel in der Ecke gedöst hatte, schlug die Augen auf. Ehepaare zu besuchen, war ihm ein Greuel. Mit wenigen Ausnahmen verabscheute er Frauen, wenn sie sich in ihrer eigenen Häuslichkeit und in Gesellschaft ihrer Ehemänner befanden. Und Ann Middleton konnte er überhaupt nicht leiden. Sie besaß eine für seinen Geschmack zu große Willenskraft und ließ ihn ihre Geringschätzung merken.

Mosca grinste zu Ann hinüber. »Du weißt doch genau, daß es richtig war, Hella zu Hause zu lassen.«

»Es ärgert sie, daß du dir nicht auch um andere Leute solche Sorgen machst«, sprang Gordon ihm bei. »Manchmal wünschte ich, ich könnte auch so sein.«

»Gordon«, setzte Mosca an, »vielleicht rede ich zuviel, aber ich riskiere es. Auf dem Stützpunkt wissen sowieso schon alle, daß man euch heimschickte, weil du Mitglied der Kommunistischen Partei bist. Ich verstehe nichts von Politik. Ich war praktisch noch ein Kind, als ich eingezogen wurde. In mancher Beziehung bin ich es vielleicht auch noch heute. Was ich jetzt versuche, dir verständlich zu machen, das ist dies: ich habe die größte Achtung vor dir, weil du nämlich Mumm hast. Du weißt, daß alles vermurkst ist. Aber ich finde, du liegst falsch, denn ich würde keinem vertrauen, der mich zu etwas zwingen kann, ganz gleich, was es ist. Dazu gehören die United States Army, die Kommunistische Partei, Rußland, das dicke Schwein von einem Obersten und so weiter und so weiter.« Er wandte sich an Eddie Cassin. »Was will ich eigentlich damit sagen?«

»Daß du ihn gut leiden kannst, auch wenn du Hella zu Hause gelassen hast«, antwortete Eddie trocken. Alle lachten.

Gordon lachte nicht. »Da du so offen gesprochen hast«, erwiderte er mit ausdruckslosem Gesicht, »kann ich vielleicht auch etwas sagen, was ich dir schon immer sagen wollte, Walter.« Er unterbrach sich und rieb seine großen, knochigen Hände aneinander.

»Ich weiß, wie du fühlst und denkst, und vielleicht kannst du nicht anders. Du meinst, ich läge falsch, aber ich habe einen Glauben, an dem ich festhalten kann, was immer auch geschieht. Ich glaube an die Menschheit, und ich glaube, daß das Leben auf dieser Erde wunderschön sein kann. Aber ich glaube auch, daß dieses Ziel nur durch die Tätigkeit der Kommunistischen Partei zu erreichen ist. Du aber baust dein ganzes Leben auf einige wenige Leute auf, an denen dir etwas liegt. Das ist meines Erachtens eine völlig falsche Lebensauffassung.«

»Ah, ja? Wieso?« Mosca senkte den Kopf, und als er ihn wieder hob, um Gordon anzusehen, überzog Zornesröte sein Gesicht.

»Weil du und alle diese Menschen von Kräften beherrscht werdet, mit welchen euch zu beschäftigen ihr ablehnt. Es stellt keine Ausübung eines freien Willens dar, wenn du auf deiner Ebene, in deinem engen Kreis, in deiner kleinen persönlichen Arena kämpfst. Und wenn du das tust, bringst du die Menschen, an denen dir etwas liegt, in schreckliche Gefahr.«

»Du redest da von Kräften, die auf mein Leben einwirken und es beeinflussen«, erwiderte Mosca. »Mann Gottes, glaubst du vielleicht, ich weiß das nicht? Ich glaube nicht, daß dagegen etwas zu machen ist. Aber es wird niemandem gelingen, mich herumzustoßen, mir heute dies einzureden und morgen plötzlich etwas ganz anderes. Ich weiß nicht, ob das richtig ist oder falsch. Es vergeht kein Tag, wo mich nicht irgendein Deutscher auf dem Stützpunkt oder im Quartier oder unten im Ratskeller wissen läßt, wie glücklich er sein wird, wenn wir erst einmal zusammen gegen die Russen marschieren, und von mir erwartet, daß ich ihm dafür eine Zigarette schenke. Und auf der anderen Seite ist es wahrscheinlich genauso. Weißt du, worüber ich froh bin?« Das Gesicht von Erregung und Alkohol gerötet, beugte er sich über den Tisch, um Gordon zu fixieren. »Daß diesmal die große Wahrscheinlichkeit besteht, daß alles in die Luft fliegt. Daß wir alle dranglauben müssen.«

»Hört, hört!« rief Ann Middleton und klatschte in die Hände.

»Jesus Christus, was für eine Rede!« lachte Eddie Cassin. Nur Leo schien schockiert zu sein.

Mosca brach in schallendes Gelächter aus. »Du hast mich dazu provoziert«, sagte er zu Gordon.

Auch Gordon lächelte. Er dachte daran, daß er immer wieder vergaß, wie jung Mosca war, und wie es ihn immer wieder überraschte, wenn seine jugendliche unreife Aufrichtigkeit seine Zurückhaltung durchbrach. Und weil er ihm gut gesinnt war, fragte er ihn: »Und was ist dann mit Hella und eurem Kind?«

Mosca blieb stumm. Ann stand auf, um die Gläser nachzuschenken. »Er meint das ja alles nicht so«, warf Leo ein.

Und dann sagte Mosca, als ob er das nicht gehört hätte, zu Gordon: »Ich übernehme die Verantwortung für sie.« Und von allen hatte nur Eddie Cassin das Gefühl, daß diese Worte für ihn ein Dogma waren, nach dem er in Zukunft würde leben müssen. Mosca lächelte und wiederholte scherzend: »Ich übernehme die Verantwortung für sie.« Er schüttelte den Kopf. »Kann man mehr von mir verlangen?«

»Wie kommt es, daß Sie diese Einstellung nicht teilen?« fragte Ann Middleton Leo.

»Ich weiß es nicht«, antwortete Leo. »Ich war noch sehr jung, als ich nach Buchenwald kam. Dort traf ich meinen Vater wieder, und wir lebten dort lange Zeit zusammen. Die Menschen sind alle verschieden. Und außerdem – Walter ändert sich schon noch! Ich habe ihn dabei ertappt, wie er seinen deutschen Nachbarn mit einem Kopfneigen, jawohl, mit einem Kopfneigen, guten Abend wünschte.«

Die anderen lachten, aber Mosca sagte ärgerlich: »Wie einer acht Jahre lang im KZ sitzen und mit deiner Geisteshaltung wieder herauskommen kann, das werde ich nie verstehen. Wenn ich du wäre, und so ein Kerl sähe mich nur schief an, ich würde ihn krankenhausreif schlagen! Und sooft mir einer eine Antwort gäbe, die mir nicht gefällt, würde ich ihm in die Eier treten.«

»Bitte, bitte«, protestierte Ann in gespieltem Entsetzen.

»Tut mir leid«, sagte Mosca und grinste. Sie hatte schon derbere Ausdrücke gebraucht, wenn sie auf dem Schwarzmarkt Händler beschimpfte, von denen sie sich übervorteilt glaubte.

»Du vergißt, daß ich auch Deutscher bin«, hielt Leo Mosca entgegen. »Und was die Deutschen getan haben, haben sie nicht getan, weil sie Deutsche, sondern weil sie Menschen sind. Das hat mir mein Vater erklärt. Und dann – es geht mir gut, ich lebe ein neues Leben, und das würde ich vergiften, wenn ich zu anderen Menschen grausam wäre.«

»Du hast recht, Leo«, stimmte Gordon ihm bei. »Wir brauchen eine intellektuellere Einstellung zu den Dingen, keine gefühlsmäßigen Reaktionen. Wir müssen vernünftig urteilen, die Probleme logisch durchdenken. Diese Auffassung vertritt die Kommunistische Partei.«

An seiner Ehrlichkeit, an der Reinheit seines Glaubens war nicht zu zweifeln.

Leo musterte ihn eindringlich. »Eines weiß ich vom Kommunismus. Mein Vater war Kommunist. Das Lagerleben vermochte seine Begeisterung nicht zu dämpfen. Doch als wir erfuhren, daß Hitler und Stalin einen Pakt abgeschlossen hatten, wurde ihm das Sterben leicht.«

»Und wenn dieser Pakt notwendig gewesen wäre, um die Sowjetunion zu retten?« gab Gordon zu bedenken. »Wenn der Pakt notwendig gewesen wäre, um die Welt vor den Nazis zu retten?«

Leo ließ den Kopf sinken und legte die Hand an sein Gesicht, um das Zucken seiner Wange zu überwinden. »Nein«, antwortete er, »wenn mein Vater so sterben mußte, dann ist es die Welt nicht wert, gerettet zu werden. Ich weiß, das ist eine gefühlsmäßige Reaktion und nicht die intellektuelle Einstellung, wie seine Partei sie predigt.«

In der darauf folgenden Stille hörten sie das Baby oben schreien. »Ich werde es trockenlegen«, sagte Gordon und stand auf. Seine Frau belohnte ihn mit einem dankbaren Lächeln.

»Leg seine Worte nicht auf die Waagschale«, sagte Ann zu Leo, als er aus dem Zimmer war, aber der Ton ihrer Stimme gab keinen Anlaß, an ihrer Loyalität gegenüber Gordon zu zweifeln. Sie ging in die Küche hinaus, um Kaffee zu machen.

Es gab großes Händeschütteln, als der Abend zu Ende ging. »Ich komme morgen noch einmal vorbei, um mich von Hella zu verabschieden«, sagte Ann. Und Gordon mahnte Leo: »Vergiß den Professor nicht, Leo, hm?« Leo nickte. »Viel Glück«, fügte Gordon langsam hinzu, und Leo wußte, daß er es ehrlich meinte.

Gordon verschloß die Tür hinter den Gästen und ging ins Wohnzimmer zurück. Ann saß nachdenklich in ihrem Lehnsessel. »Ich möchte mit dir reden, Gordon«, sagte sie.

Gordon lächelte. »Also dann rede.« Angst schoß in ihm auf. Aber wenn es um Politik ging, und obwohl sie seine Ansichten nie teilte, konnte er mit Ann reden, ohne in Zorn zu geraten.

Sie erhob sich und fing an, nervös auf und ab zu gehen. Gordon beobachtete ihr Gesicht. Er liebte ihre breiten, ehrlichen Züge, die stumpfe Nase, die hellblauen Augen. Sie war ein angelsächsischer Typ und sah doch fast slawisch aus. Ob es da Verbindungen gab? Er beschloß, darüber nachzulesen.

Ihre Worte trafen ihn wie Keulenschläge. »Du wirst es aufgeben müssen«, sagte sie. »Du wirst es eben aufgeben müssen.«

»Was aufgeben?« fragte er unschuldig.

»Du weißt schon, was.« Und der Schock des Verstehens, der Schmerz, daß sie so etwas auch nur aussprechen konnte, war so groß, daß für Zorn kein Platz blieb. Er empfand nur eine tiefe Beklommenheit, eine verzweifelte Hoffnungslosigkeit. Als sie sein Gesicht sah, kam sie zu ihm und kniete neben ihm nieder, denn nur wenn sie allein waren, schwand die Festigkeit ihres Willens, zeigte sie sich weich und zu Unterwerfung bereit.

»Ich bin dir nicht böse«, murmelte sie, »daß du diese Stellung verloren hast, weil du Kommunist bist. Aber was sollen wir jetzt tun? Wir müssen an unser Kind denken. Du mußt in der Lage sein, zu arbeiten und Geld zu verdienen. Und du verlierst alle Freunde, wenn du dich bei politischen Gesprächen so aufregst. So können wir nicht weiterleben, Liebling, so geht es nicht.«

Gordon stand auf und ging im Zimmer auf und ab. Er war entsetzt, und zwar nicht so sehr darüber, daß sie eine solche Aufforderung überhaupt aussprechen konnte, sondern vielmehr über die Tatsache, daß sie, die ihm näher stand als sonst irgend jemand, ihn so schlecht kannte. Daß sie annehmen konnte, er würde die Partei aufgeben, so wie man das Rauchen oder fette Speisen aufgab. Aber er mußte ihr antworten.

»Ich denke an unser Kind«, sagte Gordon. »Darum bin ich Kommunist. Soll es vielleicht aufwachsen und all das durchmachen, was Leo erlitten hat? Oder ein Mensch werden wie Mosca, der keine Gedanken an seine Mitmenschen verschwendet? Ich war von der Art, wie er da vor dir seine Ansichten äußerte, nicht gerade begeistert, aber das ist ihm wohl gleichgültig, obwohl er vorgibt, mich gut leiden zu können. Unser Sohn soll in einer gesunden Gesellschaft aufwachsen, die ihn weder in den Krieg noch in ein Konzentrationslager schickt. Er soll in einer moralischen Gesellschaft aufwachsen. Dafür kämpfe ich. Und du weißt doch, daß unsere Gesellschaft korrupt ist, nicht wahr, Ann, das weißt du doch?«

Sie trat vor ihn hin. Sie war nun weder weich noch unterwürfig. Sie sprach ganz nüchtern: »Wann immer irgendwo etwas Gegenteiliges über Rußland geschrieben wird, du glaubst es nicht. Ich glaube vieles davon, mehr als genug. Dort wird mein Sohn keine Sicherheit finden. Ich glaube an *mein* Land, so wie die Menschen eben an ihre Brüder und Schwestern glauben. Du pflegst das als nationalistische Denkweise zu bezeichnen. Du bist bereit, für das, woran du glaubst, Opfer zu bringen; ich aber bin nicht bereit, unser Kind für deine Überzeugung leiden zu lassen. Und noch eines, Gordon: wenn ich dächte, du fändest bei diesen Leuten deine geistige Heimat, ich würde nicht versuchen, dich davon abzubringen. Aber das was Leos Vater hat erfahren müssen, genau das wirst du auch erfahren. Ich wußte das, als er uns von seinem Vater erzählte, und ich hatte das Gefühl, er hat es uns aus eben diesem Grund erzählt, um dich zu warnen. Oder was noch schlimmer wäre – du würdest korrupt werden. Du mußt es aufgeben, du mußt es einfach aufgeben.« Entschlossenheit malte sich auf ihren Zügen, und er wußte, daß diese Entschlossenheit unerschütterlich war.

»Laß mich sehen, ob wir uns richtig verstanden haben«, erwiderte er bedächtig. »Du verlangst von mir, daß ich mir eine gute Stellung suche, wie ein braver Bürger der Mittelklasse lebe und meine Zukunft nicht aufs Spiel setze, indem ich in der Partei verbleibe. Ist das richtig?«

Sie antwortete nicht, und er fuhr fort: »Ich weiß, daß du dich von ehrbaren und lauteren Motiven leiten läßt. Im Grunde sind wir uns einig. Wir wollen beide das Beste für unseren Sohn. Wir stimmen aber nicht überein, wo es um die Methode geht. Die Sicherheit, die du für ihn anstrebst, ist nur eine zeitweilige, bei der er den Kapitalisten, die das Land regieren, auf Gnade und Ungnade ausgeliefert ist. Ich aber kämpfe für eine dauernde Sicherheit, für eine Sicherheit, die durch einige wenige Angehörige der herrschenden Klasse nicht zerstört werden kann. Siehst du das nicht ein?«

»Du mußt es aufgeben«, wiederholte sie halsstarrig. »Du wirst es einfach aufgeben müssen.«

»Und wenn ich das nicht kann?«

»Wenn du mir nicht versprichst, es aufzugeben –«, sie suchte nach den richtigen Worten –, »gehe ich mit dem Baby statt nach Amerika nach England zurück.«

Was sie da sagte, versetzte sie beide in Schrecken, und mit leiser Stimme, den Tränen nahe, fuhr Ann fort: »Ich weiß, daß du dein Versprechen halten wirst, sobald du es einmal gegeben hast. Ich vertraue dir nämlich.« Zum erstenmal, seitdem sie einander kannten, war Gordon ernstlich böse auf sie. Er wußte, daß ihr Glaube an ihn gerechtfertigt war. Er hatte sie nie belogen, nie ein Versprechen gebrochen. In seinen persönlichen Beziehungen folgte er stets dem Ruf seines puritanischen Gewissens. Und nun benützte sie seine Biederkeit, um ihn in eine Falle zu locken.

»Nennen wir die Dinge beim Namen«, sagte Gordon bewußt hart. »Wenn ich dir nicht verspreche, aus der Partei auszutreten, fährst du mit unserem Sohn nach England. Du verläßt mich.« Er war bemüht, sich nichts von seinem Zorn und seinem Schmerz anmerken zu lassen. »Verspreche ich es dir aber, kommst du mit mir in die Staaten zurück.«

Ann nickte.

»Du weißt, daß das nicht fair ist«, brach es aus ihm heraus, und nun konnte er seinen Schmerz nicht länger verbergen. Er ging zu seinem Lehnsessel zurück und ließ sich darin nieder. Ruhig und geduldig ordnete er seine Gedanken. Er wußte, daß Ann es ernst meinte. Er wußte auch, daß er die Partei niemals aufgeben konnte und daß er Ann hassen würde, wenn er es täte, und er wußte, daß er ebensowenig sie und das Kind aufgeben konnte – vielleicht sie, aber nicht das Kind.

»Ich verspreche es«, sagte er und wußte, daß er log. Und als sie, das Gesicht von Freudentränen überströmt, zu ihm kam, sich vor ihm niederkniete und ihren Kopf in seinen Schoß legte, empfand er Mitgefühl für sie, aber auch Grauen vor dem, was er getan hatte.

Er war sich über die vermutlichen Folgen seiner Tat völlig im klaren. Sie würden nach Amerika zurückkehren, und es würde einige Zeit dauern, bis sie draufkam, daß er sie getäuscht hatte. Dann aber würde sie weder das Geld noch den Willen haben, nach England zurückzufahren. Ihre Wurzeln würden dann schon zu sehr miteinander verflochten sein. Er wußte, daß Haß, Mißtrauen und Verachtung ihr zukünftiges Leben bestimmen und daß sie den Rest ihrer Jahre damit verbringen würden, sich gegenseitig zu bekämpfen. Aber er konnte nicht anders handeln. Er strich ihr über das volle, strähnige Haar, das ihn, gleich ihrem robusten, kernigen Körper, immer wieder von neuem erregte. Er hob ihr breites slawisches Gesicht zu sich empor, um es durch die Tränen hindurch zu küssen.

Ich konnte nichts anderes tun, dachte er, und der Kuß, den er auf ihre Lippen drückte, schmerzte ihn.

15

Im Dämmerlicht besaßen die Ruinen der Stadt Nürnberg eine stille Größe, so als ob diese Zerstörung in längst vergangener Zeit und durch unbezwingbare Kräfte der Natur – Feuer, Erdbeben, Jahrhunderte von Regen und Sonneneinwirkung – erfolgt wäre. Als hätte die Erde geblutet, sah es aus: der brennende Asphalt war wie glühende Lava zu riesenhaften Hügeln erstarrt.

Leo durchquerte die Trümmerfelder und empfand zum erstenmal Vergnügen beim Anblick dieser Verwüstung. In einem Außenbezirk hielt er vor einem kleinen, weißgetünchten Haus, das im Aussehen völlig den danebenstehenden glich. Er hoffte, der Professor würde reisefertig sein. Es drängte ihn, Nürnberg den Rücken zu kehren, und er war froh, den Prozeß hinter sich zu haben. Er hatte sich bei seinen Aussagen gegen die Wachen und die Kapos, die ihm so gut bekannt waren, strikt an die Tatsachen gehalten. Er hatte einige seiner alten Freunde und Mitgefangenen wiedergetroffen und grimmige Genugtuung in der so lang erwarteten Rache gefunden. Sonderbarerweise hatte er das Zusammensein mit den alten Kameraden peinlich empfunden, so als ob sie nicht Opfer gewesen wären, sondern gemeinsam eine schändliche Tat begangen hätten und sich ihrer nun schuldig fühlten. Er versuchte seine Empfindungen zu analysieren und stellte fest, daß es ihm zuwider war, mit Menschen zusammen zu sein, mit welchen er die Demütigungen, die Schrecken und das hoffnungslose Elend seines Lebens in jener Zeit geteilt hatte. Und just ein mit diesem Leben verknüpftes Gesicht hatte es wieder wirklich gemacht. Er drückte auf die Hupe seines Jeeps und zerriß die abendliche Stille.

Sekunden später sah er die schmächtige Gestalt des Professors aus dem Haus treten und den Weg hinunter auf den Jeep zukommen. Ich habe eine kleine Überraschung für den Professor, dachte Leo grimmig, aber er bemühte sich, höflich zu sein. »Hat Ihr Sohn sich über Ihren Besuch gefreut?« fragte er.

»Ja, ja«, antwortete der Professor ebenso höflich wie teilnahmslos, »er hat sich sehr gefreut.« Dunkle Wülste unter den Augen, nahezu blutleere Lippen, graue Haut – der alte Mann sah krank aus.

Leo fuhr langsam, um besser reden zu können. Wohltuend liebkoste die laue Luft sein Gesicht. Er hatte die Absicht, die Geschwindigkeit später auf das Maximum zu erhöhen, und dann würde der ihnen entgegenbrausende Nachtwind jede Unterhaltung unmöglich machen. Die linke Hand am Steuer, holte er mit der rechten ein Päckchen Zigaretten aus seiner Hemdtasche. Eine gab er dem Professor, der ein Streichholz anzündete, es in seiner hohlen Hand hielt und zuerst Leos Zigarette, dann seine eigene ansteckte. »Ich weiß von Ihrem Sohn«, sagte Leo nach einigen wenigen Zügen. »Ein Freund von mir hat vorigen Monat gegen ihn ausgesagt.« Er sah die Hand des Professors zittern, als er die Zigarette an den Mund führte, aber der alte Mann blieb stumm.

»Wenn ich das früher gewußte hätte, würde ich Sie niemals hergebracht haben«, sagte Leo und fragte sich, warum er den Mann jetzt nach Bremen zurückfuhr.

»Ich wollte Ihre Hilfe nicht«, entgegnete der Professor nervös und erregt und hielt sich dabei krampfhaft an der Griffstange des Jeeps fest. »Ich wußte, daß das nicht korrekt war. Aber Herr Middleton sagte, er hätte Ihnen alles erklärt, und Sie verstünden meine Lage.«

»Wann wird Ihr Sohn hingerichtet?« fragte Leo brutal und schämte sich sofort seiner Grausamkeit.

»In ein paar Wochen«, antwortete der Professor. Er hatte seine Zigarette verloren, und seine Hände zitterten. »Das war mein letzter Besuch.« Er saß da und wartete auf Mitgefühl und hoffte, Leo würde ihm keine weiteren Fragen stellen.

Leo schwieg. Sie waren jetzt auf offenem Gelände, wo kein Staub den Duft von frischem Gras und sprießenden Bäumen verpestete. Der Jeep rollte sehr langsam dahin. Leo drehte den Kopf zum Professor hinüber. »Ihr Sohn«, sagte er langsam, »wurde von einem deutschen Gerichtshof wegen Mordes an einem Deutschen verurteilt, nicht wegen seiner Verbrechen als Lageroffizier. Eine Ironie des Lebens! Sie werden sich in Ihrem Innersten nie darüber empören können, daß die verdammten Juden ihn umgebracht haben. Dieser Haß wird Ihnen kein Trost sein. Wie bedauerlich!«

Der Professor ließ den Kopf sinken und starrte auf seine Hände. »Eine solche Denkweise war mir immer fremd«, erwiderte er. »Ich bin doch ein gebildeter Mann.«

»Ihr Sohn verdient den Tod«, gab Leo zurück. »Er ist ein Monster. Wenn je ein Mensch verdient hat, daß man ihn ums Leben bringt, so dieses Monster. Wissen Sie, was er verbrochen hat? Ein bösartiges Geschöpf! Ohne ihn wird die Welt besser dran sein. Ich sage das mit reinem Gewissen. Wissen Sie, was er getan hat?« Der Haß in seiner Stimme und in seinem Herzen veranlaßte ihn, den Jeep auf dem Bankett anzuhalten und auf Antwort zu warten.

Doch der Professor blieb sie ihm schuldig. Er hatte den Kopf in die Arme vergraben, als wollte er sich, soweit ihm das möglich war, verkriechen. Sein Leib zuckte. Er gab keinen Laut von sich. Leo wartete darauf, daß sich der alte Mann beruhigen würde, doch als dann das Mitgefühl seinen Haß fortzuschwemmen drohte, dachte er *nein, nein!* und rief sich das Bild seines eigenen Vaters vor Augen, sah die großgewachsene, kahlgeschorene, ausgemergelte Gestalt den Kiesweg herunter und auf ihn, der auch schon die Lageruniform trug und ihn gar nicht erkannte, zukommen und mit den Worten »Was machst du hier?« stehenbleiben. Damals wie jetzt erinnerte er sich, wie sein Vater ihn einmal, als er die Schule schwänzte, im Tiergarten erwischt und ihn im gleichen ungläubigen Ton gefragt hatte: »Was machst du hier?« Nur daß sein Vater jetzt auf diesem von weiß angemalten Steinen gesäumten Kiespfad stand, in dieser von Stacheldraht umzäunten Welt, daß er jetzt weinte, als er die gleichen Worte aussprach. Er sah seinen Vater mit dem roten Streifen der politischen Gefangenen auf der Brust, er selbst hatte den grünen, der seine Rasse anzeigte. Im Jeep sitzend, dachte Leo daran zurück. Und weil er erst jetzt so richtig verstand, wie sein Vater damals, vor sechs Jahren, gelitten haben mußte, konnte er nur Verachtung für diesen Greis empfinden, der nun mit seinem Leid für das Leid seines Vaters bezahlte. Verachtung für diesen gebildeten Mann, der zwischen Recht und Unrecht wohl zu unterscheiden wußte, aber aus Angst,

Feigheit oder Unvermögen seinem Vater nicht zu Hilfe gekommen war, in seinem warmen Bett geschlafen, gut gegessen und alles mit einem hilflosen Achselzucken abgetan, sich mit allem abgefunden hatte. Leo wandte sich von ihm ab und ließ seine Blicke quer über die Straße und in das grüne Tal schweifen, das in der anbrechenden Nacht kaum noch auszumachen war. Er wußte jetzt, daß er nie in Deutschland bleiben, daß er nie mit diesen Menschen zusammen leben, ja sie nicht einmal hassen konnte. Als Kind hatten sie ihn hinter Stacheldraht gesteckt und ihm eine Nummer in den Arm eingebrannt, die er noch ins Grab mitnehmen würde. Sie hatten seinen Vater getötet und seine Mutter so weit gebracht, daß sie schließlich eines Tages gestorben war, weil sie nicht schlafen konnte, im wahrsten Sinn des Wortes *nicht schlafen konnte.*

In diesem Land und mit diesen Menschen lebte er jetzt in Frieden, statt ihnen mit Feuer und Schwert nachzusetzen. Er schlief mit ihren Töchtern, schenkte ihren Kindern Schokolade, gab ihnen Zigaretten, fuhr sie aufs Land hinaus spazieren. Die Verachtung, die er für sich selbst empfand, ließ auch den letzten Rest von Mitleid, das er mit dem Alten hatte, schwinden. Er steuerte den Wagen auf die Straße zurück und raste los. Er wollte schnellstens wieder in Bremen sein. Der Professor hatte sich mit dem Taschentuch das Gesicht getrocknet und saß nun steif und teilnahmslos da.

In den frühen Morgenstunden, als das erste Tageslicht heraufkroch, hielt Leo vor einer der Raststätten, die die Amerikaner auf den Autobahnen eingerichtet hatten. Er nahm den Professor mit ins Lokal, und sie setzten sich an einen langen Holztisch, an dem auch einige Fahrer von Militärlastwagen, die Köpfe auf ihre Arme gebettet, schliefen.

Die erste Schale Kaffee tranken sie schweigend, doch als Leo mit den zum zweitenmal gefüllten Schalen und einer Handvoll Spritzkuchen zum Tisch zurückkam, begann der Professor zu reden – anfangs zögernd und dann schneller, während er mit zitternden Händen die Schale an den Mund führte.

»Sie kennen die Gefühle eines Vaters nicht, Leo. Ein Vater ist hilflos. Ich weiß alles über meinen Sohn, und er hat mir noch etwas anderes eingestanden. Er war an der russischen Front, als seine Mutter starb, und es gelang mir, ihm einen Urlaub zu erwirken – er war ja schließlich ein Held, er hatte mehrfach seinen Mut bewiesen und besaß viele Auszeichnungen –, aber er kam nicht. Nun, gestern hat er mir erzählt, daß er damals einfach durch Deutschland hindurch direkt nach Paris fuhr. Daß er sich unterhalten wollte. Er erklärte mir, daß er für seine Mutter nichts empfand – weder Mitleid noch Zuneigung. Und es geschah nach diesem Urlaub, daß er auf die schiefe Bahn kam und all das Entsetzliche tat, für das er jetzt büßen muß. Aber wie ist das nur möglich –.« Der Professor unterbrach sich, schüttelte verwirrt den Kopf und fuhr noch lebhafter fort: »Wie ist das nur möglich, daß ein Sohn nicht um seine tote Mutter weint? Er war nie anders als die anderen, er war wie alle Jungen sind, vielleicht ein bißchen hübscher, vielleicht ein bißchen intelligenter. Ich habe ihn gelehrt, großzügig zu sein, seine Spielsachen mit seinen Kameraden zu teilen, an Gott zu glauben. Wir haben ihn geliebt, seine Mutter und ich, aber wir haben ihn nie verwöhnt. Er war uns ein guter Sohn. Ich kann heute noch immer nicht glauben, daß er so entsetzliche Dinge getan hat, aber er gibt sie zu, er hat mir alles gestanden.« Seine Augen füllten sich mit Tränen. »Er hat mir das alles erzählt, und dann weinte er in meinen Armen und sagte: ›Papa, ich bin froh, daß ich sterben muß, ich bin froh, daß ich sterben muß‹. Wir sprachen die ganze Zeit über unser einstiges Familienleben, und gestern abend weinte er, so wie er als Kind oft geweint hat.« Der Professor brach jäh ab, und Leo begriff, daß er den Ausdruck auf seinem Gesicht gesehen haben mußte, in dem sich Abscheu und Mitgefühl miteinander mischten.

Der Professor begann von neuem, doch nun sprach er langsam, ruhig und vernünftig, sich gleichsam rechtfertigend, wie wenn er zum Ausdruck bringen wollte, wie unmanierlich es von ihm gewesen war, seinen Schmerz so offen zu zeigen. »Ich blicke im Geist zurück und versuche festzuhalten, wo alles begonnen hat, aber ich kann nichts finden. Ich sehe nichts. Keinen Anhaltspunkt. Es ist wie von selbst geschehen, daß er ein Monster wurde. Der Gedanke ist entsetzlich. Unfaßbar. Sie haben ihn so genannt, Leo, und Sie haben recht. Aber auch Ihr Sohn könnte so ein Monster werden.« Der Professor lächelte, um zu zeigen, daß die Bemerkung unpersönlich gemeint war, daß er bloß theoretisierte. Aber dieses Lächeln auf dem gramzerfurchten Gesicht war so gespenstisch, die blutleeren Lippen verzogen sich so unnatürlich, daß Leo sich über seinen Kaffee beugte, um es nicht sehen zu müssen.

Und weil dieses Lächeln seine ganze Kraft in Anspruch nahm, schlug der alte Mann einen immer beschwörenderen Ton an. »Ich sage Ihnen das alles, weil Sie das Opfer sind. Mein Sohn und ich, ja, auch ich, wir waren es, die Ihnen das alles angetan haben. Was soll ich dazu sagen? Daß es ein Unfall war – so als ob ich ein Auto gesteuert und nicht aufgepaßt und Sie niedergefahren hätte? Ohne bösen Vorsatz? Ein entsetzliches Fieber hat meinen Sohn gepackt, wie wenn er in einem Sumpf gelebt hätte, verstehen Sie das? Ich weiß, daß er an diesem Fieber sterben muß. Aber trotz allem glaube ich, daß er ein guter Mensch ist. Ja, ich glaube, er ist gut.« Der alte Mann begann zu weinen und stieß laut und hysterisch hervor: »Gott sei seiner Seele gnädig! Gott sei seiner Seele gnädig!«

Einer der GIs hob den Kopf vom Tisch und knurrte: »Halt endlich die Schnauze!« Der Professor verstummte.

»Schlafen Sie ein bißchen«, sagte Leo, »dann fahren wir weiter. Aber zuerst rauchen Sie noch eine Zigarette.« Nachdem sie fertig geraucht hatten, legten sie beide die Köpfe auf die Arme, und der Professor schlief sogleich ein. Leo blieb wach.

Er hob den Kopf wieder und starrte auf die braunen Spritzkrapfen, die auf dem schmutzigen Holztisch verstreut lagen. Auf dem Rest von schwarzem Kaffee in einem blechernen Geschirr spiegelte sich das Licht der schwachen Glühbirne. Er empfand kein Mitleid für den Alten; er konnte keines empfinden. Seine eigenen Leiden strömten wie ein Gegengift durch seine Adern. Aber er wußte jetzt, wie grausam seine Eltern unter seinem Schicksal gelitten hatten. Verschlafen zog er im Geist einen Kreis um einen halbgeformten Traum von zahllosen Übeltätern, die völlig zu

Recht vom Leben zum Tod gebracht worden waren, deren Tod sich jedoch, einer schleichenden, ansteckenden Krankheit gleich, auf eine noch größere Menge Unschuldiger ausbreitete. Dem war vermutlich nicht abzuhelfen, doch noch bevor sein Kopf wieder auf die Tischplatte sank, sah er verschwommen eine wunderbare Lösung vor sich: nach jeder Hinrichtung sollte den liebenden Hinterbliebenen eine Droge verabreicht werden, die Droge des Vergessens. Und nun schon ganz in seinen Traum verstrickt, tauchte er eine große Injektionsspritze in den schwarzen Kaffee, füllte sie mit der dunklen Flüssigkeit und stach die Nadel tief in den Hinterkopf des Professors, bis der Stahl am Knochen anstieß. Er drückte den Stempel nieder und wartete, bis die Spritze leer war. Der Professor hob den Kopf und sah ihn demütig und dankbar an.

Es war schon fast Tag, als sie erwachten, und sie legten die lange Strecke nach Bremen zurück, ohne mehr als das unbedingt Nötige miteinander zu sprechen. Die Nachmittagssonne hatte ihre Reise nach Westen angetreten, als sie die Vororte von Bremen erreichten, und Leo hielt den Jeep vor dem Haus an, wo der Professor sein Zimmer hatte.

Leo ließ den Motor rasen, um die höfliche Dankbarkeit des Alten zu übertönen. Er fuhr schnell weiter. Er fröstelte, und er war müde, aber noch nicht schläfrig. Er fuhr durch die Stadt, am Polizeihaus vorbei, die Schwachhauser Heerstraße hinunter, und bog in die Kurfürstenallee ein. Langsam fuhr er die lange, kurvenreiche, von Bäumen gesäumte Straße entlang. Die Sonne und die warme Nachmittagsluft gaben ihm neue Kraft. Als er zu Moscas Haus kam, nahm er den Fuß vom Gaspedal und holperte über die Bordsteinkante, so daß der Jeep schief zu liegen kam, eine Seite auf der Straße und die andere auf dem Gehsteig. Er steuerte auf einen Baum los, um den langsam rollenden Jeep zum Stehen zu bringen, aber der Wagen rollte doch schneller, als er gedacht hatte, und der Aufprall war so heftig, daß sein Kopf zurückschnellte. Er fluchte, lehnte sich zurück und zündete sich eine Zigarette an. Dann hupte er dreimal.

Das Fenster ging auf, aber es war nicht Hella, die ihren Kopf herausstreckte, sondern Frau Sander. »Frau Mosca ist nicht da«, rief sie hinunter. »Sie wurde heute ins Krankenhaus gebracht. Das Kind ist zu früh gekommen.«

In seiner Aufregung stand er im Jeep auf. »Na sowas, und wie hat sie's überstanden?«

»Es geht ihr gut«, antwortete Frau Sander. »Es ist ein Junge. Es ist alles gut gegangen. Herr Mosca ist auch im Krankenhaus.«

Leo hatte genug gehört. Er drehte um und brauste in Richtung Städtisches Krankenhaus davon. Unterwegs hielt er vor dem Offizierskasino und kaufte dort von einem deutschen Bediensteten um ein Päckchen Zigaretten einen großen Blumenstrauß.

16

Mosca hörte, wie Inge ihn aus dem Personalbüro ans Telefon rief. Er ging hinüber, nahm den Hörer auf und nannte seinen Namen. »Herr Mosca?« meldete sich eine deutsche Frauenstimme. »Hier spricht Frau Sander. Vor einer Stunde hat man Ihre Frau ins Krankenhaus gebracht. Ich glaube, es ist das Baby.«

Mosca zögerte und sah Inge und Eddie an, so als ob auch sie die Stimme im Telefon hören könnten. Die Köpfe über die Schreibtische gebeugt, saßen beide da und arbeiteten.

»Aber es fehlen doch noch zwei Wochen«, stammelte Mosca und sah, wie Eddie den Kopf hob und Inge sich nach ihm umdrehte.

»Ich glaube, es ist das Baby«, wiederholte Frau Sander. »Kurz nachdem Sie weg waren, bekam sie Schmerzen. Ich rief das Krankenhaus an, und die haben eine Ambulanz geschickt.«

»Na schön«, sagte Mosca. »Ich fahre gleich hinüber.«

»Würden Sie mich anrufen, sobald Sie etwas wissen?« bat sie.

»Mache ich«, antwortete Mosca, aber bevor er noch den Hörer auflegte, fügte Frau Sanders hinzu: »Sie hat mich gebeten, Ihnen zu sagen, Sie sollen sich keine Sorgen machen.«

Eddie Cassin zog die Augenbrauen hoch, als er die Neuigkeit erfuhr. Dann rief er die Fahrbereitschaft an und ließ einen Jeep kommen. »Wenn du es schaffen kannst, treffen wir uns zum Abendessen im Ratskeller. Ruf mich an, wenn es etwas Neues gibt.«

»Vielleicht ist es gar nicht das Baby«, spekulierte Mosca. »Hella ist nicht sehr robust.«

»Es wird schon alles glattgehen«, beruhigte ihn Eddie. »Es ist ganz sicher das Baby. Manche kommen früh, manche kommen spät. Das habe ich schon alles hinter mir.« Er schüttelte Mosca die Hand und sagte: »Viel Glück!«

Auf dem Weg in die Stadt wurde Mosca immer unruhiger und nervöser. Von einem Augenblick zum anderen überflutete ihn eine stürmische Woge von Angst, sie könnte erkrankt sein. »Schneller!« rief er.

»Ich habe meine Vorschriften«, antwortete der Fahrer. Mosca warf dem Deutschen sein noch halbvolles Päckchen Zigaretten in den Schoß. Der Jeep tat einen Sprung vorwärts.

Das Städtische Krankenhaus bestand aus einer Anzahl roter Ziegelbauten, die über ein großes Areal von mit Bäumen bestandenen Wegen und grünen Rasenflächen verstreut lagen. Das ganze Gelände war von einem Gitter umschlossen, an dem sich Efeu emporrankte und die schützenden Eisenspitzen verbarg. Entlang des Gitters gab es kleine Türen. Der Haupteingang für Besucher jedoch war ein riesiges Tor für Fußgänger und Fahrzeuge zugleich. Durch dieses Tor rollte der Jeep, kam aber wegen der vielen Menschen nur langsam voran.

»Stellen Sie fest, wo die Geburtenabteilung ist«, sagte Mosca. Der Jeep blieb stehen. Der Fahrer beugte sich hinaus und sprach mit einer vorbeikommenden Krankenschwester – dann legte er abermals den Gang ein. Mosca lehnte sich zurück und versuchte sich zu entspannen, während der Jeep langsam durch die Anlagen fuhr.

Mosca befand sich jetzt in einer deutschen Welt. Hier gab es keine Uniformen und, mit Ausnahme des seinigen, keine Militärfahrzeuge. Die Menschen ringsum, sie alle waren ›der Feind‹; ihre Kleidung, ihre Redeweise, die Art, wie sie sich bewegten, die ganze Atmosphäre. Noch während er im Jeep saß, sah er von Zeit zu Zeit die eisernen Lanzen, die diese Welt umschlossen. Die Geburtenabteilung befand sich in der Nähe des Gitters.

Mosca ging hinein und fand ein kleines Büro, in dem eine ältere Krankenschwester saß. An der Wand standen zwei Männer in amerikanischen Kommißanzügen, aber mit Wehrmachtsmützen auf dem Kopf. Es waren Krankenwagenfahrer.

»Ich suche Frau Hella Broda«, sagte Mosca. »Sie wurde heute morgen hier eingeliefert.« Die Schwester sah in einem Buch nach, das auf dem Schreibtisch lag. Einen Augenblick lang fürchtete Mosca, sie würde nichts finden und damit seine Befürchtungen bestätigen. Aber dann blickte sie auf und lächelte. »Jawohl«, sagte sie. »Warten Sie, ich werde mich erkundigen, wie es ihr geht.«

Während sie telefonierte, richtete einer der Ambulanzfahrer das Wort an Mosca. »Wir haben sie hergebracht.« Beide lächelten ihn an. Er lächelte höflich zurück und begriff, daß sie als Lohn für ihre Mühe Zigaretten erwarteten. Er langte in die Tasche. Er hatte die letzten seinem Fahrer gegeben. Er zuckte die Achseln und wartete, bis die Schwester das Gespräch beendet hatte.

Sie legte den Hörer auf. »Sie haben einen kräftigen Jungen.«

»Ist mit meiner Frau alles in Ordnung?« gab Mosca ungeduldig zurück und fühlte sich plötzlich unbehaglich, weil er nach ›seiner‹ Frau gefragt hatte.

»Ja, natürlich«, antwortete die Schwester. »Wenn Sie wollen, können Sie warten. In einer Stunde dürfen Sie zu ihr. Sie schläft jetzt.«

»Ich warte«, sagte Mosca. Er ging hinaus und setzte sich auf die Holzbank, die vor dem von Efeu umrankten Haus stand.

Er roch die Blumen aus einem nahe gelegenen Garten, und ihre liebliche Süße vermischte sich mit dem gelben Licht der brennenden Sonne. Weißgekleidete Krankenschwestern und Ärzte eilten geschäftig hin und her, überquerten grüne Rasenflächen und verschwanden in blutroten Ziegelhäusern, die breit und fest und ohne sichtbare Schrammen in der frischen, lebenden Erde verankert waren. Das Summen der Insekten und das gedämpfte Trillern junger Vögel füllten die Luft. Ein Gefühl tiefen Friedens, unendlicher Ruhe bewegte ihn, so als ob das eiserne Gitter ihn gegen den Lärm, gegen den Staub und das Getriebe der Stadt auf der anderen Seite abschirmte.

Die zwei Ambulanzfahrer kamen aus dem Haus und setzten sich neben ihn auf die Bank. Diese Kerle geben einfach nicht auf, dachte er. Er lechzte selbst nach einer Zigarette, und darum wandte er sich an einen der Männer und fragte: »Haben Sie eine Zigarette?« Sie waren völlig verdattert, und dem einen blieb vor Staunen der Mund offenstehen. Mosca grinste. »Ich habe keine bei mir. Ich bringe Ihnen ein paar Päckchen, wenn ich wiederkomme.«

Der eine holte deutsche Zigaretten aus der Tasche und hielt sie Mosca hin. »Wenn Sie wirklich eine von diesen rauchen wollen ...«

Mosca zündete sich eine an, die ihm gleich beim ersten Zug den Atem benahm. Die zwei Fahrer brachen in schallendes Gelächter aus, und der andere meinte: »An die muß man sich erst gewöhnen.« Und nach einer kleinen Weile schmeckte sie Mosca sogar. Er lehnte sich zurück und ließ sich die Nachmittagssonne ins Gesicht scheinen. Er war müde.

»In was für einem Zustand war sie denn, als Sie mit ihr hierher kamen?« fragte er und hielt dabei die Augen geschlossen.

»Es ging ihr tadellos, so wie allen«, antwortete der Fahrer, der ihm die Zigarette gegeben hatte. Sein Gesicht schien ständig gute Laune auszustrahlen, und es mochte an dem besonderen Zuschnitt seines Jochbeins liegen, daß ein Lächeln um seine Lippen spielte. »Solche wie sie haben wir schon Hunderte gehabt.«

Mosca schlug die Augen auf und betrachtete ihn. »Keine sehr angenehme Arbeit, Tag für Tag Frauen herumzufahren und zu hören, wie sie weinen und schreien.« Noch während er diese Bemerkung fallen ließ, wurde ihm bewußt, daß er diesen zwei Männern grollte, weil sie Hella in einem hilflosen Zustand gesehen hatten, weil sie ihnen für eine kurze Zeitspanne ausgeliefert gewesen war.

»Es ist doch nett, Menschen herumzufahren, die Lärm machen können«, meinte der Fahrer. »Im Krieg war ich in einer Bergungsmannschaft. Wir fuhren mit einem Wagen hinaus und sammelten die Toten ein. Im Winter waren sie steif, und wir mußten sie in sauberen Stößen aufeinander legen, wie Klafterholz. Manchmal ließen sich die Arme noch ein wenig biegen, und da gab es einen kleinen Trick: wenn man die Arme richtig zurechtbog und ineinander verhakte, konnte man die Stapel höher machen.«

Der andere Fahrer stand auf und ging ins Haus zurück. »Er kennt diese Geschichten schon«, erklärte sein Kollege. »Außerdem war er bei der Luftwaffe. Wenn die nur einen Abfallkübel aufklappen, haben sie wochenlang Alpträume. Na ja, wie ich Ihnen schon sagte. Im Sommer war es schrecklich. Also wirklich schrecklich. Vor dem Krieg war ich Obstpacker; vielleicht haben sie mich darum zur Bergungsmannschaft abkommandiert. Ich habe Orangen gepackt. Manchmal waren sie angefault. Wir müssen sie ja importieren, wissen Sie, und da mußte ich sie dann frisch packen. Die schlechten habe ich in eine kleine Schachtel gestopft und heimgenommen. Und so gings im Sommer mit den Toten. Sie waren alle matschig, wir mußten sie zusammenquetschen. Wen sie auf dem Lastwagen lagen, sah es aus wie ein großer Haufen Abfall. Darum bin ich mit dieser Arbeit jetzt recht zufrieden. Die andere früher, ganz gleich ob im Winter oder im Sommer, da hatten wir niemand, mit dem wir reden konnten, es gab nichts Interessantes, verstehen Sie?« Er grinste über das ganze Gesicht.

Mosca empfand echte Zuneigung für den Mann. Er begriff, daß er ihm freundlich gesinnt war, daß er nett zu ihm sein wollte.

»Ich bin ein geselliger Mensch«, fuhr der Mann fort, »und darum hat mich die Arbeit in der Wehrmacht auch nicht gefreut. Das hier, das ist ein Vergnügen. Ich sitze bei der Frau, und wenn sie schreit, sage ich: ›Schreien Sie nur nach Herzenslust, es hört Sie sowieso keiner.‹ Und wenn sie weinen, so wie Ihre Frau geweint hat, dann sage ich: ›Weinen Sie nur, das wird Ihnen guttun. Wenn jemand Kinder hat, muß er sich schon frühzeitig an Tränen gewöhnen.‹ Ein kleiner Scherz von mir. Ich sage natürlich nicht immer das gleiche. Für gewöhnlich fällt mir etwas Neues ein, aber es ist fast immer etwas Wahres. Ich rede nicht viel, nur gerade das Nötige, damit sie sich nicht allein fühlen – so als ob ich ihr Mann wäre.«

Mosca schloß die Augen. »Warum hat meine Frau geweint?«

»Mann, das tut ja scheußlich weh!« Der Deutsche warf ihm einen Blick zu, der vorwurfsvoll gemeint war, aber nur wie eine gutmütige Grimasse aussah. »Sie hat vor Schmerzen geschrien, aber das heißt gar nichts, denn man konnte ja sehen, wie glücklich sie war. Ich dachte mir noch, ihr Mann, dachte ich mir, der ist zu beneiden. Zu ihr habe ich nichts gesagt, denn mir fiel gerade nichts ein. Ich habe ihr nur das Gesicht mit einem feuchten Tuch abgewischt, weil sie ganz naß war von Schweiß und auch vom Weinen. Aber als wir sie aus dem Wagen hoben, lächelte sie. Nein, nein, sie war ganz in Ordnung, das hat gar nichts zu sagen.«

Ein Klopfen am Fenster hinter ihm veranlaßte den Fahrer, sich umzudrehen. Die Schwester machte ihm Zeichen, hereinzukommen. Der Deutsche folgte ihrer Aufforderung, und wenige Minuten später kamen beide Fahrer wieder aus dem Haus. Der eine, der mit Mosca geplaudert hatte, schüttelte ihm die Hand. »Alles Gute, und vergessen Sie die Zigaretten nicht, wenn Sie wiederkommen.« Sie kletterten in ihren Wagen und fuhren langsam auf das Eingangstor zu.

Mosca schloß die Augen und lehnte sich zurück. In der heißen Junisonne nickte er ein. Als er plötzlich erwachte, schien es ihm, als hätte er lange geschlafen und sogar geträumt. Er hörte ein Klopfen an der Fensterscheibe, und als er sich umdrehte, sah er die Schwester, die ihm winkte, ins Haus zu kommen.

Sie nannte ihm die Zimmernummer, und er lief eilig die zwei Stockwerke hinauf. Auf dem Gang vor dem Zimmer stand ein langer Tisch auf Rollen, darauf lagen an die zwanzig kleine, weiße Bündel, die einen ohrenbetäubenden Lärm machten. Eines davon war vielleicht seines, und darum blieb er einen Augenblick stehen, um sie zu betrachten. Eine Schwester kam aus dem Zimmer und schob den Wagen den Gang hinunter. »Sie können jetzt hinein«, sagte sie. Er stieß die Tür auf und trat in einen großen, quadratischen, grün getünchten Raum. In sechs hohen Spitalsbetten lagen ebenso viele Frauen, keine von ihnen Hella. Aber dann sah er in der Ecke ein siebentes Bett, und das war ihres.

Flach ausgestreckt, die Augen weit offen, beobachtete sie ihn, und sie erschien ihm schöner als je zuvor. Ihr Mund war von der dunklen Röte des Blutes, und ihr Gesicht, bis auf zwei rote Flekken auf den Wangen, ganz bleich. Ihre lebhaften Augen leuchteten, und abgesehen von ihrem Körper, der ihm seltsam reglos und unbeweglich schien, sah sie gar nicht so aus, als ob sie vor wenigen Stunden ein Kind geboren hätte. Durch die Anwesenheit der anderen Frauen ein wenig befangen, ging er zu ihr und beugte sich nieder, um sie auf die Wange zu küssen. Sie aber drehte den Kopf herum, so daß sein Mund dem ihren begegnete. »Bist du glücklich?« flüsterte sie. Ihre Stimme klang sonderbar heiser, so als ob sie sich erkältet hätte. Mosca lächelte nur und nickte.

»Es ist ein wunderschönes Baby, es hat so viele Haare«, wisperte sie. »Wie du.« Er wußte nicht, was er sagen sollte, stand nur da und fragte sich, wie es kam, daß sie das alles so glücklich machte und ihn gänzlich unberührt ließ.

Eine Schwester kam ins Zimmer. »Genug für heute, bitte«, sagte sie. »Sie können morgen zur üblichen Besuchszeit wiederkommen.« Mosca beugte sich über Hella und murmelte: »Dann auf Wiedersehen bis morgen, okay?« Sie nickte und hob den Kopf, um sich noch einmal von ihm küssen zu lassen.

Draußen fragte die Schwester, ob er das Baby sehen wolle, und er folgte ihr den langen Gang hinunter bis zu einer breiten Glaswand. Vor der Wand standen ein paar Männer und starrten durch das Glas auf die Babys, die ihnen eine flinke, lebhafte kleine Schwester eines nach dem anderen entgegenhob. Der Schwester machte ihre Arbeit und das kindisch groteske Gebaren der frischgebackenen Väter offensichtlich Spaß. Sie schob ein Fensterchen auf, und ihre Kollegin, die mit Mosca gekommen war, sagte: »Den kleinen Broda.« Die Schwester verschwand in einem Raum hinter der Glaswand und kehrte mit einem kleinen Bündel zurück. Sie nahm dem Säugling das Tuch vom Gesicht und präsentierte das Kind stolz dem Vater.

Die Häßlichkeit des Babys erschütterte Mosca. Es war das erstemal, daß er ein neugeborenes Kind sah. Zahlreiche Runzeln bedeckten das Gesicht, die Lippen waren mürrisch vorgeschoben, und die fast geschlossenen kleinen Augen musterten die neue feindliche Welt mit gehässigen Blicken. Gleich einem lässig über den Kopf geworfenen Tuch verlieh der schwarze Schopf dem kleinen Wesen ein tierhaftes Aussehen.

Neben Mosca stand ein kahlköpfiger Deutscher, der beim Anblick eines anderen Babys, das ihm eine andere Schwester zeigte, in helle Begeisterung geriet. Einigermaßen erleichtert stellte Mosca fest, daß dieses Baby dem seinen fast aufs Haar glich. »Ach, was für ein süßes Kind, was für ein reizendes Kind!« säuselte und flötete der Deutsche, spitzte dabei die Lippen und zog allerlei Grimassen, um das Neugeborene zu einer Reaktion zu veranlassen. Mosca sah ihm interessiert zu und betrachtete dann sein eigenes Kind. Er versuchte vergeblich, etwas zu empfinden, und gab schließlich der Schwester ein Zeichen, es wieder fortzunehmen. Die Schwester warf ihm einen bösen Blick zu. Sie hatte umsonst auf eine schauspielerische Leistung des Vaters gewartet.

Er lief die Treppe hinunter und wanderte quer durch die Anlagen des Krankenhauses auf das Eingangstor zu. Er sah Leo, der gegen den Strom der zum Tor strebenden Deutschen langsam und vorsichtig auf ihn zurollte. Er blieb vor dem Jeep stehen und kletterte wie ein Verrückter über Kühler und Windschutzscheibe auf den Sitz neben dem Fahrer. Sein Auge fiel auf den großen Blumenstrauß in Leos Schoß, und als ihm der süße, kühle Duft in die Nase stieg, wichen plötzlich alle Spannungen von ihm.

Als sie später mit Eddie im Ratskeller zusammentrafen, war Eddie bereits betrunken. »Du Hurensohn, warum hast du nicht angerufen?« beklagte er sich. »Inge telefonierte mit dem Krankenhaus, und dort erfuhren wir, was los war. Dann rief deine Hausfrau an, und der gab ich die Neuigkeit gleich weiter.«

»Mensch, das habe ich rein vergessen«, entschuldigte sich Mosca mit einem albernen Lächeln.

Eddie legte ihm einen Arm um die Schultern. »Meinen herzlichsten Glückwunsch! Und jetzt wollen wir feiern!«

Sie aßen und setzten sich dann in der Bar an einen Tisch.

»Zahlen wir die Drinks, oder ist das heute Walters Sache?« fragte Leo, als ob es hier eine schwerwiegende Entscheidung zu treffen gälte.

Eddie musterte sie beide mit einem belustigten väterlichen Ausdruck auf dem Gesicht. »Heute zahle ich! Wie ich Walter kenne, können wir uns nicht einmal Zigarren von ihm erwarten. Schau dir nur die Kummerfalten an!«

»Mein Gott«, hielt Mosca ihm entgegen, »soll ich vielleicht den beglückten Vater spielen? Wir sind doch nicht einmal verheiratet. Sie haben dem Kind Hellas Nachnamen gegeben. Ich habe ein so komisches Gefühl dabei gehabt. Ich werde jetzt doch wohl um Heiratserlaubnis einreichen.«

»Mal sehen«, sagte Eddie. »Du kannst mit drei Monaten rechnen. Aber dreißig Tage nach der Hochzeit mußt du in die Staaten zurück. Willst du das schöne Leben hier wirklich aufgeben?«

Mosca überlegte. »Ich könnte mir die Papiere beschaffen und dann mit der Hochzeit noch ein wenig warten. Aber ich möchte alles bereit haben – für den Fall eines Falles.«

»Das ginge schon«, meinte Eddie, aber irgendeinmal mußt du zurück. Besonders jetzt, wo die Middletons fort sind, wirst du dir schwertun, die richtige Nahrung für Frau und Kind zu beschaffen.« Er maß Mosca mit einem durchdringenden Blick. »Du willst also die Heiratserlaubnis wirklich haben, Walter? Du bist bereit, wieder in die Staaten zu gehen?«

Statt einer Antwort wandte Mosca sich an Leo: »Wie steht es mit dir? Hast du dich entschlossen – die USA oder Palästina?«

»Mir geht's hier nicht schlecht«, sagte Leo. Er dachte an den Professor. »Aber ich muß mich bald entscheiden.«

»Komm doch mit mir in die Staaten«, schlug Mosca vor. »Du könntest bei mir und Hella wohnen, bis du dich eingelebt hast. Vorausgesetzt, daß ich selbst eine Bleibe finden kann.«

»Was willst du denn machen, wenn du wieder drüben bist?« fragte Eddie neugierig.

»Ich weiß nicht«, antwortete Mosca. »Vielleicht studiere ich weiter. Ich bin ein Ignorant. Ich bin nach der High-School gleich zum Heer gegangen.« Er lachte. »Ihr werdet es nicht glauben, aber ich war ein guter Schüler. Du, Eddie, du weißt ja, daß ich mich freiwillig gemeldet habe. Du hast mir deswegen oft genug den Kopf gewaschen, als wir noch GIs waren. Jetzt möchte ich wirklich etwas lernen.« Er unterbrach sich und überlegte, wie er es am besten in Worten fassen könnte. »Manchmal habe ich so ein Bedürfnis, ich möchte alles zusammenschlagen, nur weiß ich nicht, wogegen ich kämpfen soll. Ich habe immer wieder Angst, in eine Falle zu geraten. Wie jetzt zum Beispiel. Ich möchte etwas tun, aber man erlaubt es mir nicht. Obwohl es sich um eine rein persönliche Angelegenheit handelt. Ich darf keine Germanin heiraten, und ich verstehe auch, warum die Amis es einem so schwer machen. Die Deutschen sind mir zwar scheißegal, aber das gibt mir doch zu denken. Alles Scheiße!« Er nahm einen Schluck. »Als Junge, wißt ihr, fand ich die Menschen großartig. Ich hatte ganz bestimmte Ideen – und heute weiß ich nichts mehr davon. Wenn ich mich mit einem Jungen prügelte, kämpfte ich immer fair, so wie ein Kinoheld, nützte nie die Gelegenheit, wenn er ausglitt oder das Gleichgewicht verlor – ein richtiger Blödhammel war ich. Aber das war alles nicht wirklich. Und jetzt kommt es mir so vor, als ob mein ganzes Leben, bevor ich mich zur Army meldete, auch nicht wirklich gewesen wäre. So wie man nicht glauben konnte, daß der Krieg einmal zu Ende gehen würde. Man wußte, daß es in Japan weitergehen würde; dann vielleicht gegen die Russen. Möglicherweise auch noch gegen die Marsbewohner. Immer wieder irgendein neuer Feind – man kam nie nach Hause. Jetzt glaube ich zum erstenmal, daß alles vorbei ist, daß ich in dieses Traumleben, oder was immer es war, zurückkehren muß. Ich kann damit anfangen, daß ich wieder von neuem die Schulbank drücke.«

Leo und Eddie tauschten verlegene Blicke. Zum erstenmal hatte Mosca ihnen von seinen Gefühlen gesprochen. Das knabenhafte Denken hinter dem schmalen, dunklen, fast grausamen Gesicht überraschte sie. »Walter«, sagte Leo, »mach dir keine Sorgen! Wenn du erst einmal ein normales Leben mit Frau und Kindern führst, kommt alles in Ordnung.«

»Was zum Teufel verstehst du davon?« fuhr Eddie ihn zornig an. »Acht Jahre ohne Weiber in einem Konzentrationslager. Was verstehst du davon?«

»Eines weiß ich«, konterte Leo geringschätzig. »Du wirst nie von hier fortgehen.« Verdattert starrte Eddie ihn an.

»Du hast recht«, sagte er. »Verdammt noch mal, du hast recht! Ich habe meiner Frau geschrieben, sie muß kommen und das Kind mitbringen, weil ich sonst nie von diesem verdammten Kontinent wegkomme. Das ist meine einzige Hoffnung.«

»Vielleicht fahre ich wirklich mit dir«, sagte Leo zu Mosca, »aber wer weiß, was bis dahin noch passiert? Für immer kann ich nicht hier bleiben. Mit dem Geld, das wir hier auf dem Schwarzen Markt verdienen, könnten wir vielleicht etwas anfangen, und du könntest weiterstudieren. Wie wäre das?«

»Ganz recht«, sprang Eddie ihm bei. »Nimm dir Leo zum Partner, Walter, da kann nichts schiefgehen.« Lächelnd sah er sie an und bemerkte, daß sie ihn beide nicht verstanden oder vielleicht auch nicht gehört hatten, denn der Alkohol entstellte und verzerrte die Worte, die aus seinem schlaffen Mund kamen. Möglicherweise lag es auch daran, daß sie ihm in dieser Beziehung immer vertraut hatten. Er schämte sich. »Ihr seid Träumer«, sagte er und fühlte Zorn in sich aufsteigen, weil sie Pläne machten, ohne ihn einzubeziehen – ohne bösen Vorsatz, einfach nur, weil sie annahmen, daß er nie von hier fortgehen würde. Plötzlich fing er an, sich Sorgen um sie zu machen: um Leo, weil er dem Leben mit solcher Herzenseinfalt gegenüberstand, und um Mosca, wegen des erbitterten und endlosen Kampfes, der, so vermutete er, hinter diesem scheinbar teilnahmslosen, stolzen, dunklen Gesicht wütete – und es war ein mit unzulänglichen Mitteln geführter Kampf, um sich die Welt vom Leib zu halten. Am meisten aber grämte er sich um sich selbst. Zu Leos und Moscas Staunen legte er seinen Kopf auf den Tisch und begann zu weinen. Dann schlief er ein.

17

Wolf kletterte gemächlich die wenigen Stufen ins Kellergeschoß hinunter. Er seufzte erleichtert auf, denn er war froh, der heißen Sommersonne entronnen zu sein. Er war müde, denn nach einem Monat Urlaub hatte es eine Menge aufzuarbeiten gegeben. Er war mit seiner Zukünftigen in Bayern gewesen, um eine Schwester zu besuchen – zum letztenmal, bevor sie in die Staaten zurückfuhren. Jetzt begab er sich in die Küche, wo Ursula das Abendessen vorbereitete. »Sie haben einen Jungen bekommen«, sagte er. Ursula wirbelte herum. »Ist das nicht wunderbar?« rief sie heiter. »Sie hat sich ja einen Jungen gewünscht. Ist sie schon aus dem Krankenhaus zurück? Ich muß sie besuchen gehen.«

»Es ist am Tag nach unserer Abreise passiert«, erklärte Wolf. »Das Baby kam sehr früh. Sie ist schon drei Wochen zu Hause.«

Eigenartig, dachte er, die zwei Frauen kennen sich kaum, und trotzdem freut sich Ursula wie ein Schneekönig. Dabei ging es auch ihm nahe, wenn von Kindern die Rede war. Sobald sie sich drüben eingelebt haben würden, wollte er eigene haben. Kinder waren eines der wenigen Dinge im Leben, deren man sicher sein konnte. Er würde ihnen beibringen, was man tun mußte, um nie den kürzeren zu ziehen. Sie würden die aufgewecktesten Kinder im ganzen Viertel sein, sie würden immer wissen, wie der Hase lief.

»Hast du was von unseren Heiratspapieren gehört?« erkundigte sich Ursula.

»Ich habe sie noch nicht aus Frankfurt zurückbekommen«, antwortete er. Das war gelogen. Die Papiere waren in seinem Schreibtisch auf dem Stützpunkt. Aber wenn Ursula das wußte, würde sie darauf bestehen, unverzüglich zu heiraten, und er müßte Deutschland innerhalb von dreißig Tagen nach der Hochzeit verlassen. Er wollte aber noch ein paar Monate bleiben und ein paar Geschäftchen machen.

Ursulas Vater war hinter ihm in die Küche gekommen. »Ach, Wolfgang, da bist du ja endlich.« Wolf drehte sich um. »Es hat jemand angerufen. Du sollst dich sofort mit einem gewissen Honny in Verbindung setzen.« Der Vater war eben mit einem großen Schinken aus der Speisekammer gekommen und legte ihn jetzt auf den Küchentisch. Er nahm ein Tranchiermesser zur Hand und schnitt liebevoll ein paar Scheiben herunter, die zusammen mit den Kartoffeln gebraten werden sollten.

Das muß man ja zugeben, dachte Wolf und verzog ein wenig das Gesicht, der Alte versteht es, sich im Haus nützlich zu machen. »Hat der Mann sonst noch was gesagt?« wollte er wissen.

»Nein«, antwortete Ursulas Vater, »er hat nur gesagt, daß es sehr wichtig ist.«

Wolf ging ins Schlafzimmer und nahm den Hörer auf. Er erkannte Honny sofort an der Stimme. »Hier spricht Wolfgang«, meldete er sich.

»Gut, daß du gleich angerufen hast, Wolfgang.« In ihren höheren Tonlagen klang Honnys Stimme erregt und entnervt. »Der Kontakt, den du den ganzen Winter über gesucht hast – ich habe ihn.«

»Bist du sicher?« fragte Wolf.

Honnys Stimme wurde tiefer und ruhiger. »Ich habe genug Beweise, um jeden Zweifel auszuschließen.« Er betonte das Wort ›Beweise‹.

»Sehr schön«, sagte Wolf. »Ich bin in etwa einer Stunde bei dir. Kannst du es schaffen, daß der Mann auch da ist?«

»In zwei Stunden.«

»Geht in Ordnung«, sagte Wolf und legte auf. Er rief zu Ursula hinaus, daß sie ohne ihn essen müßten, und eilte aus dem Haus. Noch bevor er die Tür hinter sich schloß, hörte er, wie sie ihrer Überraschung und Enttäuschung laut Ausdruck verlieh. Er marschierte rasch die Straße hinunter und kam noch gerade rechtzeitg an der Ecke an, um auf eine schon anfahrende Straßenbahn aufspringen zu können.

Wolf war sehr aufgeregt. Er hatte längst die Hoffnung aufgegeben, dieses Geschäft noch zustande zu bringen, dachte schon seit Monaten nicht mehr daran. Und jetzt klappte es doch, und gerade zum richtigen Zeitpunkt! Die Heiratserlaubnis war da, er konnte jederzeit Flugkarten besorgen. Zum Teufel mit der ihm zustehenden Freifahrt auf einem Schiff der Marine! Und das Vaterproblem wäre auf das beste gelöst. Ursula und ihr Vater quälten ihn seit Wochen, er sollte den Alten in die Staaten mitnehmen; er hatte ihnen beinahe ins Gesicht gelacht. Aber Frauen wollten ja immerzu belogen werden. Er hatte Ursula versprochen, er würde es versuchen. Er hätte ja an sich nichts dagegen gehabt, wenn der alte Herr auf dem Damm gewesen wäre. Aber der Vater hatte eine gesunde Tracht Prügel bezogen, als er versuchte, ein paar Schwarzmarkthändler hereinzulegen. Er hatte eine ganze Woche im Krankenhaus zubringen müssen. Seitdem hockte er wie ein Grottenolm in der Wohnung, verzehrte einen zehn Kilo schweren Schinken in weniger als einer Woche, zwei oder drei Enten auf einen Sitz, und im Laufe eines Sonntags eine ausgewachsene Gans. In den vergangenen zwei Monaten hatte er gute zwanzig Kilo zugenommen. Seine Hautfalten waren jetzt mit dickem Speck ausgefüllt, und er hatte sich seine Vorkriegshosen ändern lassen müssen, um Platz für seinen großen Bauch zu schaffen.

Er war wohl der einzige ausgefressene Germane in ganz Bremen, dachte Wolf, der fetteste Mann in ganz Deutschland. Ein richtiger Kannibale. Ein 10-Kilo-Schinken in drei Tagen! Du liebe Güte!

An der Einmündung der Kurfürstenallee sprang Wolf von der Straßenbahn ab und marschierte an der Metzer Straße vorbei, auf das weiße Haus zu, in dem Mosca wohnte. Zwar versank der Sonnenschein am Horizont, aber die Luft war noch heiß, und Wolf hielt sich im Schatten der Alleebäume. Er hoffte, Mosca würde schon daheim sein; wenn nicht, blieb noch genügend Zeit, ihn im Ratskeller oder im Kasino zu erwischen. Telefonisch war das nicht zu erledigen.

Wolf ging die Treppe hinauf, klopfte an die Tür, und Mosca öffnete. Er war barfüßig und nur mit einem Unterhemd und einer Hose bekleidet. In der Hand hielt er eine Dose amerikanisches Bier.

»Komm rein, Wolf«, begrüßte ihn Mosca. Sie durchquerten die Diele und gingen ins Wohnzimmer. In einer Ecke des Sofas saß Frau Sander und las eine Illustrierte. Hella schaukelte den zur

Wiege umfunktionierten cremefarbenen Kinderwagen. Das Baby weinte.

Seine Ungeduld bezähmend, begrüßte Wolf die Frauen, bewunderte das Baby und beglückwünschte Hella zu der Schönheit ihres Sohnes. Dann sagte er zu Mosca: »Kann ich dich einen Augenblick allein sprechen, Walter?«

»Sicher«, antwortete Mosca. Immer noch mit der Bierdose in der Hand, führte er Wolf ins Schlafzimmer.

»Hör mal zu, Walter«, begann Wolf aufgeregt, »es ist endlich soweit. Das Geschäft mit den Scrip-Dollars. Ich treffe den Burschen jetzt und bespreche alles mit ihm. Ich möchte, daß du mitkommst, es könnte ja alles sehr schnell gehen. Einverstanden?«

Mosca trank einen Schluck Bier. Aus dem Nebenraum hörte er die murmelnden Stimmen von Frau Sander und Hella und dazwischen das zaghafte, unzufriedene Weinen des Babys. Er war von der Neuigkeit unangenehm überrascht. Er hatte die ganze Sache schon abgeschrieben und überhaupt keine Lust mehr dazu.

»Ich bin nicht mehr scharf darauf, Wolf«, sagte Mosca. »Du wirst dir einen neuen Partner suchen müssen.«

Wie vor den Kopf geschlagen stand Wolf da und starrte Mosca zornig und ungläubig an.

»Was quatschst du denn da für Blech, Walter?« fragte er. »Den ganzen Winter über reißen wir uns den Arsch auf, und jetzt, wenn es soweit ist, willst du kneifen? Was soll das heißen? Das kannst du doch nicht machen!«

Wolfs Zorn und sein aufgeregtes Gehabe reizten Mosca zum Lachen. Wolf lieferte ihm damit einen Vorwand, um sich seines Kneifens nicht schämen zu müssen. Daß er Wolf einen gemeinen Streich spielte, war ihm klar. Er war froh, daß dieser käsegesichtige Kerl ihm jetzt auf die harte Tour kam.

»Verdammt noch mal, Wolf«, antwortete er, »wir sind doch keine Gangster. Es war eine Idee. Vor sechs Monaten würde ich vielleicht mitgemacht haben. Jetzt muß ich an Frau und Kind denken. Was machen die, wenn die Sache schiefgeht? Und außerdem – in ein paar Monaten habe ich meine Heiratserlaubnis. So viel Geld brauche ich gar nicht.«

Wolf bezähmte seine Wut. »Hör mal zu, Walter«, antwortete er in vernünftigem, freundlichem Ton, »in drei oder vier Monaten fährst du in die Staaten zurück. Kann sein, du hast dir in der Zeit, die du hier bist, einen Tausender gespart. Kann sein, du hast dir einen zweiten Tausender auf dem Schwarzmarkt verdient – dank meiner Hilfe, Walter. In den Staaten mußt du dir eine Wohnung einrichten, dich nach einer Stellung umschauen, und so weiter. Du wirst Kies brauchen.« Er ließ einen gekränkten Ton in seine Stimme einfließen und fuhr fort: »Und du bist nicht fair zu mir. Ich stehe auch auf der Verliererseite. Ich kann mir jetzt keinen anderen Partner suchen. Ich brauche einen Kumpel, dem ich vertrauen kann. Komm, los, Walter, die Sache ist doch kinderleicht. Wegen der Polente brauchst du dir keine Sorgen zu machen, die kann uns nicht an den Wagen. Und seit wann hast du Angst vor ein paar windigen Deutschen?«

»Ohne mich«, sagte Mosca und nahm einen Schluck aus der Bierdose. Mit seiner freien Hand fächelte er sich Luft zu. »Ist das heute eine Hitze!«

»Mensch!« Wolf klatschte mit der flachen Hand gegen die Tür. »Haben sie dir deinen ganzen Mut abgekauft, dieser feige Jid und dieser Poussierstengel Eddie? Ich hätte dir mehr Mumm zugetraut.«

Mosca stellte das Bier auf die Kommode. »Hör mal, Wolf, laß meine Freunde aus dem Spiel. Sag nichts mehr über sie. Und was nun diese Sache angeht: ich weiß, daß du deine Heiratspapiere schon in der Tasche hast, du Klugscheißer. Du drehst das Ding und schwirrst nach den Staaten ab. Ich aber muß noch drei oder vier Monate bleiben. Ich habe keine Angst vor den Deutschen, aber auch keine Lust, nach einem solchen Gaunerstück weiter in Bremen herumzuspazieren. Wenn wir das Ding drehen, heißt es entweder sofort raus aus Bremen, oder wir müssen die Burschen umlegen, denen wir das Geld abnehmen. Und wie es jetzt aussieht, kann ich weder das eine noch das andere tun. Und ich werde auch nicht den ganzen Sommer darauf warten, daß mir einer ein Messer in den Rücken stößt – nicht einmal für eine Million Dollar!«

Er unterbrach sich und fügte mit aufrichtigem Bedauern in seiner Stimme hinzu: »Nichts zu machen, Wolf, tut mir leid.«

Wolf starrte kopfschüttelnd zu Boden. Doch dann erinnerte er sich an den Zwischenfall im Offizierskasino, als Mosca vor dem Adjutanten klein beigegeben hatte, und sagte: »Du weißt doch, Walter, daß ich dich auffliegen lassen könnte, dich und Hella. Ich brauche dich nur bei der Militärpolizei zu verpfeifen. Indem du in einem deutschen Quartier wohnst, verstößt du gegen eine Vorschrift der Militärregierung. Und es gibt auch noch ein paar andere Sächelchen, die ich erzählen könnte.«

Zu seiner nicht geringen Überraschung brach Mosca in schallendes Gelächter aus. »Wolf, Mensch, trink ein Bier mit mir oder hau ab«, stieß er hervor. »Ich hatte nichts dagegen, daß wir miteinander Gangster spielen, aber komm mir bitte nicht mit solchem Quatsch. Ich bin doch keiner von deinen Nazikriegsgefangenen, denen du die Hölle heiß machen kannst, bis sie die Hosen gestrichen voll haben?«

Wolf wollte den Kopf heben und ihn mit einem drohenden Blick fixieren, doch es lag so viel Stärke in dem leichtbekleideten Körper, so viel Autorität und Selbstvertrauen in dem mageren Gesicht mit dem schmalen Mund und den dunklen, ernsten Augen, daß er nur seufzen und ein schwächliches Lächeln zustande bringen konnte.

»Na schön, du Hurensohn«, brummte er resigniert, »gib mir ein Bier.« Und fügte kläglich hinzu: »Ein Fünftausenddollarbier.« Doch während er trank, überlegte er, wie er Mosca heimzahlen sollte, daß er ihn im Stich gelassen hatte. Und kam zu dem Schluß, daß er in Wirklichkeit gar nichts tun konnte. Wenn er Mosca bei der Militärpolizei anzeigte und sich dann in die Staaten absetzte, half ihm das mit den Scrip-Dollars auch nicht weiter. Es brachte ihm nichts ein, und die Möglichkeit einer Vergeltung war nicht auszuschließen. Nein, nein. Er war auch schon jetzt recht gut eingedeckt. Er besaß ein kleines Vermögen in Brillanten und einen ansehnlichen Betrag in bar. Wozu das Schicksal herausfordern?

Er seufzte und schlürfte sein Bier. Bedauerlich, daß er sich eine solche Chance entgehen lassen mußte. Er wußte, daß er nie den Mut aufbringen würde, das Ding allein zu drehen. Nun ja, dachte er, er würde eben alles zusammenscharren müssen, was an Zigaretten aufzutreiben war, den ganzen Stützpunkt abklappern, billig einkaufen und teuer verkaufen. Ein Tausender mochte dabei herausspringen.

Er streckte Mosca seine Hand entgegen. »Nichts für ungut«, sagte er. Er sorgte sich ein wenig, Mosca könnte seine Drohung von vorhin ernst nehmen. Er wollte seinen letzten Wochen in Deutschland nicht in Angst verbringen. »Tut mir leid, daß ich den starken Mann gespielt habe, aber das viele Geld . . . vergiß die Sache.«

Sie schüttelten einander die Hände.

»Ist schon in Ordnung«, entgegnete Mosca. Er begleitete Wolf zur Tür. »Vielleicht kannst du es allein schaffen.«

Als Mosca ins Wohnzimmer zurückkehrte, sahen ihn die beiden Frauen fragend an. Sie hatten Wolfs zornlaute Stimme gehört. Das Baby weinte nicht mehr und schlief in seiner Wiege.

»Ihr Freund ist nur sehr kurz geblieben«, forschte Frau Sander.

»Er wollte mir nur etwas erzählen«, sagte Mosca, und zu Hella, die gleichzeitig las und strickte: »Wolf wird bald heiraten. Er hat schon seine Papiere.«

Hella sah auf. »Ah, ja?« sagte sie zerstreut. »Ich hoffe, unsere kommen auch bald«, murmelte sie und wandte sich wieder ihrem Buch zu.

Mosca ging ins Schlafzimmer, um noch ein Bier und eine Dose Erdnüsse zu holen. Er bot beiden Frauen Erdnüsse aus der geöffneten Dose an. Jede nahm eine Handvoll. »Kein Bier?« Sie schüttelten die Köpfe und lasen weiter.

Sie saßen da und knabberten Erdnüsse. Mosca trank sein Bier, die zwei Frauen lasen, und Hella strickte. Für den Sommer hatte sie sich das Haar sehr kurz schneiden lassen, und nur ein feiner Vorhang aus Fleisch und Haut bedeckte die zarten Knochen ihres Gesichts. Ein bläuliches Äderchen zog sich die Wange hinunter bis an ihre Lippen. Die warme, friedliche Ruhe des Sommerabends erfüllte den Raum, und ein kühlender Luftzug kam durch die offenen Fenster und die geblümten Gardinen.

Mosca studierte die zwei Frauen. Die eine hätte seine Mutter sein können, die andere war tatsächlich die Mutter seines Kindes. Das Kind dort in der Ecke war sein Sohn. Er versuchte sich das alles im Geist zurechtzulegen, was gar nicht leicht war, denn das Bier hatte ihn schläfrig gemacht, und die Dinge gerieten durcheinander.

Eines Tages, vor langer Zeit, hatte er seinen Stahlhelm aufgesetzt, sein Gewehr zur Hand genommen und war auf Schiffen, auf Lastwägen und Panzern durch Nordafrika, England, Frankreich, Belgien und Holland gefahren, um den Feind zu verfolgen und ihn zu töten. Das schien ihm auch heute noch nicht falsch und dumm oder gar lächerlich gewesen zu sein. Nur etwas fragwürdig. Ein tolles Ding, dachte er, ein tolles Ding. Es überraschte ihn, daß er sich jetzt daran erinnerte. Er nahm noch eine Handvoll Erdnüsse und verfehlte beinahe seinen Mund; ein paar Nüsse fielen zu Boden. Er war sehr schläfrig und ging ans Fenster. Der schwache Luftzug drang durch die lockere Wolle seines Unterhemds und umschmeichelte seinen warmen Leib. Er schwankte zum Kinderwagen hinüber und starrte auf das Baby hinab. »Ein tolles Ding«, erklärte er laut und feierlich.

Die zwei Frauen lächelten. »Ich fürchte, ich werde dich zu Bett bringen müssen«, sagte Hella zu Mosca. Und dann zu Frau Sander: »Das ist das erstemal, daß er das Baby richtig angesehen hat. Kannst du es noch immer nicht glauben, daß du Vater geworden bist, Walter?«

»Beim zweiten wird er das schon besser verstehen«, meinte Frau Sander. Mosca starrte immer noch auf das Kind hinab. Es war jetzt nicht mehr häßlich; das runzlige Gesicht war glatt und fein geworden. Die Frauen lasen weiter, und Mosca trat wieder ans Fenster.

»Sei nicht so unruhig«, sagte Hella, ohne von ihrem Buch aufzusehen.

»Ich bin nicht unruhig«, konterte Mosca. Und das war die Wahrheit. Er hatte nur das Gefühl, als sähe er das Zimmer heute zum erstenmal. Er ging wieder zum Kinderwagen hinüber und betrachtete das schlafende Baby. Es sieht ja schon fast menschlich aus, dachte er, und sagte dann zu Hella: »Was hältst du davon, wollen wir morgen in den Country-Club hinausfahren? Wir können auf dem Rasen sitzen, den Kinderwagen neben uns, und ich bringe dir heiße Würstchen und Eiscreme aus der Imbißstube. Man hört da draußen auch das Orchester noch sehr gut.«

Hella nickte, ohne von ihrem Buch aufzublicken. »Möchten Sie nicht auch mitkommen?« fragte er Frau Sander.

Frau Sander blickte auf. »Ach nein, ich erwarte Besuch«, antwortete sie.

Hella lächelte ihr zu. »Er meint es ernst, sonst würde er Sie nicht fragen. Dort gibt es Eiscreme in rauhen Mengen.«

»Nein, es geht wirklich nicht«, sagte Frau Sander und wandte sich wieder ihrem Buch zu. Mosca verstand sehr gut, daß sie nicht kommen wollte, weil sie zu schüchtern war und weil sie glaubte, daß er sie nur aus Höflichkeit eingeladen hatte.

»Ich habe nicht gespaßt«, sagte er.

Frau Sander lächelte. »Bringen Sie mir einen Becher Eiscreme mit.«

Mosca holte sich noch ein Bier aus dem Schlafzimmer. Alles war in bester Ordnung, dachte er.

»Wo du doch so guter Laune bist«, sagte Hella, »möchte ich dich um einen Gefallen bitten. Frau Sander hat einen Onkel in Amerika, und sie möchte, daß du einen Brief für sie durch die Kurierpost schickst.«

»Kein Problem«, antwortete Mosca. Das war nichts Ungewöhnliches. Alle Deutschen schrieben an ihre Verwandten in den Staaten und baten um Pakete.

»Danke schön«, sagte Frau Sander und fügte mit einem schiefen Lächeln hinzu: »In diesen Zeiten liegt uns die Gesundheit unserer lieben Onkel in Amerika besonders am Herzen.« Hella und Mosca lachten, und Mosca konnte nicht aufhören und verschluckte sich beinahe an dem Bier, das er gerade trinken wollte.

Die Frauen waren wieder mit ihren Büchern beschäftigt, und Mosca warf einen Blick auf die letzte Nummer der *Stars and Stri-*

pes, die vor ihm auf dem Tisch lag. »Vielleicht«, sagte er, »wird Leo morgen schon wieder aus Hamburg zurück sein und mit uns hinausfahren.«

Hella hob den Kopf. »Er bleibt diesmal länger als üblich aus. Ich hoffe, es ist ihm nichts zugestoßen.«

Mosca holte sich noch ein Bier. »Wollt ihr beiden immer noch keines?« Beide Frauen schüttelten den Kopf. »Ich nehme an, Leo will dort das Wochenende verbringen und sehen, was es Neues gibt. Eigentlich hätte er schon gestern zurück sein sollen.«

Hella legte ihr Buch auf den Tisch. »Fertig«, sagte sie zu Frau Sander. »Ein schönes Buch.«

»Im Schlafzimmer habe ich noch andere, die Sie noch nicht gelesen haben«, lächelte Frau Sander. »Schauen Sie doch mal rüber.«

»Heute nicht«, sagte Hella. Sie ging ans Fenster und blieb neben Mosca stehen. Sie schlang ihren Arm um seine Mitte, und beide starrten ins Dunkle hinaus und ließen sich den duftigen Luftzug ins Gesicht wehen. Sie rochen die Gemüsegärten und den Fluß, der ein Stück weiter vorbeiströmte. Der Vollmond war hinter Wolken versteckt, und in der Finsternis hörte Mosca deutsche Stimmen und deutsches Lachen aus den Nebenhäusern. Ein auf den Bremer Sender eingestelltes Radio spielte zarte Kammermusik. Er empfand plötzlich den dringenden Wunsch, in den Ratskeller oder in den Klub zu gehen, um dort mit Eddie und Wolf einen zu heben oder zu spielen.

»Du trinkst ja so viel Bier«, sagte Hella. »Ich hoffe, du findest noch ins Bett.«

Mosca strich ihr übers Haar. »Mach dir keine Sorgen. Mir geht's gut.«

Sie lehnte sich an ihn. »Ich fühle mich heute richtig wohl«, sagte sie. »Weißt du, was ich möchte?« Sie sprach diese Worte so leise, daß Frau Sander sie nicht hören konnte.

»Was?« fragte Mosca, und sie lächelte und hob sich auf die Zehenspitzen, um ihn auf den Mund zu küssen.

»Bist du sicher, daß es schon geht?« flüsterte er. »Es ist doch erst einen Monat her.« Eddie Cassin hatte ihm empfohlen, mindestens zwei Monate zu warten.

»Keine Bange«, antwortete sie, »ich bin schon wieder ganz in Ordnung. Mir geht es prächtig. Ich habe so ein Gefühl, als ob wir schon viele, viele Jahre zusammen wären.«

Sie blieben noch eine kleine Weile am Fenster stehen und lauschten dem Gemurmel der Stadt und der Nacht; dann drehte Mosca sich um und wünschte Frau Sander gute Nacht. Er hielt die Tür des Wohnzimmers auf, damit Hella den Kinderwagen ins Schlafzimmer rollen konnte. Bevor er ihr folgte, versicherte er sich noch, daß die Tür zur Diele versperrt war.

18

Mosca saß im Schatten eines großen, weißgetünchten Hauses, des requirierten Country-Clubs. Vor ihm lag die Bahn der Bogenschützen mit den blau und rot bemalten Strohscheiben. Hella saß in einem niedrigen, bequemen Lehnsessel neben ihm. Rundum lagerten GIs und ihre Frauen. Vereinzelt standen auch Kinderwagen auf dem Rasen.

Das Bild war von der friedlichen Stille eines späten Sonntagnachmittags geprägt. Der Abend brach ein bißchen früher als sonst an. In diesem Jahr wird es schneller Herbst, dachte Mosca. Das Grün des Rasens war von braunen Flecken gesprenkelt, und ein rötlicher Hauch färbte die Blätter der großen Ulmen, die den Golfplatz abschirmten.

Er sah Eddie Cassin auf sie zukommen. Eddie setzte sich ins Gras, gab Hella einen leichten Klaps auf den Fuß und begrüßte sie mit einem »Hallo, Baby!« Hella lächelte ihm zu und fuhr mit der Lektüre der *Stars and Stripes* fort, indem sie die Worte tonlos mit den Lippen formte.

»Meine Frau hat mir geschrieben«, berichtete Eddie Cassin. »Sie kommt nicht.« Er schwieg eine kleine Weile. »Ihr letztes Wort«, sagte er und verzog den feingeschnittenen Mund zu einem besinnlichen Lächeln. »Sie will ihren Chef heiraten. Ich habe ja gewußt, daß sie miteinander schlafen, Walter. Damals wußte ich es noch gar nicht. Reine Intuition. Was hältst du von meinem intuitiven Wissen, Walter?«

Mosca erkannte, daß Eddie auf einen gewaltigen Rausch zusteuerte. »Mach dir nichts draus, Eddie, du bist ohnedies nicht der Typ des Familienvaters.«

»Ich könnte einer sein«, gab Eddie Cassin zurück. »Ich könnte es versuchen.« Er deutete auf den cremefarbenen Kinderwagen, aus dem eine blaue Wolldecke herauslugte und der so zierlich auf dem grünen Grasteppich stand. »Du bist auch kein Familienvater, aber du versuchst es.«

Mosca lachte. »Ich lerne es«, besserte er ihn aus.

Sie schwiegen eine kleine Weile, und dann fragte Eddie: »Wie wäre es, willst du mir heute abend im Ratskeller Gesellschaft leisten?«

»Nein«, antwortete Mosca. »Wir haben Essen zu Hause. Warum kommst du nicht herüber?«

»Ich muß in Bewegung sein können.« Er stand auf. »Ich kann nicht den ganzen Abend in einem Zimmer hocken.« Er schlenderte davon, zwischen den Bogenschützen und ihren Zielscheiben durch.

Mosca lehnte sich an Hellas Beine und hob sein Gesicht den schwachen Strahlen der versinkenden Sonne entgegen. Er hatte vergessen, Eddie nach seinen Heiratspapieren zu fragen. Er rechnete jeden Tag mit ihrem Eintreffen.

Er versuchte sich vorzustellen, wie es sein würde, wenn er mit Frau und Kind zu seiner Mutter nach Hause kam. Gloria war verheiratet (bei diesem Gedanken lächelte er); um sie brauchte er sich nicht zu kümmern. Aber es würde doch eine sonderbare Heimkehr sein – wenn auch unkomplizierter als beim erstenmal.

Während er den Schützen zusah, wie sie die Bogen spannten und die Pfeile fliegen ließen, erinnerte er sich an einen älteren GI in einem Bauernhaus weit hinten in der Etappe. Das Haus wurde dazu verwendet, den Reservetruppen Filme vorzuführen. Stöße von Brennholz dienten als Sitze, und dieser alte GI, der schon an die vierzig sein mußte, hielt eines der drei Franzosenkinder, einen sechsjährigen Jungen, zwischen seinen Knien und kämmte ihm sorgfältig sein struppiges, verfilztes Haar, indem er ihm einen sauberen Scheitel zog und es vorne zu einer flockigen Locke auffrisierte. Dann kämmte er auch noch die anderen zwei Kinder, ein Mädchen und einen Jungen. Er hielt sie zwischen den Knien fest, kämmte sie mit sanfter und geübter Hand und drehte sie immer wieder herum, um einen graden Scheitel zu ziehen. Als er damit fertig war, gab er jedem der Kinder eine Rippe Schokolade, nahm sein Gewehr auf, das er an die Wand gelehnt hatte und legte es sich auf die Knie.

Mosca saß in dem mit Kinderwagen getüpfelten grünen Gras, und weil es ihm wichtig und bedeutend erschien, zwang er sich, an den farbigen GI zu denken, der große Dosen Ananassaft von seinem Lastwagen geworfen hatte, während er an den müden Truppen vorbeifuhr, die sich, eben gelandet, mühselig in die Richtung vorarbeiteten, aus der das Donnern der schweren Geschütze zu vernehmen war. So wie das Läuten der Kirchenglokken an Sonntagen die Seelen der Menschen wachruft, so waren diese Soldaten nun aufgerufen. Je näher sie kamen, desto lauter krachten die leichten Waffen und desto gewaltiger dröhnten die Kanonen und fanden ihr Echo in Schluchten und Tälern. Und vor dem letzten feierlichen Auftritt, als sie, gleichsam ein Gotteshaus betretend, sich anschickten, ein Leib und Seele verquickendes Ritual zu beginnen – aber hier brach seine Erinnerung ab und kehrte zu der blechernen Kühle des Ananassafts zurück, zu der Rast auf der Straße, zu dem Herumgehen der Dosen von Mund zu Mund. Von dieser Straße sprang seine Erinnerung zu einer anderen über, zu einer in Mondlicht getauchten Straße in einem französischen Dorf. Verdunkelt lagen die kleinen Steinhäuser da, aber die dort abgestellten Jeeps und Lastwagen und die riesenhaften Geschützlafetten waren deutlich sichtbar. Und am Ende der Straße stand ein Panzer, bedeckt mit frisch gewaschener Wäsche, in nächtlicher Helle zum Trocknen ausgebreitet.

Das Schwirren einer Bogensehne und der dumpfe Aufschlag eines Pfeils schienen einen kühlen Abendwind anzufachen und einzuleiten. Hella blickte von ihrem Buch auf, und Mosca rappelte sich hoch. »Willst du noch etwas haben?« fragte Mosca.

»Nein«, antwortete Hella, »ich bin so satt! Und mein Zahn fängt wieder an, weh zu tun.«

Mosca sah eine kleine bläuliche Schwellung an ihrem Kinn.

»Ich werde Eddie bitten, dich beim Zahnarzt im Stützpunkt anzumelden.«

Sie suchten ihre Sachen zusammen und legten sie in den Kinderwagen. Das Baby schlief noch. Sie gingen den Weg zur Straßenbahnhaltestelle hinunter. Als die Bahn ankam, hob Mosca mit seinen langen Armen den kleinen Kinderwagen auf die hintere Plattform des Beiwagens.

Das Baby begann zu weinen, und Hella nahm es aus dem Wagen und hielt es auf dem Schoß. Der Schaffner wartete auf das Fahrgeld, und Mosca sagte auf Deutsch zu ihm: »Wir sind Amerikaner«. Der Schaffner musterte Mosca von Kopf bis Fuß, erhob aber keine Einwände.

Einige Haltestellen weiter stiegen zwei amerikanische Armeehelferinnen ein. Eine von ihnen bemerkte das Kind in Hellas Armen und sagte zu der anderen: »Ist das nicht ein reizendes deutsches Baby?«

Die andere beugte sich hinüber und stimmte ihr mehrere Male ganz laut zu: »Ja, das ist ein entzückendes Baby.« Sie blickte Hella ins Gesicht, um zu sehen, ob sie verstanden hatte, und fügte hinzu: »Schönes Kind, schönes Kind.«

Hella lächelte und sah Mosca an.

Mosca blieb stumm. Eine der Armeehelferinnen nahm eine Rippe Schokolade aus ihrer Tasche, und als sie zu einer Haltestelle kamen, legte sie sie schnell auf das Baby drauf. Bevor Hella noch protestieren konnte, waren sie beide ausgestiegen und gingen davon.

Der Zwischenfall hatte Mosca anfangs amüsiert, jetzt aber war er zornig. Er nahm die Schokolade und warf sie auf die Straße.

Nachdem sie die Straßenbahn verlassen hatten und auf ihr Haus zugingen, sagte Hella: »Sei doch nicht so böse, weil sie uns für Deutsche gehalten haben.«

Aber es war mehr als das. Er hatte Angst gehabt, wie wenn sie wirklich Deutsche und auf die demütigende Mildtätigkeit der Sieger angewiesen wären. »Wir werden hier bald weg sein«, erwiderte er. »Ich werde gleich morgen mit Eddie sprechen, wie man die Erledigung der Heiratspapiere beschleunigen könnte.« Zum erstenmal hatte er das Gefühl, es sei nun alles eilig.

Eddie Cassin verließ den Country-Club, ohne eine Ahnung zu haben, wohin er sich wenden sollte. Mosca im Gras sitzend, den Kopf an Hellas Knie gelehnt, eine Hand auf dem Rad des Kinderwagens, diesen Anblick hatte er schmerzlich empfunden. Ich werd' mal den Gorilla besuchen, dachte er und stieg in die Straßenbahn. Dieser Gedanke ermunterte ihn doch so weit, daß er den Mädchen nachguckte, die in die Stadt unterwegs waren. Nach dem Aussteigen ging er zum Fluß hinunter, überquerte die Brücke über die Weser und nahm eine andere Straßenbahn, die zur Neustadt fuhr. Bei der letzten Haltestelle, bevor die Straßenbahn zum Flugstützpunkt weiterfuhr, stieg er aus.

Die Häuser hier waren alle unbeschädigt geblieben. Er betrat eines, kletterte drei Stockwerke hoch und klopfte. »Einen Moment«, hörte er Elfriedas Stimme sagen. Dann ging die Tür auf.

Es war immer wieder ein Schock für ihn, wenn er sie sah. Die weiche, volle Gestalt, in Wirklichkeit noch voller, als auf den ersten Blick erkennbar, die schnittigen Knöchel und Hüften, und dann diese Monstrosität von Kopf mit den sanften, violetten Augen, rot umrandet, wie die eines Hasen.

Eddie Cassin trat ein und setzte sich auf die Couch an der Wand. »Gib mir was zu trinken, Baby«, sagte er. Er hatte sich hier ein kleines Lager von Alkoholika eingerichtet. Er riskierte nichts dabei, denn er wußte, daß Elfrieda nichts anrührte, wenn er nicht da war. Während sie ihm einen Drink mixte, verfolgte er fasziniert die Bewegungen ihres Kopfes.

Er war ein wenig zu groß für ihren Körper, und ihr Haar glich einem Knäuel messingfarbenen Drahtes. Die Haut war alt und erinnerte mit ihrem gelblichen, fettigen Glanz und den großen Poren an die eines Huhns. Die Nase war breit und flach, wie von vielen fürchterlichen Hieben zusammengeschlagen, und wenn sie ihre Lippen nicht zurechtmachte, wie sie das immer tat, wenn sie

Eddies Besuch erwartete, glichen diese zwei aufgedunsenen Lappen in der Farbe abgelegenen Kalbfleisches. Das breite Kinn hing schlaff herab. Doch wenn sie im Zimmer herumging und mit ihm sprach, klang ihre Stimme weich und melodisch und immer noch jugendlich. Ihr Englisch war ausgezeichnet, und sie verdiente sich ihren Lebensunterhalt als Übersetzerin und Dolmetsch. Manchmal gab sie Eddie Deutschunterricht.

Eddie fühlte sich hier behaglich und sicher. Sie pflegte das Zimmer mit Kerzen zu erhellen, und bei dem Gedanken, welchen anderen Verwendungszweck die Dinger auch noch haben mochten, kicherte Eddie in sich hinein. An der gegenüberliegenden Wand befand sich das Bett und nicht weit davon, an der dem Fenster zugekehrten Wand, eine Kommode, auf der sie das Bild ihres Mannes stehen hatte – ein gutaussehender Kerl, dessen gutmütiges Lächeln seine ungleichmäßigen Zähne sehen ließ.

»Ich habe dich heute abend nicht erwartet«, sagte Elfrieda. Sie gab ihm seinen Drink und setzte sich in einiger Entfernung von ihm auf die Couch. Sie hatte gelernt, daß jede Geste der Zuneigung und des Verlangens Grund für ihn war zu gehen. Wenn sie aber wartete, bis er genug getrunken hatte, würde er die Kerzen ausblasen und sie brutal aufs Bett werfen, und sie wußte, daß sie ihm dabei Widerwillen vortäuschen mußte.

Das Glas in der Hand lehnte Eddie sich zurück und starrte auf das Bild. Ihr Mann war vor Stalingrad gefallen. Elfrieda hatte ihm oft erzählt, wie sie, zusammen mit anderen Leidensgenossinnen, am offiziellen Tag der Trauer um die gefallenen deutschen Männer ihr Witwenkleid anzulegen genötigt worden war, und daß das Wort Stalingrad immer noch ein entsetzliches Echo in ihrem Herzen fand.

»Ich glaube immer noch, daß er schwul war«, sagte Eddie Cassin. »Wie war das nur möglich, daß er dich geheiratet hat?« Er beobachtete sie in ihrem Kummer und ihrer Erregung, in die er sie immer wieder geraten ließ, wenn er schlechter Laune war.

»Sag mal, hat er je mit dir geschlafen?« fragte Eddie Cassin.

»Ja«, antwortete Elfrieda mit leiser Stimme.

»Wie oft?«

Sie antwortete nicht.
»Einmal in der Woche?«
»Öfter.«
»Na ja, vielleicht war er nicht hundertprozentig schwul«, sagte Eddie in kritischem Ton. »Aber eines ist sicher: er war dir untreu.«
»Nein«, widersprach sie, und er stellte befriedigt fest, daß sie schon weinte.
Er stand auf. »Wenn du dich so aufführst und nicht einmal mit mir reden willst, dann kann ich ja gehen.« Sie wußte, daß das alles nur Theater war und wußte auch, wie sie darauf zu reagieren hatte. Sie fiel auf die Knie und schlang ihre Arme um seine Beine.
»Bitte, Eddie, gehe nicht. Bitte gehe nicht!«
»Sag, daß dein Mann schwul war, sag die Wahrheit!«
»Nein«, schluchzte sie und rappelte sich hoch. »Das darfst du nicht sagen. Er war ein Dichter.«
Eddie nahm einen Schluck. »Siehst du«, erklärte er in feierlichem Ton, »das habe ich schon immer gewußt. Alle Dichter sind schwul. Kapiert? Außerdem sehe ich das an seinen Zähnen.« Er grinste schlau.
Sie weinte jetzt hysterisch, von Wut und Schmerz übermannt. »Du kannst gehen«, schrie sie ihn an, »hau ab, du Vieh, du dreckiges, gemeines Vieh!« Und als er ausholte und sie ins Gesicht schlug und sie über den Fußboden schleifte und auf das Bett schleuderte, wußte sie, daß sie in eine Falle geraten war, daß er sie ganz bewußt wütend gemacht hatte, um sich selbst daran zu erregen. Als er sich auf sie warf, versuchte sie sich ihm zu entziehen, vermochte aber seinem Rasen nicht zu widerstehen und unterlag wie gewöhnlich ihrer eigenen Leidenschaft. Heute abend war es noch schlimmer als sonst. Er zwang sie zu langen, kräftigen Zügen aus der Whiskyflasche und erniedrigte sie auf jede Weise. Sie mußte auf Händen und Füßen kriechen und betteln. Er ließ sie im finsteren Zimmer herumgaloppieren und nach seinem Kommando die Gangart wechseln. Schließlich tat sie ihm leid. Er rief »Halt!«, und sie blieb stehen. Dann ließ er sie ins Bett und in seine Arme kommen.

»Und jetzt gib zu, daß dein Mann schwul war.« Er schickte sich an, sie abermals aus dem Bett zu stoßen.

»Mein Mann war schwul«, murmelte sie in kindlicher Trunkenheit. Danach blieb sie stumm und lag regungslos auf dem Rükken. Er hieß sie sich aufsetzen, damit er den Schatten ihrer langen, kegelförmigen Brüste sehen konnte. Klassische Ellipsoide, dachte er, wie beim Baseball. Wenn sie angezogen war, merkte man es nicht. Er war entzückt gewesen, als er zum erstenmal diesen Schatz entdeckt hatte.

»Mir ist nicht gut, Eddie«, sagte sie. »Ich muß ins Badezimmer.« Er half ihr hinaus und setzte sie nackt auf die Klosettschüssel. Dann mixte er sich einen Drink und legte sich wieder auf das Bett.

Arme Elfrieda, dachte Eddie Cassin, arme Elfrieda. Für einen steifen Pimmel tut sie alles. Als er sie zum erstenmal in der Straßenbahn gesehen hatte, genügte der Blick, den sie ihm zuwarf, und er wußte alles von ihr. Jetzt, da er gesättigt war und frei von Leidenschaft und Haß, fragte er sich, ohne etwas zu bedauern, was ihn veranlaßte, so grausam zu ihr zu sein, und warum er es darauf anlegte, die Erinnerung an ihren Mann so vorsätzlich zu zerstören. Was für eine Art Mann war das gewesen, daß er eine Frau mit einem solchen Kopf geheiratet hatte? Wie Elfrieda ihm erzählt hatte, war er ganz verrückt nach ihr gewesen. Mit einer Figur wie der ihren konnte man vieles verstehen, dachte Eddie, aber doch nicht so einen Kopf!

Er mischte sich noch einen Drink und ging wieder ins Bett zurück. So hatte sie also das große Glück gehabt, den einen Mann aufzuspüren, der sich bereitfand, sie zur Frau zu nehmen, den einen Menschen, der es verstand, hinter der ihr von der Natur gegebenen Maske der Häßlichkeit die Schönheit ihrer Seele zu sehen – einen prächtigen Burschen nach ihren Worten und nach dem Bild zu urteilen. Und diese Erinnerung zerstörte er.

Er hörte, wie Elfrieda sich im Badezimmer erbrach. Er war sich der Tatsache bewußt, daß er sie terrorisiert hatte, um seiner eigenen Panikstimmung Herr zu werden, und sie tat ihm leid. Die letzten Wurzeln seines Lebens waren nun endgültig und unwiederbringlich dahin. Seine Frau trug keine Schuld. Er hatte seinen Ekel, wenn sie krank war, nie überwinden können. Während der Zeit ihrer Schwangerschaft war sie häßlich gewesen, hatte sich immerzu erbrochen, wie Elfrieda jetzt, und er hatte sie damals nicht angerührt.

Er nahm noch einen Schluck. Der Alkohol umnebelte seine Sinne, aber er dachte an seine Frau, und ihm war, als ob sie mit gespreizten Beinen neben ihm stünde. Vor seinem geistigen Auge erschien das Bild des alten Eisschranks seiner Mutter, und er sah sich, wie er jeden Tag in den Keller des Kohlenhändlers hinunterging und in einem schweren Holzkübel den kalten Eisblock heraufbrachte und anschließend die große Schüssel unter dem Eisschrank ausleerte. Wenn er die große Schale ausleerte, schwammen Reste verfaulter Lebensmittel in dem trüben Wasser, Fetzen von Zeitungspapier, Schmutzklümpchen und tote Küchenschaben; zehn, zwanzig, dreißig Schaben schwammen auf ihren harten, braunen Flügeldecken, und ihre dünnen, fadenförmigen Fühler lagen wie unzählige Streifen wäßrigen Blutes auf der Oberfläche. Und nun sah er seine Frau mit gespreizten Beinen über der grauen Emailschüssel stehen, und aus ihrem Leib fielen langsam die faulenden Speisereste, die Schmutzklümpchen und die braunen Küchenschaben, eine nach der anderen.

Er stützte sich auf und rief: »Elfrieda!« Sie antwortete nicht. Er ging ins Badezimmer und fand sie dort auf dem Boden liegend, ihre schwere Brust auf die Fliesen gepreßt. Er hob sie auf, brachte sie ins Bett zurück und sah, daß sie lautlos und bitterlich weinte. Mit einemmal war ihm, als ob er aus weiter Ferne auf sie und Eddie Cassin herabblickte. Er sah sein Gesicht, das sich im Kerzenlicht spiegelte, und eine schreckliche Angst fuhr ihm durch alle Glieder. O Gott, rief er im Geist aus, o Gott, hilf mir! Bitte, hilf mir! Er küßte ihre Stirn, den großen Mund, die gelben Wangen. »Hör auf zu weinen«, sagte er, »bitte hör auf. Dein Gatte war ein ganzer Mann, kein Schwuler. Ich wollte dich ja nur auf die Palme bringen!«

Er sah sich als kleinen Jungen, der auf die alten Märchen lauschte, die man ihm vorlas. So schön waren die Worte, so schön die Märchen, und jetzt, wie alles Unschuldige, verderbt und verfälscht. »Verirrt, verirrt, verirrt im Wald!« las die Stimme. »Habt Mitleid mit der verirrten Prinzessin!« Und so wie damals erschien eine Jungfrau mit Kranz und Schleier aus weißer Spitze vor seinem geistigen Auge. Ihre Züge waren zart wie die eines Engels, sie hatte die schmächtige Gestalt eines noch unentwickelten Mädchens, ohne jede Rundung von Hüfte oder Brust, ohne jede Spur von Reife, die die Reinheit ihrer Formen hätte beeinträchtigen können. Und wenn er dann (in der Schule? In seinem eigenen Zimmer daheim?) aus dem Fenster blickte, seine von Tränen getrübten Augen über einen Wald von Stein gleiten ließ, weinte er leise, tonlos, während die freundliche Stimme immer wieder aufforderte: »Habt Mitleid mit der verlorenen Schönheit!«

An diesem Abend ließen Hella und Mosca das Baby bei Frau Sander und schlenderten die Metzer Straße hinunter, wo Mosca offiziell immer noch einquartiert war. In seiner blauen Tasche hatte Mosca Handtücher und saubere Unterwäsche.

Sie fühlten sich beide heiß und schmutzig und freuten sich auf ein Bad. In Frau Sanders Haus gab es keinen Heißwasserspeicher.

Frau Meyer stand vor dem Haus. Sie trug weiße Slacks und eine weiße Bluse, beides Geschenke von Eddie Cassin. Sie rauchte eine amerikanische Zigarette und wirkte sonderbar selbstzufrieden. »Guten Abend, ihr beiden«, sagte sie. »Ist ja schon eine ganze Weile her, daß ihr uns besucht habt.«

»Jetzt sagen Sie bloß nicht, Sie hätten sich einsam gefühlt«, sagte Mosca.

Frau Meyer lachte und ließ ihre vorstehenden Zähne sehen. »Nein, ich fühle mich nie einsam. Doch nicht in einem Haus voller Männer.«

»Frau Meyer«, erkundigte sich Hella, »wissen Sie vielleicht, ob Leo schon von Hamburg zurück ist?«

Frau Meyer blickte sie überrascht an. »Er ist ja schon seit Freitag wieder da. War er nicht bei euch?«

»Nein«, antwortete Mosca, »und ich habe ihn auch weder im Ratskeller noch im Klub gesehen.«

Wieder breitete sich der Ausdruck von Selbstzufriedenheit über Frau Meyers Gesicht. »Er ist in seinem Zimmer mit einem prächtigen blauen Auge. Ich habe ihn damit aufgezogen, aber er wurde zornig, und da habe ich ihn allein gelassen.«

»Hoffentlich ist er nicht krank«, sorgte sich Hella. Sie stiegen die Treppe hinauf und klopften an Leos Tür. Mosca klopfte noch lauter, erhielt aber keine Antwort. Er drückte die Klinke nieder. Die Tür war versperrt.

»Die Meyer hat nicht aufgepaßt«, sagte Mosca. »Wahrscheinlich bummelt er durch die Stadt.«

Sie gingen in Moscas Zimmer, und Mosca zog sich aus und lief ins Bad am Ende des Korridors. Er weichte in der Wanne, während er eine Zigarette rauchte, und wusch sich dann schnell. Als er ins Zimmer zurückkehrte, lag Hella auf dem Bett und hatte beide Hände an ihre Wange gelegt.

»Was hast du?«

»Der Zahn tut mir weh. Das viele Zuckerwerk und die Eiscreme, die ich heute gegessen habe.«

»Morgen bringe ich dich zum Zahnarzt«, versprach Mosca.

»Ach nein, das vergeht schon wieder«, meinte Hella. »Ich hab' das schon mal gehabt.« Während Mosca sich ankleidete, zog sie sich aus, schlüpfte in den noch feuchten Bademantel und ging den Korridor hinunter.

Mosca band sich die Schnürsenkel, als er Bewegung aus Leos Zimmer hörte. Der Gedanke schoß ihm durch den Kopf, es könnte ein deutsches Dienstmädchen sein, das etwas klauen wollte, und darum rief er laut: »Leo?« Er wartete und hörte dann Leo durch die Wand antworten: »Ich bin's.«

Mosca ging aus dem Zimmer, und Leos Tür war offen. Als er eintrat, kehrte Leo ihm schon den Rücken und war zu seinem Bett unterwegs.

»Warum hast du dich denn nicht blicken lassen?« fragte Mosca.

Leo streckte sich auf dem Bett aus, und als er sich auf den Rükken legte, sah Mosca sein Gesicht. Er hatte eine Beule auf der Stirn und einen dunkelblauen Fleck unter einem Auge. Sein Gesicht war aufgedunsen und geschwollen.

Mosca starrte ihn an und ging dann zum Tisch und setzte sich nieder. Er zündete sich eine Zigarre an. Nach dem, was er gestern abend in *Stars and Stripes* gelesen hatte, konnte er sich schon vorstellen, was passiert war. Mit all dem Bier hatte er es nicht so recht zur Kenntnis genommen.

Ein Schiff war zu sehen gewesen, das in den Hamburger Hafen einfuhr. Das Schiff war schwarz von Menschen. Unter dem Bild war ein Bericht: Das Schiff hatte versucht, einstige Insassen von Konzentrationslagern nach Palästina zu schmuggeln. Die Briten hatten das Schiff abgefangen und nach Hamburg gebracht. Die Leute hatten sich geweigert, von Bord zu gehen, und waren von bewaffneten Truppen mit Gewalt dazu gezwungen worden.

»Du warst bei dieser Geschichte in Hamburg dabei, nicht wahr?« fragte Mosca.

Leo nickte. Mosca saß still da, rauchte, überlegte und stellte Zusammenhänge her: mit der Tatsache, daß Leo sie nicht besucht hatte, daß er auf ihr Klopfen nicht geöffnet hatte.

»Soll ich dich allein lassen?« fragte er Leo.

Leo schüttelte den Kopf. »Nein«, antwortete er, »bleib noch ein Weilchen.«

»Waren es die Tommys, die dir das verpaßt haben?«

Leo nickte. »Ich versuchte, sie daran zu hindern, einen Mann zu prügeln, den sie von Bord geholt hatten. Das war die Antwort.« Er deutete auf sein Gesicht. Es fiel Mosca auf, daß Leos Tick verschwunden war, so als ob der Schock die Muskeln gelähmt hätte.

»Wie war denn das alles?«

»Hast du die Zeitung nicht gelesen?« antwortete Leo ausweichend.

Mosca machte eine ungeduldige Geste. »Was war los?«

Leo saß stumm auf dem Bett, und plötzlich liefen ihm die Tränen über das Gesicht. Der Tick riß wieder heftig an seiner Wange, und er hob die Hand, um das Fleisch stillzuhalten. »Mein Vater hatte unrecht!« stieß er hervor. »Mein Vater hatte unrecht!«

Mosca sagte nichts, und nach einer kleinen Weile ließ Leo die Hand wieder sinken. Die Gesichtsnerven hatten sich beruhigt.

»Ich sah, wie sie den Mann prügelten, während sie ihn über das Fallreep hinunterzerrten. ›Macht das nicht‹, sagte ich. Ich war wirklich überrascht und schob nur einen von ihnen zur Seite. Der andere sagte: ›Na schön, du Saujud, dann kriegst du auch was ab!« Leo ahmte den Cockney-Akzent ausgezeichnet nach. »Ich lag auf dem Boden und sah, wie die deutschen Hafenarbeiter mich auslachten. Uns alle auslachten. Da dachte ich an meinen Vater. Nicht in dem Sinn, daß er unrecht hatte. Ich dachte nur an ihn und was er wohl getan haben würde, wenn er seinen Sohn in dieser Lage gesehen hätte. Was würde er sich dabei gedacht haben?«

»Ich hab's dir schon mal gesagt, hier kann man nicht bleiben«, antwortete Mosca bedächtig. »Hör mal, sobald ich meine Heiratserlaubnis habe, gehe ich in die Staaten zurück. Man spricht schon davon, daß der Stützpunkt hier aufgelassen wird, und dann bin ich meinen Posten sowieso los. Warum kommst du nicht mit uns?«

Leo vergrub den Kopf in den Händen. Der Vorschlag erweckte keinerlei Empfindungen in ihm, kein Verlangen, ihn zu akzeptieren, keine Zuneigung zu Mosca, keine brüderlichen Gefühle.

»Sind denn die Juden in Amerika hundertprozentig sicher?« fragte Leo in bitterem Ton.

»Ich denke schon«, antwortete Mosca.

»Bist du sicher?«

»Sicher ist gar nichts.«

Leo schwieg. Er dachte an die englischen Soldaten in ihren rauhen Wolluniformen, die gleichen Männer, die ihn und seine Kameraden mit Tränen in den Augen aus dem Konzentrationslager befreit, ihre eigenen Kleider ausgezogen und Lastwagen voll Lebensmittel herbeigeschafft hatten. Damals hatte er seinem Vater geglaubt: der Mensch ist gut, und Liebe und Mitgefühl sind ihm näher als Haß.

»Nein«, sagte er jetzt zu Mosca, »ich kann nicht mit euch gehen. Ich habe schon alles vorbereitet, um nach Palästina zu gehen. In ein paar Wochen fahre ich.« Und aus dem Gefühl heraus, daß er Mosca eine Erklärung schulde, fügte er hinzu: »Ich fühle mich nirgendwo mehr sicher – außer bei meinen eigenen Leuten.« Und während er diese Worte aussprach, wurde ihm klar, daß er Mosca einen Vorwurf machte, daß es eine rein persönliche Zuneigung war, die Mosca ihm entgegenbrachte, daß Mosca ihn, Leo, verteidigen würde, wenn ihm Gefahr drohte, aber nicht einen Juden, den er nicht kannte oder an dem ihm nichts lag. Doch diese Zuneigung reichte nicht mehr aus, konnte ihm keine wirkliche Sicherheit mehr geben. Er würde sich nie sicher fühlen, selbst in Amerika nicht, wie groß immer seine materiellen Erfolge auch sein mochten. In seinen verborgensten Gedanken würde immer die Befürchtung lauern, daß jede Art der Sicherheit jederzeit auf eine Weise gefährdet werden konnte, gegen die anzukämpfen unmöglich war, und daß sich selbst Freunde wie Mosca diesen Kräften nicht entgegenstellen würden. Das Gesicht des Befreiers und das des Peinigers, des Freundes und des Feindes, verschmolzen zu einem einzigen: dem des Feindes. Er erinnerte sich an das Mädchen, mit dem er zusammengelebt hatte, kurz nachdem er aus Buchenwald gekommen war. Sie war ein überschlankes, lustiges Geschöpf mit einem fröhlichen, maliziösen Lachen gewesen. Er war aufs Land gefahren und mit einer Gans und zwei Hühnern wiedergekommen. Und als er ihr erzählte, wie wenig er dafür bezahlt hatte, sah sie ihn an und sagte lächelnd und in beruhigendem Tonfall: »So, so, du bist also ein guter Geschäftsmann!« Und heute wie damals erkannte er die Geisteshaltung, die hinter ihren Worten steckte, er kannte sie oder zwang sich, sie zu erkennen. Er empfand nur eine leise Bitterkeit. Sie war zärtlich und liebevoll gewesen, sie hatte ihn gern gehabt, und sie war ihm, bis auf das eine Mal, mit Aufrichtigkeit und Takt begegnet. Und doch war sie es gewesen, waren es vielmehr ihre Landsleute gewesen, die ihm die blauen Ziffern in den Arm gebrannt hatten, die er bis an sein Lebensende mit sich tragen würde. Wo konnte er vor diesen Menschen Sicherheit finden? Nicht in Amerika, und gewiß nicht in Deutschland. Wo sollte er hingehen?

Vater, Vater, schrie er im Geist auf, du hast mir nie gesagt, daß jeder Mensch seine eigenen Folterinstrumente, seinen eigenen Stacheldraht und seine eigenen Gaskammern mit sich trägt; du hast mich nie gelehrt, zu hassen und zu zerstören, und jetzt, da man mich verspottet und erniedrigt, empfinde ich nur Scham und nicht einmal Zorn. Mir ist, als verdiente ich es, geschlagen und beleidigt zu werden. Wohin kann ich mich wenden? Auch in Palästina werde ich Stacheldraht finden, jeder findet überall seinen Stacheldraht und seine eigene Hölle. Und dann kam mit einemmal die Erleuchtung über ihn, ganz klar und deutlich, so als ob er es in Wirklichkeit schon längst heimlich geahnt hätte, und er dachte: auch Vater war mein Feind.

Nun gab es nichts mehr zu denken. Er sah, daß Mosca immer noch schweigend dasaß und eine Zigarre rauchte.

»Ich glaube, daß ich schon in zwei Wochen nach Palästina fahren werde, aber Bremen verlasse ich schon in wenigen Tagen.«

»Du hast wahrscheinlich recht«, entgegnete Mosca bedächtig. »Komm doch rüber, bevor du fährst.«

»Nein«, sagte Leo. »Nimm es nicht persönlich. Ich will niemanden mehr sehen.«

Mosca verstand das. Er stand auf und streckte die Hand entgegen. »In Ordnung, Leo, viel Glück!« Sie schüttelten einander die Hände. Sie hörten Hella die Tür zum anderen Zimmer aufschließen.

»Ich will sie nicht sehen«, sagte Leo.

»Okay«, sagte Mosca und ging hinaus.

Hella hatte schon angefangen sich anzuziehen. »Wo warst du?« fragte sie.

»Bei Leo. Er ist schon zurück.«

»Fein«, lächelte sie. »Ruf ihn herein.«

Mosca überlegte einen Augenblick. »Er will jetzt niemanden sehen. Er hat einen kleinen Unfall gehabt und Verletzungen im Gesicht. Ich nehme an, daß er nicht will, daß du ihn so siehst.«

»Das ist doch dumm«, meinte Hella. Als sie fertig angezogen war, ging sie aus dem Zimmer und klopfte an Leos Tür. Mosca legte sich aufs Bett. Er hörte, wie Leo die Tür für Hella öffnete und hörte sie miteinander sprechen. Er konnte nichts verstehen. Er wollte nicht hinübergehen, und er konnte nichts tun.

Mosca nickte ein, und als er wieder aufwachte, hatte er das Gefühl, daß es sehr spät geworden war. Der Raum lag völlig im

Dunkel. Im Nebenzimmer hörte er immer noch Leo und Hella miteinander sprechen. Er wartete einige Minuten und rief dann hinüber: »He, wie wär's, wenn wir was essen gehen würden, bevor das Rote Kreuz zumacht?« Die Stimmen brachen ab und begannen von neuem. Dann hörte er, wie Leos Tür aufging, und einen Augenblick später kam Hella ins Zimmer und drehte das Licht an. »Ich bin fertig«, sagte sie. »Gehen wir.« Er sah, daß sie sich auf die Lippen biß, um nicht weinen zu müssen.

Mosca nahm die Tasche, in die er die nassen Handtücher und die schmutzige Unterwäsche gestopft hatte. Sie gingen die Treppe hinunter und aus dem Haus. Frau Meyer stand immer noch auf der Treppe. »Habt ihr unseren Freund gesehen?« fragte sie. Es klang ein wenig belustigt und herablassend.

»Ja«, antwortete Hella kurz angebunden.

»Hat er dir alles erzählt?« fragte Mosca, als sie die Kurfürstenallee hinuntergingen.

»Ja.«

»Was, zum Teufel, habt ihr denn so lange zu reden gehabt?«

Sie schwieg eine Zeitlang. »Über unsere Kinderzeit. Er ist in der Stadt aufgewachsen, ich auf dem Land, aber wir haben doch viele gleiche Erlebnisse gehabt. Es war schön, in Deutschland zu leben – damals, in unserer Kinderzeit.«

»Alle fahren weg«, sagte Mosca. »Zuerst Middleton, jetzt Leo, und bald auch Wolf. Jetzt sind nur mehr wir hier und Eddie. Ich muß jetzt gut aufpassen auf dich und Eddie.«

Hella sah ihn an, ohne zu lächeln. Ihr Gesicht war müde, ihre Augen ein sehr helles Grau. Die bläuliche Schwellung an der Backe war zu einem langen Striemen geworden, der über das ganze Kinn lief. »Ich möchte fort, so schnell es nur geht«, sagte sie. »Ich mag Eddie nicht, ich mag nicht, daß du mit ihm zusammen bist. Ich weiß, er ist dein guter Freund, und er tut vieles für uns. Aber ich habe Angst vor ihm. Wegen dir, nicht wegen mir.«

»Mach dir keine Sorgen«, beruhigte sie Mosca. »Unsere Heiratspapiere werden bald da sein. Im Oktober verlassen wir Deutschland.«

Als sie schon fast zu Hause waren, fragte Hella mit matter

Stimme: »Was glaubst du, Walter, wird die Welt für hilflose Menschen besser werden?«

»Das weiß ich nicht«, antwortete er, »aber mach dir keine Sorgen, wir sind nicht hilflos.«

Um sie aufzuheitern, fügte er hinzu: »Ich habe meiner Mutter über uns geschrieben. Sie ist sehr glücklich, besonders darüber, daß ich heimkomme. Sie sagt, sie hofft, ich hätte mir ein braves Mädel ausgesucht.« Sie lächelten einander an.

»Ich denke schon, daß ich brav bin«, meinte Hella ein wenig traurig. »Ich frage mich oft, was meine Eltern von mir denken würden, wenn sie noch am Leben wären. Sie würden nicht glücklich sein.«

Sie schwieg eine kleine Weile. »Ich fürchte, ich wäre kein braves Mädel in ihren Augen.«

»Wir tun unser Bestes, Baby«, entgegnete Mosca, »wir tun unser Bestes. Die Welt ist anders geworden.«

Sie bogen in den kleinen Weg ein, der zu ihrem Haus führte. Durch die Tür schon hörten sie das Baby weinen – nicht verzweifelt, nur gewohnheitsmäßig protestierend. Hella lächelte. »So ein kleiner Gauner«, sagte sie und lief vor ihm die Treppe hinauf.

19

Es war das erstemal, daß Hella zum Stützpunkt herauskam, und Mosca wartete vor dem Eingang auf sie, um sie durch die Sperren zu bringen. In ihrem scharlachroten Kostüm wirkte sie sehr schlank und elegant. Er hatte den Stoff mit Ann Middletons Ausweis gekauft. Zu dem Kostüm trug sie eine weiße Seidenbluse und einen weißen Hut mit Schleife. Mit dem Schleier verdeckte sie ihre geschwollene Wange. An Moscas Arm trat sie durch das Eingangstor des Stützpunktes.

Im Personalbüro stand Inge von ihrem Schreibtisch auf, um Hella zu begrüßen. Sie schüttelten einander die Hände und murmelten ihre Namen. Herr Topp, der Büroleiter, kam mit Papieren herein, die Eddie Cassin unterschreiben sollte. »Wir haben einen guten Zahnarzt hier auf dem Stützpunkt«, versicherte Herr Topp Hella und lächelte freundlich. »Amerikanische Zahnärzte sind ausgezeichnet.«

»Hast du alles mit Captain Adlock besprochen?« fragte Mosca.

Eddie nickte und fragte Hella: »Wie fühlst du dich?«

»Es tut ein bißchen weh«, antwortete Hella. Sie spürte die Macht, die Eddie und Mosca über diese Menschen hatten, mit welchem Respekt Herr Topp und Inge ihnen begegneten. Das Bild der Sieger und der Besiegten war scharf gezeichnet und nicht durch Sex oder persönliche Beziehungen verwischt. Sie fühlte sich von Eddie und auch von Mosca eingeschüchtert, und so klang es fast, als ob sie sich entschuldigen wollte, als sie zu Eddie sagte: »Der deutsche Zahnarzt konnte mir nicht helfen.«

»Wir haben die Präparate, die für einen deutschen Arzt unerhältlich sind«, versuchte Eddie ihr Mut zuzusprechen. »Captain Adlock wird dich schon hinkriegen.« Und zu Mosca sagte er: »Du kannst jetzt mit ihr hinübergehen.«

Hella und Mosca verließen das Personalbüro. Die deutschen Angestellten draußen im Vorraum unterbrachen ihre Arbeit. Interessiert und überrascht stellten sie fest, daß sich der häßliche Amerikaner mit seiner schroffen Art und dem grausamen Gesicht ein allem Anschein nach scheues, liebliches, ein großes, schlankes Mädchen gewählt hatte – genau das Gegenteil dessen, was sie erwartet hatten.

Sie gingen über die vielen einander kreuzenden Betonpfade, die zu den Hangars, den Rollfeldern und zum Verwaltungsgebäude führten, bis sie zu einer niederen, langgestreckten Baracke kamen, die als Krankenrevier und Lazarett diente.

Der mit schwarzem Leder gepolsterte Behandlungsstuhl sah ebenso leer aus wie der weiß getünchte Raum. Minuten später kam ein deutscher Arzt in weißem Mantel herein. »Captain Adlock hat mich gebeten, mich um Sie zu kümmern. Er ist im Augenblick beschäftigt. Bitte.« Durch eine Handbewegung forderte er Hella auf, auf dem Behandlungsstuhl Platz zu nehmen.

Sie nahm Hut und Schleier ab und gab sie Mosca. Die Hand an

die geschwollene Backe haltend, als ob sie sie verstecken wollte, setzte sie sich auf den Stuhl. Mosca stand neben ihr, und sie legte eine Hand auf seinen Arm. Der Arzt kniff die Augen zusammen, als er die geschwollene Wange sah. Er half ihr, den Mund weit aufzumachen, indem er ihre Kiefer sanft, aber energisch auseinanderdrückte. Er schaute lange hinein, wandte sich dann an Mosca und sagte: »Solange die Infektion nicht abgeklungen ist, können wir nichts tun. Sie geht bis zur Wurzel, bis zum Knochen hinunter. Die Dame braucht Penicillin und heiße Umschläge. Erst wenn die Schwellung zurückgeht, kann ich eine Wurzelbehandlung machen.«

»Können Sie ihr die Spritzen geben?« fragte Mosca.

Der Deutsche zuckte hilflos die Achseln. »Leider nein. Das Penicillin ist weggeschlossen, und nur dic amerikanischen Ärzte können darüber verfügen. Soll ich Captain Adlock fragen?« Mosca nickte, und der Arzt ging aus dem Zimmer.

So als ob sie sich für die Umstände entschuldigen wollte, die sie machte, hob Hella den Kopf und lächelte Mosca zu. Mosca erwiderte ihr Lächeln, das sich nur auf eine Seite des Gesichts beschränkte. »Ist schon gut«, sagte er und legte Hut und Schleier auf einen Stuhl.

Sie mußten lange warten. Schließlich erschien Captain Adlock. Er war ein rundlicher, freundlich blickender, junger Mann, der seine Uniform mit der Nachlässigkeit eines Rekruten trug. Seine Bluse war offen, die Krawatte lose geknotet.

»Wollen mal sehen«, sagte er heiter und steckte seine Finger auf unpersönliche Weise in Hellas Mund, um ihre Kiefer auseinanderzudrücken. »Ja, ich fürchte, mein Freund hat recht.« Er deutete mit dem Kopf auf den älteren deutschen Arzt, der mit ihm zurückgekommen war. »Sie braucht Penicillininjektionen und Umschläge. Die Schwellung muß zurückgehen, dann kriegen wir sie sehr schnell wieder hin.«

Mosca wußte, wie die Antwort lauten würde, aber er konnte nicht anders, er mußte die Frage stellen: »Können Sie ihr Penicillin geben?« Er wußte, daß seine Stimme zornig und mürrisch klang und daß er seine Frage falsch formuliert hatte.

»Tut mir leid.« Captain Adlock schüttelte den Kopf. »Sie wissen ja, wie das ist. Ich habe an sich nichts dagegen, gegen eine Vorschrift zu verstoßen, aber wenn ich es für Sie täte, würden alle GIs mit ihren Freundinnen zu mir kommen. Und die Penicillinausgabe wird streng kontrolliert.«

»Ich habe um Heiratserlaubnis angesucht«, sagte Mosca. »Ändert das etwas an der Sachlage?«

»Tut mir leid«, wiederholte Captain Adlock. Mosca sah, daß sein Bedauern ehrlich gemeint war. Der Captain überlegte. »Hören Sie, lassen Sie es mich wissen, sobald Ihre Papiere aus Frankfurt zurückkommen. Sie wird dann sofort behandelt. Wir brauchen nicht zu warten, bis Sie tatsächlich verheiratet sind. Mit so einer Infektion ist nicht zu spaßen.«

Hella setzte Hut und Schleier auf. Sie dankte dem Captain, der ihr auf die Schulter klopfte und sagte: »Fangen Sie gleich mit den Umschlägen an. Möglicherweise genügt das, um die Schwellung zurückgehen zu lassen. Wenn es schlimmer wird, fahren Sie ins deutsche Krankenhaus.« Als sie aus dem Zimmer gingen, sah Mosca einen Ausdruck des Zweifels auf dem Gesicht des älteren Arztes, so als schiene ihm, sein Kollege hätte die Sache nicht ernst genug genommen.

Wieder im Personalbüro, berichtete er Eddie, was man ihnen gesagt hatte. Scheinbar ruhig und unbesorgt saß Hella auf dem Stuhl hinter Moscas Schreibtisch.

Mitfühlend schnalzte Eddie mit der Zunge. »Warum gehst du nicht zum Adjutanten hinauf?« schlug er vor. »Vielleicht kann er erreichen, daß man die Papiere schneller abfertigt.«

»Kannst du noch ein Weilchen warten?« wandte Mosca sich an Hella. »Oder willst du gleich nach Hause gehen?«

»Ich warte«, antwortete sie, »aber brauch nicht zu lange.« Sie drückte seine Hand; die ihre war schweißnaß.

»Kannst du noch so lange durchhalten?« Sie nickte, und Mosca ging.

Der Adjutant telefonierte. Er sprach in verbindlichem Ton, sein leeres Gesicht mit höflicher Aufmerksamkeit dem toten Instrument zugewandt. Er zog die Augenbrauen hoch, um Mosca zu bedeuten, daß er nicht lange brauchen würde. Als er auflegte, fragte er geschäftig: »Was kann ich für Sie tun?«

Eingeschüchtert und aus dem Gefühl heraus, sich in der Defensive zu befinden, stolperte Mosca über die Worte: »Ich wollte nur wissen, ob es mit meinen Heiratspapieren etwas Neues gibt.«

»Nein, noch nicht«, sagte der Adjutant höflich und begann in einem Exemplar der Heeresdienstvorschrift zu blättern.

Wieder zögerte Mosca und fragte dann: »Gibt es keine Möglichkeit, die Abfertigung zu beschleunigen?«

»Nein«, antwortete der Adjutant, ohne den Kopf zu heben.

Mosca widerstand dem Impuls, kehrt zu machen und zu gehen. »Meinen Sie, es könnte etwas nützen, wenn ich selbst nach Frankfurt fahren würde? Vielleicht können Sie mir sagen, mit wem ich dort sprechen muß?«

Der Adjutant schloß den dicken Wälzer und sah Mosca zum erstenmal ins Gesicht. »Hören Sie, Mosca«, antwortete er in unpersönlichem, schroffen Ton, »Sie leben jetzt ein Jahr mit dem Mädchen zusammen. Sie haben erst sechs Monate nach der Aufhebung des Heiratsverbots um Erlaubnis angesucht. Jetzt auf einmal haben Sie es eilig. Ich kann Sie nicht davon abhalten, nach Frankfurt zu fahren, aber ich versichere Ihnen, daß Sie nichts ausrichten werden. Sie kennen meine Ansichten in bezug auf die Einhaltung des Dienstweges.«

Mosca war nicht zornig, nur verlegen, und er schämte sich. In freundlicherem Ton fügte der Adjutant hinzu: »Ich gebe Ihnen sofort Bescheid, wenn die Papiere kommen, okay?« Und damit war Mosca entlassen.

Auf dem Weg ins Personalbüro versuchte er, sich nicht deprimiert oder besorgt zu fühlen, denn er wußte, daß Hella es ihm ansehen würde. Aber Hella und Inge tranken Kaffee und plauderten. Hella hatte Hut und Schleier abgenommen und konnte den Kaffee nur in kleinen Schlucken trinken, aber ihre glänzenden Augen sagten ihm, daß sie Inge von ihrem Baby erzählte. Eddie saß in seinen Stuhl zurückgelehnt und hörte lächelnd zu. Als er Mosca sah, fragte er: »Na, wie ist es gegangen?«

»Gut. Er wird tun, was er kann«, antwortete Mosca und lächelte Hella zu. Er würde Eddie später die Wahrheit sagen.

Hella setzte Hut und Schleier auf und verabschiedete sich von Inge. Sie schüttelte Eddie die Hand und nahm Moscas Arm. Als sie schon aus dem Büro waren und den Stützpunkt hinter sich hatten, sagte Mosca: »Tut mir leid, Baby.« Sie wandte ihm ihr verschleiertes Gesicht zu und drückte seinen Arm. Er drehte den Kopf zur Seite, als ob er ihren Blick nicht ertragen könne.

Mosca erwachte in den frühen Morgenstunden, noch bevor es dämmerte, und hörte Hella leise weinen und in ihr Kissen schluchzen. Er zog sie an sich, so daß sie ihren Kopf an seiner nackten Schulter bergen konnte. »Ist es so arg?« flüsterte er. »Walter«, antwortete sie, »mir ist schlecht. Mir ist schrecklich schlecht.« Sie schien vor ihren eigenen Worten zu erschrecken und begann nun hemmungslos, wie ein verängstigtes Kind, zu weinen.

Die Schmerzen überwältigten sie, nahmen Besitz von ihrem Blut und den Organen ihres Körpers. Der Gedanke an Mosca und seine auf dem Stützpunkt demonstrierte Ohnmacht, ihr zu helfen, erfüllte sie mit Verzweiflung und machte es ihr unmöglich, ihre Tränen zurückzuhalten. »Mir ist so schlecht«, wiederholte sie, und Mosca konnte sie kaum verstehen, denn ihre Stimme klang sonderbar verzerrt.

»Ich mache dir noch ein paar Umschläge«, sagte er und drehte das Nachttischlämpchen an.

Ihr Anblick erschütterte ihn. Eine Seite ihres Gesichtes war völlig verschwollen, das Auge fast geschlossen. Das Gesicht hatte einen sonderbaren, fast mongoloiden Ausdruck bekommen. Sie barg es in den Händen, und er ging in die Küche hinaus, um Wasser für die Umschläge zu holen.

Die Strahlen der Morgensonne fielen auf die Ruinen der Stadt und brachen sich in den stumpfen Augen von Yergens Tochter. Sie saß auf einem großen Stein und tauchte ihre Finger in eine offene Dose Mirabellen. Eben erst begann der Geruch von Staub und Schutt vom Boden aufzusteigen. Bedächtig fischte das kleine Mädchen die wachsgelben Früchte heraus und schleckte sich dann den klebrigen Saft von den Fingern. Yergen saß neben ihr. Er hatte sie in diese abgelegene Gegend gebracht, damit sie die seltene Köstlichkeit essen konnte, ohne sie mit der Frau teilen zu müssen, die tagsüber für sie sorgte.

Liebevoll, aber auch traurig, musterte Yergen das Gesicht seiner Tochter. Die Augen ließen deutlich den allmählichen Verfall des kindlichen Gehirns erkennen. Es gab nur eine Hoffnung, hatte der Arzt ihm gesagt: sie mußte fort aus Deutschland. Yergen schüttelte den Kopf. Alles, was er auf dem Schwarzen Markt verdiente, half mit, eine Mauer zu errichten zwischen seinem Kind und der Not und dem Elend der Welt, in der es lebte. Das allein aber, hatte der Arzt betont, war nicht genug. Irgendwie sickerte alles durch die Mauer durch.

In diesem Augenblick traf er seine Entscheidung. Er würde sich falsche Papiere beschaffen und in der Schweiz niederlassen. Er würde Monate brauchen, um alles vorzubereiten, und viel Geld. Aber sie würde geheilt werden und zu einem glücklichen Menschenkind heranwachsen.

Sie hielt ihm eine schimmernde, blaßgelb in der Hülle des Zuckersaftes glänzende Mirabelle hin, und um ihr eine Freude zu machen, öffnete er den Mund, um die Frucht zu verzehren. Sie lächelte ihm zu, und das Lächeln veranlaßte ihn, seine Hand zärtlich und schutzbietend an ihre Wange zu legen, denn in diesem Tal der Ruinen war seine Tochter, so schien es ihm, ein pflanzliches, kein menschliches Wesen, das da mit leeren Augen, ihr Lächeln nur ein krampfhaftes Zucken der Lippen, aus den Steinen hervorsproß.

Die Luft war kalt. Der Herbst hatte der aufsteigenden Sonne Kraft genommen, hatte die Blätter gelb und den Schutt grau gefärbt und mit totem, braunem Gras gemustert.

»Komm, Giselle«, sagte Yergen mit sanfter Stimme, »ich bringe dich heim. Ich muß zur Arbeit.« Das Kind ließ die Dose aus der Hand fallen, und der Zuckersaft ergoß sich über Geröll und Ziegel. Sie begann zu weinen.

Yergen hob sie auf, nahm sie in die Arme und drückte ihr Köpfchen an seinen Hals. »Ich komme heute abend schon früh nach Hause. Kränk dich nicht. Und ich bring dir auch ein schönes Geschenk mit, etwas Hübsches zum Anziehen.« Aber er wußte, daß sie weiterweinen würde, so lange, bis er sie die Stufen zum Kirchturm hinauftrug.

Vor dem Hintergrund des fahlen Himmels tauchte ein Mann auf. Er kam über einen Ruinenberg, verschwand und kam über einen anderen kleinen Hügel, immer auf ihn zu. Yergen stellte das Mädchen nieder, und sie hielt sich an seinen Hosenbeinen fest. Nun kam die Gestalt über den letzten Hügel gewandert. Überrascht stellte Yergen fest, daß Mosca der Mann war, der auf ihn zuschritt.

Er trug seine grüne Offiziersuniform mit dem weißen Zivilbeamtenstreifen. Die Morgensonne verlieh seiner dunklen Haut eine graue Tönung und grub tiefe Falten der Erschöpfung in sein Gesicht. »Ich habe Sie überall gesucht«, sagte Mosca.

Yergen fuhr seiner Tochter mit der Hand über den Kopf. Weder sie noch er sahen Mosca an. Yergen kam es ein wenig sonderbar vor, daß sie so leicht zu finden gewesen waren. Mosca schien das zu fühlen. »Ihre Haushälterin hat mir gesagt, daß Sie am Morgen für gewöhnlich hierher kommen.«

Der Tag war nun voll angebrochen. Yergen hörte das Gebimmel der Straßenbahnen. »Weswegen wollten Sie mich sprechen?« fragte er bedächtig und argwöhnisch.

»Ich brauche Morphium oder Kodein und etwas Penicillin für Hella. Sie wissen ja von ihrem Zahn. Sie ist jetzt richtig krank geworden.« Er hielt verlegen inne. »Ich brauche es heute, das Morphium, sie hat starke Schmerzen. Ich zahle Ihnen, was Sie verlangen.«

Yergen nahm seine Tochter hoch und setzte sich in Bewegung. Mosca ging neben ihm her. »Das wird sehr schwer sein«, sagte Yergen, aber er hatte bereits alles überlegt. Mit einem Schlag würde er der Schweiz um drei Monate näher sein. »Der Preis wird hoch sein.«

Mosca blieb stehen, und obgleich der Morgensonne keine

Kraft mehr innewohnte, sah Yergen doch, daß ihm der Schweiß auf der Stirne stand, und er sah auch die ungeheure Erleichterung in den Zügen des Amerikaners.

»Mensch«, sagte Mosca, »ich hatte schon Angst, Sie könnten es nicht schaffen. Es ist mir ganz gleich, was ich zahlen muß. Sie können mir das Weiße aus den Augen nehmen. Aber ich muß das Zeug heute abend haben.«

Sie standen jetzt auf dem letzten Hügel, und vor ihnen lag der nicht zur Gänze zerstörte Teil der Stadt, zu dem auch die Kirche gehörte, in der Yergen wohnte. »Kommen Sie um Mitternacht«, wies Yergen ihn an. »Kommen Sie nicht am Abend. Meine Tochter wird allein sein, und sie ist sehr krank, sie darf nicht erschreckt werden.« Er erwartete von Mosca eine Geste des Mitgefühls und fühlte bitteren Zorn in sich aufsteigen, als Mosca stumm blieb. Wenn diesem Amerikaner so viel an seiner Geliebten lag, warum brachte er sie dann nicht nach Amerika und in Sicherheit?

Und die Tatsache, daß Mosca für einen Menschen, den er liebte, tun konnte, was er, Yergen, seiner Tochter versagen mußte, steigerte noch seine Verbitterung. »Wenn Sie vor Mitternacht kommen«, fügte er fast gehässig hinzu, »können Sie keine Hilfe von mir erwarten.«

Mosca blieb auf dem Schutthügel stehen und sah zu, wie Yergen, das Kind in die Arme geschlossen, hinunterrutschte. »Und vergessen Sie nicht«, rief er ihm nach, »mir ist jeder Preis recht.« Yergen wandte sich um und nickte.

Das Gesicht des Kindes in seinen Armen starrte stumm zum Herbsthimmel empor.

20

Eddie Cassin und Mosca verließen das Gebäude, in dem das Personalbüro untergebracht war, und wanderten durch die herbstliche Dämmerung zu den Hangars und zum Rollfeld hinüber.

»Wieder einer von der alten Garde, der uns verläßt«, sagte Eddie Cassin. »Zuerst Middleton, dann Leo, und jetzt Wolf. Du wirst wohl der nächste sein, Walter?«

Mosca schwieg. Ein Strom von Deutschen kam ihnen entgegen, ungelernte Arbeiter und Mechaniker, unterwegs zu den bewachten Ausgängen. Plötzlich begann die Erde zu beben, und sie hörten das Dröhnen mächtiger Motoren. Sie bogen um die Ecke des Verwaltungsgebäudes, und vor ihnen lag der silberne Vogel.

Es war spät am Nachmittag, und die Sonne hatte ihren Lauf nahezu vollendet. Mosca und Eddie rauchten Zigaretten und warteten. Schließlich sahen sie den Jeep hinter den Hangars hervorkommen und auf das Rollfeld hinausfahren. Sie liefen die Rampe hinunter und auf das Flugzeug zu und erreichten es im gleichen Augenblick, als der Jeep um das Heck der Maschine herumkam und stehenblieb.

Wolf, Ursula und Ursulas Vater stiegen aus, und der Vater begann sofort, die schweren Koffer auszuladen. Wolf begrüßte seine Freunde mit einem breiten, herzhaften Lachen.

»Verdammt anständig von euch, daß ihr gekommen seid«, sagte er und schüttelte ihnen die Hände. Dann stellte er sie dem Vater vor. Ursula kannten sie. Der gewaltige Luftstrom der Propeller blies ihnen fast die Worte von den Lippen. Der Vater ging ganz nahe an das Flugzeug heran, strich mit den Händen über seine graue Haut, schlich wie ein hungriges Tier darum herum.

»Will er vielleicht als blinder Passagier mitreisen?« scherzte Eddie Cassin und sah Wolf an.

»Das könnte er nicht einmal auf der *Queen Elizabeth*«, erwiderte Wolf und lachte.

Ursula hatte nichts verstanden. Mit flinken Augen wachte sie darüber, daß das Gepäck ins Innere des Flugzeuges gebracht wurde, und legte dann ihre Hand auf Wolfs Arm.

»Also dann, Burschen«, sagte Wolf und streckte Mosca und Eddie abermals die Hand entgegen. »Es war mir ein Vergnügen, und das meine ich ernst. Besucht mich, wenn ihr in die Staaten kommt. Eddie, du hast meine Adresse.«

»Aber sicher«, erwiderte Eddie kühl.

Wolf sah Mosca in die Augen und sagte: »Viel Glück, Walter. Tut mir leid, daß das Geschäft nicht geklappt hat, aber jetzt glaube ich fast, daß du recht gehabt hast.«

»Viel Glück, Wolf«, erwiderte Mosca und lächelte.

Wolf zögerte. »Ich will dir noch einen Rat geben«, sagte er dann. »Warte nicht zu lange, Walter. Schau, daß du fortkommst. Komm so schnell du kannst in die Staaten zurück. Mehr kann ich dir nicht sagen.«

Wieder lächelte Mosca und sagte: »Danke, Wolf, das mache ich.«

Der Vater kam herangewatschelt. Mit ausgebreiteten Armen trat er vor Wolf hin. »Wolfgang, Wolfgang«, rief er erregt, »du wirst mich doch nicht vergessen, Wolfgang?« Er war den Tränen nahe. Wolf klopfte ihm auf die Schulter, und der dicke, alte Mann umarmte ihn. »Du bist wie ein Sohn für mich«, sagte er, »du wirst mir fehlen.«

Mosca sah, daß Wolf verärgert und gelangweilt war und am liebsten schon im Flugzeug gesessen wäre. Der Vater nahm Ursula in seine Arme. »Ursula, meine Tochter, meine kleine Tochter«, schluchzte er, »du bist alles, was ich habe, vergiß deinen alten Vater nicht. Laß ihn nicht allein in diesem schrecklichen Land. Das wird meine kleine Ursula doch nicht tun, nicht wahr?«

Seine Tochter küßte ihn und versuchte, ihn zu beruhigen. »Reg dich doch nicht auf, Vater, natürlich kommst du auch hinüber, sobald ich die Papiere für dich besorgt habe«, murmelte sie. »Bitte reg dich nicht auf.«

Ein verkniffenes Lächeln ging über Wolfs Gesicht. »Es ist Zeit«, sagte er zu Ursula und legte ihr seine Hand auf die Schulter.

»Ursula, Ursula«, jammerte der dicke, alte Mann. Das Mädchen aber, der seelischen Belastung nicht mehr gewachsen, von

Schuldgefühlen geplagt ob des unziemlichen Kummers, den sie angesichts des ihr so freundlich gesinnten Geschicks empfand, riß sich los und lief die Treppe ins Flugzeug hinauf.

Wolf ergriff die Hand ihres Vaters. »Es wird ein bißchen viel für sie. Und jetzt verspreche ich dir: wir lassen dich nachkommen. Du wirst den Rest deiner Tage mit deiner Tochter und deinen Enkelkindern in Amerika verbringen. Hier meine Hand darauf.«

Der Alte nickte. »Du bist ein guter Junge, Wolfgang, ein guter Junge.«

Wolf nickte Eddie und Mosca noch einmal verlegen zu und ging dann schnell die Gangway hinauf ins Flugzeug.

An einem der schmutzigen Fenster erschien Ursulas Gesicht; ihre vom Abschiedsschmerz gezeichneten Züge entboten ihrem Vater ein letztes Lebewohl. Der alte Mann brach abermals in Tränen aus und winkte ihr mit einem weißen Taschentuch zu. Die Motoren heulten auf. Männer des Bodenpersonals rollten die Treppe weg. Der große, silberne Vogel setzte sich langsam in Bewegung und rollte über die Piste, langsam zuerst und dann immer schneller, bis er sich widerstrebend, als kämpfe er gegen eine ihm übelwollende Macht, vom Boden löste und zum herbstlichen Himmel emporschwang.

Mosca sah dem Flugzeug nach, bis es verschwand. »Auftrag ausgeführt«, hörte er Eddie sagen, »ein erfolgreicher Mann verläßt Europa.« Ein bitterer Ton schwang in seiner Stimme.

Schweigend standen sie da und starrten nach oben, und ihre drei Schatten verschmolzen zu einem einzigen, als die Sonne hinter den herbstlichen Wolken hervorkam und am Horizont versank. Moscas Blick fiel auf den alten Mann, der seine Tochter nie wiedersehen, der dieses Land nie verlassen würde. Das breite, fleischige Gesicht starrte ausdruckslos in den leeren Himmel, so als hoffte es dort einen Lichtblick, eine Verheißung zu finden. Dann heftete der Alte seine kleinen Schlitzaugen auf Mosca und sagte in einem von Haß und Verzweiflung geprägten Ton: »Nun, meine Freunde, jetzt sind sie fort.«

Mosca tauchte den Leinenlappen in den Topf mit heißem Wasser, wand ihn aus und legte Hella das dampfende Tuch aufs Gesicht. Sie lag auf dem Sofa und weinte vor Schmerzen. Das geschwollene Fleisch hatte die Nase nach der Seite gedrückt und den Mund verzogen, was eine groteske Verzerrung des linken Auges bewirkte. In dem Lehnsessel, nicht weit vom Fußende des Sofas entfernt, saß Frau Sander mit dem Baby und hielt ihm die Saugflasche an den Mund.

Während er die Umschläge wechselte, redete Mosca sanft und beruhigend auf Hella ein. »Wir machen das noch ein paar Tage so weiter, dann wird alles gut. Halt still jetzt.« So saßen sie schon den ganzen Nachmittag, und die Schwellung war ein wenig zurückgegangen. Das Baby in Frau Sanders Armen begann zu weinen. Hella setzte sich auf und streckte die Arme nach ihm aus. Sie schob den Umschlag weg. »Ich kann nicht mehr«, sagte sie zu Mosca. Frau Sander gab ihr das Baby. Sie legte den Kopf des Kindes an ihre gesunde Wange. »Armes Kleines«, flüsterte sie, »deine Mutter kann sich nicht um dich kümmern.« Mit ungelenken Händen begann sie die feuchten Windeln zu wechseln; Frau Sander half ihr dabei.

Mosca beobachtete sie. Er sah, daß die ständigen Schmerzen und der schon eine ganze Woche bestehende Mangel an Schlaf stark an ihren Kräften gezehrt hatten. Die Ärzte im deutschen Krankenhaus hatten gesagt, ihr Fall wäre nicht ernst genug, um eine Behandlung mit Penicillin zu rechtfertigen. Seine einzige Hoffnung war jetzt, daß Yergen heute um Mitternacht das Medikament für ihn besorgt haben würde. In den letzten zwei Nächten hatte Yergen seine Hoffnung enttäuscht.

Hella hatte das Baby frisch gewickelt, Mosca nahm es ihr ab. Er hielt das Kind in seinen Armen und sah, wie Hella versuchte, ihm zuzulächeln, als sie sich wieder auf die Kissen fallen ließ. Abermals sah er Tränen des Schmerzes in ihren Augen, und sie drehte den Kopf zur Seite. Sie wimmerte leise.

Mosca ertrug es, solange er konnte; dann legte er den Säugling wieder in den Kinderwagen. »Ich will mal sehen, ob Yergen schon die Präparate hat«, sagte er. Es war ein weiter Weg jetzt um Mitternacht, aber er mußte es versuchen. Vielleicht traf er Yergen zu Hause an. Es war kurz vor acht, die Zeit, da die Deutschen zu Abend aßen. Er beugte sich über Hella, um sie zu küssen, und sie hob ihre Hand und legte sie an seine Wange. »Ich werde mich sehr beeilen«, sagte er.

Er fror in der ersten winterlichen Kälte, und in der Dunkelheit hörte er die welken Blätter raschelnd über den Boden fegen und sich in den Ruinen der Stadt verlieren. Er stieg in eine Straßenbahn ein und fuhr bis zur Kirche, in der Yergen wohnte. Das Seitentor war offen, und er lief die Stiege zum Turm hinauf. Er blieb eine Stufe unterhalb der in die Mauer eingelassenen Türe stehen und klopfte, so fest er konnte. Er klopfte, aber er erhielt keine Antwort; nichts regte sich hinter der Tür. Er versuchte verschiedene Klopfzeichen, in der Hoffnung, jenes zu erraten, das Yergen mit seiner Tochter ausgemacht hatte. Die Kleine würde ihm öffnen, dachte er, und er könnte sie ausfragen. Irgend etwas hielt ihn davon ab, laut zu rufen. Er wartete eine kleine Weile, und dann hörte er einen monotonen, schrillen, seltsamen tierhaften Laut und begriff, daß das Kind hinter der Tür weinte und in seiner Angst nie die Tür öffnen würde. Er stieg die Treppe hinunter und wartete vor der Kirche auf Yergen.

Er mußte lange warten. Der Wind wurde kälter und die Nacht dunkler, das Rauschen der Bäume und das Rascheln der Blätter lauter. Ein Gefühl überkam ihn, als ob ihm eine entsetzliche, unabwendbare Katastrophe bevorstünde. Er versuchte ruhig zu warten, aber etwas nötigte ihn, kehrtzumachen und die Kurfürstenallee hinunterzugehen.

Nachdem er die Kirche hinter sich gelassen hatte und ein paar Minuten gegangen war, löste sich seine Beklemmung. Aber der Gedanke, hilflos mitansehen zu müssen, wie sie weinte und litt, lähmte seine Schritte. Der seelische Druck, die nervöse Spannung, die Demütigungen und Erniedrigungen der letzten Woche, Dr. Adlocks Gleichgültigkeit, die ihm von Adjutanten erteilte Abfuhr, die ablehnende Haltung der deutschen Ärzte, und, vor allem, sein völliges Unvermögen, sich gegen diese Leute zur Wehr zu setzen – das alles auszuhalten ging über seine Kräfte. Er dürstete nach einem Drink, nach drei oder vier Drinks . . . Überrascht stellte er fest, wie nötig er sie hatte. Er hatte noch nie Alkohol gebraucht. Jetzt aber, ohne noch länger zu zaudern, machte er kehrt und eilte die Straße hinunter, die zum Kasino führte. Einen Augenblick lang schämte er sich, daß er nicht heimging.

Es war eine ruhige Nacht im Kasino. Einige Offiziere saßen in der Bar, aber es gab weder Musik noch Tanz und nur wenige Frauen. Mosca trank drei Whiskys, knapp nacheinander. Es war wie ein Wunder. Er spürte, wie Angst und Spannung von ihm abfielen, und sah plötzlich alles im richtigen Verhältnis: Hella hatte bloß einen wehen Zahn, und die Leute, die ihm eben noch als erbitterte Feinde erschienen waren, hielten sich nur an ihre ihnen aufgezwungenen Vorschriften.

»Ihr Freund Eddie ist oben beim Würfeln«, sagte einer der Offiziere an der Bar zu ihm. Mosca nickte dankend, und ein anderer Offizier sagte grinsend: »Ihr anderer Kumpel, der Adjutant, ist auch oben. Er feiert seine Beförderung zum Major.«

»Darauf muß ich einen heben«, erklärte Mosca, und alle lachten. Mosca knöpfte sich die Jacke auf, zündete sich eine Zigarre an und ließ sich noch ein paar Drinks kommen. Er war bester Stimmung und ganz sicher, daß alles gut ausgehen würde. Du lieber Himmel, es war doch nur ein weher Zahn, und er wußte, daß Hella auf Schmerz überempfindlich reagierte. Lustig, dachte er, daß es ihr nie an Mut fehlte – außer bei körperlichen Schmerzen. Diesbezüglich war sie ein richtiger Feigling. Nein, feige war sie nicht, wies er sich ärgerlich zurecht; er schämte sich, in Verbindung mit ihr ein solches Wort gedacht zu haben. Die Tränen saßen ihr locker, das war alles. Seine gute Stimmung ließ nach. Sein Blick fiel auf den weißen Umschlag in der Innentasche seiner Jakke, und ihm fiel ein, daß Hella vor einigen Tagen zum erstenmal an seine Mutter geschrieben und er vergessen hatte, den Brief aufzugeben. Seine Mutter hatte um einen Brief und Fotos von dem Baby gebeten. Mosca ging in den Vorraum hinaus und warf den Brief in den Postkasten. Einen Augenblick lang zögerte er, denn sein sechster Sinn warnte ihn, nicht hinaufzugehen, aber unter den Einfluß des Whiskys setzte er sich darüber hinweg.

Eddie saß an einer Ecke des Tisches. In einer Hand hielt er ein kleines Bündel Scrip-Dollar-Noten. Der Adjutant stand ihm gegenüber und bot einen etwas sonderbaren Anblick: er war knallrot im Gesicht, auf dem ein Ausdruck hinterhältiger Schläue lag. Mosca staunte. Der Kerl war ja besoffen! Junge, Junge. Einen Augenblick lang dachte er daran, kehrtzumachen und den Klub zu verlassen. Doch dann trieb ihn die Neugier dazu, an den Würfeltisch zu gehen. Mal sehen, dachte er, ob das Schwein wenigstens im Rausch menschliche Züge hat.

»Wie geht's deinem Mädel?« erkundigte sich Eddie.

»Ganz gut«, sagte Mosca. Ein Kellner kam mit einem ganzen Tablett voll Drinks ins Zimmer.

Es war ein gemütliches Spiel – erholsam, nicht aufregend. So war es Mosca heute abend gerade recht. Er setzte nur kleine Beträge und unterhielt sich dabei mit Eddie.

Der Adjutant war der einzige, der mit Begeisterung spielte. Er tat alles, um die Spieler anzufeuern. Als er an die Reihe zum Würfeln kam, legte er dreißig Dollar hin. Nur zehn davon wurden gedeckt. Er bot alle möglichen Wetten an, doch die Spieler, vielleicht nur, um ihm eins auszuwischen, lehnten es ab, sich stärker zu engagieren, und setzten weiter nur kleine Beträge zwischen einem und fünf Dollar.

Mosca fühlte sich ein wenig schuldig. Ich könnte jetzt heimgehen, dachte er, nach Hella sehen, und dann nochmals zu Yergen fahren. Aber schon in einer Stunde würde das Kasino schließen, und darum beschloß er zu bleiben.

Der Adjutant, der irgendeinen Nervenkitzel suchte und die Hoffnung aufgegeben hatte, ihn im Spiel zu finden, sagte zu Mosca: »Wie ich höre, haben Sie Ihr Fräulein auf den Stützpunkt gebracht, um sie dort gratis behandeln zu lassen. Sie sollten eigentlich wissen, daß das nicht gestattet ist, Walter.«

Es war das erstemal, daß er Mosca mit seinem Vornamen angeredet hatte.

»Mensch, halt die Klappe«, sagte einer der Offiziere, »hier im Kasino wird nicht vom Geschäft geredet.« Und in diesem Augenblick begriff Mosca, warum er geblieben, warum er überhaupt ins

Kasino gekommen war. Er versuchte sich zu zwingen, jetzt fortzugehen, seinen Körper zu bewegen, dem Tisch den Rücken zu kehren, seinen Händen zu befehlen, nicht länger das grüne Tuch zu berühren. Doch die grausame Befriedigung, die in ihm aufstieg, brach wie eine Flutwelle über Verstand und Vernunft herein. Die Demütigungen und Niederlagen, die er in der vergangenen Woche erlitten hatte, vergifteten sein Blut und sein Gehirn. Ich weiß, daß es nicht gestattet ist, du Hurensohn, dachte er. Aber er ließ seine Stimme gleichgültig klingen, als er sagte: »Ich dachte eben, der Arzt könnte ihr helfen.« Er hatte die ganze Woche den Buckel hingehalten, darauf kam es jetzt auch nicht mehr an.

»Wo ich das Kommando habe, passiert so etwas nicht«, plusterte sich der Adjutant auf. »Und wenn es passiert und ich erfahre es, dann kaufe ich mir den Betreffenden. Und für gewöhnlich erfahre ich es.«

»Ich bin kein Großkotz«, fuhr der Adjutant in ernsterem Ton fort. »Ich bin für *fair play.* Wenn er Ihr Fräulein behandelt, kommen alle GIs mit ihren mösenleidenden Fräuleins auf den Stützpunkt, um ihnen Spritzen geben zu lassen. Das wollen wir uns gar nicht erst einführen.« Auf dem treuherzigen Gesicht des Adjutanten erschien ein knabenhaftes, glückliches Lächeln. Er hob sein Glas und tat einen langen Zug.

Mosca starrte auf die Würfel, starrte auf das grüne Tuch, mit dem der Tisch überzogen war. Eddie sagte etwas, aber er hörte nur ein wirres Dröhnen. Er nahm sich zusammen und hob den Kopf. »Auf die zwei Piepen da«, sagte er ganz ruhig.

Der Adjutant stellte sein Glas auf das Fenstersims hinter sich und warf eine Zehndollarnote auf den Tisch. »Ich nehme sie«, rief er.

Mosca nahm den Geldschein und warf ihn dem Adjutanten zurück. »Sie brauchen mich nicht zu halten«, entgegnete er mit kalter, schneidender Stimme. Ein anderer Offizier warf ein paar Geldscheine auf den Tisch, und Mosca ließ die Würfel rollen.

»Sie sind ganz schön empfindlich, was Ihr Fräulein betrifft«, spöttelte der Adjutant. Er war guter Dinge und spürte nichts von der knisternden Spannung am Tisch. »Sie glauben vielleicht, diese Fräuleins hegen nur die reinsten und selbstlosesten Gefühle für eure häßlichen Visagen. Wenn es nach mir ginge, keiner von euch Knallköpfen dürfte je hier heiraten.«

Mosca ließ die Würfel auf den Tisch fallen. »Warum haben Sie meine Papiere zurückgehalten, Sie hinterfotziger Armleuchter?« fragte er in lässigem, nahezu gleichgültigem Ton.

Ein entzücktes Lächeln ging über das Gesicht des Adjutanten. »Ich muß Ihre Anschuldigung zurückweisen und Sie fragen, woher Sie diese Information haben.« Er sagte das in seiner kaltschnäuzigen formalen Manier, drohend und herrisch.

Mosca nahm die Würfel wieder auf. Es gab nichts mehr zu überlegen; ihm war nun alles egal.

»Woher haben Sie diese Information?« fragte der Adjutant. Der vertraute Ausdruck jungenhafter Strenge lag auf seinem leeren Gesicht. »Woher haben Sie diese Information?« wiederholte er.

Mosca schüttelte die Würfel und ließ sie rollen. »Dämlicher Schleimscheißer«, sagte er zu dem Adjutanten, »willst du mir vielleicht Angst machen?«

Eddie Cassin mischte sich ein. »Ich habe es ihm gesagt, und wenn der Oberst darüber unterrichtet zu werden wünscht, erzähle ich ihm gern die ganze Geschichte. Daß Sie die Papiere zwei Wochen in der Lade hatten, bevor Sie sie nach Frankfurt geschickt haben.« Und zu Mosca: »Komm, Walter, gehen wir.«

Der Adjutant stand auf der von Wand und Fenster umschlossenen Seite des Tisches. Mosca wollte ihn dort heraushaben; er sollte sich um die Ecke herumzwängen. Er überlegte einen Augenblick und sagte dann: »Was glaubst du, ob der Armleuchter heute wohl mit heiler Haut davonkommt?«

Es dauerte nur den Bruchteil einer Sekunde, bis der Adjutant die ausgesprochene Drohung voll erkannte. »Wollen mal sehen, ob Sie nur eine große Schnauze haben!« rief er zornig und schickte sich an, hinter dem Tisch hervorzukommen. Mosca wartete, bis er in der Ecke festgenagelt war und seine Arme nicht gebrauchen konnte, und stieß ihm dann die Faust mit aller Kraft ins Gesicht. Der Schlag glitt am Schädel und am Kinn des Adjutanten ab, verletzte ihn zwar nur leicht, brachte ihn aber zu Fall. Wütend trat

Mosca unter dem Tisch nach ihm. Er spürte, wie sein Absatz voll auf einen Knochen auftraf. Ein Offizier und Eddie zogen ihn fort. Andere halfen dem Adjutanten, der jetzt schon ziemlich angeschlagen war, auf die Beine. Willfährig ließ sich Mosca von Eddie und dem Offizier zur Tür schieben. Plötzlich aber wirbelte er herum und lief quer durch den Raum. Der Adjutant stand aufgerichtet da. Noch im Laufen versetzte er ihm einen schweren Schlag in die Seite, und beide stürzten zu Boden. Der Adjutant schrie vor Schmerzen. Der Ausdruck auf Moscas Gesicht und sein Angriff auf den hilflosen Mann ließen die Umstehenden so in Panik geraten, daß sie sekundenlag erstarrt dastanden. Erst als Mosca dem Adjutanten einen Finger ins Ohr bohrte und versuchte, ihm das Ohrläppchen abzureißen, stürzten sich drei Offiziere auf ihn. Einer von ihnen versetzte Mosca einen betäubenden Schlag auf die Schläfe, und dann drängten sie ihn die Treppe hinunter und aus dem Haus. Dies war nicht als Strafe gedacht, und auch Eddie half mit. Die kalte Nachtluft brachte Mosca bald wieder zur Besinnung.

Er blieb mit Eddie allein. »Damit hast du jetzt alles versaut«, meinte Eddie. »Warum bist du denn noch ein zweites Mal auf ihn losgegangen?«

»Weil ich das Schwein umbringen wollte, darum«, antwortete Mosca. Doch die Reaktion hatte bereits eingesetzt. Seine Hände zitterten, als er sich seine Zigarette anzündete, und kalter Schweiß lief ihm über den Rücken. Mein Gott, dachte er, das war doch nur eine kleine Keilerei. Er bemühte sich, seine Hände still zu halten.

Sie standen zusammen in der dunklen Straße. »Ich werde versuchen, die Sache in Ordnung zu bringen«, sagte Eddie, »aber bei der Army bist du erledigt, das ist dir doch klar, oder? Warte nicht länger, flitz morgen nach Frankfurt ab und sieh zu, daß du deine Papiere bekommst. Ich werde hier nach dem Rechten sehen. Deine einzige Sorge sind jetzt die Papiere.«

Mosca überlegte. »Ich glaube, du hast recht. Danke, Eddie.« Ohne einen Grund dafür zu wissen, schüttelte er Cassin verlegen die Hand. Er wußte, daß Eddie alles tun würde, um ihm zu helfen.

»Gehst du jetzt heim?« fragte Eddie.

»Nein«, antwortete Mosca, »ich muß noch zu Yergen.« Er machte kehrt und ging los. »Ich rufe dich aus Frankfurt an«, rief er Eddie noch über die Schulter zu.

Ein kalter herbstlicher Mond erhellte den Weg zur Kirche. Er lief die Treppe hinauf, und bevor er noch klopfen konnte, hatte Yergen schon die Tür geöffnet.

»Seien Sie ganz leise«, sagte Yergen. »Meiner Tochter war nicht gut, und sie ist eben erst eingeschlafen.« Sie traten ins Zimmer. Hinter dem Holzverschlag hervor kam das schwere Atmen des Kindes, dessen sonderbar stockender Rhythmus Mosca auffiel. Er sah, daß Yergen zornig war; man hätte meinen können, daß er Streit suchte.

»Waren Sie heute abend schon früher einmal da?« fragte Yergen.

»Nein«, antwortete Mosca, aber er hatte den Bruchteil einer Sekunde zu lange gezögert, und Yergen wußte, daß er log.

»Ich habe die Präparate für Sie«, sagte Yergen. Er war froh, daß Mosca sein Kind erschreckt hatte und ihm damit die Rechtfertigung lieferte zu tun, was er tun mußte. »Ich habe das Penicillin und die Kodeintabletten, aber sie kosten eine Menge Geld.« Er nahm einen kleinen Karton aus der Tasche, hob den Deckel auf und zeigte Mosca die vier dunkelbraunen Phiolen, die Schachtel mit den großen, roten Kodeintabletten. Selbst jetzt noch riet ihm sein Instinkt, Mosca darauf hinzuweisen, daß das Penicillin nur einen Bruchteil des üblichen Schwarzmarktpreises gekostet hatte und daher möglicherweise nichts taugte, und einen vernünftigen Betrag für die Tabletten von ihm zu fordern. Doch in diesem Augenblick unschlüssigen Schwankens stöhnte das Kind auf und schien nach Luft zu ringen; es war völlig still im Zimmer. Yergen sah, wie Mosca zum Holzverschlag hinüberblickte, doch noch bevor er oder Mosca sich rühren konnten, begann das Mädchen abermals regelmäßig, im schwerfälligen Rhythmus des Schlafes zu atmen. »Das kostet Sie fünfzig Stangen Zigaretten.«

Er sah, wie sich die kleinen, schwarzen Lichter in Moscas Augen in plötzlicher Einsicht und unbarmherziger Erkenntnis auf ihn richteten.

»In Ordnung«, sagte Mosca. »Es spielt mir keine Rolle, was ich bezahlen muß. Sind Sie sicher, daß das Zeug in Ordnung ist?«

Yergen zögerte nur einen Augenblick, und in diesem Zeitsplitter schossen ihm viele Gedanken durch den Kopf.

Er brauchte so viele Zigaretten wie möglich; dann konnte er das große Geschäft abschließen, das er vorbereitet hatte, und Deutschland innerhalb eines Monats verlassen. Sehr wahrscheinlich brauchte Hella überhaupt kein Penicillin. Wenn die Ärzte in Bremen wußten, daß ein Mädchen einen amerikanischen Freund hatte, verschrieben sie ganz automatisch Penicillin, um ein bißchen was für sich behalten zu können. Und dann dachte er wieder an seine Tochter; sie war ihm wichtiger als alles andere.

»Sie können ganz sicher sein. Ich verbürge mich«, antwortete Yergen. »Diese Quelle hat mich noch immer anständig bedient.« Er legte seine Hand auf die Brust. »Ich übernehme die Verantwortung.«

»Na schön«, sagte Mosca. »Also hören Sie zu. Ich habe zwanzig Stangen, und vielleicht kann ich noch mehr bekommen. Wenn nicht, zahle ich Ihnen für jede fehlende Stange fünf Dollar in Scrip-Dollars oder American-Express-Reiseschecks. Sind Sie einverstanden?« Er wußte, daß das ein faires Angebot war und daß Yergen einen fetten Gewinn einstreichen würde, doch die Nachwirkung seines Zusammenstoßes mit dem Adjutanten hielt noch an. Eine tiefe Hoffnungslosigkeit überkam ihn, er fühlte sich entsetzlich müde und einsam. Im Geist verbeugte er sich vor dem kleinen Deutschen, flehte um Mitgefühl, flehte um Gnade. Und Yergen, der das spürte, konterte mit vorsichtiger Arroganz.

»Ich muß in Zigaretten bezahlen«, sagte er. »Ich glaube, Sie werden mir Zigaretten geben müssen.«

Das kleine Mädchen hinter dem Holzverschlag stöhnte im Schlaf. Mosca dachte an Hella, die vor Schmerzen wimmerte; sie wartete jetzt schon seit Stunden auf ihn.

Er unternahm einen letzten Versuch. »Ich brauche das Zeug noch heute nacht.«

»Und ich muß die Zigaretten heute nacht haben«, entgegnete Yergen. Ein gehässiger, triumphierender Ton lag diesmal in seiner Stimme, aber er wußte nichts davon, wußte nicht, daß er diesen Amerikaner schon immer gehaßt hatte.

Mosca zwang sich, nichts zu fühlen, nichts zu tun. Er schämte sich jetzt und fragte sich, was nun, nach der Balgerei im Kasino, geschehen würde. Er durfte keine Fehler mehr machen. Ernst, weder zornig noch drohend, nahm er den Karton vom Tisch und ließ ihn in seine Jackentasche gleiten. »Begleiten Sie mich nach Hause«, schlug er höflich vor, »und ich gebe Ihnen die zwanzig Stangen und das Geld. Ich werde versuchen, die restlichen Zigaretten in den nächsten Tagen zusammenzubekommen, und dann geben Sie mir das Geld zurück.«

Yergen sah ein, daß er Mosca nicht daran hindern konnte, mit den Medikamenten in die Kurfürstenallee zurückzukehren. Angst überkam ihn, eine Schwäche. Er war kein Feigling, aber er fürchtete immer, seine Tochter könnte allein in dem zerstörten Land zurückbleiben müssen. Er trat hinter die Holzwand, um nach dem schlafenden Kind zu sehen, und holte sich dann aus dem anderen Verschlag Hut und Mantel. Ohne ein Wort miteinander zu wechseln, gingen sie zu Moscas Haus.

Mosca ließ Yergen mit der Bezahlung warten, bis er Hella eine Kodeintablette gegeben hatte. Sie war noch wach, und im Dunkel sah er die weißen Umrisse des geschwollenen Kinns.

»Wie geht es dir?« fragte er flüsternd, um das Baby im Kinderwagen nicht zu wecken.

»Es tut sehr weh«, wisperte sie.

»Hier hast du etwas gegen die Schmerzen.« Er gab ihr eine der großen, roten Kodeintabletten und sah zu, wie sie die Pille mit dem Finger in den Hals steckte und dann Wasser aus dem Glas trank, das er ihr an die Lippen hielt. »Ich komme gleich wieder«, sagte er.

Er machte ein unhandliches, schlampig verschnürtes Paket aus den Zigaretten, brachte es zur Tür und gab es Yergen. Dann nahm er die Reiseschecks aus seiner Brieftasche, unterfertigte sie und reichte sie Yergen. »Werden Sie Schwierigkeiten haben? Wegen des Ausgangsverbotes, meine ich«, sagte er höflich und weil er Gewissensbisse hatte. »Soll ich Sie zurückbegleiten?«

»Nein, ich habe eine Sondererlaubnis«, antwortete Yergen. Die vielen Zigaretten unter dem Arm versetzten ihn in gute Laune, und er fügte lächelnd hinzu: »Ich bin als für die Versorgung der Stadt unentbehrlicher Geschäftsmann eingestuft.«

Mosca verabschiedete sich, versperrte die Tür hinter ihm und kehrte ins Schlafzimmer zurück. Hella war noch wach. Er legte sich neben sie, ohne sich auszukleiden. Er erzählte ihr, was im Klub vorgefallen war und daß er am nächsten Tag nach Frankfurt fahren müsse.

»Ich kriege diese Papiere, und in einem Monat sind wir fort, sitzen wir im Flugzeug und fliegen in die Staaten«, flüsterte er ihr ins Ohr. Er erzählte ihr Geschichten von seiner Mutter und Alf, und wie froh sie beide sein würden, sie kennenzulernen. Wie er es ihr schilderte, war an einer glücklichen Zukunft für sie beide nicht zu zweifeln. Er spürte, wie sie schläfrig wurde, und plötzlich sagte sie: »Kann ich noch eine Tablette haben?« Er stand auf, um sie ihr zu holen, und hielt ihr wieder das Glas an die Lippen. Bevor sie einschlief, trug er ihr noch auf, am nächsten Tag mit dem Penicillin zu einem Arzt zu gehen und sich die Injektionen geben zu lassen. »Ich rufe dich jeden Abend von Frankfurt an«, sagte er. »In längstens drei Tagen bin ich wieder zurück.« Als sie dann eingeschlafen war und kaum noch zu atmen schien, setzte er sich in den Lehnsessel am Fenster und rauchte ein paar Zigaretten. Das herbstliche Mondlicht beleuchtete die Ruinen der Stadt. Dann zündete er in der Küche Licht an, stopfte die paar Sachen in die blaue Tasche, die er für die Reise brauchen würde. Er kochte sich ein paar Eier und Tee, in der Hoffnung, er würde dann leichter einschlafen können. Er legte sich wieder neben Hella und wartete auf die Morgendämmerung.

21

Durch den Vorhang schweren, traumlosen Schlafes und des Kodeins hörte Hella das zornige Brüllen des hungrigen Babys. Es vermittelte ihr, die jetzt hellwach war, ein Gefühl wohltuender Besorgnis, denn sie wußte, wie leicht es sein würde, das Kind zum Schweigen zu bringen. Sie lauschte eine kleine Weile und stand dann auf, um das Fläschchen vorzubereiten.

Sie fühlte sich schwach, obwohl sie die zwei letzten Nächte gut geschlafen hatte. Das Kodein hatte gewirkt, und die Schmerzen in Kopf und Mund waren abgeklungen. Sie hob die Hand ans Gesicht und war überrascht und bestürzt, daß Finger und Wange so bald aufeinander trafen. In der Nacht war ihr Gesicht noch weiter angeschwollen, aber sie hatte keine Schmerzen. Sie wartete, bis die Milch heiß war, dann nahm sie wieder eine Tablette und stopfte sie sich mit dem Finger in den Hals. Es fiel ihr jetzt schwer, Speichel zu schlucken. Dann brachte sie dem Kind seine Flasche, und es wurde ganz still im Zimmer.

Sie war sehr müde und legte sich wieder aufs Bett. Sie hörte Frau Sander herumwerken; sie brachte ihre eigenen zwei Zimmer und das gemeinsame Wohnzimmer in Ordnung. Mit Frau Sander hatte sie wirklich Glück gehabt, dachte Hella. Und Walter konnte sie gut leiden. Sie hoffte, er würde die Heiratspapiere gleich mitbringen, damit sie Deutschland verlassen konnten. Sie hatte jetzt immer Angst, vor allem wegen des Kindes. Wenn das Kind krank wurde, gab es keine Möglichkeit für sie, zu amerikanischen Medikamenten zu kommen. Sie konnte es nicht riskieren, auf dem Schwarzen Markt etwas für das Baby einzukaufen.

Als sie sich ein bißchen kräftiger fühlte, stand Hella auf und putzte ihre eigenen Räume. Dann ging sie ins Wohnzimmer. Frau Sander saß bereits beim Herd und trank Kaffee.

»Wann kommt Ihr Mann denn zurück?« fragte Frau Sander. »Hätte er nicht heute morgen schon dasein sollen?«

»Er muß noch ein paar Tage länger bleiben«, antwortete Hella. »Wenn er mich heute abend anruft, wird er mir schon etwas mehr sagen können. Sie wissen ja, wie das mit Dokumenten ist.«

»Haben Sie ihm das von dem Penicillin erzählt?« wollte Frau Sander wissen.

Hella schüttelte den Kopf.

»Ich dachte, dieser Yergen wäre ein Freund von euch«, wunderte sich Frau Sander. »Wie konnte er nur so etwas tun?«

»Ich glaube nicht, daß es seine Schuld war«, antwortete Hella. »Der Arzt hat mir gesagt, man könne es nicht verwenden, weil es falsch gelagert wurde. Es war aber wirklich Penicillin. Yergen konnte das nicht wissen.«

»Er muß es gewußt haben«, sagte Frau Sander und fügte in trockenem Ton hinzu: »Wenn Herr Mosca ihn besuchen geht, wird ihm von seinem Gewinn nicht viel bleiben.«

Im Nebenzimmer begann das Baby zu weinen, und Hella brachte es herein. »Lassen Sie mich es halten«, sagte Frau Sander. Hella gab ihr das Baby und ging ein paar saubere Windeln holen.

»Ich werde ihn wickeln«, sagte Frau Sander, als sie mit den frischen Tüchern wieder ins Zimmer kam. Es war eine Zeremonie, die sie jeden Morgen gemeinsam absolvierten.

Hella langte nach dem leeren Eimer neben dem Herd. »Ich hole uns ein paar Briketts«, sagte sie.

»Dazu sind Sie noch nicht kräftig genug«, entgegnete Frau Sander, aber sie kitzelte das Baby und sagte es ganz automatisch.

Die Morgenluft war herbstlich kalt, eine erlöschende Sommersonne tauchte die Bäume in ihr müdes Licht, und auf der Erde lagen dunkelbraune und rötlich verfärbte Blätter. Von irgendwoher kam der mostige Duft abgefallener Äpfel. Von den mit Gärten bepflanzten Hügeln wehte die Frische der von den Herbstregen frischgewaschenen Weser herüber. Auf der anderen Seite der Kurfürstenallee spielte ein hübsches, junges Mädchen mit vier kleinen Kindern unter den Bäumen; sie stießen mit den Füßen gegen die wie Schneewehen hoch aufgetürmten Haufen brauner Blätter. Plötzlich aber wurde Hella sehr kalt, und sie ging ins Haus zurück.

Sie sieg die Kellertreppe hinab und schloß die Fliegengittertür auf, die zu ihrem Teil des Kellers führte. Sie füllte den Eimer mit Briketts. Dann versuchte sie ihn hochzuheben und stellte überrascht fest, daß sie dazu nicht imstande war. Sie strengte sich sehr an. Ihre Kräfte verließen sie, und sie fühlte sich plötzlich sehr schwach. Einen Augenblick lang hatte sie Angst. Sie hielt sich an der Tür fest, und die Schwäche verging wieder. Sie nahm drei Briketts und legte sie in die Schürze, indem sie die Enden hochhielt, um eine Art Korb zu formen. Mit ihrer freien Hand ließ sie das Türschloß einschnappen und fing dann an, die Treppe hinaufzusteigen.

Auf halbem Weg zum obersten Geschoß versagten ihr die Beine den Dienst. Einen Augenblick lang stand sie überrascht da; sie konnte es nicht begreifen. Eine entsetzliche Kälte faßte sie an. Der Schmerz bohrte sich wie eine eiserne Lanzenspitze in ihr Gehirn, so daß sie es nicht hörte, wie die Briketts ihr aus der Schürze glitten und die Treppe hinunterpolterten. Als sie wie in einem Alptraum zu fallen begann, sah sie Frau Sanders schwarze Gestalt, die sich über das Treppengeländer beugte, sah das Baby in ihren Armen, sah alles verschwommen, aber sehr nahe. Sie hob ihren ihre Arme entgegen und begann zu schreien. Sie fiel weg von Frau Sanders schreckensstarrem Gesicht und dem weißgewickelten Baby und fiel, immer noch schreiend, weg von ihren eigenen Schreien, bis diese völlig verstummten.

22

Eddie Cassin ging nervös im Personalbüro auf und ab. Geduldig erklärte Inge jemandem am anderen Ende der Leitung, daß sie diese Information unbedingt haben mußte. Dann wurde sie mit jemand anderem verbunden und begann die gleiche Erklärung von neuem.

Sie bedeutete Eddie, ans Telefon zu kommen. »Ja«, sagte Eddie in den Hörer.

»Es tut mir leid«, sagte die Stimme eines Mannes, der fast perfektes Englisch sprach, »wir dürfen keine telefonischen Auskünfte geben.«

Eddie wußte, daß es aussichtslos war, diese von Autorität getragene Stimme zu irgend etwas zu überreden. Er kannte den Ton. Er spiegelte das Selbstvertrauen eines Mannes, der die Gesetze und Vorschriften, die seine eigene kleine, aber vollständige Welt bestimmten, auf das genaueste beachtete. »Ich möchte nur eines wissen«, sagte Eddie. »Die Frau, die Sie da in Ihrem Krankenhaus haben: ihr Mann oder ihr Freund, wie auch immer, ist in Frankfurt. Also: ist die Sache so ernst, daß ich ihm sagen sollte, daß er sofort kommen muß?«

»Dazu würde ich Ihnen raten«, antwortete die sonore Stimme.

»Er ist in einer wichtigen Angelegenheit unterwegs«, stieß Eddie Cassin nach. »Er würde nicht zurückkommen wollen, wenn es nicht unbedingt nötig ist.«

Es entstand eine kurze Stille. Dann sagte die Stimme mit überraschender Milde: »Ich meine, Sie sollten ihm sagen, daß er kommen muß.«

Eddie legte auf. Er sah, daß Inge ihn aus großen Augen anstarrte. »Holen Sie mir ein sauberes Glas«, sagte er. Sie ging hinaus, und er nahm den Hörer auf und bat die Vermittlung, ihn mit Frankfurt zu verbinden. Als Inge mit dem Glas zurückkam, wartete er immer noch. Er ließ sie den Hörer halten und mixte sich einen starken Drink aus einer Flasche Gin und einer Dose Grapefruitsaft, die er in seinem Schreibtisch hatte. Dann nahm er den Hörer wieder zurück.

Als er Frankfurt endlich hatte, ließ er sich mit der Adjutantur im Hauptquartier verbinden. Er mußte mit drei Offizieren sprechen, bevor er erfuhr, daß Mosca schon gestern dagewesen war und sich jetzt vermutlich in der Rechtsabteilung aufhielt. In der Rechtsabteilung sagte man ihm, daß Mosca vor einer Stunde weggegangen war. Sie hatten keine Ahnung, wo er jetzt sein könnte. Eddie legte auf und trank sein Glas aus. Er mixte sich einen zweiten Drink und griff wieder nach dem Telefon. Er überlegte einen Augenblick, und als er wieder Frankfurt in der Leitung hatte, ließ er sich mit dem Nachrichtenzentrum im I.G.-Farben-Gebäude verbinden. Es meldete sich ein Sergeant, und Eddie erklärte ihm in kurzen Worten, warum er Mosca finden mußte.

Er bat ihn, Mosca über die Lautsprecheranlage ans Telefon bringen zu lassen. Der Sergeant bat ihn zu warten. Dann kam er wieder zurück und teilte Eddie mit, daß Mosca ausgerufen werden würde und daß er, Eddie, warten sollte.

Eddie wartete eine lange Zeit. Er hatte das zweite Glas geleert. Plötzlich hörte er Moscas Stimme: »Hallo, wer spricht?« Die Stimme klang nur überrascht, nicht besorgt.

Sekundenlang brachte Eddie kein Wort hervor. »Walter«, sagte er dann, »hier ist Eddie. Kommst du weiter mit der Sache?«

»Ich weiß noch nicht«, antwortete Mosca. »Die schicken mich nur immer von einem Büro ins andere. Ist was los bei dir?«

Eddie räusperte sich. »Ich fürchte, du wirst da unten nicht weitermachen können, Walter«, sagte er ganz beiläufig. »Deine Hausfrau hat Frau Meyer angerufen: man hat Hella ins Krankenhaus gebracht. Die Meyerin hat das hierher durchgegeben, und ich habe mit dem Krankenhaus gesprochen. Sie geben keine telefonischen Auskünfte, aber es klingt ernst.«

Es entstand eine Pause, und dann kam Moscas Stimme durch die Leitung, stockend, als suchte er nach Worten. »Weißt du wirklich nicht mehr als das?«

»Ich schwöre es dir«, antwortete Eddie, »aber du solltest zurückkommen.« Es folgte eine noch längere Pause, und dann sagte Mosca: »Ich nehme den Abendzug um sechs. Erwarte mich auf dem Bahnhof, Eddie. Soviel ich weiß, kommen wir gegen vier Uhr früh an.«

»Gemacht«, sagte Eddie. »Und ich fahre gleich ins Krankenhaus, okay?«

»Okay. Danke, Eddie.« Es klickte am anderen Ende, und Eddie Cassin legte auf.

Er machte sich schnell noch einen Drink. »Ich komme heute nicht zurück«, sagte er zu Inge. Dann verstaute er Flasche und Dose in seinem Schreibtisch und verließ das Büro.

Bremen lag noch im Dunkel, als Mosca aus dem Zug stieg. Es war noch nicht ganz vier Uhr früh. Auf dem Platz vor dem Bahnhof wartete, kaum sichtbar, ein olivgrauer Militärautobus. Nur einige wenige schwache Lampen erhellten den Platz und verstreuten ihr Licht in die Ecken und die Straßen hinunter, die vom Bahnhof wegführten.

Mosca warf einen Blick in den Wartesaal, aber von Eddie Cassin war nichts zu sehen. Er sah sich nach allen Richtungen um, aber es wartete auch kein Jeep.

Unschlüssig blieb er ein paar Minuten stehen und folgte dann dem Geleise der Straßenbahn die Schwachhauser Heerstraße hinunter, um schließlich in die lange Kurfürstenallee einzubiegen. Vorsichtig bahnte er sich einen Weg durch die Ruinen der Geisterstadt. Er hätte später nicht sagen können, warum er nicht gleich ins Krankenhaus gegangen war. Als er sich seinem Haus näherte, sah er in der finsteren Stadt ein einziges Licht brennen und wußte sofort, daß es in seiner Wohnung brannte. Er bog in den kleinen Kiesweg ein. Während er die Treppe hinauflief, hörte er das Baby weinen.

Er öffnete die Tür des Wohnzimmers und sah Frau Sander; sie saß auf dem Sofa und schob den Kinderwagen hin und her. Das Weinen des Kindes erweckte den Eindruck der Hoffnungslosigkeit, so als ob es nichts gäbe, was es beruhigen und zum Schweigen bringen könnte. Frau Sanders' Gesicht war weiß und von Müdigkeit gezeichnet; ihr für gewöhnlich streng nach hinten gekämmtes Haar hing lose und struppig herunter.

Er stand in der Tür und wartete, daß sie etwas sagen sollte, bemerkte aber dann, daß sie Angst hatte und sich nicht dazu aufraffen konnte.

»Wie geht es ihr?« fragte er.

»Sie ist im Krankenhaus«, antwortete Frau Sander.

»Ich weiß. Wie geht es ihr?«

Frau Sanders blieb stumm. Sie hörte auf, den Kinderwagen hin und her zu schieben, und barg ihr Gesicht in den Händen. Das Baby schrie lauter. Frau Sander schluckte. »Oh, wie sie geschrien hat!« sagte sie. »Oh, wie sie geschrien hat!« Mosca wartete. »Sie ist die Treppe hinuntergefallen und hat geschrien«, sagte Frau Sander und begann zu weinen.

Wie wenn sie ihren Kummer nicht länger verbergen könnte,

ließ sie die Hände fallen. Sie begann von neuem, den Kinderwagen hin und her zu schieben. Das Baby war still. Frau Sander blickte Mosca an, der immer noch geduldig wartend stand. »Sie ist tot, sie ist gestern abend gestorben. Ich habe auf Sie gewartet.« Sie sah, daß Mosca immer noch geduldig wartete, so als ob er nichts gehört hätte, so als ob er immer noch wartete, daß sie etwas sagte.

Eine Betäubung umfing ihn, eine starre, zerbrechliche Schale, die Schmerz und Licht von ihm fernhielt. »Am Abend ist sie gestorben«, wiederholte Frau Sander, und er glaubte ihr, wollte aber, was sie da aussprach, nicht als Wahrheit zur Kenntnis nehmen. Er ging aus dem Haus und wanderte durch die dunklen Straßen. Als er zum Krankenhaus kam, folgte er dem Bogen des großen Eisengitters, bis er den Haupteingang erreichte.

Er betrat das Verwaltungsgebäude. Hinter dem für den Nachtdienst bestimmten Pult stand eine Nonne mit der großen, breiten Haube ihres Ordens. Auf einer Bank an der Wand saß Eddie Cassin.

Eddie erhob sich und stand verlegen da. Er nickte der Nonne zu. Sie bedeutete Mosca, mit ihr zu kommen.

Mosca folgte der großen, weißen Haube durch die langen Gänge. In der Stille hörte er das erschöpfte Atmen der schlafenden Kranken. Am Ende des Ganges mußten sie zwischen zwei schwarz gekleideten Reinemachefrauen durch, die auf ihren Knien lagen und die weißen Fliesen schrubbten.

Sie bogen in einen anderen Gang ein. Die Nonne öffnete eine Tür, und er folgte ihr in ein kleines Zimmer. Sie trat zur Seite und schloß die Tür.

Mosca trat einen Schritt vor, und in der Ecke von einem weißen Kissen umrahmt, sah er Hellas Gesicht. Ihr Körper war bis zum Hals mit einem weißen Tuch bedeckt. Er konnte sie nicht deutlich sehen und tat einen weiteren Schritt auf sie zu.

Ihre Augen waren geschlossen und das Gesicht nicht mehr geschwollen, so als ob Gift und Leben ihren Körper gleichzeitig verlassen hätten. Der Mund war farblos, fast weiß. Jegliche Röte war verschwunden. Ihr Gesicht war faltenlos, und sie sah jünger aus, als er sie in Erinnerung hatte, doch das Gesicht war leer, und die Höhlen ihrer geschlossenen Augen waren die einer Blinden.

Mosca ging noch näher heran und blieb neben dem Bett stehen. Auf dem Sims des verhangenen Fensters, das er nicht sehen konnte, stand eine große Vase mit weißen Blumen. Verwirrt blickte er auf Hella hinab. Er wußte jetzt, daß er vor der Tatsache ihres Todes stand, wußte aber nicht, was er tun sollte. Er konnte nichts denken und nichts fühlen. Der Tod auf dem Schlachtfeld war ihm nicht fremd, doch nun sah er ihn zum erstenmal verkleidet und maskiert, sah zum erstenmal ein menschliches Wesen, das er geküßt und geliebt hatte und nie wieder küssen und lieben konnte. Er sah, was der Tod aus einem Körper machte, und empfand Abscheu vor dieser leblosen Gestalt. Er streckte die Hand aus, um die blinden Augen zu berühren, und er berührte ihr kaltes Gesicht und legte die Hand auf das weiße Tuch, das ihren Körper bedeckte. Er vernahm ein sonderbar knisterndes Geräusch und zog das Tuch ein Stück herunter.

Ihr Körper war in ein Leichenhemd aus dickem, braunem Packpapier eingeschlossen, und er sah, daß sich darunter keine Kleider befanden. »Viele Familien wollen es so haben«, flüsterte die Nonne hinter ihm. »Die Leute brauchen die Kleider.«

Er hatte das Tuch mit selbstbewußter Arroganz zurückgeschoben, im festen Glauben an einen Harnisch gegen seelische Bedrängnis, den er zu besitzen vermeinte, im Vertrauen auf den Schutz, den ihm die Erinnerung an die schrecklichen Jahre bieten würde. Doch seine Gedanken nahmen eine andere Richtung. Sie hat genug Kleider, in welchen sie begraben werden kann, dachte er. So viel kann ich doch noch für sie tun. Und plötzlich strömten tausend einander widerstreitende Empfindungen durch sein Blut, bittere Galle ätzte seine Kehle, eine stählerne Hand umkrampfte sein Herz und erstickte alles Licht. Er wußte nicht, wie es kam, daß er plötzlich nicht mehr im Zimmer war und draußen an der Wand lehnte.

Die Nonne wartete geduldig. Schließlich sagte er zu ihr: »Ich werde passende Kleidung bringen. Würden Sie sie ihr anziehen?« Die Nonne nickte.

Er verließ das Krankenhaus und machte sich auf den Weg. Er ging am Gitter entlang. Es war noch nicht hell, aber die elektrischen Bahnen fuhren schon, und auf der Straße kamen ihm Leute entgegen. Die Zeitspanne, für die das nächtliche Ausgehverbot galt, war abgelaufen. Er bog immer wieder in unbelebte Straßen ein, doch kaum hatte er sie betreten, schienen die Menschen aus dem Trümmergestein und den verschütteten Wohnungen hervorzubrechen.

Eine kalte Wintersonne goß ihr bläßliches Licht über die Erde aus, und mit einemmal hatte er die Stadtgrenze erreicht und befand sich auf freiem Feld.

Es war bitter kalt, und Mosca blieb stehen.

Er akzeptierte jetzt, was sich ereignet hatte, und es überraschte ihn nicht, daß alles so schlecht ausgegangen war. Was ihm blieb, war die Erschöpfung und Hoffnungslosigkeit und, in seinem Innersten, das Gefühl, sich auf schändliche Weise schuldig gemacht zu haben.

Er überlegte, was jetzt zu tun war: er mußte der Nonne ein dunkles Kleid bringen, in dem Hella beerdigt werden konnte, und er mußte die nötigen Vorbereitungen für ihre Bestattung treffen. Eddie konnte ihm helfen, er würde sich um alles kümmern. Er drehte sich um und fühlte ein Gewicht an seinem Arm. Er blickte nach unten und sah, daß er immer noch die blaue Tasche trug. Er war sehr müde und hatte noch einen weiten Weg vor sich, und so ließ er die Tasche in das hohe, feuchte Gras fallen. Er hob den Blick den Strahlen der kalten Morgensonne entgegen und schickte sich an, in die Stadt zurückzukehren.

23

Der kleine Zug passierte das große Eingangstor aus schwarzem Eisen, ließ das Krankenhaus hinter sich und bewegte sich auf die Stadt zu. Das graue Licht des frühen Morgens hüllte die Ruinen in gespenstisch dampfenden Nebel.

Der Ambulanzwagen mit Hellas Sarg führte den Zug an. Der offene Jeep, dem Wind ausgesetzt, folgte langsam nach. Eddie und Mosca kauerten sich zusammen, um der Kälte eine möglichst geringe Angriffsfläche zu bieten. Frau Sander saß allein auf der hinteren Bank; sie hatte sich in eine braune Kommißdecke gewickelt, die ihre Trauer vor der Welt verbarg. Hinter dem Jeep kam ein kleiner Opel mit Gasgenerator und Schornstein. Am Steuer saß der Priester, dessen Kirche Frau Sander angehörte.

Der Zug bewegte sich gegen den Strom einer Welt, die der Stadtmitte zustrebte: mit Arbeitern vollgestopfte Straßenbahnen, olivfarbene Militärfahrzeuge, Menschen, deren Lebensrhythmus nur durch Rast und Schlaf und Träume unterbrochen worden war. Die bittere Kälte eines Spätherbsts, die frühe unvorhergesehene Kälte, auf die man nicht vorbereitet gewesen war, schlimmer als die tiefste winterliche Kälte, hatte den Jeep mit Eis überzogen und ließ Leib und Seele erstarren. Mosca beugte sich zu Eddie hinüber: »Weißt du, wo der Friedhof ist?« Eddie nickte. »Fahren wir hin«, sagte Mosca in nüchternem Ton. Eddie schwenkte nach links aus, und der Jeep schoß vor und die breite Allee hinunter, die in einer weiten Kurve durch die Stadt aus ihr hinausführte. Dann ging es über eine schmale Seitenstraße durch ein offenes Holztor, und schließlich kam der Jeep auf einem Rasenstück vor einer langen Reihe von Grabsteinen zum Stehen.

Sie blieben im Jeep sitzen und warteten. Frau Sander legte die Decke zur Seite. Sie trug einen schwarzen Mantel, einen Hut mit Schleier und dunkle Strümpfe. Ihr Gesicht war so grau wie das winterliche Licht, das durch eine tiefhängende Wolkendecke durchsickerte. Eddie und Mosca trugen ihre dunkelgrünen Offiziersuniformen.

Der Ambulanzwagen kam langsam die ausgefahrene Straße

herunter und passierte das hölzerne Friedhofstor. Er blieb stehen, und der Fahrer und sein Helfer stiegen aus. Eddie und Mosca gingen, um ihnen zu helfen. Mosca sah, daß es dieselben Männer waren, die Hella zur Geburt ins Krankenhaus gebracht hatten. Sie öffneten die zwei hinteren Türen, und als sie die schwarze Kiste heraushoben, packten Mosca und Eddie die Griffe an ihrem Ende.

Das rauhe Holz wies wäßrigschwarze Flecken auf, die Griffe waren aus Eisen, grau wie der Himmel. Die zwei Männer musterten Mosca über den Sarg hinweg, taten aber, als ob sie ihn nicht kennen würden. Sie schwenkten den Sarg herum, um vorangehen zu können. Er war sehr leicht. Sie bahnten sich einen Weg durch die verschrammten und zerbrochenen Grabsteine, bis sie schließlich zu einer offenen Grube kamen. Gestützt auf ihre langen, herzförmigen Spaten, standen zwei Deutsche mit hängenden Schultern in dunklen Mützen und Mänteln davor und sahen zu, wie der Sarg neben der Grube, die sie geschaufelt hatten, abgestellt wurde. Hinter ihnen lag ein großer Haufen brauner, lehmiger Erde.

Der kleine Opel kam durch das Tor. Der Schornstein sandte eine Trauerfahne zum Himmel. Der Priester stieg aus. Er war groß und hager und hatte ein markantes, ernstes Gesicht. Er ging langsam, ein wenig vornübergebeugt. Seine lange schwarze Soutane streifte über die feuchte Erde. Er sprach ein paar Worte zu Frau Sander und dann zu Mosca. Mosca hielt den Kopf gesenkt. Er verstand den Dialekt des Priesters nicht.

Die eintönige gutturale Stimme zerriß die Stille. Mosca hörte die Worte Liebe und Beten, und das deutsche Wort Beten klang fast so wie das deutsche Wort Betteln; die Stimme sprach von Verzeihen und Hinnehmen, Hinnehmen, Hinnehmen und von der Weisheit und der Gnade und der Liebe Gottes. Jemand reichte ihm eine Handvoll Erde, und er warf sie hinab, hörte, wie sie auf das Holz auftraf, und hörte dann auch noch andere Klümpchen Erde aufschlagen. Schließlich hörte er große Erdklumpen wie mächtige Herzschläge aufprallen, aber sie fielen leiser und leiser, bis nur mehr das unhörbare Aufseufzen von auf Erde fallender Erde zu vernehmen war, und neben dem Rauschen des Blutes in seinem Kopf hörte Mosca Frau Sander weinen.

Schließlich erstarben alle Geräusche. Die Menschen bewegten sich. Er hörte das Aufheulen eines Motors, dann eines anderen und schließlich das des Jeeps.

Mosca blickte auf. Der dunstige Nebel aus der Stadt, die sie hinter sich gelassen hatten, stahl sich jetzt über Gräber und Grabsteine heran. Er hob seine Augen dem grauen, undurchsichtigen Himmel entgegen, wie Menschen ihre Augen zum Gebet erheben. Ich glaube, ich glaube! rief er in seinem Herzen, rief es mit Haß und in hilflosem Zorn. Er verkündete, daß er an den wahren Gott glaubte, daß seine Sicht klar war und daß er den wahren tyrannischen, erbarmungslosen, gnadenlosen Gottvater sah, in Blut gebadet, erstickend in Entsetzen, Qual und Schuld, von seinem unvorstellbaren Haß auf die Menschheit besessen und verzehrt. In seinem Herzen und in seiner Seele öffnete sich eine tiefe Kluft, um den Gott, den er sah, zu empfangen, und dann drang die blaßgoldene Sonne durch die Wolken und zwang seine Augen zur Erde zurück.

Über die Ebene vor der Stadt sah er den leeren Krankenwagen und den Opel auf der holprigen Straße steigen und sinken. Die zwei Spatenmänner waren verschwunden. Frau Sander und Eddie saßen im Jeep und warteten auf ihn. Frau Sander hatte sich die Decke um den Leib gewickelt. Es war sehr kalt. Mit einer Geste bedeutete er ihnen loszufahren, und er sah zu, wie der olivgraue Jeep langsam das Tor passierte. Frau Sander warf einen letzten Blick zurück, aber er konnte ihr Gesicht nicht mehr deutlich sehen.

Allein gelassen, konnte Mosca jetzt zum erstenmal Hellas Grab betrachten, den Haufen brauner Erde, die ihr Körper verdrängt hatte. Er empfand keinen Kummer, nur ein verwirrendes Gefühl von Verlust, so als ob es nichts gäbe, was er je noch zu tun wünschte, und keinen Ort auf der ganzen Welt, wohin er sich wenden konnte. Er blickte über das offene Feld vor der Stadt, unter deren Ruinen weit mehr Tote ruhten, als je diese Friedhofserde aufnehmen konnte. Die von Wolken verhüllte Wintersonne goß ihr schwachgelbes Licht aus, und Mosca versuchte über die Ebene hinweg auf sein eigenes Leben zurückzublicken, auf alles, was er empfunden und erfahren hatte. Über einen Kontinent von Gräbern hinweg versuchte er nach den Spielen zu greifen, die er als Kind gespielt hatte, nach den Straßen, über die er als Junge geschritten war, nach der Liebe, die seine Mutter ihm gegeben hatte, nach dem Gesicht seines toten Vaters, nach seinem ersten Abschied. Er erinnerte sich an seine Mutter, die immer gesagt hatte: »Du hast keinen Vater, aber Gott ist dein Vater.« Und sie hatte auch gesagt: »Du mußt ganz besonders brav sein, weil du keinen Vater hast und Gott dein Vater ist.« Er versuchte nach der Liebe zu greifen, die er damals gekannt hatte, nach Mitleid und Erbarmen und nach den Tränen, die er vergossen hatte.

Selbstquälerisch dachte er an Hella, an ihr zartes, zerbrechliches Gesicht, das die blauen Venen so offen zur Schau stellte und jenes Schleiers von Fleisch ermangelte, der es vor der Welt und vor dem Tod beschützt haben würde. Er dachte an ihre Liebe, die unbewußt, wie durch Zauberei, aus ihrem Herzen gesprungen war, und wie verhängnisvoll sie sich ausgewirkt hatte – eine Schwäche, eine Krankheit, die in dieser tödlichen Welt einen so entsetzlichen Ausgang genommen hatte.

Er schritt den schmalen Weg hinunter, vorbei an den verschrammten, zerbröckelten, wankenden, vom Krieg verletzten Grabsteinen, und durch das Friedhofstor. Auf dem Weg in die Stadt zogen Bilder von Hella vor seinem geistigen Auge vorbei: wie sie ausgesehen hatte, als er zurückgekommen war, die Liebe, die sie ihm geschenkt und die er gebraucht hatte, um am Leben zu bleiben, die überwältigende Freude, sie gefunden zu haben . . . Doch jetzt schien es ihm, als hätte er schon damals gewußt, daß er ihr den Tod bringen würde.

Er schüttelte den Kopf. Pech gehabt, dachte er, einfach Pech gehabt. Er erinnerte sich an die vielen Abende, da er zum Essen nach Hause gekommen war und sie schlafend auf der Couch gefunden hatte; wie er sie dann ins Bett gelegt hatte und fortgegangen war, und wie sie bei seiner Rückkehr immer noch geschlafen hatte, ein tiefer, ruhiger Schlaf, der sie die ganze Nacht lang geschützt hatte. Pech gehabt, dachte er wieder, um sich zu rechtfertigen, aber er dachte es ohne Hoffnung, weil er die grausame Hand nicht vergessen konnte, die sie ohne vorherige Warnung an sich gerissen hatte, als sie ganz allein war, und ohne ihr zu gestatten, die wenigen Menschen, die sie liebte, noch einmal zu sehen oder zu berühren.

Im Augenblick, da er die Stadt erreichte, versuchte er, den anderen Gott anzusprechen, ihn aus der anderen Welt herbeizurufen, aus der Welt, in der seine Mutter lebte, der Welt der Rechtschaffenen, der glücklichen, wohlgenährten Kinder, der tugendhaften, dem Leben mit anständigen Gatten und goldenen Eheringen verhafteten Frauen. Er versuchte nach jener Welt zu greifen, deren Reichtum an Arzneien nahezu jede Qual zu lindern imstande ist, und in jene tiefen Schatten schmerzloser Erinnerungen zu flüchten, die ihn vielleicht jetzt retten mochten.

Und wenn er imstande gewesen wäre, die Stadt vor sich unberührt, ihre steinerne Haut unverletzt, ihr Fleisch fest zu sehen; und wenn am bleiernen Himmel die Sonne geschienen und ihr Licht vergossen hätte; wenn es ihm möglich gewesen wäre, die Menschen, die sich durch die winterlichen Ruinen tasteten, zu lieben – mag sein, er würde jenen Gott heraufbeschworen haben, der sein wahres Gesicht hinter einer Maske nachsichtiger Gnade verbarg.

Mosca stieg den Hügel hinab, bis zur asphaltierten Straße. Ein scharfes Bild Hellas vor sein geistiges Auge zu bringen, war ihm nicht mehr möglich. Nur einmal noch zuckte ihm ein Gedanke durch den Kopf, während er auf der dunstigen Straße dahinschritt: es hat sein Ende gefunden. Aber auch dieser Gedanke ging ihm verloren, bevor ihm noch klar wurde, was er eigentlich bedeutete.

24

Er gab Frau Sander Geld für das Kind und zog in das Quartier in der Metzer Straße zurück. In den Tagen darauf ging er schon früh zu Bett. Aus den Zimmern neben ihm und unter ihm drang Musik und Gelächter, aber er schlief trotzdem gleich ein. Und wenn dann in der Nacht wieder Ruhe einkehrte und Stille im Hause herrschte, wachte er auf. Er griff nach der Uhr, die auf dem Nachtkästchen lag, und es war ein oder zwei Uhr früh. Er blieb liegen, ohne sich zu rühren, und zündete auch die Lampe nicht an, weil er ihren deprimierenden blassen, gelben Schein fürchtete. Kurz vor Tagesanbruch nickte er wieder ein und verschlief die lärmende Geschäftigkeit der Hausbewohner, die sich auf ihren Arbeitstag vorbereiteten und dann auf den Weg machten. Es war jede Nacht das gleiche. Sobald er aufwachte, griff er nach der Uhr und hielt sich den phosphoreszierenden kleinen Kreis gelber Striche und Punkte vors Gesicht, hoffend, sie würden ihm eine dem Morgen und dem Licht nahe Stunde angeben. Er hörte das Gurgeln des Wassers in den Rohren, die Geräusche des Paares im Nebenzimmer, das verschlafene Stöhnen und Ächzen, erstickte Schreie nächtlicher Leidenschaft und das Tropfen eines offenen Hahns im Badezimmer. Fußböden knisterten und knackten, als ob auch sie sich zur Ruhe begeben wollten. Von irgendwo weither kam das Gemurmel eines Radios, laut sprach eine Stimme, Schritte schlurften über den Gang, und auf der Straße unter seinem Fenster wurde das gedämpfte Gelächter von Frauen hörbar, die das Haus verließen. Wenn die Dämmerung anbrach, schlief Mosca ein und erwachte erst um die Mittagsstunde.

An einem frühen Nachmittag, zwei Wochen nach der Beerdigung, wurde diese Stille durch Schritte auf dem Gang und ein Klopfen unterbrochen. Mosca stieg aus dem Bett und zog sich die Hosen an. Er ging zur Tür, schloß sie auf und öffnete sie.

Vor ihm war das Gesicht, das er nur einmal gesehen hatte, aber nie vergessen würde. Honny mit seinem Käppchen aus gelbem Haar, seiner fleischigen Nase und seinen Sommersprossen. Honny lächelte und fragte. »Darf ich reinkommen?«

Mosca trat zur Seite und schloß dann die Tür. Honny stellte seine Aktentasche auf den Tisch und sah sich im Zimmer um. »Tut mir leid, wenn ich Sie geweckt habe«, sagte er freundlich.

»Ich wollte gerade aufstehen«, erwiderte Mosca.

»Das mit Ihrer Frau«, sagte der blonde Mann langsam, »hat mir sehr leid getan, wirklich sehr leid getan.« Er lächelte unsicher.

Mosca wandte sich ab und ging zum Bett zurück. »Wir waren nicht verheiratet«, sagte er.

»Ach so.« Honny strich sich nervös über die hohe Stirne und den kahlen Vorderteil seines Schädels. »Ich bin gekommen, weil ich Ihnen etwas Wichtiges mitzuteilen habe.«

»Ich habe keine Zigaretten«, fiel Mosca ihm ins Wort.

»Ich weiß, daß Sie keine Zigaretten haben«, sagte Honny in ernstem Ton, »und ich weiß auch, daß Sie kein hohes Tier im PX sind. Ich weiß das, seitdem Wolfgang nach Amerika zurückgeflogen ist.«

Mosca lächelte. »Na und?«

»Sie mißverstehen mich«, erwiderte Honny rasch. »Ich bin gekommen, um Sie über Yergen zu informieren. Das Penicillin, das er Ihnen verkauft hat, habe ich ihm vermittelt. Ich war sozusagen der Zwischenhändler.« Er machte eine kurze Pause. »Yergen wußte, daß es zu lange gelagert war. Darum hat er dem Mann, zu dem ich ihn schickte, auch nur einen Bruchteil des üblichen Preises bezahlt. Verstehen Sie?«

Mosca mußte sich setzen. Sein Magen tat ihm weh, und er mußte die Hand auf seine Narbe legen. Ganz plötzlich spürte er einen stechenden Kopfschmerz. Yergen, dachte er, Yergen, Yergen, der so viel für sie getan, der Hella glücklich gemacht hatte, dessen Tochter Hella geliebt hatte. Der Gedanke, daß Yergen ihn so hereinlegen und solches Leid über ihn hatte bringen können, demütigte ihn. Er barg das Gesicht in seinen Händen.

Mit sanfter Stimme fuhr Honny fort: »Ich erfuhr, daß Sie es ablehnten, sich an Wolfs Vorhaben zu beteiligen. Ich bin nicht dumm. Damit haben Sie mir das Leben gerettet. Glauben Sie mir: Wenn ich gewußt hätte, daß Yergen das Penicillin *für Sie* haben wollte, ich würde ihn gestoppt haben. Ich erfuhr es zu spät. Yergen hatte keine Hemmungen, mich zu opfern, und er hatte auch keine Hemmungen, Ihre Frau zu opfern.« Er sah, daß Mosca immer noch regungslos, das Gesicht in den Händen, auf dem Bett saß, und darum sagte er noch sanfter: »Ich habe eine gute Nachricht für Sie. Yergen ist wieder in Bremen, in seiner alten Wohnung. Ihre Hausfrau, Frau Meyer, hat ihn wissen lassen, daß alles in Ordnung ist, daß er keine Angst zu haben braucht.«

Mosca stand auf. »Sie lügen mich nicht an?« fragte er.

»Nein, ich lüge nicht«, erwiderte Honny. Er war totenblaß, und die Sommersprossen hoben sich wie Ölflecken von seiner Haut ab. »Denken Sie nur ein wenig zurück, und Sie werden wissen, daß ich nicht lüge.«

Mosca ging zu seinem Schrank hinüber und sperrte ihn auf. Seine Bewegungen waren rasch, und obwohl ihm der Kopf weh tat, fühlte er sich fast glücklich. Er nahm ein Heftchen mit blauen Reiseschecks aus dem Schrank und unterschrieb fünf davon. Sie lauteten jeder auf einhundert Dollar. Er zeigte sie Honny. »Fünfhundert Dollar für Sie, wenn Sie es zuwege bringen, daß Yergen heute abend hierherkommt!«

Honny tat einen Schritt zurück. »Nein, nein«, wehrte er ab. »Das kann ich nicht tun. Wie können Sie annehmen, daß ich das tun kann?«

Mosca streckte ihm die Reiseschecks entgegen und trat näher an ihn heran. »Nein, nein, das kann ich nicht machen«, murmelte Honny und wich zurück. Mosca begriff, daß er ihn nicht umstimmen würde. Er nahm Honnys Aktentasche vom Tisch und gab sie ihm. »Jedenfalls danke ich Ihnen, daß Sie mir das erzählt haben.«

Er stand allein in der Mitte des Zimmers. Sein Kopf dröhnte, wie wenn sich mit jedem Pulsschlag eine große Ader füllte und leerte. Er fühlte sich ein wenig schwach, so als ob seine Lungen die stickige Luft des Zimmers nicht aufnehmen könnten. Er zog sich fertig an und verließ das Haus.

Als er auf die Straße trat, war er überrascht, wie warm die Sonne schien. Er bog in die nun von kahlen Bäumen gesäumte Kurfürstenallee ein und ging auf das Haus zu, in dem er mit Hella gewohnt hatte. Von den Kopfschmerzen abgesehen, hatte er sich schon lange nicht mehr so wohl gefühlt. Heute nacht werde ich endlich durchschlafen können, dachte er. Leise betrat er die Wohnung und blieb vor der Tür des Wohnzimmers stehen. Als er eintrat, sah er Frau Sander, die den Kinderwagen hin und her schob. Sie saß auf dem Sofa. In der linken Hand hielt sie ein Buch, ihre rechte lag auf dem cremefarbenen Holz des Kinderwagens. Sie saß ruhig und aufrecht da. Das Leid schien neue Runzeln in ihr Gesicht gegraben zu haben. Das Kind schlief. Hellblaue Äderchen schimmerten auf seiner rosigen Stirn und knüpften sie an das zuckende Häutchen des Augenlids.

»Geht's ihm gut?« fragte Mosca.

Frau Sander nickte. »Es ist alles in Ordnung.« Sie löste ihre Hände von Buch und Kinderwagen und schlang die Finger ineinander.

»Haben Sie das Paket bekommen?« Er hatte ihr in der vorigen Woche ein großes Paket mit Nahrungsmitteln geschickt.

Wieder nickte sie. Sie sah viel älter aus. In der Art, wie sie dasaß und ihm antwortete, glaubte Mosca ein vertrautes Bild zu sehen.

»Können Sie das Kind behalten?« fragte er und drehte den Kopf zur Seite. »Ich bezahle Ihnen, was Sie verlangen.« Der Kopf schmerzte ihn zum Zerspringen, und er fragte sich im stillen, ob sie wohl ein Aspirin zur Hand hätte.

Frau Sander nahm ihr Buch wieder zur Hand, öffnete es aber nicht. Das strenge Gesicht zeigte nichts von dem ironischen Humor, an den er sich noch erinnerte. »Herr Mosca«, erwiderte sie steif, »wenn Sie Ihre Einwilligung geben, will ich versuchen, Ihr Kind zu adoptieren. Damit wäre Ihr Problem gelöst.« Sie sagte es sehr kalt, aber plötzlich liefen ihr die Tränen über die Wangen. Sie ließ das Buch fallen und hielt sich die Hände vors Gesicht. Mosca wußte nun, was ihm vertraut erschienen war: sie benahm sich wie seine Mutter, wenn er ihr Schmerz bereitet hatte.

Aber weil sie nicht seine Mutter war und ihn wirklich rühren konnte, ging er zum Sofa hinüber und legte ihr kurz die Hand auf den Arm. »Was ist denn, was habe ich getan?« Seine Stimme klang ruhig und vernünftig.

Ihre Hände hatten den Tränen Einhalt geboten und sie getrocknet. »Sie empfinden nichts für das Baby, Sie sind die ganze Zeit nicht hier gewesen. Wenn sie wüßte, daß Sie so sind! Wie schrecklich, wie schrecklich, wo sie euch beide so geliebt hat! Sie hat immer gesagt, daß Sie ein guter Mensch sind, und als sie die Treppe hinunterfiel, streckte sie die Arme nach dem Baby aus. Sie schrie vor Schmerzen, aber sie dachte an das Baby. Und Sie empfinden nichts für das Kind, das sie so geliebt hat.« Sie holte tief Atem und fuhr hysterisch fort: »Oh, Sie sind ein schlechter Mensch. Sie haben ihr etwas vorgemacht, Sie sind kein guter Mensch!« Sie beugte sich weg von ihm und legte beide Hände auf den Kinderwagen.

Mosca trat einen Schritt zurück. Um ihr zu helfen, fragte er: »Was meinen Sie denn, daß ich tun sollte?«

»Ich weiß nur, was sie von Ihnen erwarten würde. Daß Sie das Kind nach Amerika mitnehmen und dafür sorgen, daß es ein schönes und glückliches und langes Leben hat.«

»Wir waren nicht verheiratet«, gab Mosca nüchtern zurück, »und daher ist das Kind deutscher Staatsbürger. Es würde sehr lange dauern.«

»Bis dahin«, sagte sie eifrig, »kann ich mich ja um den Kleinen kümmern. Wollen Sie ihn also mitnehmen?«

»Ich glaube nicht, daß ich das kann«, antwortete er. Plötzlich empfand er das dringende Verlangen zu gehen. Seine Kopfschmerzen waren wieder stärker geworden.

»Wollen Sie, daß ich ihn adoptiere?« fragte Frau Sander mit der kalten Stimme, mit der sie ihn empfangen hatte.

Er blickte auf das schlafende Baby. Er empfand nichts. Er nahm die schon unterschriebenen Reiseschecks aus seiner Tasche und legte sie auf den Tisch. »Ich weiß nicht, was sein wird«, sagte er und ging zur Tür.

»Wann werden Sie Ihren Sohn wieder besuchen kommen?« fragte sie mit zorniger Stimme. Aus ihrem Gesicht sprach Verachtung. Mosca drehte sich um.

Sein Kopf drohte zu zerspringen, und er wollte weg, aber er konnte ihren Blick nicht ertragen. »Warum sagen Sie nicht die

Wahrheit, warum sagen Sie nicht, was Sie wirklich denken?« Ohne darauf zu achten, daß seine Stimme lauter wurde, fuhr er fort: »Sie glauben, daß alles meine Schuld ist. Sie glauben, daß sie gestorben ist, weil ich nicht genug getan habe, um sie zu retten. Sagen Sie doch die Wahrheit! Darum sind Sie so böse, darum sehen Sie mich an, als ob ich ein wildes Tier wäre. Dieser Amerikaner, denken Sie, jetzt hat er eine Deutsche mehr auf dem Gewissen. Tun Sie doch nicht so, als ob Sie wegen des Kindes böse wären, belügen Sie sich doch nicht selber! Ich weiß, was in Ihrem Kopf vorgeht.«

Zum erstenmal sah Frau Sander ihn jetzt richtig an, blickte ihm fest in die Augen. Er sah sehr krank aus, seine Haut war gelb, seine Augen tiefschwarz. Um seinen Mund herum hatte er rote Flekken. »Nein, nein«, protestierte sie, »so etwas habe ich nie gedacht.« Und noch während sie diese Worte aussprach, wurde ihr bewußt, daß an seinen Vorwürfen etwas Wahres war.

Doch nun hatte er sich wieder ganz in der Gewalt. »Ich werde Ihnen beweisen, daß es nicht wahr ist«, sagte er ganz ruhig. Er drehte sich um und ging.

Sie hörte ihn die Treppe hinunterlaufen.

Draußen auf der Straße zündete er sich eine Zigarette an, blickte zum bewölkten Himmel hinauf und dann die Kurfürstenallee hinunter. Er hatte die Zigarette schon fast zu Ende geraucht, bevor er sich wieder in Bewegung setzte, um in sein Quartier in der Metzer Straße zurückzukehren. Er sah auf die Uhr. Es war erst drei.

Er würde noch lange warten müssen, bis er etwas in bezug auf Yergen tun konnte.

25

Die Schatten des Nachmittags füllten sein Zimmer. Er nahm ein Aspirin und legte sich aufs Bett. Es überraschte ihn, daß er sich so müde fühlte. Er schloß die Augen – für einen Augenblick nur, wie ihm schien –, hörte ein Klopfen an der Tür, schlug die Augen auf und fand sich im Dunkel. Er drehte die Nachttischlampe an und sah auf die Uhr. Es war sechs Uhr abends. Wieder klopfte es, und dann ging die Tür auf, und Eddie Cassin stand im Zimmer. Er war sauber angezogen, rasiert und roch nach Gesichtspuder.

»Mensch«, sagte er, »du solltest absperren, wenn du schläfst.« Und dann ganz beiläufig: »Wie geht's dir, habe ich dich geweckt?«

Mosca rieb sich das Gesicht. »Alles in Ordnung«, antwortete er. Seine Kopfschmerzen waren weg, aber sein Gesicht fühlte sich heiß an, und seine Lippen waren trocken.

Eddie Cassin warf ein paar Briefe auf den Tisch. »Ich habe deine Post mitgebracht. Hast du was zu trinken?«

Mosca ging zum Schrank, holte eine Flasche Gin und zwei Gläser heraus.

»Heute abend gibt's eine große Party«, sagte Eddie. »Komm doch runter.«

Mosca schüttelte den Kopf und gab ihm ein Glas. Beide tranken. Dann sagte Eddie: »Dein Marschbefehl wird in einer Woche fällig. Der Adjutant hat versucht, ihn aufzuhalten, er hat gemeint, es wäre seine Schuld. Der Oberst wollte nichts davon wissen.« Er beugte sich zu Mosca hinüber. »Wenn du willst, lasse ich die Papiere für ein paar Tage verschwinden. Dann könntest du noch ein paar Wochen länger bleiben.«

»Spielt keine Rolle«, antwortete Mosca. Er stand vom Bett auf und blickte durch das Fenster. Noch lag das Zwielicht der Dämmerung auf den Straßen, und er sah eine Gruppe Kinder, die mit noch nicht angezündeten Laternen auf den Einbruch der Dunkelheit warteten. Er erinnerte sich, daß er sie auch schon an den letzten Abenden singen gehört hatte; die weichen Klänge waren, ohne es zu zerreißen, durch das dünne Häutchen seines Schlafes durchgesickert.

»Was ist mit dem Kleinen?« fragte Eddie Cassin, der hinter ihm stand.

»Frau Sanders. Sie behält ihn.«

»Ich werde sie regelmäßig besuchen«, sagte Eddie mit leiser Stimme. »Mach dir keine Sorgen.« Er unterbrach sich. »Es ist schon bitter, Walter. Wir sind wirklich Pechvögel, du und ich.«

Die Kinder auf der Straße formten sich in zwei Reihen und marschierten die Metzer Straße hinunter. Sie hatten ihre Laternen noch nicht angezündet. »Diese Briefe sind von deiner Mutter«, sagte Eddie. »Ich habe ihr telegrafiert. Ich habe mir gedacht, du würdest nicht schreiben.«

Mosca drehte sich um und sah ihm ins Gesicht. »Du bist mir ein guter Freund gewesen«, sagte er. »Könntest du mir noch einen letzten Gefallen tun?«

»Na klar.«

»Du hast mir nicht gesagt, daß Yergen wieder zurück ist. Ich möchte ihn sprechen. Kannst du ihn hierher bringen?«

Eddie nahm noch einen Schluck und beobachtete Mosca, der im Zimmer umherging. Hier ist etwas faul, dachte er. Mosca hatte seine Stimme in der Gewalt, aber seine Augen waren wie schwarze Spiegel, und hin und wieder zuckte es in seinem Gesicht wie von Haß und Wut.

»Ich hoffe, du machst keine Dummheiten«, erwiderte Eddie bedächtig. »Der Mann hat einen Fehler gemacht. Es war nicht seine Schuld. Du weißt doch, daß Yergen immer alles getan hat, um Hella gefällig zu sein.«

Mosca lächelte. »Ich will ja nur die Zigaretten und das Geld zurück haben, das ich für das Zeug bezahlt habe. Warum sollte ich für den Mist auch noch bezahlen?«

Eddie war so überrascht und dann so erleichtert, daß er einen Freudenschrei ausstieß. »Mensch, Junge, jetzt klingst du wieder normal! Warum, zum Teufel, solltest du dafür bezahlen?« Der Gedanke schoß ihm durch den Kopf, daß es typisch für Mosca war, daß er sich auch in seinem Schmerz nicht hereinlegen lassen wollte. Er fühlte sich ehrlich erleichtert. Er war wirklich froh, daß Mosca wieder normal reagierte.

Plötzlich fiel ihm etwas ein. Er packte Mosca am Arm. »Hör mal zu«, sprudelte er hervor. »Ich fahre auf eine Woche mit Frau Meyer in die Berge, in die Gegend von Marburg. Du kommst mit. Ich verschaff dir ein Mädel, ein süßes Mädel. Wir werden viel zu lachen haben, gutes Essen und auch was zum Trinken. Komm, sag ja.«

Mosca lächelte. »Wunderbar. Einverstanden.«

Eddie lachte laut heraus. »Genau richtig, Walter! Sehr schön. Sehr schön.« Er klopfte Mosca auf die Schulter. »Wir fahren morgen abend. Warte nur, bis du die Berge siehst. Es ist herrlich dort, wirklich herrlich.« Er unterbrach sich und fügte dann in fast zärtlichem, väterlichem Ton hinzu: »Vielleicht finden wir einen Weg, daß du den Jungen in die Staaten mitnehmen kannst. Du weißt, das wäre ihr Wunsch gewesen. Mehr als alles andere.« Und dann mit verlegenem Lächeln: »Komm doch runter. Nur auf ein Glas.«

»Holst du mir Yergen her?« fragte Mosca.

Eddie sah ihn nachdenklich an.

»Ich bin nämlich pleite, mußt du wissen«, sagte Mosca. »Ich muß Frau Sander Geld für das Kind dalassen. Und ich brauche Geld, um mit dir nach Marburg zu fahren.« Er lachte. »Außer du willst mich für die ganze Woche freihalten!« Er verstellte seine Stimme, so daß sie aufrichtig klang. »Und Fahrgeld für die Heimreise brauche ich auch. Das ist alles. Ich habe dem Kerl ja ein kleines Vermögen für das Zeug bezahlt.«

Eddie war überzeugt. »Na klar, ich hole ihn«, sagte er. »Ich geh jetzt gleich. Aber dann kommst du zur Party runter, nicht wahr?«

»Aber sicher.«

Nachdem Eddie gegangen war, sah Mosca sich im leeren Zimmer um. Sein Auge fiel auf die Briefe. Er nahm einen vom Tisch und setzte sich aufs Bett, um ihn zu lesen. Als er fertig war, wurde ihm klar, daß er nicht einen einzigen Satz im Gedächtnis behalten hatte. Er las den Brief noch einmal. Es gelang ihm nicht, die Worte so miteinander in Verbindung zu bringen, daß sie einen Sinn ergaben. Durch die Geräusche des Hauses gefiltert, taumelten sie wirr durch sein Hirn.

Bitte, komm heim, schrieb seine Mutter. Denk über nichts

nach, komm heim. Ich werde mich um das Baby kümmern. Du kannst weiterstudieren, du bist ja erst dreiundzwanzig. Ich vergesse immer, wie jung du noch bist und daß du nun schon sechs Jahre fort bist. Wenn du verbittert bist, bete zu Gott, das ist das einzige, was dir helfen kann. Dein Leben fängt erst an ...

Er ließ den Brief zu Boden flattern und legte sich aufs Bett. Im Geschoß unter ihm hörte er die Party anlaufen, die leise Musik, die Stimmen und das Lachen. Wieder fingen die Kopfschmerzen an. Er drehte das Licht ab. Die kleinen, gelben Augen seiner Uhr sagten ihm, daß es halb sieben war. Er hatte reichlich Zeit. Er schloß die Augen.

Er versuchte sich die Zukunft vorzustellen: wie er heimkommen, seine Mutter und das Kind jeden Tag sehen, ein anderes Mädchen finden und heiraten würde. Aber, tief in seinem Innersten verschlossen, würde er dieses andere Leben mit sich herumtragen, seinen Haß gegen alles, an das sie glaubten. Sein Leben würde ein Stein über dem Grab von all dem sein, was er je gesehen oder getan oder empfunden hatte. Er wunderte sich, daß er Frau Sander so angefahren hatte. Es war ihm einfach herausgerutscht. Dabei hatte er nie an so etwas gedacht. Aber jetzt wußte er, wie viele Fehler er gemacht hatte. Er versuchte seinen Gedanken eine andere Richtung zu geben.

Verschwommene Bilder tauchten vor ihm auf: Hella, wie sie, mit dem Kind im Arm, das Fallreep herunterkam und auf seine Mutter zuging. Dann alle zusammen im Wohnzimmer, und dann jeden Morgen und jeden Abend und immer die gleichen Gesichter. Er schlief ein.

Er träumte – oder dachte, denn ein Teil seines Gehirns war noch wach –, daß er nach Hause unterwegs war, daß das Schild an der Tür die Aufschrift ›Willkommen daheim, Walter‹ trug, daß er Hella gesund und munter in Deutschland zurückgelassen und auf der Heimreise ein ganzes Jahr nur zusammengeträumt hatte. Daß er nie zu Hella zurückgekehrt war, daß sie kein Brot in Händen gehalten und es fallen gelassen hatte, daß er eine andere Tür geöffnet hatte, wo Gloria und seine Mutter und Alf auf ihn warteten. Daß er aus einem Alptraum heraus zu ihnen zurückgekehrt war und daß sie ein blendendes Licht ausstrahlten. Dann hatte seine Mutter plötzlich einen Stoß Fotografien in der Hand, und er sah einen Kinderwagen in der Ecke und das schlafende Kind, und er fürchtete sich, und dann setzten sich alle und sahen die Bilder an, und Mutter sagte: »Und was ist denn das?« Und er sah hin und sah sich selbst in Uniform, lächelnd, über einem offenen Grab stehen. »Das ist mein drittes Opfer«, sagte er und lachte und lachte, aber Alf wurde zornig und stand auf seinem großen Holzbein und rief: »Das geht zu weit, Walter, das geht zu weit!« Alle standen auf, und seine Mutter rang die Hände, und er hörte sich selbst »Lebt wohl, lebt wohl«, sagen, und plötzlich war alles ganz dunkel. Aber dann kam Wolf mit einer Kerze, und jetzt war er mit Wolf im Keller, und Wolf hielt die Kerze hoch und sagte: »Sie ist nicht da, Walter, sie ist nicht da«, und er fühlte, wie der Schutt ihn immer weiter hinabzog, bis unter das Kerzenlicht hinabzog, und er begann zu schreien.

Er war hellwach und wußte, daß er keinen Ton von sich gegeben hatte. Es war völlig dunkel im Zimmer, die Nacht hatte die Fenster schwarz angemalt. Geschrei und Gelächter im ganzen Haus. Vibrierende Tonwellen, Musik, laute Männerstimmen, viele Füße, die treppauf und treppab liefen. Im Zimmer nebenan liebte sich ein Paar. »Aber jetzt gehen wir zur Party runter«, hörte er das Mädchen sagen. »Ich möchte tanzen.« Der Mann murrte verdrießlich. Und dann wieder das Mädchen: »Bitte, bitte, ich möchte tanzen.« Das Ächzen des Bettes, als sie aufstanden, dann das Lachen des Mädchens, und wieder Stille und Finsternis.

Eddie Cassin konnte nicht anders, er mußte mal reingucken, wie die Party lief, bevor er zu Yergen ging, aber er war nur ganz wenig betrunken, als er die zwei jungen Mädchen entdeckte. Sie waren nicht älter als sechzehn. Sie waren völlig gleich gekleidet: blaue Hüte, blaue Kostüme, weiße Blusen. Er fand sie entzükkend. Löckchen wie Goldmünzen hingen ihnen in die Stirne. Sie tanzten mit verschiedenen Männern, lehnten aber alle Drinks ab und kamen, wenn die Musik endete, immer wieder zusammen, so als ob eine an der anderen Kraft und Stütze finden würde.

Lächelnd beobachtete Eddie sie eine Weile und plante den Angriff. Dann ging er auf die Hübschere zu und bat sie um einen Tanz. Einer der Männer protestierte: »He, Eddie, die beiden hab' ich hergebracht.« Eddie sagte: »Keine Sorge, ich bring das schon hin.«

»Ist das Ihre Schwester?« fragte er sie, während sie tanzten.

Das Mädchen nickte. Sie hatte ein keckes, kleines Gesicht und darauf jenen Ausdruck verängstigter Hochnäsigkeit, den er so gut verstand.

»Läuft sie immer hinter Ihnen her?« fragte Eddie, und der Ton seiner Stimme war ein Kompliment für sie, eine sanfte Aufforderung, ihre Schwester ein ganz klein wenig zu verunglimpfen.

Das Mädchen lächelte mit einer Einfältigkeit, die er reizend fand. »Ach«, meinte sie, »meine Schwester ist ein wenig zu schüchtern.«

Die Platte war zu Ende. »Würden Sie und Ihre Schwester zu einem kleinen Abendessen auf mein Zimmer kommen?« fragte er. Sie bekam es sofort mit der Angst zu tun und schüttelte den Kopf. Eddie lächelte sie freundlich an. Aus seinen Zügen sprach ein geradezu väterliches Verständnis. »Oh, ich weiß, was Sie denken!« Er ging mit ihr zu Frau Meyer, die, ein Glas in der Hand, mit zwei Männern plauderte.

»Frau Meyer«, begann er, »dieses kleine Fräulein hat Angst vor mir. Sie hat meine Einladung zum Abendessen abgelehnt. Aber wenn Sie als Anstandsdame mitkämen, ich glaube, dann würde sie ja sagen.«

Frau Meyer legte ihren Arm um die Hüfte des Mädchens. »Oh, vor dem brauchen Sie keine Angst zu haben. Er ist der einzige anständige Mann im ganzen Haus. Ich werde Sie begleiten. Außerdem hat er das beste Essen. Ein Essen, wie ihr Mädchen es nicht mehr gekostet habt, seit ihr aus den Windeln seid.« Das Mädchen errötete und ging ihre Schwester holen.

Eddie schlenderte zu dem Mann hinüber, der die Mädchen mitgebracht hatte. »Es läuft alles bestens«, lächelte er. »Geh mit der Meyerin in mein Zimmer hinauf. Sag, ich komme später nach.« Eddie ging zur Tür. »Laß mir noch was übrig«, fügte er hinzu. »In einer Stunde bin ich wieder da.«

Mosca blickte durch das Fenster auf die Stadt hinaus. In weiter Ferne und jenseits der Trümmerfelder, die das Herz der Stadt ausmachten, sah er eine lange Schnur von grünen und gelben Lichtern, einen Pfeil, der geradewegs auf die hell erleuchteten Fenster der Metzer Straße zu weisen schien. Er wußte, daß es die Kinder mit ihren Laternen waren. Doch das schreiende Gelächter, die laute Musik, das abgehackte Schleifen tanzender Füße, das gezierte Kreischen betrunkener Frauen, alle diese Geräusche übertönten, was er hätte hören wollen: das Lied, das die Kinder sangen.

Er ließ das Fenster offen, nahm sein Rasierzeug und ein Handtuch und ging ins Badezimmer. Er ließ auch die Badezimmertür offen, damit er hören konnte, wenn jemand sein Zimmer betrat. Er wusch sich gründlich, das kalte Wasser auf seinem heißen Gesicht erfrischte ihn. Dann rasierte er sich und betrachtete dabei seine glatten und gleichmäßigen Züge, die lange, schmale Nase, den langen Mund mit den dünnen, nahezu farblosen Lippen, die tiefliegenden schwarzen Augen und die dunkle gebräunte Haut, die jetzt grau war von Mühsal und Sorgen.

Er spülte sich die Seife vom Gesicht. Sonderbar, wie fremd es ihm schien, so als ob er es nie wirklich gesehen hätte. Er drehte den Kopf zur Seite, um sein Profil zu mustern. Er sah die Grausamkeit und das Böse, das tückische Glitzern in den dunklen Augen, das feste und brutale Kinn. Er trat zurück. Einen Augenblick lang lächelte er.

Es war kalt im Zimmer. Ein seltsames Summen erfüllte die Luft. Er ging zum Fenster und schloß es. Das Summen hörte auf. Die grünen und gelben Laternen kamen näher. Er sah auf die Uhr; es war schon fast acht. Er fühlte sich schwach und fiebrig, ihm wurde übel, und er mußte sich auf das Bett setzen. Die vom Aspirin zurückgedrängten Schmerzen setzten wieder ein, und als ob seine letzte Hoffnung, sich zu retten, geschwunden wäre, überkam ihn die entsetzliche Gewißheit, daß Yergen nicht erscheinen würde. Ihm war sehr kalt, und er ging zum Schrank und zog sich seine alte grüne Uniformjacke an. Aus einem leeren Zigarettenkarton nahm er die ungarische Pistole und ließ sie in seine Tasche gleiten. Er verstaute alle seine Zigaretten, das Rasierzeug und die fast volle Flasche Gin in einem kleinen Koffer. Dann setzte er sich auf das Bett, um zu warten.

Eddie parkte den Jeep vor der Kirche. Er ging zum Seiteneingang und stieg die Treppe zum Turm hinauf. Er klopfte an die Tür; keine Antwort. Er wartete und klopfte ein zweites Mal. Unerwartet klar kam Yergens Stimme durch die Tür: »Wer ist da?«

»Eddie Cassin.«

»Was wollen Sie?« fragte Yergens Stimme.

»Frau Meyer hat mich gebeten, Ihnen eine Nachricht zu überbringen«, antwortete Eddie.

Der Riegel glitt zurück, und die Tür ging auf. Yergen tat einen Schritt zur Seite, um ihn eintreten zu lassen.

Es war dunkel im Zimmer, bis auf eine kleine Tischlampe in der Ecke, und unter dieser Lampe, auf einem kleinen Sofa, saß Yergens Tochter, ein Märchenbuch in der Hand. Sie lehnte gegen ein paar große Kissen, die an der Wand aufgeschichtet waren.

»Ja, um was handelt es sich?« fragte Yergen. Er sah viel älter aus, seine schmächtige Gestalt schien noch schmächtiger geworden zu sein, aber sein Blick war immer noch sicher, sein Gesicht stolz.

Eddie streckte ihm die Hand entgegen, und Yergen ergriff sie. »Na, kommen Sie«, sagte Eddie lächelnd, »wir kennen uns nun schon eine ganze Weile und haben manches Glas zusammen gehoben. Ist das eine Art, mich zu empfangen?«

Yergen lächelte zögernd. »Ach, Mr. Cassin, ich war ein anderer Mensch, als ich noch in der Metzer Straße arbeitete. Aber jetzt . . .«

»Sie kennen mich doch«, sagte Eddie bedächtig, und es klang aufrichtig. »Ich würde Sie doch nicht hereinlegen. Mein Freund Mosca möchte sein Geld und die Zigaretten wiederhaben. Was er Ihnen für das wertlose Penicillin bezahlt hat.«

Yergen sah ihn forschend an. »Selbstverständlich«, antwortete er dann, »das werde ich tun. Aber sagen Sie ihm, daß das nicht so schnell geht. Ich kann das nicht gleich erledigen.«

»Er möchte, daß Sie heute abend zu ihm kommen.«

»Ah, nein, nein«, protestierte er. »Ich werde nicht zu ihm hingehen.«

Eddie warf einen Blick auf Yergens Tochter auf dem Sofa. Sie starrte ihn an, und ihr Blick war leer. Er fühlte sich unbehaglich.

»Yergen«, sagte er, »Mosca und ich fahren morgen nach Marburg. Sobald wir zurückkommen, fliegt er in die Staaten. Wenn Sie heute abend nicht zu ihm gehen, kommt er her. Wenn er mit Ihnen Streit hat und zornig wird, wird er die Kleine erschrecken.«

Dieses Argument verfehlte seine Wirkung nicht. Yergen zuckte die Achseln, zog sich seinen Mantel an und ging zu seiner Tochter hinüber. Eddie beobachtete ihn. Yergen mit seinem schweren Mantel und seinem Pelzkragen, seinen sauber gekämmten braunen Haaren, ein Mann, auf Würde und Ernsthaftigkeit bedacht, kniete demütig nieder, um seiner Tochter etwas ins Ohr zu flüstern. Eddie wußte, daß er ein Zeichen mit ihr verabredete, denn nur daraufhin würde das Mädchen den eisernen Riegel zurückschieben, wenn er zurückkam und an die Tür klopfte. Er sah, daß die ausdruckslosen Augen des Kindes ihn über die Schulter des Vaters hinweg beobachteten. Was ist, fragte er sich, wenn sie das Zeichen vergißt, wenn sie auf das Klopfen des Vaters nicht öffnet?

Yergen erhob sich, nahm seine Aktentasche, und sie gingen. Auf dem Treppenabsatz blieb Yergen stehen und wartete, bis er hörte, wie auf der anderen Seite der Tür der eiserne Riegel vorgeschoben wurde, bis er wußte, daß seine Tochter die Welt ausgeschlossen hatte.

Sie stiegen in Eddies Jeep. »Sie bleiben doch bei mir, wenn ich mit ihm spreche?« fragte Yergen, während sie durch die dunklen Straßen rollten. »Aber sicher«, antwortete Eddie, »haben Sie keine Bange.«

Doch nun empfand Eddie Cassin plötzlich ein unbestimmtes Unbehagen. Sie drangen in den Lichtkreis der Metzer Straße und des Quartiers ein. Eddie parkte den Jeep, und sie stiegen aus. Eddie hob den Blick. Es brannte kein Licht in Moscas Zimmer. »Vielleicht ist er auf der Party«, meinte Eddie.

Sie gingen ins Haus. »Warten Sie hier«, sagte Eddie zu Yergen, als sie im ersten Stock standen. Er ging in die Wohnung, in der die Party lief, aber von Mosca war nichts zu sehen. Als er wieder auf den Gang herauskam, wartete Yergen auf ihn. Er sah die Blässe in Yergens Gesicht, und mit einemmal wurde sich Eddie Cassin einer tödlichen Gefahr bewußt. Der Gedanke durchzuckte ihn, daß alles, was Mosca gesagt und wie er reagiert hatte, Verstellung gewesen sein könnte. »Kommen Sie«, sagte er zu Yergen, »ich bringe Sie heim. Er ist nicht da. Kommen Sie.«

»Nein«, wehrte Yergen ab, »ich will die Sache erledigt haben. Ich habe keine Angst. Jetzt nicht mehr . . .«

Aber Eddie Cassin fing an, Yergen die Treppe hinunterzuschieben. Er war seiner Sache nun ganz sicher, er war überwältigt von einer entsetzlichen Gewißheit, und dann hörte er plötzlich die von kalter Wut erfüllte Stimme Moscas: »Eddie, du Scheißer, geh zur Seite!« Yergen und Eddie hoben den Kopf.

Er stand auf dem Treppenabsatz über ihnen, und sein Gesicht schimmerte fahl im matten Licht des Treppenhauses. Zwei große rote Fieberblasen säumten seinen Mund. Er stand ganz ruhig. Die grüne Uniformjacke ließ ihn dicker erscheinen, als er wirklich war. »Kommen Sie rauf, Yergen«, sagte er. Er hielt eine Hand hinter dem Rücken versteckt.

»Nein«, sagte Yergen mit schwankender Stimme. »Ich gehe jetzt mit Mr. Cassin.«

»Geh aus dem Weg, Eddie«, sagte Mosca. »Komm hier rauf.« Yergen hielt Eddies Arm umklammert. »Lassen Sie mich nicht allein«, flehte er. »Bleiben Sie hier.«

»Walter, um Gottes willen«, sagte Eddie und hielt seine Hand hoch, »tu's nicht, Walter!«

Mosca kam zwei Stufen herunter. Eddie versuchte sich von Yergen loszureißen, aber Yergen hielt ihn fest und rief: »Lassen Sie mich nicht allein . . . lassen Sie mich nicht . . .« Mosca kam noch eine Stufe weiter herunter. Seine Augen waren schwarz und glanzlos, die Fieberblasen an seinem Mund glühten im düsteren Licht des Treppenhauses. Plötzlich war die Pistole in seiner Hand. Eddie warf sich zur Seite, und nun versuchte Yergen allein, mit einem verzweifelten Aufschrei, kehrtzumachen und die Treppe hinunterzulaufen. Mosca feuerte. Yergen fiel in die Knie. Er hob den Kopf, die trüben, blauen Augen starrten nach oben, Mosca feuerte ein zweites Mal. Eddie Cassin lief die Treppe hinauf, an Mosca vorbei und besinnungslos immer weiter zum Dachboden.

Mosca steckte die Pistole in die Tasche. Die leblose Gestalt lag auf dem Treppenabsatz, der Kopf baumelte über die erste Stufe hinab.

Eine Welle von Gelächter kam aus den Zimmern im unteren Geschoß, das Grammophon begann einen lauten Walzer, und nun setzte ein großes Gehopse und Gestampfe ein. Mosca lief schnell in sein Zimmer hinauf. Dunkle Schatten fielen durch das Fenster. Er wartete und horchte. Dann ging er ans Fenster. Niemand schlug Alarm, aber jetzt wimmelte es draußen auf den großen Schutthalden von Raupen in leuchtenden Farben, grünes Feuer versprühenden, auf und ab hüpfenden Laternen, die die Winternacht erhellten. Sein Körper und sein Gesicht waren naß von Schweiß. Er begann zu zittern, schwarze Ringe kreisten vor seinen Augen und reizten ihn zum Erbrechen, und er stieß das Fenster auf und wartete.

Jetzt konnte er unten auf der Straße die Kinder singen hören. Die Laternen schwangen in seiner Seele und in seinem Herzen, und als der Gesang verstummte, fühlte er sich von Druck und Angst befreit. Die kalte Luft strömte über ihn hinweg, und Schmerz und Leid wichen aus seinem Körper.

Er nahm den gepackten Koffer auf und lief die Treppe hinunter, über Yergens Körper hinweg und vorbei an der lärmenden Party. Nichts hatte sich verändert. Er trat aus dem Haus und machte sich auf den Weg über die schwarzen Trümmerhalden; dann blieb er stehen und warf einen letzten Blick zurück.

Aus vier hellerleuchteten Fenstern strahlte gelbes Licht in die Finsternis der Stadt und der Nacht, und eine breite Welle von Musik und Lachen strömte in die Dunkelheit. Ohne auch nur eine Spur von Reue zu empfinden, schaute er hinauf und dachte nur, daß er weder sein Kind noch Eddie Cassin, weder sein Land noch seine Familie je wiedersehen würde. Er würde auch die Berge rund um Marburg nicht zu sehen bekommen, denn nun war er endlich zum Feind geworden.

Weit über die Ruinen hinweg sah er das Grün und Rot der Laternen sich dem schwarzen Winterhimmel entgegenheben, aber er hörte die Kinder nicht mehr singen. Er wandte sich ab und ging zur Straßenbahn hinunter, die ihn zum Bahnhof bringen würde.

Es war ein ihm vertrauter Abschied von Zeit und Erinnerung, und er empfand weder Schmerz noch Verzweiflung, daß es nun niemanden mehr gab, der ihm Lebewohl sagen würde – außer dem Wind, der über den zerstörten Kontinent hinwegfegte, den er nun nicht mehr verlassen konnte. Vor sich sah er das Licht der Straßenbahn und hörte das kristallklare Klingen ihrer Glocke. Aus Gewohnheit begann er zu laufen, um sie noch zu erreichen, aber nach wenigen Schritten blieb er stehen. Ihm fiel ein, daß es keine Rolle mehr spielte, ob er diese nahm oder die nächste.

Mario Puzo

Narren sterben

Roman. 600 Seiten

Der Pate
Mamma Lucia

Zwei Romane in einem Band.
Sonderausgabe. 672 Seiten

Las Vegas

Roman. 192 Seiten

CB

C. Bertelsmann